성공하는 기사의
일곱가지
습관

성공하는 기사의 **일곱가지 습관** 1

초판 1쇄 펴낸 날 | 2018년 11월 5일

지은이 | 전유림
펴낸이 | 서경석

편집책임 | 조윤희 **편집** | 이예진 **디자인** | 최진실
마케팅 | 서기원 **경영지원** | 서지혜, 이문영

임프린트 | Ⓜ MUSE
주소 | 경기도 부천시 부일로 483번길 40 서경B/D 3F (우) 14640
전화 | 032-656-4452 **팩스** | 032-656-4453
이메일 | roramce@naver.com **블로그** | bolg.naver.com/roramce
홈페이지 | http://www.chungeoram.com

발 행 처 | 도서출판 청어람
출판등록 | 1999년 5월 31일 제387-1999-000006호
어람번호 | 제11-0093호

ⓒ 전유림, 2018

ISBN 979-11-04-91844-5 04810
ISBN 979-11-04-91843-8 (SET)

도서출판 청어람은 언제나 여러분의 소중한 작품 투고와 도서 출간 기획 등 다양한 제안을 기다리고 있습니다. chungeorambook@daum.net

성공하는 기사의
일곱 가지
습관

I

전유림 장편소설

◄◦ 목차 ◦►

프롤로그

색색으로 물들인 유리창을 통해, 눈 감았을 때 느껴지는 햇살처럼 찬란한 것이 쏟아져 들어왔다.

안네그레트는 그 채색된 빛이 발 끄트머리에 닿자 그제야 따스함을 느꼈다. 신전 본당은 온통 금빛으로 반짝였지만 돌로 된 바닥보다 공기가 싸늘했다. 안네그레트는 이 신전이 훨씬 오래 전부터 이 자리에 있었다는 것을 알았지만, 그 기묘한 싸늘함을 미숙한 건축 기술 탓으로 돌리지는 않았다. 이보다 훨씬 더 오래된 옛 자스라 제국의 건축물에도 이미 실내 온도를 따뜻하게 유지하는 기술이 있었다.

"눈을 감고 기사도의 일곱 가지 예를 암송해라."

무릎 꿇은 안네그레트의 앞에서 진홍색 옷을 입은 남자가 차갑게 명령했다. 그녀는 성실하게 눈을 감았다. 눈꺼풀이 붉게 보였다.

"첫째, 신의 가르침을 배우고 그 뜻에 따를 것.

둘째, 국가와 장원의 법을 착실히 따를 것.

셋째, 약한 자를 보호할 것.

넷째, 적 앞에서 겁먹지 않을 것.

다섯째, 항상 선을 실천하고 악을 징벌할 것.

여섯째, 레이디의 명예를 지킬 것.

일곱째, 거짓말하지 않을 것.

이 일곱 가지는 기사도의 가장 큰 예이며 모든 기사와 종자가 마땅히 따라야 할 규율입니다. 자신을 기사라 칭하고자 하는 자, 예외 없이 일곱 개조 법에 종속될 것입니다."

'레이디' 부분에서 인상을 어렴풋하게 쓴 사람이 두 명 있었다. 아무튼 그들은 안네그레트에 대해 잘 알지 못했고 이 자리에 온 것도 나름의 사정에 의해서지 우정 때문이 아니었다. 그러나 암송을 마친 안네그레트의 얼굴은 전혀 변하지 않았다.

진홍색 옷을 입은 남자의 얼굴도 변하지 않았다. 그의 옆에 서 있던 금빛 예복의 신관이 아몬드나무 가지를 안네그레트 앞에 흔들어 향을 떨쳤다. 성수에 젖고 속이 시든 이파리 몇 개가 사박거리며 바닥에 떨어졌다.

"너는 신께서 주신 자유의지를 가진 인간으로 이 자리에서 네가 한 말에 책임을 지며, 여하한 사실은 이 자리에 있는 증인들뿐 아니라 신께서 언제나 보고 계신다. 그럼에도 불구하고 기사가 되기를 희망하느냐?"

아, 그러기를 얼마나 오랫동안 꿈꿔왔는데. 안네그레트는 너무 빠르지 않게 대답했다. 머리가 어질어질했다. 신전에 피워둔 향은 원래 머리를 맑게 하는 성분만이 들어가 있으므로, 이것은 소망해 온 시간을 드디어 맞은 자신의 흥분 탓일 터였다.

"예, 희망합니다."

"네 앞에 있는 적법한 기사인 나를 믿고, 받들고, 따르겠느냐?"

"예, 따르겠습니다."

신관은 아몬드나무 가지를 다시 한 번 성수로 적셨다. 유리창 너머로 들어오는 오색의 빛이 안네그레트의 흰 튜닉을 만개한 장미 화원처럼 화려하게 물들였다. 가문의 문장도 개인의 취향을 나타내는 장신구도 없는, 오직 순수한 한 인간이 그 자리에 있다는 것을 상징하는 예복이었다.

진홍색 옷을 입은 남자는 입술도 축이지 않았다. 그의 초록색 눈은 안네그레트의 얼굴에 거의 머물지 않았다.

"눈을 떠 내 칼을 보라."

안네그레트는 바람 소리를 내며 자기 앞으로 뻗어온 예장용 칼을 맑은 시선으로 내려다보았다. 진홍색 옷의 남자는 칼등으로 안네그레트의 양어깨를 번갈아 가며 두드렸다.

"너는 내 소유이며 그 이상의 무엇도 아니다. 이 자리에서 너는 내 마음에 합당할 때까지 나를 섬기겠다고 맹세했고, 그 맹세를 어긴다면 바로 이 칼로 처벌을 받을 것이다. 이상은 함께한 두 증인과 신전이 이 세상의 증인으로서 보았고, 보다 높은 곳에서는 신께서 아시는 일이다. 대신에 나는 너를 아끼고 내 몸처럼 사랑하며 네가 한 사람의 기사가 되기 위해 필요한 모든 것을 가르칠지니. 모든 것이 명예로운 규범에 따라 명확하게 이 자리에서 선언되었노라. 신께 영광 있으라."

안네그레트의 묶어둔 검은 머리가 폭포처럼 그 등 아래로 흘러

내렸다.

마침내 안네그레트는 고개를 조아리고 맹세를 마쳤다.

"그 모든 말씀이 합당하시니, 저는 오늘부터 주군이 소유하신 종자입니다. 신께 영광 있으라."

아, 다만 이 모든 일이 진실이었다면 얼마나 좋았을까.

Chap.1

신의 가르침을 배우고 그 뜻에 따를 것

황궁에서 일하는 것은 명예로웠지만 임금이 많은 편은 아니었다.

특히 높은 분들을 모시는 일을 그 다음으로 높은 분들이 다 채가 버린 다음에는 더욱 그러했다. 황후는 황녀가 시중을 들고, 황녀는 공작부인이 시중을 들고, 공작부인은 그보다 서열이 낮은 공작부인이 시중을 들었다. 그렇게 차례로 내려오다 보면 보통 하녀들의 수입원이 되는 주인의 옷이나 음식 따위는 끝자락에선 여염집의 그것이나 다름없었다.

그러므로 도나가 의심스러워하는 것은 당연한 일이었다.

"이게 진짜 금실이라고?"

"보면 알잖아."

오랜만에 '큰 건'에 성공한 알피는 가슴을 폈다. 주인이 더는 입지 않는, 유행이 지났거나 오래된 옷을 하녀들이 슬쩍 가져다 파는 것은 딱히 이상한 일은 아니었다. 그러나 알피와 도나처럼 천한 출신인 하녀들이 모시는 윗분이라고 해봐야 그리 비싸게 팔리는 옷을 입는 사람일 리도 없었다. 알피가 심지어 요즘에는 정해진 소속도 없다는 것을 알고 있는 도나는 번쩍이는 실이 잔뜩 수놓인 천 조각을 햇빛에 이리저리 비추어 보았다. 확실히 눈이 부셨다.

"이런 게 어디서 났는데?"

"황궁에서 받았지, 그럼."

"나중에 경을 치는 거 아니야? 어디 선배가 점찍은 걸 몰래 잘라 온 거 아니냐구."

알피는 눈을 부라렸다. 같은 하녀 신세라지만 알피는 자신이 다른 곳도 아닌 황궁에서 일한다는 것을 가능한 한 뽐내고 싶어 했다. 힘들고 돈을 별로 많이 벌지 못하는 일이기는 했지만, 그래도 저 황궁에 마음대로 드나드는 것은 윗분들 사이에선 대단한 특혜였다. 그런 특혜를 천한 출신이면서도 자유롭게 누리고 있다고 생각하면 바람이 들어오는 침실도 견딜 만해지는 것 같았다.

"황궁에선 가끔 이런 일도 생겨. 얼마 전에 태자 전하께 종자가 새로 들어왔는데, 그분이 서쪽 탑 맨 위층에 들어가셨거든."

도나는 눈살을 찌푸렸다.

"그게 무슨 소린데?"

이런 질문을 유도한 것이나 다름없었다. 알피는 주변을 둘러본 뒤 도나에게 귓속말을 했다.

"태자 전하께서 쓰실 수 있는 모든 방 중 제일 위층 구석 다락방이라고. 아무도 안 쓴 지 오래되었고, 황궁 내부로 가려면 차라리 탑 1층까지 내려와서 다시 정문으로 들어가는 게 빠른 뒷방

이야."

"어머나."

도나는 황궁 하녀들이 가져오는 값비싼 천이니 세공된 유리 조각 따위를 가져다 파는 것이 주 업무였으므로, 이런 일이 일반적이지 않다는 것을 대충은 알았다.

"태자 전하의 종자면 아주 신분이 높으신 거 아니야?"

"저 바이언트 가문의 남작님이셔. 그 유명한 여자분 말이야."

'여자분'이라는 말에 도나는 입을 쩍 벌렸다. 할 말이 없어서는 아니었다.

"세상에, 그분? 우리 아가씨가 남작님 얘기를 요즘 하루에 열두 번도 더 하셔. 비겁하다느니, 분명히 얼굴이 엉망진창일 거라느니, 스무 살이 되도록 결혼을 안 하더니 황도까지 와서 하필 태자 전하의 종자로 들어가다니 속이 보인다느니."

그런 이야기는 황궁 내에서도 요즘 어딜 가나 들을 수 있었다. 알피는 자못 진지하게 고개를 끄덕였다.

"황궁에서도 두 사람 이상이 모이면 다 그분 얘기야. 그러니까 나 같은 아랫것한테도."

"뇌물이구나."

알피가 말하기 전 도나는 이번 상품의 정체를 파악해 버렸다. 도나가 쓴 단어는 알피가 듣기에 좋은 것은 아니었다. 도나는 인상을 썼다.

"다들 좀 인심을 쓰고 계신 것뿐이야. 나는 특히 마구간 가까이도 자주 들락거리니까."

"소문의 남작님에 대한 이야깃거리를 물어오기 좋은 자리란 말이지? 그럼 이거 운첸 은화 열다섯 닢 내."

알피는 아직 자랑을 다 하지 않았기 때문에 갑자기 치고 들어온 그 화제에 약간은 신경질적으로 반응했다.

"아니, 열다섯 닢이라니. 여기 들어간 금실도 금실이지만 감이 얼마나 좋은 건데. 귀족 아가씨들의 인형 옷으로 만들어도 손색이 없어."

"손바닥만 한 걸로 인형 옷을 만들어봤자지, 뭐. 그리고 네 말대로라면 이제 한참 황궁에서 나오는 물건값은 내려갈 거 아냐."

풍문의 진위를 확인하려는 귀부인들이 황궁 이곳저곳의 하녀들에게 아낌없이 값비싼 물건을 내릴 테니까. 알피는 인상을 썼다.

"웃기지 마. 소문값까지 해서 반 길다르는 받아야겠어."

"얘, 금실이 아무리 좋아도 이거 반 길다르는 안 나가. 길다르 금화 반 뚝 잘라서 녹이는 게 이것보다 금이 많이 나오지, 무슨."

"옷감을 생각해야지. 사십오 운첸까지는 깎아줄 수 있어."

"말이 되는 소릴 해야지. 이십 운첸. 그 이상은 못 쳐 줘."

"사십 운첸."

도나는 알피의 얼굴을 보다 웃음을 터뜨렸다.

"그래도 내가 잘 쳐 주는 거 알잖아. 전에 네가 가져온 그 한 짝짜리 레이스 양말을 내가 안 받아줬으면 너 겨울도 못 났어."

"알았어. 서른다섯 닢."

"운첸 은화 서른 닢 줄게. 어때?"

"가져가. 너 정말 잘 산 거야. 이렇게 좋은 물건은 그래도 잘 없다고."

도나는 여유 있는 얼굴로 알피의 '물건'을 품에 넣었다. 그래도 이런 거래를 하는 사람 중 도나만큼 믿을 만한 사람은 적었으므로 알피는 너무 투덜거리지는 않았다.

그때 그들이 서 있던 어둡고 지저분한 황궁 부엌 마당의 문이 열렸다.

"실례했다."

부엌 뒷문으로 나온 사람은, 그 문에 부딪칠 뻔한 알피에게 가볍게 사과했다. 알피는 얼른 허리를 푹 숙였다.

"아닙니다, 제가 어리석어 이런 곳에서 그만 가시는 길에 방해를……."

"아니, 사람이 닫힌 문 너머를 볼 수 없는 것은 당연한 일인데 내가 그 생각을 못 하고 마음이 급해 문을 벌컥 열어버렸구나. 다치지는 않은 듯해 다행이니, 너는 더 신경 쓰지 말거라."

도나는 그 목소리를 듣고 지금 나온 사람이 아주 신분이 높은 사람일 것이라고 짐작했다. 그러나 말의 내용도, 그 사람의 복장도 지금 들은 것 같은 잘 정제되고 엄격하고 위엄 있는 목소리와는 어울리지 않았다. 무엇보다…….

"그럼."

부엌에서 나온 사람은 우아하면서도 힘 있는 걸음걸이로 저벅저벅 가버렸다. 장식이랄 게 없는 심플한 튜닉의 허리춤에서 검의 손잡이가 리드미컬하게 흔들렸다. 꽉 짜이고 단단한 다리가 튜닉 아래 투박한 선을 그리며 내려오는 바지 안에서 움직였다. 윤기 있고 새카만 머리칼은 가죽끈으로 꽉 묶여 가끔 비구름처럼 바람을 삼켰다.

잠시밖에 보지 못했지만 눈은 검은색. 매력적으로 그을린 살갗은 분명히 햇빛 아래서 땀 흘리는 사람의 빛깔을 띠고 있었지만 나무랄 데 없이 부드럽고 매끄러웠다. 머리칼처럼 새카맣고 진해

잔상조차 한참 동안이나 시야에 남은 눈썹도 누구나가 가지고 싶어 애써 그리는 그 이상향을 그대로 가져온 것만 같았다.

하지만 목소리도 그렇고, 지금 뒤에서 저 몸의 모양만을 보더라도.

"귀부인이시잖아?"

도나는 자기 자신조차 알아듣기 힘들 정도로 순식간에 쉰 목소리로 중얼거렸다. 알피가 옆에서 어느새 자랑스러운 얼굴로 허리를 폈다. 그녀는 이미 저 화제의 여성과 몇 번이나 대화를 나눠본 적이 있었다.

"저분이셔."

태자 전하의 새로운 종자는 아랫것들이 쓰는 지저분한 뒷문도 거리낌없이 이용하는 신비한 미녀던 것이다.

"으하아."

호화로운 의자에 털썩 앉아 고개를 젖힌 루트비히는 잠시 후 자신의 머리칼을 있는 대로 흐트러뜨렸다. 향유를 발라 단정하게 정리되어 있던 밝은 금발이 금세 어린 소년들의 것처럼 이리저리 멋대로 뻗쳤다. 그 모습을 보고 있던 긴 은발의 남자가 매끄러운 말투로 물었다.

"황제 폐하를 접견하시면서 불편하신 점이라도 있으셨습니까?"

"뭘 물어?"

루트비히는 그대로 목젖을 드러내고 잠시 신음했다. 그리고 그 사이에 은발의 남자가 나가지 않자 고개를 번쩍 들고 날카로운 눈빛으로 물었다.

"부황께 호출당하고 난 후의 부신 제국 태자의 모습을 구경하러 온 게 아니라면 어서 볼일을 말하고 나가, 시릴 데이하르츠 공."

시릴은 외알 안경 너머로 눈을 아주 조금 휘며 웃었다. 시릴은 부신의 현 황제인 오이겐을 서로가 어릴 때부터 봐왔는데, 당사자들이 인정하든 인정하지 않든 이 부자는 무척 비슷했다. 눈 색이 같은 것만이 아니라 심기가 불편할 때의 표정마저 그대로 빼다 박은 것 같았다.

물론 오이겐 황제와 달리 루트비히는 시릴의 감정은 전혀 파악하지 못했다. 루트비히는 시릴이 자신을 이유 없이 놀린다고 판단한 듯 싸늘하게 눈을 치떴다.

"왜 빤히 보고 있어?"

"별일 아닙니다. 슈빔마렌 후작이 황실 소유의 숲에서 사슴 두 마리를 죽였는데, 용서를 비는 의미에서 태자 전하를 자기 소유의 사냥터로 초대한답니다. 괜찮으시다면 종자들을 모두 데리고 오셔서 즐기시고, 하슐레타 백작 부인도 초대하고 싶은데 어떻게 생각하시냐는 전갈이 왔습니다."

"그걸 왜 자네가 전하지? 자네가 할 일은 부신의 큰일을 돌보는 거지, 파티 초대의 전갈을 옮기는 게 아닐 텐데."

시릴은 부신의 재상이었으므로 루트비히의 말은 옳았다. 이런 초대는 적당히 격식 있는 종이에 장황한 사과문과 함께 쓰여서 시종들의 손에 들려오는 것이다. 시릴은 빙긋 웃었다.

"예, 저는 파티 초대의 전갈을 전하러 온 것이 아니라 이 초대에 대한 황제 폐하의 의견을 전하러 왔습니다."

"폐하의 의견이라고?"

루트비히의 눈이 더 험악해졌다. 그러나 그 시선에는 체념과 납득이 섞여 있었다.

"그러면 방금 알현했을 때 말씀하시면 됐잖아."

시릴은 이해할 수 있는 대답을 하는 대신 빙긋 웃고 말았다. 루트비히는 아버지와 아버지의 재상이 보여주는 저런 의뭉스러운 태도가 정말로 싫었다.

"그래서, 어쩌라고? 가지 말라고?"

"그 반대입니다. 아무래도 가까운 친척끼리 친교를 쌓고 싶은 모양이니 초대에 응하되 될 수 있는 만큼 예의를 갖추는 게 좋겠다고 하셨습니다."

"황가의 숲을 침범했는데 매질을 하는 게 아니라 파티에 참석해 주라고? 결혼한 누이까지 데리고?"

"전하의 아버님께선 그러길 원하십니다."

루트비히는 긴 다리를 쭉 펴며 미간을 좁혔다. 슈빔마렌 후작은 그의 육촌이었으므로 제위 계승의 자격도 갖추고 있었고, 황가의 숲에서 사슴을 잡았다고 해서 정말로 매질을 당할 사람도 아니었다. 하지만 사실을 말하자면 루트비히는 슈빔마렌 후작과 차를 마시느니 식사를 거르고 마는 쪽을 선택할 터였다.

"슈빔마렌 후작에게 도박 빚이라도 지셨나?"

"전하의 기대에 상응하는 대답을 올리지 못해 죄송하오나, 전하."

"알아. 폐하는 죽을 때까지 도박은 안 하실 거야. 그럴 분이 아니시지."

이 자리에 있는 것이 시릴 데이하르츠가 아니라 루트비히의 친구들이었다면 그 평가는 조금 더 거친 단어로 표현되었을 테지만, 틀린 말은 아니었다. 기나긴 밤을 도박으로 꽃피우는 것이 일반적인 황실 사교계에서 황제는 특이하게도 도박을 하지 않았다. 오이겐의 어머니이자 지금은 죽은 태후나 오이겐의 고모이며 역시 현재는 죽은 전 슈빔마렌 후작 부인이 살아생전 늘 도박 빚에 시달렸다는 점을 생각하면 반면교사로 삼은 것일지도 모를 일이었다.

시릴은 재상의 긴 옷자락을 추스르며 확인했다.

"예를 갖추어 가시라고 말씀하셨을 때, 폐하께서는 물론."

"있는 대로 차려입고 거느리고 가라는 말씀이시겠지. 알았어."

그 시점에서 루트비히는 갑자기 뭔가를 떠올렸다. 그의 눈초리가 지금까지의 그 어느 때보다도 진지하게 험악해졌다.

"가만, 그러니까 설마 아까 폐하께서 직접 이 말씀을 하지 않으신 게."

"저는 그러면 가보겠습니다."

시릴은 몸을 돌려 선수를 치려고 했다. 그러나 루트비히는 날이 선 목소리로 그를 제지했다.

"잠깐 기다려, 재상. 태자의 이름으로 명하는데 내 얼굴을 봐."

"명하시는 대로, 전하."

시릴의 옷자락이 한 번 출렁였다가 다시 매끄럽게 가라앉았다. 은사로 수를 놓은 검은색 신발도 마찬가지였다. 나이가 들어도 단정하고 주름이 없어 가끔은 요정이 아니냐는 말도 듣곤 하는 재상의 저 매끄러운 얼굴을 보며 루트비히는 창밖을 손가락질했다.

"그게 목적이었어? 내 새 종자를 데려가서 로세드 슈빔마렌에게 선을 보이라고? 내가 미쳤어?"

"물론, 전하. 기사가 누군가를 방문할 때 자신의 종자를 데려가는 것은 미쳐야만 가능한 일은 아닙니다."

"새로 들어온 슈빔마렌 후작 부인이 온천에 갔다가 사경을 헤맨다는 말은 나도 들었어."

시릴은 또다시 의뭉스러운 눈빛으로 빙긋 웃었다. 루트비히는 미칠 것처럼 화가 나 바닥을 구둣발로 굴렀다. 양탄자 너머로도 쾅, 하는 소리가 제법 크게 났다.

"바이언트 가의 후계자가 아직 결혼을 안 했다는 것도, 그리고 혼처가 정해지기도 전에 황도에 와서 하필 내 종자로 들어오길 청했다는 것도 이상했지. 루젤 바이언트는 내 아버지 친구지 내 친구가 아냐. 안네그레트 바이언트, 라이헤르타 남작이 무슨 꿍꿍이로 내 앞에서 종자의 서약을 했는지 몰라도 내가 가만히 있을 거라고는 생각하지 마. 예쁜 얼굴 아래로 무슨 생각을 하고 있는지 금세 다 밝히고 말 거니까."

시릴은 이번에는 약간의 진심을 담아 쓴웃음을 보였다.

"서쪽 탑 맨 위층을 주셨다는 이야기는 들었습니다."

"제가 종자 수업을 하는 동안에는 귀족 신분도 없는 거라고 먼저 말했어. 종자 같은 소리를 하려면 그에 걸맞은 생활을 하게 해 줄 셈이야."

루트비히가 지금 거느리고 있는 다른 종자들은 각자의 태생에 맞는 숙소에서 그에 어울리는 생활을 하고 있음은 지적할 필요가 없었다. 아니, 지적해 봐야 의미가 없었다. 시릴은 루트비히를 자극하기 위해 눈썹을 들었다.

"미인이라고는 생각하시는군요?"

"사교계 최고의 미녀라는 소문이 돌 것까진 아니라고 생각하지만, 얼굴은 봐줄 만하더군."

"작년에 백작가에 들렀을 때 저도 레이디 안네그레트를 만나봤지요. 외모와 실력은 아버님을 쏙 빼닮았으면서도 어머님의 따뜻한 마음씨를 받아 참으로 훌륭하게 성장하고 있다는 인상을 받았었습니다."

루트비히의 얼굴에서 분노가 조금은 빠졌다. 그는 어린 시절을 생각했다. 그는 검은 머리는 싫어하지 않았다. 바이언트 가 사람들은 하나같이 검은 머리였고, 루트비히는 어릴 때 자신을 길러준 사람의 검은 머리를 여전히 잊지 않고 있었다…… 아, 황금빛 사과가 익던 그 작은 정원과, 그곳을 방문해 차를 마시곤 했던 귀부인의 클라비어 소리.

하지만 이제 이렇게 어른이 되었으니 그런 옛 사정은 고려할 필요가 없었다. 루트비히는 헛기침하고 태세를 가다듬었다.

"실력은 두고 볼 일이지."

"저는 검술에 대한 식견은 없습니다만, 한 수레는 되는 구혼자를 쓰러뜨려 왔다는 것은 들었습니다."

"뭐, 자기보다 강한 사람이 아니면 결혼하지 않겠다고 한 것 말이야?"

안네그레트 바이언트는 지금 사교계의 미혼 여성 중에 가장 좋은 조건을 가지고 있었으므로, 그녀의 그런 선언 또한 이 황도에서도 모르는 사람이 없었다. 지금까지 그런 이유로 구혼자들을 모두 물리쳐 놓고도 갑자기 미혼의 태자를 모시러 혼자 황도까지 왔다는 사실은 그래서 더 큰 스캔들이 되었다. 유서 깊은 바이언트 가의 장성한 후계자이자 누구나 마음을 빼앗긴다는 소문의 미모, 그리고 황제의 총애를 받는 그 아버지라니.

루트비히는 콧방귀를 뀌었다.

"통속적이고 재미있는 쇼지만 각본이 정교하다고 하긴 어려운 얘기지. 난처한 청혼을 부드럽게 거절하려면 백작을 통하는 게 나았을 텐데."

"백작가에서 꾸며낸 핑계라고 생각하십니까?"

"신화에서나 나올 것 같은 이야기잖아. 그런 이야기의 끝은 진부하지. 교활한 청년이 신의 도움으로 간단한 꾀를 내서 난공불락의 여자를 이기고, 그럼 여자는 자길 이긴 남자는 당신이 처음이라면서 사랑에 빠져서 결혼한다. 박수. 그냥 상식적으로, 아직 부모와 제 눈에 다 차는 남자가 없었다고 하란 말이야."

이번에 시릴은 아예 웃음을 터뜨렸다. 긴 은발의 재상은 자신이 나이 들면서 세상이 많이 유쾌해졌다는 생각을 했다. 그에게 세상은 늘 우습고 쉬운 장난감 같은 것이었는데, 이제는 그의 자식뻘 되는 이들이 저렇게 자기는 뭐든지 안다는 것처럼 말을 한다.

물론 자타가 공인하는 희대의 천재가 '세상이 우습다'고 해도 비웃을 어른은 많지 않았겠지만, 혹시 그가 저 나이일 때도 이런 식으로 즐거움을 느끼는 사람들이 있었을까.

루트비히는 시릴이 왜 웃는지 전혀 이해하지 못하는 것 같았다. 시릴은 진심 어린 감사를 담아 허리를 숙였다.

"저는 전할 말씀을 모두 올렸으니 이만 물러가 보겠습니다, 전하. 신의 영광이 전하에게 있기를."

부디 앞으로 겪을 고난을 이겨내고서.

안네그레트는 동이 트기 전에 눈을 떴다.

이르고 일정한 시간에 눈을 뜨는 것은 안네그레트가 어려서부터 늘 지켜온 일과였다. 아버지는 약속이라도 한 듯 그런 그녀와 같은 시간에 하루를 시작했고, 어머니는 아침 식사를 할 즈음 그들 부녀와 합류했다. 바이언트 가문 사람들이 대대로 살아온 성은 아주 오래된 것이라 아침엔 항상 축축한 이끼 냄새와 돌 비린내가 났다. 이 황도에 있는 바이언트 가의 별장보다 객관적으로 쾌적하지 않은 환경이었지만, 그녀는 그 냄새와 연한 푸른색의 공기를 늘 사랑했다.

황궁에서 맞는 아침은 그러나 전혀 느낌이 달랐다. 황궁 사람들은 동이 트기 직전까지 연회를 즐겼기 때문에 안네그레트가 제시간에 눈을 뜨면 궁을 떠나는 사람들의 마차 소리가 부산했고 아직 음식 냄새가 났다. 하녀들은 아침에 일어나 간밤의 쓰레기를 버리러 나갔는데 그 쓰레기의 양이 대단히 많아 추스를 수도 없었다. 아침 식사는 아랫사람들이 지난밤 남은 음식으로 대충 때우는 끼니를 의미했고 그나마도 굶고, 음식을 바깥에 내다 파는 경우가 많은 것 같았다. 황궁의 화사한 방과 복도는 값비싸고 눈부신 것으로 장식되어 있어 밤새 이슬에 젖은 돌에서 나는 기묘한 향수 같은 것은 없었다.

그리고 안네그레트의 방은 온통 나무로 이루어져 있는 다락이었는데 장식은커녕 물건을 둘 공간 자체가 협소했다. 그러나 그녀는 처음 이 방을 받았을 때 태자의 침실이 바로 내려다보이는 위치라는 사실에 만족했고 그 이상은 원하는 것이 없었다. 그녀의 아버지도 기사가 지내는 공간은 검과 갑옷을 둘 곳이 있으면 충분하다고 말하곤 했었다. 물론 몸이 약한 어머니와 결혼하고 나서 아버지는 한 번도 어머니가 불편을 느낄 만한 공간에서 잠을 잔 적이 없다는 것을 안네그레트는 알고 있었다.

똑똑. 밖에서 하녀들이 서로의 문을 두드리는 소리가 들렸다. 안네그레트는 짧게 기도한 후 머리칼을 단정하게 묶고 얼굴을 정리했다. 그녀의 주군은 자기의 종자에게 시중드는 사람과 같이 사치스러운 것을 붙여줄 생각이 없다고 분명히 말했고 안네그레트도 그의 말이 옳다고 생각했다. 이제 요 며칠간 그래왔던 것처럼 가장 편하고 소박한 옷을 입고 주방에 내려가 물을 얻어 세수를 해야 했다.

똑똑. 이번에는 문 두드리는 소리가 아주 가깝고 크게 났다. 이곳에 오고 나서 한 번도 겪지 못했던 일이라, 안네그레트는 한 박자 후에야 누군가 자신의 방문을 두드리고 있다는 사실을 깨달았다. 그녀는 얼떨떨해하다가 문을 열었다.

"예."

문 앞에 서 있던 시종은 자신이 문을 열 생각이었던 듯 손을 이미 반쯤 뻗고 있었다. 그는 안네그레트의 얼굴을 보더니 얼른 정중하게 자세를 고치고 헛기침했다.

"이른 시간에 송구합니다, 라이헤르타 남작님. 태자께서 오늘부터는 다른 종자분들과 함께하라 명하셨습니다."

반가운 말이었다. 안네그레트는 요 며칠 '창고에서 잡일이나 하라'는 명에 따라 주로 물건을 나르거나 닦고만 있었던 것이다. 물론 그것도 종자의 일이기는 하지만, 한 사람의 기사가 서임받기 전에 종자 생활을 하는 것은 다른 기사를 보고 그의 행동을 배우는 데에 의미가 있었다. 먼저 들어온 종자들이 어떻게 살고 행동하고 훈련하는지를 보면 좋을 것이다.

안네그레트는 기쁜 마음으로 대답했다.

"알겠네. 어디로 몇 시까지 가야 하는지 알려주면 그대로 하지."

"예, 남작님. 태자 전하의 종자 수련을 하고 계시는 분들께서는 서편 소연무장을 매일 이용하고 계십니다. 매일 아침 기상하신 후 바로 내려가시면 됩니다. 하오나 오늘은 태자 전하께서 먼저 남작님을 뵙고자 하시니 차비하시지요."

이것은 더 좋은 소식이었다. 안네그레트는 당장 방으로 들어가 자신의 차림을 점검하고, 주군 앞에 나서기에 적합하다는 판단이 서자마자 시종을 따라 걸음을 옮겼다.

시종은 귀하게 꾸며진 문과 통로를 따라 태자의 아파트로 향했다. 안네그레트는 어릴 때 황궁에 드나든 일이 있었지만 태자를 찾아가는 길은 처음이라 주위를 흥미롭게 둘러보았다. 슬슬 손님들은 다 돌아갔는지 복도는 대부분 청소 중이었다. 복도 저편의 끝에서부터 들어오는 햇살에 길고 눈부신 빛의 길 같은 것이 생겨났다.

한참 여러 모퉁이를 돌고 몇 개나 되는 좁은 방을 지나서야 태자가 쓰는 아파트의 문이 보였다. 제비꽃색으로 칠하고 황금빛으로 반짝이는 청동 장식을 단 문 앞에 서서 시종은 문을 두드렸다.

"전하, 라이헤르타 남작을 데려왔사옵니다."

문 안쪽에서 날카롭고 딱 부러지는 목소리가 들려왔다.

"들어와."

시종은 문을 열었다. 안네그레트는 문 앞에서 한 번 안쪽을 향해 허리를 숙여 보이고 나서 그 뒤를 따라 방에 들어갔다.

태자의 아파트는 안네그레트가 방문해 본 황제의 아파트보다 확연하게 작았고 딸린 방도 적은 것 같았지만 거실에서부터 호화롭고 격식이 있었다. 문과 마주 본 유리창은 크고 맑고 높아 햇빛이 충분히 들어왔고, 역시 청동으로 한껏 기교 있게 만든 큰 벽난로와 그 유리창 사이로는 하늘처럼 맑은 색의 아름다운 책상이 있었다. 남은 공간에는 푹신한 소파와 그림, 조각, 도자기, 촛대 따위가 훌륭한 감각으로 배치되어 있었고 아주 높이 올라간 천장에도 청동 몰딩이 신화 속의 이야기를 묘사하고 있었지만, 안네그레트는 미술품에 눈길을 주기보다는 그 책상 앞에 앉은 사람에게 집중했다.

시종과 안네그레트가 들어옴으로서 거실에 있는 것은 네 사람이 되었다. 책상 앞에 앉아 있던 태자, 루트비히는 지루한 얼굴로 시종에게 턱짓했다.

"수고했어, 테다인. 이제 뭐 마실 거라도 가져와."

"와인을 벌써 다 드셨습니까?"

"물을 그렇게 많이 타는 녀석이 어디 있어? 더 진한 걸로 가져와."

"이른 시간인지라."

"뭐 어때서."

"차라리 다른 음료를 드시지요."

"진한 거 가져오라고 했어."

테다인이 그냥 황궁에서 일하는 평범한 시종 중 하나일 거라고 생각했던 안네그레트는 생각 외로 루트비히가 그와 격의 없는 대화를 주고받아 조금 당황했다. 루트비히는 안네그레트에게 손짓했다.

"가까이 와. 책상 앞으로. 그렇게 어정쩡하게 서 있지 말라고."

안네그레트는 주군의 명령에 따라 책상 가까운 곳으로 갔다. 루트비히는 뭔가 편지를 쓰고 있었던 듯 미색의 카드를 집어 후

후 붙자, 옆에 서 있던 소박한 차림의 젊은 기사가 얼른 흰 가루를 서랍에서 꺼내 뚜껑을 열어주었다. 이 기사의 가슴에 달린 메달을 보고 안네그레트는 그가 카르가링겐 후작가의 일원이리라는 것을 짐작했다. 노령의 전 카르가링겐 후작 부인은 안네그레트의 어머니와 친했기 때문에 그녀도 여러 번 만난 적이 있었다.

장식은 소박하지만 분명히 훌륭한 옷감을 사용한 세련된 옷과 그 너머로 드러나는 단련된 몸을 보면 지체 높은 기사인 것 같은데. 그러면 그 역시 루트비히에게서 배운 기사일까. 안네그레트가 적절한 위치에 서자 기사는 고개 숙여 인사했고 그녀도 얼른 답했다. 루트비히는 눈길을 카드에 고정한 채 무뚝뚝하게 말했다.

"인사해. 이쪽은 라인홀트, 파스텐 경이야. 내게 기사 서임을 받았으니 안네그레트에겐 선배 되지."

"처음 뵙겠습니다, 라이헤르타 남작님."

라인홀트는 잘 웃지 않는 사람인 것 같았다. 안네그레트는 정중하게 선배에게 인사했다.

"안네그레트 바이언트입니다. 지금은 태자 전하의 종자로서 귀족의 신분을 내세울 수 없으니, 부디 편히 이름을 불러주십시오."

라인홀트는 약간 이상한 얼굴을 했다. 카르가링겐 지역을 지배하는 파스텐 가는 지체 높은 가문이었지만 그 집안의 일원이라 해도 작위가 없다면 지금 공식적으로 라이헤르타 남작령을 상속한 안네그레트에게는 공대하는 것이 법적으로 옳았다.

"어떻게 그럴 수가 있겠습니까."

루트비히는 신뢰하는 부하가 손을 저으려 하자 쌀쌀맞게 나섰다. 그의 초록색 눈이 안네그레트에게 고정되었다.

"왜? 라인홀트. 안네그레트는 그게 좋대. 신 앞에서 맹세한 그대로, 내 소유물로만 있고 싶대. 원하는 대로 이름 불러줘."

라인홀트는 루트비히가 심술을 부리고 있다는 것을 눈치채고 속으로 당황했다. 라인홀트는 친하지 않은 귀족을 이름으로만 불러본 적이 없었다. 그러나 루트비히의 고집에 따르지 않는다면 이후에 수많은 괴롭힘을 당하게 될 것이다.

"전하."

"안네그레트의 말이 맞아. 그렇지, 안네그레트? 네가 그랬잖아. 기사도를 따르는 훌륭한 기사가 되겠다고."

정작 안네그레트는 아무런 표정 변화가 없었다. 그녀는 오히려 이것이 옳음을 절대적으로 확신하는 얼굴로 씩씩하게 대답했다.

"예, 전하. 파스텐 경, 모쪼록 태자 전하께 속한 하나의 종자로만 대해주십시오. 저는 그것이 옳다고 생각합니다."

안네그레트의 말이 틀린 것은 아니었다. 다만 종자가 원래 자신이 가진 고귀한 신분을 아주 잊고 대해달라고 남들에게 요구하는 전례가 아주 적을 뿐이다. 라인홀트는 고민하다가 아예 호칭을 빼고 대답했다.

"예, 알겠습니다."

그때 아까의 시종이 와인잔을 가져다가 루트비히의 앞에 놓았다. 루트비히는 음료를 반 잔이나 그대로 들이켠 뒤 아무렇지도 않은 얼굴로 안네그레트에게 불쑥 말했다.

"그래, 내가 왜 불렀는지 모르지?"

그야 알 수가 없었다. 안네그레트는 성실하게 대답했다.

"예, 전하. 모릅니다."

"슈빔마렌 후작이라고 내 육촌 형제가 있는데 그이는 아나?"

안네그레트는 자신이 어릴 적 슈빔마렌 후작을 만난 적이 있는지 잠시 헤아려 보았다. 아마 어디서 마주쳤을 수는 있겠지만, 얼굴은 기억할 수 없었다. 그녀는 어느 정도 장성한 후로는 남작령을 돌보고 검술 수련을 하느라 황도에 잘 오지 않았던 것이다.

"성함만 압니다."

"그래, 그런 사람이 있어. 황제 폐하께는 상속권이 인정되는 남자 형제가 없고, 나 또한 마찬가지니 부신에서 가장 고귀한 혈통을 타고난 사내 중 하나지. 그런데 그 슈빔마렌 후작이 나한테 같이 사냥을 가자고 해서, 내 종자들도 다 데려가 예의를 갖출 생각이야."

안네그레트는 황도에서 사냥을 해본 적이 별로 없었다. 기대로 그 눈이 약간 반짝이는 것을 보고 루트비히는 어쩐지 입술을 비틀었다.

"그러니 너도 당연히 가는 거지. 너는 내 종자로 들어온 지 얼마 안 됐으니까 예의범절도 다 익히지 못했고, 어떻게 할까 많이 고민했지만 일단 그렇게 결정했어. 내 여동생도 초대할 테니 황족들의 사냥 모임이지. 거기서 혹시 예의에 어긋나는 행동을 하지 않도록 조심해."

"예, 전하."

안네그레트는 깍듯하게 허리를 숙였다. 루트비히는 그 얼굴을 조금 더 쳐다보다가 지금까지보다 더 쌀쌀맞고 건조하게 말했다. 그의 초록색 눈이 심술궂게 빛났다.

"그리고, 알겠지만 내 종자 중에서는 네가 가장 최근에 들어왔으니 내 시중을 가장 가까이에서 드는 건 너여야 돼. 지금까지는 황궁에 적응하고 쉴 수 있도록 했지만 이제는 테다인의 일을 나눠서 하도록 해."

라인홀트는 더 놀랐지만 겉으로 그것을 드러내지 않았고, 테다인은 이미 귀띔받은 것이 있었기 때문에 평온한 표정이었다. 테다인은 안네그레트에게 친절하게 자신을 소개했다.

"테다인 하쉬겐스타트입니다. 부끄럽지만 하쉬겐스타트 백작의 아들로, 부족한 저희 집안에 황가가 베풀어주신 은혜를 갚고자 이렇게 태자 전하를 모시고 있습니다."

이 시종이 어느 정도 신분이 높을 줄은 알았지만 궁중백의 아들일 줄은 몰랐다. 하쉬겐스타트 백작은 안네그레트도 몇 번인가 본 적이 있었는데 이제 보니 얼굴의 윤곽과 눈매가 비슷한 것 같았다. 안네그레트는 고개를 까딱했다.

"몰라 뵈어 죄송합니다. 앞으로 잘 부탁드립니다."

"별말씀을. 한미한 집안 출신이니 불편한 점이 있으시다면 언제든 편하게 말씀해 주십시오."

하쉬겐스타트 백작은 영지가 없고 그 세대에 이름을 수여받은 자라 아들이라 해도 작위를 물려받을 수 없었지만, 이만큼 태자와 가깝다면 그 또한 궁중 백작의 지위 정도는 언제든 얻을 것이다. 그러므로 저 말은 완전한 겸손이었다. 안네그레트는 그의 겸손을 본받아야겠다고 생각하며 다시 고개를 숙였다.

루트비히는 찬란하게 장식된 깃펜에 다시 잉크를 적시며 책상을 두드렸다.

"내 신변의 시중을 드는 건 안네그레트가 하는 게 낫겠지. 테다인은 궁중예법에 밝아서 여러 모로 해줄 일이 많거든. 안네그레트는 궁중예법을 배운 적이 없겠지?"

"외람되오나 전하, 배운 적은 있사옵니다. 하오나 제가 어리석어 많이 부족한 것은 사실이옵니다."

어려서부터 자기 땅을 떠나는 일이 적었던 안네그레트가 황도식의 복잡하고 섬세한 예법을 배울 이유가 없었다는 생각에 지레짐작했던 루트비히는 의외로 그녀가 당당하게 대답하자 눈썹을 들었다.

"……그래? 누구에게 배웠지?"

"어머니에게 배웠습니다."

"아, 게오르츠 백작 부인."

루트비히는 잠시 괴로운 얼굴을 했지만 그 눈빛은 누군가가 눈치채기 전에 그대로 심술궂은 표정에 녹아 사라졌다. 그러고 보니 안네그레트의 말은 당연했다. 그 어머니인 게오르츠 백작 부인에게 예의범절을 가르친 것이 누구였던가…….

"아무튼 안네그레트는 지금 궁정 사람들을 잘 모르잖아, 그렇지?"

"말씀하신 대로입니다, 전하."

"그러니 바쁘더라도 아침저녁으로는 내 옆에서 시중을 들고, 낮에는 종자로서 할 일을 하도록 해. 뭘 할지는 선배들이 가르쳐 줄 테니까. 연무장으로 가라는 내 명령은 전했지, 테다인?"

"예, 전하. 물론 전했습니다."

"그래. 알았지?"

할 일이 이렇게 많이 주어지다니 기쁜 일이었다. 안네그레트는 진심을 담아 감사했다.

"성은이 망극합니다, 태자 전하. 이 한 몸 아끼지 않고 봉사하겠습니다."

"아버님께서 또 오라버님을 놀리시는군요."

이 나라에서 황제와 황후, 그리고 태자 이외의 모든 사람들에게 하슐레타 백작 부인으로 불리는 황녀, 드란힐트는 입술을 비틀며 웃었다. 그 앞에 앉아 있던 황후는 흥미라고는 전혀 느껴지지 않는 얼굴로 심드렁하게 물었다.

"무슨 카드니, 아가?"

"오라버님께서 저에게 사냥 파티에 참석하라시네요."

백작가의 딸의 손을 통해 전해진 아름다운 미색의 카드에는 아룰라어로 신경질적인 글자가 적혀 있었다. 매끈하고 색이 일정한 최고급 종이에 쓰기에는 아까울 정도로 격식 없는 모양이었다. 황후는 딱히 카드를 보자고 하지 않았고 드란힐트도 그 점을 짐작해 먼저 설명했다. 드란힐트가 비스듬하게 누워 있는 소파는 최근에 황후가 큰돈을 주고 만든 새것으로, 흰 바탕에 새파란 무늬가 들어가 최신 유행을 따르고 있었다.

"슈빔마렌 후작이 저와 오라버니를 초대했는데, 아버님께서 그 초대에 응하라고 명하셨다는걸요. 어머님도 알고 계셨어요?"

드란힐트는 이번에도 자신의 어머니가 어떤 반응을 보일지 알고 있었다. 황후는 자신이 보던 꽃에서 눈길 한 번 떼지 않고 역시 심드렁하게 말했다.

"글쎄, 나는 잘 모르겠구나. 네가 가고 싶지 않다면 가지 않아도 된단다."

황후는 늘 이런 식이었다. 그녀의 고국인 지르날에서는 자녀에게 부모가 애정을 보이는 것이 자녀의 성품을 망치는 지름길이라고 가르친다던가. 오늘의 모임에 참석해 있던 다른 귀부인이 드란힐트 대신 황후의 권위에 반응을 보였다.

"어마, 황후께선 정말로 백작 부인을 아끼시는군요. 황제 폐하의 명이신데도 백작 부인이 원하는 대로 하라 하시니 따님을 향한 관대한 마음이 훌륭하셔요."

다른 귀부인들도 적당히 동의하는 반응을 보였다. 드란힐트는 카드를 다시 은접시 위에 올려놓고 그것을 자신에게 가져다준 아가씨에게 손짓했다.

"카드를 저기 놔주겠어요? 오라버님이 하시고 싶은 말씀은 다 들었으니 더 보고 있을 이유가 없네요."

아가씨는 후후 웃으며 은접시를 자기 옆의 시종에게 건넸다. 시종은 근엄하게 은접시를 가져다 적당한 곳에 놓았고 아가씨는 모임에 도로 합류했다.

"고마워요, 보첼 양."

"별말씀을. 태자 전하의 편지를 전해 드릴 수 있다니 제 영광인걸요."

드란힐트의 인사에 시피에트 보첼은 빙긋 웃었다. 아까 카드가 왔을 때 가장 눈을 반짝였던 귀부인이 시피에트를 짐짓 놀렸다.

"어머, 레이디 시피에트. 레이디 시피에트의 눈빛 한 번을 받아 보려다 좌절한 청년이 한둘이 아닌데. 이거 혹시."

"레이디 투셀린."

시피에트를 놀린 귀부인에게 좀 더 나이 들고 점잖은 귀부인이 슬쩍 눈치를 주었다. 레이디 투셀린은 황후의 눈치를 보고 바로 기가 죽었다. 확실히 이런 이야기는 황가 식구들이 있는 자리에서 꺼내기에는 적절하지 않았다. 보첼 가는 대법원장을 여럿 배출한 명문가였지만 황가와 혼약을 맺을 정도의 위세는 없었던 것이다. 부주의했다.

황후는 주름진 얼굴에 아무 반응을 보이지 않았고 드란힐트가 주홍색이 진한 입술로 미소를 지었다.

"왜요, 잘나신 우리 오라버님을 흠모하는 아가씨가 있다면 가족인 나로서는 꼭 자세히 듣고 싶은 이야기인걸요. 말해봐요, 보첼 양. 혹시 우리 오라버님에게 관심이 있다면 내가 귀띔이라도 해줄까요?"

시피에트는 이런 화제를 좋아하지 않았다. 그녀는 그럭저럭 쓴웃음을 감추며 명랑한 표정으로 사양했다. 예의 바른 대답을 했을 뿐인데, 하필 성격 나쁜 드란힐트에게 말꼬리를 잡히다니 재수가 없었다.

"당치 않은 말씀이어요. 미천한 저 따위가 어찌 태자 전하께 건방진 마음을 품을 수 있겠어요."

"뭐가 건방진 마음인가요? 우리 오라버님이라면 아가씨들이 흠모할 만도 하지요. 그렇지 않나요?"

"말씀하신 대로지만요, 백작 부인……."

"아아, 궁금하니 확실하게 말해줘요, 보첼 양. 우리 오라버님을 흠모하나요, 그렇지 않나요?"

드란힐트의 말에 억지스러운 애교가 섞이기 시작했다. 시피에트는 주변에 도와줄 사람이 없는지 슬쩍 눈치를 살폈지만 아무도 나서지 않았다. 그녀는 속으로 혀를 찼다. 황후의 시녀로 들어가 예의범절을 배우고 사교계에 얼굴을 알리는 게 어떻겠냐는 제안을 받았을 때는 아무도 시피에트에게 이런 경우에 어떻게 행동해야 하는지 알려주지 않았다.

"물론 흠모하지요. 아주 훌륭하신 분이잖아요."

"어쩜, 그럼 됐네요. 오라버님이 저렇게 젊고 건강하신데도 아직 혼사는커녕 애인 한 명을 두지 않으셨으니 이 어찌 온 궁중과 백성들의 시름이 아니겠어요. 보첼 양, 걱정하지 말아요. 보첼 양이 오라버님과 잘 만나볼 의향이 있다고 내가 꼭 얘기해 줄게요."

시피에트는 이제 어쩔 수 없이 난처한 얼굴을 드러냈다. 드란힐트는 비스듬히 누운 자세 그대로 시피에트를 빤히 쳐다보다가 시선을 돌렸다. 시피에트 보첼이 연애에는 큰 관심을 보이지 않는다는 것은 이 자리의 모두가 알고 있었다.

젊은 황녀의 예측할 수 없는 심술이 끝났다는 것을 안 또 다른 귀부인이 부드럽게 침묵을 깼다.

"슈빔마렌 후작의 사냥 파티에 태자 전하와 백작 부인이 함께 참석하신다면 그야말로 멋진 모임이 되겠어요."

드란힐트는 심드렁하고 부드럽게 대답했다.

"고귀한 모임은 되겠지요."

침묵을 깬 귀부인은 어떻게 대답해야 할지 몰라 단어를 조심스레 골랐다.

"레이디는 그 자리에 한 분이실 테니, 귀한 짐승이라도 잡게 된다면 그 모든 것이 백작 부인의 몫이 되지 않겠어요?"

"나는 귀한 짐승의 털가죽은 충분히 있답니다. 그런 걸 탐내서 사냥 모임에 나갈 필요는 없어요."

"어마, 그리고 보니."

분위기가 다시 차가워지기 전 레이디 투셀린이 아까의 실수를 만회하기 위해 조금 더 궁중에서 유행하는 화제를 던졌다.

"태자께서도 사냥 모임에 가신다면 종자들과 동행하실까요?"

드란힐트는 또 입술을 비틀었다.

"그렇겠죠."

"그러면, 그 예의 레이디 안네그레트 바이언트도 가게 되는 것 아니어요?"

"에이, 설마요."

조개껍데기가 붙은 부채를 들고 있던 귀부인이 웃으며 부채로 자기 입가를 가렸다.

"그 귀한 아가씨를 데리고 사냥을 어떻게 하겠어요."

레이디 투셀린도 깔깔 웃었다.

"하지만 남자보다 실력이 있다는 것을 보이지 않으면 웃음거리가 될 것 아니어요? 여우에게 지면 여우에게 시집을 가야 할 판이잖아요."

"그러니 더 나가면 안 되지요."

안네그레트 바이언트의 예의 '선언'에 대해서는 이 자리의 모두가 알고 있었다. 한바탕 웃음이 지나가고 드란힐트는 노골적으로 비아냥거리는 얼굴을 했다.

"내가 가서 잘 보고 오지요. 라이헤르타 남작이 과연 소문만큼의 실력이 있는지, 아니면 사냥개에게 시집을 가야 마땅한지 말이에요."

시피에트는 이번에는 난처한 기색을 잘 숨겼다.

안네그레트는 자신이 연무장에 들어서자마자 얼굴 옆으로 날아온 돌에 난색을 보였다. 연무장 한쪽에 크게 자란 나무에 기대서 있던 남자는 그녀에게 씩 웃어 보였다.

"겁먹을 거 없어. 맞으라고 던진 거 아니니까."

안네그레트는 이 말이 심한 모욕이라고 생각했다.

"그런 것이야 보면 안다."

나무에 기대 있던 남자는 고개를 젖히고 낄낄 비웃었다.

"어, 진짜 말도 남자처럼 하잖아. 그것도 책에나 나오는 노인네들처럼."

남자는 훌륭한 천으로 만든 옷을 입고 있었고 신발도 좋은 가죽에 공을 들인 물건이었지만 말투가 천박했다. 안네그레트는 무척 불쾌해졌다. 황궁에서 일하는 자 중에 저런 말씨를 쓰는 사람이 어떻게 있을 수 있을까.

"너는 말을 내 집에서 가장 비천한 하인보다 못하게 하는구나. 누구냐? 이름을 대라."

남자는 다시 웃었다. 안네그레트가 그를 때려눕히지 않은 것은 오직 종자가 사적으로 결투해서는 안 되기 때문이었다. 나무에 기대 있던 남자 옆으로 진한 갈색의 옷을 입고 더 나이가 들어 보이는 남자가 나타났다.

갈색 옷을 입은 남자는 안네그레트를 보자마자 인상을 썼다. 젊은 듯 얼굴이 매끈한 첫 번째 남자와 달리 갈색 옷을 입은 남자는 수염이 덥수룩했고 머리도 땀에 젖어 있었지만 손질이 안되어 있지는 않았다.

"뭐냐? 너는."

"뭘 물어. 바보냐? 쟤가 그 유명한 레이디 안네그레트 바이언트잖아."

그러니 이쪽이 누군지는 알고 시비를 걸었다는 말이다. 안네그레트는 심각한 얼굴로 자신의 검에 손을 올렸다. 갈색 옷을 입은 남자는 금세 뭘 씹은 듯한 얼굴로 안네그레트의 얼굴을 살폈다. 그녀는 가슴을 펴고 물었다.

"경칭을 붙일 필요는 없으나, 사람을 보자마자 돌을 던졌으니 내게 사과는 해줘야겠다. 이름을 대고 제대로 사과해라."

신의 가르침을 배우고 그 뜻에 따를 것   43

그렇게 말하면서도 갈색 옷을 입은 남자가 저쪽에 합세할 가능성을 재고 있던 안네그레트는 갈색 옷의 남자가 나무에 기대 있던 남자를 기가 막히다는 듯 노려보자 약간 안도했다. 두 남자 모두가 허리에 칼을 차고 있었고 특히 갈색 옷의 남자는 덩치가 상당했던 것이다.

"그랬냐, 키르시?"

"맞히려고 던진 거 아니야."

"이 자식이?"

갈색 옷의 남자는 키르시를 쥐어박았다. 키르시는 아, 하고 있는 대로 비명을 지르면서 그 자리에서 펄쩍 뛰었다.

"아퍼!"

"누가 신입을 괴롭혀도 된다고 했냐?"

"아, 뭐! 하일러, 너도 쟤 오는 거 싫잖아!"

"그렇다고 해서 사람을 보자마자 돌을 던져?"

갈색 옷의 남자의 이름은 하일러인 것으로 밝혀졌다. 안네그레트는 처음 만난 사람들이 벌써부터 자신을 앞에 두고 이러쿵저러쿵한다는 것에 어이가 없었지만 그들의 대화에서 한 단어를 캐치했다.

"신입이라고?"

안네그레트가 중얼거리듯 묻자 하일러와 키르시의 싸움이 멎었다.

키르시는 땅에 침을 퉤 뱉으며 고개를 돌렸고 하일러는 무뚝뚝하게 턱을 들었다. 그의 진한 색 수염 사이로 햇빛을 받은 땀이 반짝였다.

"그쪽에 계신 레이디께서 저희 주군에게 기사 서임을 받고 싶어 하신다는 말씀은 들었습니다. 불편하고 힘드시겠습니다만 일단 기사 서임을 정식으로 받으시기 전까지는 저희 미천한 놈들과 같은 소속이십니다."

그러니까 이 두 사람은 안네그레트보다 먼저 루트비히의 종자로 들어온 선배가 맞았다. 안네그레트는 여전히 어이가 없었지만 일단 검에서 손을 떼고 인사했다.

"처음 뵙겠습니다, 두 분. 미천하다는 말은 당치 않으십니다. 신 앞에서 맹세한 바에 따라 저는 주군이신 태자 전하께 종속되어 있는 동안 귀족의 서열을 내세우지 않을 터이니, 두 분께서도 모쪼록 기사가 되기 위해 필요한 것을 많이 가르쳐 주십시오."

하일러의 얼굴은 일그러졌고 키르시는 이를 드러냈다. 웃는 것은 아니었다.

"이봐요, 남작님. 내가 남작님한테 돌을 던진 건 심술이었다는 거 인정하는데, 이렇게 기분 더럽게 만들 것까진 없잖아."

대체 어느 부분이 그의 기분을 상하게 했다는 말인가? 정중하게 인사했을 뿐인데. 안네그레트는 키르시의 얼굴을 똑바로 보았다가 조금 놀랐다. 키르시는 정말로 화가 난 듯 눈을 퍼렇게 치뜨고 있었다.

"남작님은 저 바이언트 가의 장녀잖아요. 벌써 자기 소유의 땅도 있고. 나하고 여기 하일러는 귀족 집안에서 태어났지만 어디 다른 댁에 가서 충성 맹세라도 하지 않으면 먹고살 수가 없어요. 그래서 죽을 각오로 줄 대고 실력으로 경쟁해서 태자 전하 아래에 겨우 들어온 건데, 귀하신 분이 갑자기 황제 폐하 명으로 딱 들어온다고 하면 화가 나요, 안 나요? 예? 멀쩡한 사람이 더부살이 놀이하면서 고행 체험한다고 하는 것도 어이가 없는데, 삼백 년 전쯤 소설에서나 유행한 기사도를 가져와서는. 우리 놀려요?
어?"

하일러는 시선을 돌렸지만 표정 하나 변하지 않는 것을 보니 키르시와 같은 의견인 모양이었다. 안네그레트는 한숨을 쉬었다.

"제가 기사도를 말하는 것이 당신의 기분을 나쁘게 했다는 겁니까?"

"예, 당연하죠. 남작님이 엄청 유명한 장군님 딸인 건 알아요. 게오르츠 백작님은 우리도 다 존경하지. 멋있고, 실력이 있잖아. 그런데 그게 그 따님이 이런 시대에 기사 놀이를 해도 다들 봐줘야 하는 이유가 되나?"

키르시는 그쯤에서 또다시 땅에 침을 탁 뱉었다. 안네그레트는 잠시 생각했다. 그리고 자신의 생각을 정리한 후 침착하게 말했다.

"당신의 입장은 이해했습니다."

하일러의 표정은 조금 무너졌지만 키르시의 얼굴은 더 험악해졌다. 안네그레트는 그러나 키르시가 더 불평하기 전 왼손의 장갑을 벗어 던졌다.

키르시는 장갑이 자기 가슴에 닿기 전에 그것을 잡아챘지만 그렇다고 해서 이미 이루어진 일이 거짓이 되지는 않았다. 하일러는 눈을 크게 뜨고 안네그레트와 장갑을 번갈아 가며 보았고 키르시는 잠시 후 장갑을 으깨져라 움켜쥐고 고집스러운 얼굴을 했다.

안네그레트는 팔짱을 끼고 말했다.

"기사도의 첫째 가는 규칙은 신의 가르침을 배우고 그 뜻에 따를 것. 사정과 입장은 모두 이해했으나, 기사도를 삼백 년 전에 유행한 것이다, 기사 놀이다 하고 평가하는 것은 받아들일 수 없습니다. 오직 양심에 거리끼지 않고 옳은 길을 따르라는 신의 가르침에 따라 기사도는 지금도 누구나가 지키도록 노력해야 합니다. 설령 완벽히 지키는 것이 불가능할지라도, 그것이 기사도를 비웃는 행동에 당위성을 제공할 수는 없습니다."

키르시는 그제야 안네그레트가 몸에 자기 가문을 드러내는 그 어떤 표식도 소지하지 않았다는 사실을 깨달았다. 설마. 정말로? 하지만 그런 사람이 어디에 있단 말인가.

"종자의 신분으로 사사로이 결투할 수는 없으니 가르침을 청하는 것으로 하겠습니다. 적어도 제가 기사 놀이를 하기 위해 이 자리에 있는 것이 아니라는 사실은 증명할 수 있을 것 같습니다."

이 제안이 무엇인지 키르시는 이해했다. 하일러는 고개를 저으며 말리려 했다.

"좋지 않은 생각입니다. 키르시, 네가 화가 난 것은 알지만 그렇다고 해서."

"말리지 마, 하일러. '가르침'을 청하신다잖아?"

안네그레트는 키르시가 똑바로 서 다가오는 그 자세에서 투지를 읽었다. 그의 걸음걸이는 정확한 효율을 따르고 있었으므로 그녀는 속으로 만족스럽게 생각했다. 태자의 종자로 들어온 것이 실력이었다는 말은 사실인 모양이었다.

키르시는 싸늘하게 말하며 검을 뽑았다.

"살살 할 테니 나중에 울지는 마십쇼. 여자를 울렸다고 궁중에 소문이 나면 우리 아버지 체면이 말이 아니니까."

"그런 걱정은 하실 필요 없습니다."

안네그레트는 살포시 미소를 띠었다.

전하, 전하…….

멀리서 들리는 여자 목소리에 루트비히는 낯설어하며 꿈의 어둠을 살폈다. 주변에는 아무도 없었는데도 그 목소리는 끈질기게 그를 쫓아왔고 어쩐지 가슴 속을 조이는 것만 같았다.

전하…….

루트비히는 결국 포기하고 털썩 주저앉아 소리쳤다. 누구야?

전하…….

루트비히를 부르는 목소리는 멀어지지도 가까워지지도 않았다. 루트비히는 자신이 꿈을 꾸고 있다는 것을 알았고 그 꿈에 조금 더 묻혀 있어도 좋겠다고 생각했다. 저 목소리는 이상하게도 다정했고 그를 생각해 주는 것만 같았다. 우스운 일이었다. 그를 걱정하고 아껴준 유일한 여자는 오래 전에 죽었다. 그녀의 검은 머리.

검은 머리.

백합 같은 진한 향을 떠올리자 갑자기 꿈이 조금 더 일그러졌다. 주변의 모든 것이 그저 어두움일 뿐이었으므로, 뭔가가 '더' 일그러졌다는 깨달음은 순전히 꿈속이기에 가능한 일이었다. 루트비히는 숨을 죽이고 그 목소리가 다시 들려오기를 기다렸다. 오래 기다릴 필요는 없었다.

전하, 전하.

이상한 일이었다. 루트비히는 갑자기 그 목소리에 심술이 났다. 저것이 오래 전 죽은 그녀의 목소리라면 이런 감정이 일어날 리가 없는데. 그녀는 늘 우아하고 아름다웠고, 그는 그녀가 자신의 친어머니가 아니라는 것을 철이 들 때까지 부정해 왔다. 루트비히의 친어머니인 황후는 자기가 낳은 아이들을 자기 나름의 교육적인 이유로 늘 외면해 왔고 그는 친모에게서 거의 어떠한 정도 느낄 수 없었던 것이다. 대신 '그녀'의 목소리에 그는 항상 즐거이 응답했다…….

전하.

루트비히는 꿈속에서 고개를 갸웃했다. 목소리가 조금 바뀐 것 같았다. 저것은 '그녀'의 목소리가 아니었다. 그렇다기에는 너무 젊고 무뚝뚝하고.

아, 기억났다.

"전하."

루트비히는 순식간에 잠에서 깨어났다.

눈을 뜬 그의 앞에는 그야말로 검은 머리칼을 길게 기른 여자가 서 있었다. 그러나 이 여자의 머리칼은 꼭 묶여 있을 뿐 장식이라고는 전혀 되어 있지 않았고 몸은 크고 질겼다. 얼굴에서부터 단단한 발목까지 모든 자태가 다 아름다웠으나 그것은 궁중에서 보통 사랑하는 통통하고 연약한 아가씨의 몸매와는 다른 미의 형태였다.

기분이 나빠지니 머리가 절로 아픈 것 같았다. 루트비히는 인상을 썼고 안네그레트는 심각하게 물었다.

"불편하신 점이라도 있으십니까?"

"그야……."

다 불편하다. 루트비히는 몸을 벌떡 일으키며 안네그레트가 왜 자신의 침실에 있는지 고민했다. 그는 요 몇 년간 항상 테다인의 얼굴을 보며 일어났고 그가 챙겨주는 세숫물에 얼굴을 씻으며 하루를 시작했던 것이다.

루트비히의 마음을 읽은 것처럼 안네그레트가 얼른 휘장 밖으로 나가더니 청동 대야를 가지고 들어왔다. 그는 바로 세수하는 대신 안네그레트의 얼굴을 빤히 쳐다보았다. 그제야 그녀가 왜 이곳에 있는지가 떠올랐다. 아, 내가 아침저녁으로 오라고 했었지.

주인이 시중을 받지 않고 쳐다보자 안네그레트는 의아한 듯 눈썹을 약간 모았다. 루트비히는 무슨 말부터 해야 하는지 또 고민하다가 불쑥 물었다.

"테다인은 어디 있어?"

"오늘 아침 저를 데려와 무슨 일을 해야 하는지 가르쳐 준 후 바로 나갔습니다. 불러올까요?"

"아니……. 그럴 필요는 없어."

휘장 안으로는 햇빛이 거의 들어오지 않았지만 루트비히는 그 틈으로 반사되어 들어오는 노란색을 보고 아침이 밝았음을 알았다. 그는 망설이다 대야의 물을 써 세수했다.

"수건 여기 있습니다."

안네그레트는 테다인에 비하면 서툴렀지만 그럭저럭 빠릿빠릿하게 시중을 들었다. 루트비히는 얼굴의 물기를 닦아내며 입을 뗐다.

"와……."

"와인을 올리겠습니다."

이것 또한 미리 준비한 듯, 안네그레트는 루트비히의 침대 옆 협탁에서 물을 많이 탄 와인을 들어 건넸다. 루트비히는 그것을 마시며 안네그레트의 얼굴을 살폈다. 그녀는 이런 시중을 드는 것이 아무렇지 않아 보였다.

"테다인이 가르쳐 줬어?"

"예?"

"와인 준비하라고 가르쳐 줬냐고."

"예, 전하. 전하께서 아침에 꼭 드신다고 하여 준비했습니다."

"……그래."

트집을 잡을 구석이 없었다. 루트비히는 와인을 쭉 마셔 버린 다음 잔을 안네그레트에게 건넸다.

"다음엔 뭐 하는지 알아?"

"간밤에 전하께 온 우편을 가져오겠습니다. 그 후 옷을 갈아입으시는 것을 도와드리고, 식사를……."

"아니, 잠깐, 잠깐."

설마 했는데. 루트비히는 손을 들어 안네그레트의 말을 멈췄다.

"옷하고 식사는 필요 없어. 우편을 가져온 다음에는 연무장으로 나가서 다른 종자들과 함께 실력을 쌓도록. 저녁 식사를 할 때 다시 오면 돼."

안네그레트는 그 말에 심지어 혼란스러운 듯 눈을 약간 굴렸다. 이쪽이 혼란스럽다. 설마 그녀에게 일신의 시중을 일일이 다맡길 거라고 정말로 생각했을까. 그저 그녀를 더 잘 감시하고 행동을 통제하고, 가능하다면 이런 일을 하려고 여기까지 온 것이아니라고 불평하며 떨어져 나가기를 바라 했던 말이었다.

루트비히는 일말의 불만도 없다는 얼굴의 안네그레트를 조금더 보다가 손을 내렸다.

"뭐 하고 있어? 우편 가져와."

"예? 아, 예, 전하. 바로 가져오겠습니다."

안네그레트는 바로 돌아서서 휘장 밖으로 나갔다. 테다인보다신분이 낮은 시종 둘이 호화로운 진홍색 휘장을 걷었다. 루트비히의 침대에도 햇살이 가득 쏟아져 들어왔다.

안네그레트의 검은 머리채가 가끔 구름처럼 찰랑이는 것이 어쩐지 눈에서 사라지질 않았다.

"남작님, 남작님."

"이름을 부르시라 했습니다."

"에이, 남작님도 나한테 존댓말을 하는데 어떻게 그래."

반말을 하면서 존칭만 붙이는 것이 더 이상하다. 이전의 대련 이후로 부쩍 친근하게 구는 키르시를 안네그레트는 어이없어하며 보았다. 그녀의 검은 눈이 자신에게 꽂히자 키르시는 실실 웃으며 몸을 꼬았다.

"아니면 우리 애칭 부르는 사이 할래요? 난 남작님을 안나라고 부를 테니까, 남작님은 나를 키루스라고 부르는 거지. 서로 편하 게 부르자고."

"……정혼한 것도 아닌 남녀 사이에 어찌."

"뭐 어때, 이렇게 같은 주군을 모시는 종자 사이에. 이거 피보 다 진한 인연인데? 우린 이제 남매나 다름이 없다는 거지. 신 안 에서 말이야."

안네그레트는 키르시의 말에 일리가 있는 것 같아 잠시 고민했 다. 그리고 깔끔하게 결정을 내렸다.

"서로 편하게 말하지. 다만 키루스라고 부르는 것은 간지러우니 키르시라고 부르겠다. 괜찮겠나?"

"그렇게 나와야지! 아, 하일러 형님은 좀 보류하자. 그 양반은 좀 고지식해서."

안네그레트는 어이없는 얼굴로 키르시를 바라보다 노골적으로 하일러를 떠올렸다.

"처음부터 그분을 편하게 부를 생각은 없었다."

"그래? 좀 친해지면 되게 좋은 사람인데. 나 같은 거랑은 비교도 안 되게 실력도 좋은데, 집안이 진짜 안 밀어줘서 아직 서임만 못 받은 거거든. 백작가 계승 서열 5위니까, 뭐, 다들 집안에선 내놨지. 게다가 본인이 워낙 야망도 없는 사람이라."

확실히, 집안을 계승하기엔 서열이 너무 낮고 딱히 돈을 벌 수단도 없다면 그나마 이렇게 기사의 길을 걷는 것이 일반적이다. 혹 마상 시합 따위에서 두각을 드러내기라도 하면 그럭저럭 먹고 살 재산은 모을 수도 있고.

"실력이 많이 뛰어난가?"

"어. 그래도 남작님, 아니다, 아니다. 그러니까 안나한테는 비교도 안 되지. 나도 여기 있으면서 어지간한 건 다 본 줄 알았는데, 안나같이 말도 안 되는 괴물은 처음이었다니까?"

키르시는 그렇게 말하며 어제 든 멍을 소매를 걷어 보여주었다. 파랗고 노랗게 든 진한 멍은 상당히 오래갈 것 같았다.

집에서는 대련을 하다가 저 정도 상처를 입는 일은 흔했다. 안네그레트는 고개를 갸웃하며 진중하게 말했다.

"다음에 한번 가르침을 청하고 싶군. 나는 종자 일은 처음이니 배울 것이 많다."

"어, 그런 건 나한테 물어봐도 되는데. 실력은 내가 그쪽한테 한참 안 돼도, 윗분들 좋아하시는 건 꿰고 있거든. 태자 전하 거둥하실 때 뭘 어떻게 준비해야 되는지 다 물어봐. 내가 다 가르쳐 줄게."

"마음 든든하다. 고맙다, 키르시."

안네그레트는 고개를 끄덕였다. 키르시는 씩 웃었다.

"친애하는 우리 막내한테 이 정도야, 뭐. 나도 남작님, 아니다,

안나한테 궁금한 게 많거든."

안네그레트는 키르시 같은 사람이 그녀에게 궁금해할 게 뭐가 있는지가 오히려 의문이었지만 선선히 고개를 끄덕였다. 그녀는 숨길 것이 없었다. 적어도 거의.

"뭐가 궁금한지 말해봐라."

마침 마구간에 있던 말들이 코를 푸르릉거렸다. 키르시는 안네그레트 앞에 있던 밤색의 훌륭한 말을 쓰다듬어서 솜씨 좋게 진정시켰다.

"워, 가만있어, 인마. 우리가 지금 시간엔 너희 보모지만 보모들끼리도 재미 좀 볼 수 있는 거야. 그렇다고 근무 태만으로 아빠한테 이르면 안 된다?"

이곳은 태자가 아끼는 말들만을 모아둔 곳이었으니 키르시가 말하는 아빠는 물론 태자였다. 안네그레트는 근무 태만이라는 말에 양심에 가책을 느끼고 이제라도 입을 다물어야 하나 했지만 키르시는 그녀가 결론을 내리기 전에 얼른 질문을 쏟아냈다.

"있잖아, 왜 지금 기사 서임을 받으러 왔어? 아버지가 그렇게 훌륭한 기사님이고 아는 분도 많으니까 열다섯 살 때 서임받으려면 그냥 받을 수 있었잖아. 요즘은 종자 생활을 꼭 몇 년씩 할 필요도 없고. 갑옷이랑 말 다루는 걸 보면 가문에서 엄청 혹독하게 가르치신 모양인데, 아무한테나 약식으로 서임받으면 되지 뭐 하러 여기까지 와서 이 고생이야? 태자 전하가 주신 방이 서쪽 탑 꼭대기라며. 거긴 안나 같은 사람이 살 곳이 아닌데."

"나 같은 사람이 살지 못할 것은 뭐냐. 비바람을 막을 수 있고 검과 갑옷을 둘 공간이 있으면 되는 것이지."

키르시는 혀를 진심으로 내둘렀다. 그는 안네그레트가 허세를 부리는 성격이 아니라는 것을 몸으로 충분히 깨닫고 있었던 것이다.

"비위 진짜 세다. 거기 쥐도 많이 돌아다닌다던데."

"라이헤르타 땅의 성에도 쥐는 많다. 같은 건물에 사는 하녀들이 고양이를 기르고 있으니 쥐의 수도 조절되고 있고, 문제없다."

"자다가 얼굴에 안 떨어져?"

"아직 그런 적은 없다."

하지만 그렇다고 해도 큰 문제는 아니라는 식으로 안네그레트는 당당하게 말했다. 키르시는 낄낄 웃었다.

"그래도. 그래서 왜 서임을 이제 받으러 왔어?"

안네그레트의 미간이 잠시 좁아졌다.

"내 실력이 일천하여 감히 주군을 모시기엔 부끄러웠다."

뭐라는 거야. 키르시는 안네그레트의 말에 어이가 없어져서 아까까지보다 더 심하게 웃었다. 그녀는 최소한 태자보다는 강했다. 주군을 모시기에 부끄러운 건지, 주군이 모심받기에 부끄러운 건지. 그가 배를 잡는 것을 보고 안네그레트는 기묘한 얼굴을 했다.

"왜?"

"아니, 아니…… 내가 진짜 진심으로 보장하는데, 안나는 지금 당장 기사라고 하고 출전해도 웬만한 마상 대회는 우승할 거야. 진짜. 검술은 말할 것도 없고, 말 다루는 거 보니까 마술도 꽤 할 것 같은데. 아냐?"

"아버님과 함께 말을 타고 영지를 순찰하는 일은 어려서부터 해왔다만."

"그럼 됐네."

"하지만 마상 창 시합은 단순히 말을 다루는 것의 문제가 아니라 그 시합에 맞는 훈련을 오랫동안 해야 하는 것이 아니냐. 나 같은 자를 너무 치켜세울 필요는 없다."

"아니, 진짠데. 그런 대회에 나가려면 어머니 쪽, 아버지 쪽 양쪽으로 4대까지 귀족이었어야 하잖아. 그러니까 기본적으로 풀 pool이 좀 작거든. 나가는 사람들이 늘 나가는데, 여기 황성에서도 내가 유명한 기수를 여럿 봤어. 근데 최소한 검에서는 내가 그쪽만큼 하는 사람을 거의 못 봤어."

키르시의 어조에서는 진심이 느껴졌다. 안네그레트는 픽 웃었다. 흔치 않게 보인 그 웃음에 키르시는 약간 놀랐다. 부신 사교계 최고의 미녀라는 소문이 과연 틀리지 않았다. 귀족 아가씨의 피부가 눈처럼 희지 않아도 아름다울 수 있다는 사실을 처음으로 안 것 같다.

"말이라도 고맙구나. 하지만 내 아버님께 나는 단 한 번도 이긴 적이 없으니, 결코 자만해서는 안 된다는 것을 잘 알고 있다."

뭐 하는 괴물 집안이야. 키르시는 그렇게 말하고 싶었지만 안네그레테는 자신의 믿음에 확신을 가지고 있는 것 같았다. 그는 그저 쓴웃음을 지었다가 밤색 말의 갈기를 다시 빗기 시작했다.

"두고 보자고, 우리 남작님."

"안니카!"

달려든 친구의 몸은 따뜻하고 부드럽고, 이전에 비해 현저히 성숙한 느낌이 났다. 안네그레트는 생소해하면서도 친구를 맞아 반가운 미소를 지었다.

"시프. 오랜만이야."

"세상에, 너는 어쩜 먼저 보자고 하질 않니?"

시피에트처럼 달려들지는 않았지만 역시 숨길 수 없이 반가운 얼굴을 하고 있던 율리아가 짐짓 새침하게 불평했다. 안네그레트는 시피에트를 꼭 끌어안은 채 율리아에게도 웃어주었다.

"미안해, 율리아. 건강해 보여서 다행이야."

"그나마 네가 황도로 올라오기 전에 편지라도 주고 오지 않았으면 우리 다 단단히 토라질 뻔했어, 그거 알아?"

시피에트는 한참 안네그레트의 품을 만끽한 후 떨어지며 킥킥 웃었다.

"율리아가 네가 오기 전부터 걱정을 많이 했어. 우리 안니카가 와서 무슨 실수라도 하면 어떡하지, 너무 순진해서 무슨 계략에라도 말려들면 어떡하지. 그래서 모르는 게 있으면 다 알려주려고 잔뜩 준비하고 있었는데 네가 황도에 오자마자 태자 전하에게 가더니 이렇게 한참 동안 우리한테는 연락도 안 주고 말이야."

"그래."

율리아는 새침한 눈초리 그대로 고개를 끄덕였다. 그녀를 사교계 최고의 인물 중 하나로 만들어준 적갈색의 부드러운 머리칼이 최신 유행에 따라 구불거리며 등을 타고 흘렀다. 안네그레트는 그녀의 부드러운 팔에 감긴 호화로운 옷감과 그 위에 놓인 수에 잠시 눈을 빼앗겼다. 율리아에게는 그런 것이 아주 잘 어울렸다.

"우리가 어떤 친구니. 나는 이 나이 먹도록 끊임없이 자발적으로 편지를 보내면서 인연을 유지하는 건 너희 둘밖에 없다고. 사교계에서 내 편지를 먼저 받을 수만 있다면 뭐든 갖다 바칠 사람이 얼마나 많은지 알아?"

안네그레트는 쓴웃음을 지었다.

"미안해. 황도에 도착하면 원래는 며칠 쉴까 했는데, 생각보다 몸이 괜찮아서 그냥 바로 태자 전하를 뵈었어."

율리아는 짜증스러운 눈길로 친구를 보다가 결국에는 표정을 풀었다. 그들은 오랫동안 사귀어온 만큼 서로의 성품을 잘 알고 이해하고 있었다. 안네그레트의 이런 점은 율리아와 시피에트를 자주 짜증스럽게 했지만, 결국 성품이 그런 것이라 바뀔 수도 없다. 그리고 저렇게 고지식하고 원리 원칙을 사랑하는 친구이기 때문에 지금까지 인연을 유지하는 것이기도 한 만큼 어느 정도의 양해는 필요할 것이다.

"그게 바보라는 거야. 자, 이리 와, 안니카. 나도 안아줘야지."

"나는 지금 마구간에서 오는 길인데. 말 냄새가 밸지도 몰라."

"그런 건 네가 들어오자마자 알았어."

황궁에서 귀족 출신의 시종이나 시녀들이 쉬곤 하는 작은 통로 겸 방에 지금은 그들밖에 없었다. 안네그레트는 다가가 율리아와 포옹을 나누었다. 율리아는 시피에트와 달리 금세 떨어지며 인상을 썼다.

"정말로 냄새가 심하긴 하구나."

"미안해. 네가 멋진 드레스를 입고 일부러 꾸몄는데."

"아니, 그런 게 아니야. 나야 어차피 하루에도 몇 번씩 옷은 갈아입으니까. 내 말은, 네가 마구간 청소라도 하는 거니? 기사의 종자에게 어째서 이렇게 말 냄새가 진하게 나는 거야?"

안네그레트는 눈도 피하지 않고 평온하게 시인했다.

"태자 전하의 애마가 있는 서쪽 마구간은 내가 청소하고 있어."

"뭐?"

율리아와 시피에트는 동시에 깜짝 놀라 되물었다. 잠시 후 율리아의 눈초리가 날카로워졌다.

"그런 걸 왜 네가 하니? 귀한 신분의 종자가 하는 일은 말의 털을 빗기는 정도까지야. 그걸로 충분하다고. 네가 왜 천한 하인들이 하는 일을 했어?"

"말을 관리하는 것에 있어 마구간 청소는 더없이 중요한 부분을 차지해, 율리. 종자로서 나는 주군의 말과 무기와 갑옷을 관리하는 게 일이고. 당연히 내가 할 수 있는 일이야."

"하지만 하인들이 할 수 있는 일이기도 하잖아. 차기 백작인 네가 왜 마구간 청소하는 법까지 배워야 해? 못 한다고 해. 대체 누가 시킨 거야?"

"태자 전하께서 내린 명이야."

율리아는 입을 딱 벌렸고 시피에트는 기묘한 표정을 지었다. 잠시 후 너무 어이가 없어서 말도 안 나오는 율리아 대신 시피에트가 물었다.

"태자 전하께서…… 너한테…… 마구간 청소도 직접 다 하라고 하셨어……?"

"응. 내가 종자 중 가장 최근에 들어온 사람이니까, 당연히 내가 하는 거라고 하셨어."

시피에트는 그만 눈길을 돌렸고 율리아는 구두 굽을 부러뜨릴 뻔했다. 도대체 루트비히 태자는 무슨 생각이란 말인가. 통치 가문의 후계자에게 마구간 청소를 시킨다고? 황실에 아무리 잘 보이고 싶은 집안이라 해도 그런 명령을 받는 순간 돌아설 것이다.

그런데 그걸 또 하고 있는 이 친구는 무엇이며.

"그런 걸 하면서 이상하다는 생각이 안 들었어?"

율리아는 가까스로 자신의 값비싼 구두를 보존하고 침착하게 물었다. 안네그레트의 침착한 눈을 보니 조금은 자신도 진정되는 것 같은 기분이 들었다.

"그래."

안네그레트 또한 친구들이 무슨 말을 하는지 모르지 않았기 때문에 최대한 부드럽게 설명했다. 그녀는 말주변이 뛰어나지 않았으므로 얼마나 표현할 수 있을지는 알 수 없었으나, 그렇다고 해서 성심성의껏 설명하지 않을 수도 없었다.

"나는…… 시프, 율리. 나는 황도에 와서 태자 전하의 종자가 된 것이 아주 큰 행운이라고 생각해. 너희도 알다시피 태자 전하께서는 우리 가문에 딱히 호감이 없으셔. 그나마 우리 어머니가 가끔 황도에 올 때 얼굴은 보시는 모양이지만 그뿐이고. 그러니 받아주신 것만으로도 감사해. 내가 해야 하는 일이 무엇이 되든 그것이 종자로서 당연히 해야 할 일에 속해 있다면 나는 불만이 없어."

시피에트는 안타까운 얼굴을 했다. 안네그레트는 지금 이 친구가 어떤 생각을 하고 있을지 문득 궁금해졌다. 기사가 되겠다고 했을 때 집안의 전폭적이고 당연한 지지를 받은 안네그레트와 달리 시피에트는 곧장 검을 빼앗겼다. 어려서부터 자유분방했던 시피에트가 궁중에서 황후의 시중을 들게 되었다는 이야기를 들었을 때, 율리아와 안네그레트가 얼마나 걱정했던가.

사실 시피에트의 좌절은 안네그레트로 하여금 더 열심히 하자고 이를 악물게 만든 원동력 중 하나이기도 했다.

마구간 청소가 뭐 어떤가. 하녀들이 다니는 길을 이용하면 뭐 어떤가. 한 사람의 기사 후보로서 이렇게 받아들여진 것만으로도 다른 사람들이 얻지 못하는 기회를 받은 것이다. 부신에는 다른 나라에 비해 여기사가 많았지만 그들의 대부분은 높은 가문 출신이 아니었다. 오히려 결혼할 만큼 좋은 혼처를 찾지 못해 남편 대신 주군을 찾아야만 살아남을 수 있었던 여자들이다. 그러니 좋은 여주인을 만나지 않는 이상 대우도 그리 좋지 않았다.

"안니카."

율리아는 진정한 듯 한숨을 쉬고 안네그레트의 뺨에 키스했다.

"그래, 네 마음을 이해해. 나는 단지 네가 부당한 일을 당하는 게 싫어서 속상했어."

"나도 알아. 고마워, 율리."

안네그레트는 감사하는 마음으로 율리아의 손을 들어 친구의 향기로운 손등에 키스했다. 그 따뜻한 감촉은 가슴속을 직접 쓰다듬는 것처럼 그녀를 행복하게 했다.

사랑하는 어머님,

그리운 성에는 아직 찬바람이 불겠군요. 황도에는 아름다운 꽃이 많이 피었는데, 가족의 건강은 어떠한지요? 어머님과 아버님은 건강하신지, 세 동생은 건강하고 규칙적인 생활을 하고 있는지 궁금합니다. 페밀라는 여전히 어리광이 심한가요? 알비는 클라비어 실력이 더 늘었나요? 포르가 저를 찾으며 울지는 않았나요?

집을 떠날 때 어머님께서 보여주셨던 아쉽고 걱정스러운 표정이 아직 잊혀지지 않습니다. 불효자식은 아무 일 없이 황도에 잘 도착했으니 부디 마음 편안하게 놓으시길 빕니다. 아버님께서도 그리 말씀은 아니 하셔도 많이 염려하신 것을 압니다. 저는 건강하니 아버님께도 잘 말씀드려 주시면 감사하겠습니다.

황도의 삶은 제가 생각했던 것보다 훨씬 알차고 즐겁습니다. 태자 전하께서는 제가 도착한 날 바로 황궁 내의 신전에서 저를 받아들여 주셨고, 저는 황공하게도 황궁 안에 잠자리를 얻었습니다. 또 제 잠자리에서 멀지 않은 곳에 충분히 수련할 수 있는 넓은 공간이 있으니 이상적인 환경이라 하지 않을 수 없습니다. 제 선배들도 아주 친절하고 저에게 많은 것을 가르쳐 주십니다.

저와 함께 종자 생활을 하는 선배는 지금 두 분이 있습니다. 태자 전하께서는 이미 여러 기사를 서임하시고 충성 맹세를 받으셨는데 지금은 적절한 인재가 없어 두 명의 종자만으로 생활하고 계셨다고 합니다. 참으로 검소하고 훌륭하신 분입니다. 선배 중 나이가 많은 쪽은 아델란트 가의 하일러로 말이 없지만 성실하고 생활에 충실한 분입니다. 그리고 나이가 어린 쪽은 헤크볼트 가의 키르시로 저에게 아주 친절하게 대해주고 있으며 종자로서 해야 할 일도 이 선배에게 배우고 있습니다. 얼마 전에는 얇게 문양을 새긴 장식용 판금갑옷을 어떻게 하면 더 반짝이게 관리할 수 있는지도 배웠습니다.

우리 고향에선 여전히 사슬갑옷을 많이 이용하는데, 황도에는 판금갑옷을 만드는 대장간이 많은 것 같습니다. 판금갑옷을 차려입은 기사들을 많이 봅니다. 궁금해 물었더니 황도와 가까운 곳에는 철광산이 없지만 수요가 많이 몰려서 계속 들여오고 있다고 합니다. 무척 훌륭한 모습입니다. 얼마나 많은 병사들이 그런 갑옷을 입고 싸울 수 있는 것인지 알아봐야겠습니다.

황도에서 어린 시절의 친구들과 무사히 재회했습니다. 시피에트와 율리아는 둘 다 건강하고 행복하게 지내고 있습니다. 시피에트는 황궁에서 시녀로 일하면서 예법을 많이 배운 것 같고, 율리아는 어릴 때부터 그랬듯 주변을 끌어들이는 아이 그대로입니다. 듣자하니 율리아와 가까이 지내고 싶어 하는 사교계 인사들이 많아 그 아이는 온종일 카드를 받고 있다고 합니다. 과연 저와 안부를 나누는 짧은 시간에도 근사한 카드가 대여섯 개나 전해졌습니다. 둘 다 가족들의 안부를 궁금해하여 아는 대로 전했습니다. 알비가 이제 클라비어 연주를 아주 잘한다고 하니 둘 다 감탄했습니다.

시피에트와 율리아의 가족들도 모두 잘 지내신다고 합니다. 다만 시피에트의 할아버님은 이제 운신이 힘들어 법정에는 나가지 않으신답니다. 하지만 보첼 가 출신인 법관이 여전히 많으니 흥미로운 판례는 모두 알고 계신다는 모양입니다.

몇 년 동안이나 오지 않아서일까요, 아니면 어머님과 함께하지 않아서일까요. 사교계는 이제 저에게 완전히 아주 먼 나라의 무언가처럼 느껴집니다. 아버님께서 사교계를 불편해하신 이유를 잘 알겠습니다. 저를 잘 알던 어른들은 은퇴하시고, 저와는 어릴 때 파티에서 얼굴을 마주친 것이 전부인 사람들이 수많은 살롱의 중심이 되었습니다. 오해하지는 마십시오. 사교계에서 관심을 받고 싶은 것은 아닙니다. 저는 아침부터 저녁까지 충실하게 태자 전하의 종자로서 일하고 있으므로 자유 시간이랄 것이 적습니다.

어린 시절 저를 귀여워해 주셨던 황제 폐하께서는 황공하게도 얼마 전 저를 슬쩍 불러 황도 생활은 어떠냐고 여쭈셨습니다. 저는 황도 생활에 무척 만족하고 있으므로 그대로 말씀드렸습니다. 폐하께서 어머님과 아버님께도 안부 전하라 하셨습니다. 위대하신 황제 폐하께 신의 영광이 있기를.

라이헤르타 땅에는 이제야 먹을 것이 조금 생길 테지요. 겨우내 어머님께서 식량을 보내주셔서 정말로 감사하고 있습니다. 제가 없는 동안에도 부디 백성들이 주리지 않도록 돌보아주시면 기쁘겠습니다. 신전과 협력하여 늘 가난한 백성들에게 베푸시는 어머님을 진심으로 존경합니다.

실은 황도에 들어올 때 황도를 둘러싸고 있는 가난한 백성들을 보았습니다. 듣자 하니 그들은 원래 황도에 살던 이들이 아니라 머나먼 곳에서 살길을 찾아 올라왔다지요. 연고 없는 곳에서 가난한 자들끼리 서로 나눔의 정신을 실천할 수 있다면 좋겠으나, 제가 보았을 때는 길가에 굶어죽은 시체가 많아 마음이 아팠습니다. 가난해도 아는 사람이 있는 곳이 좋지요. 적어도 굶어죽기 전에 누구에게 꾸어 먹을 수는 있지 않았겠습니까. 황도에는 사람이 너무도 많아 신전에서 베푸는 데에도 한계가 있을 것 같았습니다. 황도에 수많은 작업장이 있다고는 하나 모두 거두기에는 너무 많은 사람이 몰리고 있습니다. 영명하신 폐하께서 물론 그분의 자녀들을 돌보실 테니 저는 너무 걱정하지는 않습니다.

저는 아직 태자 전하의 종자로 들어온 지 얼마 되지 않아 모든 일에 둔하나, 최선을 다해 살고 있습니다. 근 시일 내로 슈빔마렌 후작님의 사냥 파티에 저도 태자 전하의 종자로서 따라가게 되었으니 영광이 아닐 수 없습니다. 슈빔마렌 후작님 소유의 사냥터에서 태자 전하와 하슐레타 백작 부인이 함께 모이신다고 하는데 상상만 해도 아름다운 풍경입니다. 어릴 때 어머니와 황도를 방문하면 하슐레타 백작 부인—그때는 드란힐트 황녀 저하셨지요—을 뵙고 함께 놀곤 했는데, 벌써 결혼하셔서 어엿한 어른이 되셨다니 세월이 참 빠릅니다. 이번에 뵙고 인사드리고 싶은 마음은 굴뚝같습니다만 그것은 제 신분으로는 주제넘은 일이겠지요. 그저 먼발치에서나마 건강하신 모습을 뵐 수 있다면 저는 족하겠습니다.

태자 전하는 어릴 적 저와 논 기억이 거의 없으시답니다. 저를 기억은 하시지만 그뿐이시라 먼저 말씀해 주셨습니다. 워낙 옛적의 일이고 태자 전하께서는 저 따위를 기억하는 것보다 중요한 일이 아주 많으실 테니 당연하다고 생각합니다. 앞으로 제가 노력하여 태자 전하께서 먼저 기억해 주시는 사람이 되어야겠지요. 사냥 파티에 다녀온 후로는 태자 전하께서 소유한 베겔레브란 땅을 둘러보러 가자고 하십니다. 다른 장원이 어떻게 운영되는지 자세히 볼 기회이자 훌륭하신 태자 전하께 영지 경영에 대해 한 수 배울 기회라고 생각하니 두근거림이 멈추지 않습니다. 아주 멋진 경험이 될 것이라고 생각합니다.

이만하면 제가 황도에서 보고 겪은 일에 대해서는 다 말씀드린 것 같습니다. 어머님이 가끔 그러시듯 알비와 함께 황도에서 클라비어 연주회를 여신다면 오기 전에 꼭 말씀해 주십시오. 사랑하는 가족 모두에게 축복이 있기를. 포르가 혹 또 저를 보고 싶다고 울거든 훌륭한 사람이 되어 돌아갈 테니 걱정하지 말고 기다려 달라고 전해주십시오.

　다음에 다시 글월 올리겠습니다. 신의 이름에 영광 있으라.

사랑을 담아, 안네그레트.

Chap.2

국가와 장원의 법을 착실히 따를 것

　푸른 하늘이 끝없이 맑게 펼쳐졌다.

　가장 높은 곳에 몇 점이 떠 있을 뿐인 새털구름조차 떨게 할 정도로 맑고 장중한 나팔 소리가 울렸다. 곧이어 사나운 개 여러 마리가 컹컹 짖는 소리가 사방을 채웠다. 말발굽 소리, 먼지, 나뭇잎이 떨어지는 소리…… 탁! 정신없이 이어진 소리의 행렬 뒤로 화살이 어느 나무엔가 단단히 꽂히는 소리가 들렸다. 다시 개들이 크게 짖었다.

　나무 그늘 아래서 그 소리를 듣던 귀부인들이 서로의 얼굴을 보며 평온히 대화를 나누었다.

　"이번엔 누가 잡을까요?"

　"글쎄요, 아까는 슈빔마렌 후작님이 잡으셨으니 이번에는 태자 전하께서 잡으시지 않겠어요?"

　매끈하게 다듬은 나무판에 신화 속의 장면을 그려 넣은 부채로 햇살을 막고 있던 드란힐트가 빙긋 웃었다.

"우리 오라버님도 체면치레를 하시겠죠. 지기 싫어하는 분이니."

"영명하셔요, 하슐레타 백작 부인. 백작 부인 말씀대로겠지요."

깃털로 만든 특이한 부채로 얼굴을 가리고 있던 귀부인이 얌전히 드란힐트의 비위를 맞췄다. 드란힐트는 율리아에게 눈길을 주었다. 황가 식구들이 모이는 자리였으므로 남자들이 사냥을 하는 동안 황녀의 옆을 장식해 줄 손님은 몇 되지 않았다. 율리아 피츠콜의 가문은 이제 예전만 한 위세가 없었지만 그녀 본인은 사교계에서 가장 영향력 있는 사람 중 하나였기 때문에 이 자리에 특별히 초대되었다. 그리고 소문에 따르면……

"피츠콜 양은 어떻게 생각하나요? 라이헤르타 남작과 가까우시다니, 실력을 알겠지요? 이번에 우리 오라버님이 사냥감을 잡으신다면 라이헤르타 남작의 공이 얼마나 클까요?"

그 자리에 있던 다른 귀부인들이 한꺼번에 율리아를 보았다. 황녀의 시도 때도 없는 심술은 익숙했다. 율리아는 흠잡을 것 없이 우아하게 웃어 보였다.

"친애하는 안나카의 실력은 이 자리에 계신 고귀하신 숙녀분들이, 예, 여러분이 어떤 이야기를 들으셨든 조금도 못하지 않답니다. 저는 기사의 실력을 평가할 만한 눈이 없음에도 불구하고 안나카가 그간 자신의 땅에서 이루어 온 업적들을 비추어 감히 그렇게 생각합니다."

드란힐트는 율리아가 생각보다 훨씬 적극적으로 저 소문의 여기사와 자신 사이의 친분을 못 박자 내심 놀랐다. 지금 황도에서 안네그레트 바이언트에게 호의적인 말을 하는 사람은 적어도 사교계의 젊은이들 사이에는 거의 없었던 것이다. 하슐레타 백작가에도 안네그레트에게 청혼하러 갔다가 퇴짜를 맞고 온 사람이 있었는데 그는 그녀에게 실력으로 진 것이 아니라고 몇 번이나 강조했었고 그 말이 이제 와서 사교계의 바람을 타고 있기도 했다.

율리아는 말을 이었다.

"안니카는 자신의 역할을 잘 알고 있으니 틀림없이 태자 전하의 종자로서 부끄럽지 않은 행동을 하겠지요. 태자 전하께서 토끼 옮기는 일이라도 명하신다면 그 일을 최선을 다해 해낼 거라고 저는 믿고 있답니다."

오늘의 사냥이 어떻게 될지는 더 보아야 할 테지만, 율리아 피츠콜이 아까 한 말은 빠르면 오늘 밤부터 사교계에 불처럼 번질 것이다. 청혼을 거절당한 하슐레타 경의 말과 어려서부터 친하게 지냈다는 레이디 피츠콜의 말 중 어느 쪽을 믿을지는 개인의 취향 나름이었다. 그리고 적어도 이 자리에서는 율리아의 말이 훨씬 겸손하고 합리적이게 들렸다.

"남작을 많이 좋아하시는군요, 레이디 율리아."

머리에 구식으로 베일을 쓴 귀부인이 부드럽게 정리했다. 율리아는 사교계를 홀린 아름답고 천진한 미소를 지어 보였다.

"예, 아주 좋은 친구랍니다."

재미가 없어진 드란힐트는 딱딱하게 얼굴을 굳혔다. 상황을 파악한 그 자리의 귀부인들이 얌전히 입을 다물었다. 이전 황궁에서 열렸던 작은 모임에서 드란힐트가 안네그레트에 대해 어떤 태도를 보였는지 물론 모두가 알고 있었다.

최고의 혈통인 하슐레타 백작 부인과 최고로 인기가 있는 레이디 율리아의 사이가 이번 일로 거북해질까? 부채 아래로 복잡한 시선과 미소와 손짓이 오갔다. 결론이 나오기 전에 사냥에 성공했음을 알리는 나팔 소리가 숲을 울렸다. 부부우부우.

"잡으셨나 보네요."

잠시 이어진 침묵에도 표정 변화가 없던 드란힐트가 노골적으로 심드렁하게 말했다. 깃털 부채를 가지고 있던 귀부인이 손뼉을 쳤다.

"태자 전하의 나팔이었지요?"

"예. 분명히 그랬어요. 하슐레타 백작 부인의 예측이 틀림없었네요."

율리아도 명랑하게 동의했다. 드란힐트는 여전히 딱딱한 얼굴이었지만 말투는 조금 더 부드러워졌다. 자기를 따르는 귀부인들 앞에서 기분 상해하는 것이야 자유였지만, 태자의 승리 앞에서 기뻐하는 모습을 보이지 않는 것은 그녀의 입장에서도 난처했던 것이다.

"뭘 잡으셨을까?"

"정말 궁금하네요. 아까 개 짖는 소리가 크게 났잖아요? 뭐든 멋진 사냥감일 테지요."

"붉은 사슴이면 좋겠네요."

"아이, 붉은 사슴이 그렇게 쉽게 잡히나요."

별 의미 없는 추측을 몇 마디씩 주고받고 귀부인들은 다시 우아하게 눈웃음을 나누었다. 하늘은 여전히 푸르렀고 바람은 기분 좋게 불었다.

창으로 멧돼지를 단번에 꿰뚫은 뒤 안네그레트는 말머리를 돌렸다. 흥분해 있던 말은 잠시 푸르룽거리며 앞다리를 들었지만 곧

기수에게 순종했다. 착한 녀석이었다. 태자의 마구간에 있던 녀석이니만큼 워낙 명마이기도 했지만, 성품도 좋다.

"조심해라!"

함께 돼지를 몰았던 하일러가 경고했다. 그는 멧돼지의 움직임에 번쩍이는 눈을 고정하고 주의 깊게 숨을 골랐다. 라이헤르타 땅에서 해수를 여러 번 잡았고 멧돼지에 대해서는 잘 알고 있으므로, 안네그레트는 하일러의 태도가 적확하다고 생각했다. 아까 활을 쏘는 것을 보니 솜씨도 뛰어나다.

쿠에에엑. 돼지가 끔찍한 소리를 지르며 바르작거렸다. 라인홀트가 루트비히에게 말했다.

"전하, 금세 죽겠습니다."

"알아. 그렇게 둘 순 없지."

오늘 본 것 중 가장 사나운 사냥감을 종자가 단번에 죽여 버리고 주군은 그것을 받기만 했다면 기사의 체면이 말이 아니다. 루트비히는 말에서 내려 레이피어를 뽑았다. 라인홀트도 곧장 주군을 호종했다.

멧돼지의 다리가 간헐적으로 떨렸다. 루트비히는 바로 숨통을 끊었다. 멧돼지는 사냥개는 물론이고 말도 충분히 죽일 수 있다. 아무리 죽기 직전이라고 해도 함부로 다가가려면 상당한 위험을 감수해야 했다.

"나팔을 불어라."

라인홀트는 멧돼지의 무거운 몸에서 생기가 스러지자 키르시에게 가볍게 명령했다. 키르시는 얼른 나팔수에게 가 나팔을 불도록 지시했다. 부부우부우, 하고 죽은 멧돼지의 털도 곤두설 정도로 맑고 높고 웅장한 소리가 퍼졌다.

루트비히는 나팔 소리가 울릴 동안 귀가 아파 인상을 쓰고 있다가 겨우 주변이 조용해지자 안네그레트에게 눈짓했다. 안네그레트는 말에서 내려 주군에게 공손하게 다가갔다.

"멋진 솜씨셨습니다, 전하."

"네가 그렇게 말하니 놀리는 걸로밖에 안 들리는걸. 이 녀석은 네가 다 잡은 거야."

안네그레트는 주군이 불쾌해하는 것이라고 생각하고 당황하며 고개 숙였다. 확실히, 들떠서 너무 나섰는지도 모른다. 하지만 창을 꽂아 넣을 완벽한 기회가 보이니 몸이 멋대로 움직였다. 이렇게 크고 힘센 짐승을 잡을 때는 괜히 머뭇거리다가 누가 정말로 크게 다칠 수도 있으니 잘못했다는 생각은 들지 않았지만, 루트비히의 입장에서는 종자가 주제넘게 행동한 것이라 느낄 수도 있었다.

"송구합니다, 전하."

"난 칭찬한 거야."

루트비히는 픽 웃었다. 안네그레트는 안심해도 되는 것인지 아닌지 판단이 서지 않아 잠시 그대로 서 있었다. 루트비히가 도로 자기 말에게로 향하자 라인홀트가 다가와 안네그레트에게 작게 귀띔했다.

"네 솜씨를 칭찬하신 것이다. 나도 칭찬하고 싶구나. 훌륭했다."

이 선배는 자신과 성격도 비슷해 보이는데, 어떻게 저렇게 주군의 마음을 확신할 수 있을까. 안네그레트는 그것이 신기하다고 생각하며 겨우 선배에게 빙긋 웃었다. 자신도 계속 같은 주군을 모시다 보면 그와 같이 할 수 있을까.

"감사합니다."

"라인홀트, 뭐 해? 어서 이리 와."

어느새 말에 오른 루트비히가 라인홀트를 불렀다. 라인홀트는 얼른 주군에게 돌아가 자기도 말에 올랐다. 안네그레트는 키르시와 함께 멧돼지를 수습했다. 피가 수풀을 어지러이 적셨다.

그때 사냥개가 컹컹 짖는 소리와 함께 풀이 마구 흔들렸다. 자리를 뜨려던 루트비히는 인상을 쓰며 말을 멈췄다. 곧 듬성듬성한 나무 사이로 모자에 푸른 깃을 꽂은 무리가 나타났다.

이쪽은 오늘 저쪽과 다른 팀이라는 것을 보이기 위해 하인 하나까지도 붉은 깃을 머리에 꽂고 있었다. 번쩍이고 화려한 모자에 푸른 깃을 단 남자가 한껏 장식된 준마에 타고 빙글빙글 웃으며 다가왔다.

"태자 전하, 큰 수확이 있으셨습니까? 나팔 소리가 시원하더군요."

"슈빔마렌 공, 가까운 곳에 있었던 모양이군."

일단 로세드 슈빔마렌이 가까운 곳에서 말을 걸자 루트비히는 아무렇지도 않게 싱긋 웃으며 대답했다. 로세드는 금방 멧돼지를 보고 휘파람을 불었다.

"대단한데요. 저렇게 덩치 큰 놈이 여기 있었습니까?"

"자네 사냥터잖아."

"가끔 목격담은 들었습니다만 과장인 줄로만 알았죠. 저런 놈을 잡으시다니, 이거 오히려 태자 전하께서 제게 돈을 주셔야겠는데요."

로세드는 농담처럼 말하며 하하 웃었고 루트비히도 픽 미소는 지었지만 사실 우스운 이야기는 아니었다. 루트비히는 로세드가 황실의 사슴을 멋대로 잡은 것에 대해 계속 생각하다가, 그것이 황실의 권위를 향한 도전이라는 데까지 비약이 가능하도록 준비해 둔 참이었다. 언제 실수 한 번이라도 해보라지. 그런데 어디서 이걸로 빚은 다 갚았다는 식으로 웃고 있어?

"여기서만 사냥해도 지루할 틈은 없겠는걸. 관리가 잘 돼 있어."

"하하, 매일 나오면 그냥 뒷마당 같습니다. 다 바람 쐬려고 하는 건데 항상 같은 곳에서 사냥해서야 무슨 재밉니까. 다음엔 루브 공에게도 말을 해서 함께 데이하르츠 가의 숲에라도 다녀올까요?"

루브 데이하르츠는 사냥을 좋아하기로 유명했으니 여기에서 넘어가면 꼼짝없이 또 로세드와 함께 사냥 연회를 열어야 할 것이다. 게다가 데이하르츠 가의 숲은 산세가 험해 하루, 이틀 여정으로는 끝나지 않을 터였다. 늑대 떼라도 소탕해 줘야 할지 누가 아나. 루트비히는 그런 끔찍한 운명을 맞고 싶지 않았지만 보는 눈을 생각해 어물쩍 넘겼다.

"우리 모두가 바쁘니 언제 또 시간이 맞을지는 모르겠는데. 재미있을 것 같으니 기억은 해두지."

"역시 전하십니다. 우리는 취미가 참 잘 맞는 것 같습니다."

로세드는 하하 웃었다. 그러나 그 웃음의 끄트머리쯤 되자 로세드의 시선이 멧돼지 쪽으로 가는 것을 루트비히는 놓치지 않았다. 아마 로세드가 이렇게 굳이 상대방 팀이 무엇을 사냥했는지 보러 온 것에는 다른 목적이 있을 터였다.

"저…… 흐음, 아무튼 참 좋군요. 오늘 저녁에는 태자 전하께서 훌륭한 잔치를 베풀어주시는 겁니까?"

"여기서 잡았으니 여기서 먹고 가야지. 자네는 또 그새 뭐 잡은 거 없나?"

"토끼는 몇 마리 봤습니다만, 굳이 이 여럿이서 잡을 것까지도 없어 그냥 보내줬습니다. 저도 좋은 사냥감을 잡고 싶군요."

로세드의 눈은 멧돼지를 훑다가 그대로 지금 멧돼지를 손질하고 있는 안네그레트의 얼굴에 고정되었다. 로세드의 얼굴과 눈에서 이내 웃음이 사라지고 교활한 빛이 감돌았다. 내 저럴 줄 알았지. 루트비히는 자신도 안네그레트를 슬쩍 보았다. 피가 묻거나 말거나 일단 멧돼지를 가져갈 수 있도록 큰 칼을 휘두르던 안네그레트는 주변이 조용해져도 신경이 전혀 쓰이지 않는 모양이었다. 반면 같이 사냥감을 손질하던 키르시는 슬쩍 고개를 들어 주변을 살피다가 주군과 눈이 마주치자 찔끔했다.

크흠, 크흠. 루트비히는 헛기침을 해 로세드의 주의를 돌렸다. 안네그레트의 얼굴과 손을 보고 있던 로세드는 금세 미소를 지으며 루트비히의 얼굴을 보았다.

"이거 실례했습니다, 전하. 멧돼지의 위용에 감탄하느라 그만."

"그렇지? 가까이 가서 보겠어?"

로세드는 잠시 경계하는 눈빛을 보였지만 얼른 벙긋 웃었다.

"그래도 되겠습니까? 지금 저기 있는 전하의 종자 둘 중 하나는 저도 압니다만, 다른 한쪽이 그 소문의……."

"응, 맞아. 안네그레트!"

안네그레트는 주군의 명령에는 바로 고개를 들었다. 로세드는 안네그레트의 고귀한 출생을 생각해 휘파람을 불지는 않았지만 거의 그러고 싶다는 표정이었다. 라인홀트는 로세드가 체통을 지키지 못하고 있다고 생각해 불편하게 눈길을 피했지만 정작 안네그레트 본인은 로세드에게는 아주 약간의 관심도 보이지 않았다.

"예, 전하."

"그건 뒤. 화살이 모자란 것 같으니 가져와. 창도 새 걸로 가져오고. 키르시, 너는 하던 걸 계속 하도록."

안네그레트는 바로 일어나 두 황족에게 인사하고 말에 올랐다. 나무 틈으로 사라진 그 뒷모습을 보며 로세드는 아쉬운 얼굴을 했다. 루트비히는 감정이 드러나지 않는 미소를 지었다.

저녁에 열린 잔치는 대단히 호화로웠다. 낮에 루트비히 측에서 잡은 멧돼지는 연회의 주역이 되었고 그 고기 중 가장 좋은 부위는 맨 먼저 하슐레타 백작 부인인 드란힐트에게 갔다. 그리고 루트비히와 로세드가 각자의 몫을 받고 났을 즈음에는 붉게 피운 불쪽에서 고기 굽는 연기가 끊이지 않고 주변을 채웠다. 바람 방향 때문에 캑캑거리며 인상을 쓰는 사람들이 생겼지만 전반적으로 모든 사람은 좋은 기분으로 담소했다.

"음, 냄새 죽인다."

구워진 고기를 슈빔마렌 후작의 하인이 가져오자 키르시는 군침을 삼켰다. 하인은 잠시 누구에게 제일 먼저 고기 접시를 내밀어야 하는지 고민하는 것 같았다. 하일러가 나지막하게 지시했다.

"여기서부터 이 방향으로 놓으면 된다."

하인은 하일러의 지시대로 접시를 내려놓고 허리를 숙였다.

"나으리들, 필요하신 게 있으시다면 언제든 말씀해 주십시오."

"어, 나. 맥주 있으면 좀 가져와."

키르시는 신이 나서 술 마시는 시늉을 했다. 하인은 알겠다고 말하고 자리를 떴다. 안네그레트는 허리를 꼿꼿하게 펴고 키르시를 질책했다.

"전하가 계신 자리에서 맥주라니."

"조금만 마실 거야. 맥주라니까?"

"그래, 그 정도는 봐줘라."

하일러마저 키르시의 편을 들자 안네그레트는 그냥 한숨만 쉬고 말았다. 그들이 앉은 자리에 긴 그림자가 졌다. 하일러가 맨먼저 고개를 들어 방문자가 누군지를 확인했다.

"라인홀트 경."

다음 순간 세 종자는 번쩍 일어서 선배에게 인사했다. 라인홀트는 무뚝뚝한 얼굴에 빙긋 미소 지었다.

"앉아서 식사를 계속해라. 그냥 편하게 방문한 것뿐이다."

안네그레트는 하일러와 키르시가 둘 사이에 자연스럽게 자리를 만드는 것을 보고 제자리에 도로 앉았다. 라인홀트는 모두에게 친근하게 말을 걸며 새로 생긴 자리에 편하게 앉았다. 그도 이 자리의 다른 모든 사람들처럼 사냥을 위해 편한 옷을 입고 있었다. 근처를 밝히는 관솔불에서 불티 튀는 소리가 딱딱, 하고 경쾌하게 났다.

"오늘 다들 수고했다."

"식사는 어떻게 하셨습니까."

라인홀트는 정식 기사였고 루트비히의 측근이었으므로 황족들이 모인 테이블 끝자락에서 빨리 음식을 받았을 것이다. 그러나 그것을 다 먹고 왔다고 하기에는 너무 시간이 일렀다. 라인홀트는 하일러의 질문에 황족들이 앉은 테이블을 흘깃 보았다.

"불편해서 도망 나왔지?"

키르시는 다 알겠다는 투로 무례한 말을 하며 낄낄 웃었다. 안네그레트도 황족들이 앉은 테이블을 잠시 살폈다. 해가 졌기 때문에 먼 테이블에 앉은 사람들의 얼굴이 잘 보이지는 않았지만, 최소한 그녀에게는 분위기가 좋아 보였다. 의아한 일이었다. 하일러는 키르시에게 꿀밤을 먹였다.

"악! 왜 때려!"

"황족에게 무례한 말을 했으니 맞아야지. 우리끼리 있는 것을 다행으로 여겨라."

"당연히 우리끼리 있으니까 말했지, 그럼! 내가 남들 있을 때 이러겠어?!"

"우리 앞에서도 하지 마라."

"무슨 말을 못 해!"

키르시는 밉지 않게 투덜거렸고 안네그레트는 그만 미소를 지었다. 라인홀트가 문득 안네그레트에게 눈길을 주었다.

"오늘 사냥할 때 보니 솜씨가 대단하던데."

화제가 바뀐다면 좋은 일이었다. 이쪽 화제가 훨씬 따라가기 편하다. 안네그레트는 라인홀트의 맑은 눈을 보고 조금 더 진하게 웃었다.

"과찬이십니다. 경이야말로 과연 훌륭하셨습니다."

"아니, 나는 한 일이 없지. 이 멧돼지를 잡은 것은 거의 그 창이었어. 평소 사냥을 자주 하나?"

말은 조금 편해졌지만, 라인홀트는 여전히 안네그레트를 어떻게 불러야 할지 고민하고 있는 것 같았다. 키르시도 금세 흥분해서 끼었다. 그는 손짓 발짓을 섞어가며 찬탄했다.

"그래, 우리도 그 얘기 하고 있었어! 이야, 사람이 어떻게 그렇게 하냐? 몰아넣고 좀 틈을 보나 싶더니 확! 이렇게! 멧돼지를 그렇게 쉽게 잡는 건 처음 봤어!"

"키르시, 목소리를 낮춰라. 남들에게 방해가 되잖아."

"아이, 뭐 어때! 지금 다 떠드는 시간인데."

키르시의 말대로 이 잔치에 참석한 사람들은 모두 웃으며 실컷 이야기를 나누고 있었지만 키르시처럼 목소리를 높인 사람은 그리 많지 않았다. 안네그레트는 키르시가 진정하고 입을 다물 때까지 기다렸다가 가만히 말했다.

"라이헤르타 땅의 경계에는 울창한 삼림이 있어 해수가 자주 출몰합니다. 원래 농작물의 수확이 그리 많은 땅이 아니기 때문에 수해를 입으면 백성들이 큰 고통을 겪지요. 때문에 사냥을 자주 하는 편입니다."

라인홀트는 납득했다. 젊고 신분 높은 이 새 후배는 그러고 보니 어려서부터 이미 한 장원을 다스려 온 경력이 있었다.

"그거 좋군. 농사가 잘 되지 않는다면 고기도 얻고, 수해도 방지할 수 있을 테니 사냥이 중요하겠어."

"예."

"멋있다."

키르시는 아까처럼 목소리를 높이진 않았지만 잠시 안네그레트를 동경이 섞인 눈으로 보았다. 그에게는 집안에서 받을 재산이 없었다. 형과 형의 가족 모두에게 무슨 일이 생긴다면 물론 그에게도 상속받을 무언가가 생길 테지만, 일단 당장 헤크볼트 가의 장남은 건강했고 그 자녀들도 마찬가지였다.

"우리는 무리지어 사냥해 볼 일이 드무니까."

키르시와 거의 비슷한 상황인 하일러도 한 마디 거들었다. 하일러의 가문은 아들을 태자의 종자로 밀어 넣을 만큼의 위세는 있었지만 그 위세는 거의 궁중에서의 것이었다. 즉, 값비싼 사냥터를 운영할 만큼의 여유는 없었다. 그리고 가문이 소유한 영지에 무슨 일이 있다면 나설 사람은 그 이외에도 많았다.

"태자 전하께는 당신이 소유하신 사냥터도 있고, 지금 경영하시는 땅에 해수가 출몰할 때도 있다. 네가 종자로 있으면 전하께서 크게 쓰실 수 있겠구나."

라인홀트는 후배이자 친구인 이들이 말을 마치자 또 부드럽게 안네그레트를 격려했다. 태자는 오늘 멧돼지에게 창을 꽂아 넣은 공에 대한 특별한 보상을 주지 않았다. 안네그레트는 그런 것은 상관이 없었지만 이렇게 칭찬을 들으니 어쩐지 기뻐졌다.

"감사합니다, 경."

"나는 가끔 전하께서 소유하신 종자들을 가르치러 가기도 한다. 기회가 된다면 대련을 청해도 되겠나?"

"예, 경. 저에게는 영광입니다."

우와, 대련한대, 하고 키르시가 작게 중얼거렸다. 라인홀트는 키르시를 보고 짓궂게 웃었다.

"네가 시비를 걸었다가 반죽음이 되도록 두들겨 맞았다는 소문은 들었다, 키르시."

"어, 별걸 다 듣고 그래."

안네그레트가 처음 선배 종자들을 만났던 날 이루어졌던 대련은 궁정인이라면 누구나 볼 수 있는 연무장에서 벌어졌으니 소문이 나도 이상할 것이 없었다. 키르시는 얼굴을 조금 붉혔지만 눈빛은 당당했다.

"솔직히 안나한테는 두 손 두 발 다 들었어. 그거 알아? 안나가 지금까지 자기한테 청혼한 남자들을 다 물리쳤다는 소문도 진짜다?"

안네그레트와 라인홀트는 동시에 쓴웃음을 지었다. 그러나 라인홀트는 결국 호기심을 이기지 못하고 슬쩍 물었다.

"그렇다면 하슐레타 경과 결투해서 이겼다는 것도……? 그분은 결투에 경험이 많은 분인데."

"운이 좋았습니다."

안네그레트는 겸양했지만 부정하지는 않았다. 라인홀트는 순수하게 감탄했다. 다만 하슐레타 경의 성정을 알고 있는 키르시와 하일러는 눈짓을 교환했다. 하슐레타 경은 아무에게나 시비를 걸고 다니는 것을 좋아했고 보통은 좀 비겁한 수로 이겼다. 그들도 하슐레타 경이 안네그레트에 대해 어떻게 말하고 다니는지 들어본 적은 있었지만, 그녀를 직접 보기 전에도 그 소문에 큰 영향을 받은 적은 없었다.

"훌륭하구나. 그런데 한 가지 물어봐도 괜찮겠나?"

"예, 경. 뭐든 여쭈십시오."

"청혼하는 남자와는 무조건 직접 결투한다는 이야기를 들었는데, 정말로 그런가?"

"무조건 결투하게 되는 것은 아니고, 결투를 하실지 아니면 청혼을 취소하실지를 여쭙습니다."

그게 무조건 결투한다는 뜻이 아닌가. 아직 기사 서임도 받지 않은 젊은 여자와 결투를 하기 무서워서 청혼을 취소했다는 소문이라도 퍼지면 그보다 더한 망신이 없다. 물론 졌을 경우에도 크게 명예가 회복되는 것은 아니었다.

"지금까지는 늘 이겼다지. 혹시 그런 조건을 붙이게 된 이유를 묻는다면 무례할까?"

세속의 모든 신분을 내려놓겠다는 맹세를 하고 주군에게 복속되는 종자라 해도 예비 기사로서 지켜야 할 것들은 존중받을 수 있었다. 예를 들어 종자가 마음속에 모시는 레이디는 아무리 그 주군이라 해도 캐물을 수 없는 것이 절대적인 법칙이었다. 또 국가와 장원의 법에 어긋나는 행위는 아무리 주군이 직접 내린 명령이라 해도 수행하지 않을 수 있다.

그러므로 라인홀트가 조심스럽게 묻는 그 태도는 정당했다. 안네그레트는 이 일에 대해서는 아무것도 숨길 것이 없었으므로 솔직하게 대답했다.

"흔치 않은 조건인 것은 저도 알고 있으니, 호기심을 느끼신다 해도 어쩔 수 없다고 생각합니다."

"그럼……."

"저희 부모님, 그러니까 게오르츠 백작과 백작 부인은 제가 어려서부터 생각한 부부의 이상적인 형태를 이루고 계십니다. 그래서 저는 제가 만약에 결혼을 하게 된다면 제 아버지와 같은 남자와 하고 싶다고 늘 생각해 왔습니다."

너무 기준이 높다고 하일러와 키르시는 생각했다. 게오르츠 백작 루젤은 젊은 시절부터 온갖 거짓말 같은 전설의 주인공이었다. 시간이 흘러 전설에 살이 붙었다고는 해도, 과연 그런 인물이 백 년 안에 또 나올까?

라인홀트도 살짝 당황한 듯 눈을 깜박였다.

"그래서 청혼한 자의 실력을 시험해 보는 거였나? 춘부장과 같은 실력을 가진 남자를 원해서?"

"꼭 그 정도의 실력이어야 할 필요가 있는 것은 아닙니다. 저와 같이 부족한 자를 이기는 데에는 아버지만큼의 실력을 갖추지 않아도 되니까요."

하일러와 키르시는 이번에는 속으로 경악했다. 심지어 자기가 기준을 낮추고 있다고 생각하고 있다. 라인홀트는 안네그레트의 검술 실력은 몰랐지만 그녀가 너무 겸손하게 말하고 있다는 것은 짐작했다.

"그런가. 춘부장께서 워낙 훌륭하신 분이니 그만한 분을 찾는 것은 너무 힘든 일이겠지. 그건 그렇고, 백작 부부께서 이상적이고 행복한 결혼 생활을 하고 계시다니 아주 좋은 일이군."

"예, 늘 저에게 힘이 되어주는 감사한 가족입니다."

안네그레트는 가족을 생각하고 웃었다. 문득 관솔불이 화르륵 타오르며 그녀의 미소를 환하게 비추었다. 라인홀트는 잠깐 또 눈을 깜박였다.

"……어, 그런데 있잖아."

잠시 침묵이 흐르고 나서 키르시가 말을 꺼냈다. 키르시도 안네그레트가 왜 청혼자들과 결투를 하는지, 그 정확한 이유는 오늘 처음 들은 것이었다.

"백작님 부부가 행복하게 사시는 건 좋아. 나도 두 분이 같이 파티에 참석하신 거 본 적 있는데 진짜 멋있더라. 그런데 그게 백작님이 강하셔서 행복하게 사시는 거야? 상관없지 않나?"

"물론 아버님이 강하시다는 게 직접적인 이유는 아니지."

안네그레트는 고개를 끄덕였지만 전혀 흔들리는 얼굴이 아니었다. 라인홀트는 관솔불이 다시 평소의 밝기를 되찾자 눈을 비볐다. 순간 안네그레트 본인에게서 빛이 나오는 줄 알았다. 아무래도 상당히 피곤한 모양이었다.

"하지만 키르시, 나는 여자다."

"그렇지."

"결혼하면 아이를 낳는 것은 나다. 그러니 나에겐 아무리 실력이 뛰어나더라도 어쩔 수 없이 몸이 연약해지는 시기가 있는 거다. 그럴 때 나의 인생의 반려자에게 내 땅을 마음 놓고 맡길 수 없다면 불안해서 어떻게 살겠나."

"그…… 런가?"

키르시는 더 깊이 생각하기도 전에 안네그레트의 그 당연하다는 얼굴에 넘어가서 고개를 끄덕였다. 하일러는 한숨을 살짝 쉬었다.

"게오르츠 백작님이 땅을 든든히 지키고 계시기 때문에 두 분이 더 행복하게 사실 수 있다는 말이냐? 안네그레트."

"예, 하일러. 그래서 저는 제게 청혼하는 남자들에게 조건을 겁니다."

안네그레트는 새까만 눈을 총명하게 반짝였다.

"저와 결혼할 남자는 제가 약해져 있을 때도 제가 지켜야 할 자들을 믿고 맡길 수 있는 실력이 있어야 합니다. 그런 실력을 가진 사람인지의 여부는 부족한 저와의 결투에 이기는 것으로 확인하고 있습니다."

"어머, 저쪽은 즐거워 보이네요."

슈빔마렌 후작가에서 준비한 최고급의 와인을 마시던 드란힐트가 문득 턱을 손에 괴고 웃으며 말했다. 로세드 슈빔마렌은 자기가 오늘 잡은 여우의 가죽에 대해 떠들다 말고 관심을 보였다.

"누가 말입니까, 하슐레타 백작 부인?"

"저기 저쪽, 오라버님의 종자들이 앉은 자리 말이에요."

'태자의 종자'라는 말이 들리자마자 로세드는 번개처럼 한쪽을 보았다. 종자들을 위해 마련해 놓은 자리에서 젊은이 몇 명이 둘러앉아 즐겁게 식사하고 있었다. 그중에 검은 머리를 묶고 몸이 비교적 날씬한 한 명은 돌아앉아 있어 얼굴이 보이지 않았지만 로세드는 그녀의 얼굴이 아름답다는 사실을 잘 알고 있었다. 오늘 루트비히 태자가 데려온 일행들 사이에서도 특출하게 눈에 띄었던 것이다.

솔직하게 말하자면 드란힐트가 데려온 어느 귀부인보다 아름답다. 로세드는 보다 키가 작고 희고 통통한 것이 취향이었지만 안네그레트 바이언트가 현 귀족계 최고의 미녀라는 소문은 사실이라고 생각했다.

안네그레트의 등을 뚫어지게 응시하는 로세드를 보고 드란힐트가 쿡쿡 웃었다.

"어마, 종자들이 앉은 자리를 어찌 그리 관심 있게 보셔요. 누구 잘 아는 사람이라도 있으신가요?"

로세드는 눈을 안네그레트에게서 떼지 않고도 드란힐트에게 시원하게 대답했다.

"아뇨, 잘 아는 사람은 없습니다만 관심이 가는 사람은 있습니다, 백작 부인."

"그러세요?"

"라인홀트가 저기에 가 있었군."

아까 분위기가 안 좋아지자 자리를 슬쩍 비우던 라인홀트의 모습을 떠올리며 루트비히는 입술 한쪽을 비틀었다. 드란힐트는 루트비히를 보고 눈웃음쳤다.

"황족들과 함께 식사하는 자리를 함부로 비우고 신분이 낮은 자들과 어울리다니, 괘씸하네요. 어떻게 할까요, 오라버니. 파스텐 경을 불러 야단을 치시겠어요?"

함께 앉았던 귀부인 중 하나가 살짝 긴장한 얼굴을 했다. 그녀의 어머니가 파스텐 가 출신이었으니 라인홀트와는 가까운 친척이었다. 그제야 잠깐 안네그레트에게서 눈을 뗀 로세드가 맞장구를 쳤다.

"그렇게 하셔도 좋겠습니다, 전하. 아예 저기 앉은 사람들을 모두 가까이 오라 해 꾸짖으신다면 저는 말리지 않겠습니다."

검은 속을 너무 노골적으로 드러냈잖아. 드란힐트는 자기가 꺼낸 말이었지만 어이가 없었고 루트비히는 짜증스럽게 인상을 썼다.

"그럴 것 없어. 테다인, 이리 와."

오늘 사냥에는 참여하지 않았지만 저녁 식사 자리에선 루트비히의 뒤에서 충실하게 시중을 들던 테다인이 썩 허리를 낮췄다.

"예, 전하."

"저기 가서 그렇게 한가하면 주변 경비라도 서라고 해. 시끄럽다고."

"예, 전하. 분부하신 대로 전하겠습니다."

테다인은 아무렇지도 않게 루트비히의 종자들과 라인홀트가 있는 곳으로 다가갔고 로세드는 약간 아쉬워했다.

"전 농담이었습니다, 전하. 이런 자리에서는 종자들도 먹고 즐겨야 하지 않겠습니까?"

"자네 하인들은 경비를 서고 있잖아. 자네 하인들이야말로 이런 날엔 쉬라고 해."

"하인들이야 알아서 자기들끼리 쉬겠지요. 전하의 종자들은 귀한 태생이지 않습니까? 오늘 사냥에서도 수고했고요."

"기사가 될 거라면 피곤할 때도 자기 일을 끝까지 해내는 책임감이 있어야지."

때마침 테다인은 루트비히의 종자들이 앉은 곳에 도달했다. 세황족은 테다인과 종자들이 어떻게 행동하는지 가만히 쳐다보았다. 테다인이 자리에 도착하자마자 이쪽을 본 라인홀트는 무슨말을 듣기도 전에 벌떡 일어섰고 세 명의 종자들도 천천히 일어섰다.

안네그레트가 이쪽을 보았을 때 로세드는 싱긋 웃으며 종자들이 있는 쪽에 손을 흔들어주었다. 드란힐트는 입술을 비뚜름하게올리며 물었다.

"잘 아는 사람은 없다고 하지 않으셨던가요?"

"잘 아는 사람은 없지만 저들이 이쪽을 보니 인사를 해줄 수도있지 않겠습니까?"

테다인이 전한 루트비히의 명을 들은 네 사람은 이쪽에 허리숙여 인사했다. 그중에서도 안네그레트의 시선이 이쪽에 조금 오래 머물자 로세드는 기세등등해졌다.

"태자 전하의 새 종자는 정말 뛰어난 미녀로군요. 이렇게 멀리있는데도 스스로 빛을 내는 별 같습니다."

"슈빔마렌 후작 부인이 들으면 질투하겠군."

루트비히는 심기가 불편해진 것을 목소리로 드러냈다. 그러나로세드는 안네그레트의 마침내 이쪽을 향한 얼굴에 정신이 팔려그저 밝게만 받아쳤다.

"아름다운 사람을 아름답다고 하는데 질투할 것이 뭣이 있습니까. 제 아내는 관대한 귀부인이랍니다."

그 자리에서 깃털 부채로 얼굴을 부치고 있던 귀부인은 로세드의 바람 상대가 될 뻔한 적이 있었기 때문에 속으로 그 말을 비꼬았다. 지친 거겠지. 드란힐트도 흐응, 하고 지루한 얼굴을 했다.

"궁중에서 기혼자가 배우자 아닌 다른 사람의 외모를 칭찬하는 것은 별일도 아니지요. 어때요, 저 아름다운 아가씨와의 결투에서 이길 자신은 있으신지?"

"하하, 백작 부인께서도 참. 짓궂으십니다."

로세드는 킬킬 웃었고 그 테이블에 앉은 다른 사람들도 몇 명은 분위기를 맞추기 위해 웃었다.

"저는 결혼을 했잖습니까. 게다가 기사 서임도 받지 못한 젊은 아가씨에게 결투를 신청한다면 제가 웃음거리가 되리라는 것을 알고 하신 말씀이지요?"

"여기 피츠콜 양의 말에 따르면 우습게 볼 실력은 아니라던걸요?"

율리아는 각오하고 있었기 때문에 태연한 얼굴로 웃었고 로세드는 그녀를 희한하게 보았다.

"레이디 율리아가 그런 것을 어떻게 아십니까?"

"무武를 모르는 제 부족한 식견을 여쭈시니 부끄럽네요, 슈빔마렌 후작님. 저는 어려서부터 라이헤르타 남작과 친분이 있어 그 애가 실력을 다지는 모습을 볼 기회가 많았답니다. 제가 잘 알지 못하는 분야에 대해 이야기했다고 건방지게 여기실 건가요?"

드란힐트는 가늘게 뜬 눈으로 율리아와 로세드를 번갈아 가며 보았고 로세드는 얼른 손을 저었다.

"자신감과 대담함은 모든 매력의 원천이지요, 레이디 피츠콜. 마치 저 두 개의 달이 밤하늘의 중심이 되는 것처럼요. 하지만 말씀하신 대로 레이디 율리아는 기사가 아니시니 레이디 안네그레트의 실력은 제가 직접 판단하고 싶다 해도 너무 화를 내지는 않으시면 좋겠습니다."

"제가 어찌 감히 화를 내겠어요. 당연한 일인걸요."

율리아의 사랑스러운 눈웃음에 로세드는 빙긋 웃었다. 드란힐트는 안네그레트가 멀어져 가는 뒷모습을 보고 인상을 썼다. 그녀는 자신이 안네그레트와 어릴 적 함께 놀았다는 사실을 들어서 알고 있기는 했지만 기억은 나지 않았다. 하지만 아마 어릴 때도 자신이 안네그레트를 그리 좋아했을 것 같지는 않았다.

밤의 숲은 위험했다.

밤의 숲에서 나타나는 괴물들과 사악한 마법사들의 이야기를 어려서부터 듣고 자라긴 했지만, 안네그레트는 밤의 숲이 왜 위험한지 더 실질적으로 알고 있었다. 게오르츠 백작령에서 라이헤르타 남작령으로 이동하려면 반드시 하루 이상이 걸렸고 그러다 보면 어쩔 수 없이 숲에서 밤을 맞게 되는 경우도 있었다. 가끔 가볍게 나섰다가 늑대를 만나게 되면 아주 난처했고 한 번인가는 곰과 마주친 적도 있었다.

그러나 오늘처럼 많은 사람이 불을 피우고 떠드는 자리, 특히 말을 탄 사람들이 거칠게 숲을 누비며 사냥을 하고 난 날의 밤에는 숲의 짐승들도 숨을 죽이고 있을 것이다. 주군의 명을 받아 사냥터 내의 숲 앞에서 경비를 서면서도 안네그레트는 그렇게 판단했다. 그런데도 불구하고 혹시 모를 위험에 대비해 경비를 게을리하지 않도록 하다니 과연 주군은 훌륭했다.

딴생각을 하지 않으려다가도 잠시 안네그레트는 드란힐트를 떠올렸다. 아쉽게도 드란힐트는 자신을 기억하는 얼굴이 아니었다—사람의 눈치를 살피는 일은 안네그레트가 아버지보다 뛰어났고, 아버지는 그 사실을 늘 부러워했다—. 어릴 때 황도에서 어머니를 따라 놀러간 그 집에서 드란힐트가 얼마나 귀여웠는지 안네그레트는 어렴풋이 기억했다. 그때는 막내 쌍둥이가 태어나기 전이라 남동생 하나밖에 없었던 안네그레트는 드란힐트를 여동생처럼 데리고 놀았더랬다.

그때 부렸던 아이의 변덕스러운 심술도 몇 가지는 기억난다. 안네그레트는 저도 모르게 잠시 웃었다가 화들짝 놀라 표정을 관리했다. 경비를 서면서 딴생각을 하느라 웃는다니 이렇게 불측할 데가 또 없었다.

"뭘 하나요?"

안네그레트는 뒤쪽에서 들려온 여자 목소리에 허리를 지금까지 보다 더 곧게 펴고 돌아보았다. 그리고 그 자리에 불을 등지고 선 근사한 차림의 여성을 보고 놀라 한쪽 무릎을 꿇었다.

"황녀 저하."

"소식을 못 들은 모양이네요. 지금은 하슐레타 백작 부인이랍니다, 안니카."

드란힐트는 안네그레트에게 빙긋 웃어 보였다. 그 미소를 본 안네그레트는 자신이 기억하는 어린 황녀가 이제는 너무 많이 자랐다는 것을 깨닫고 조금은 아쉬워졌다. 얼굴은 그대로인데 표정은 이제 천진하지 않았다. 그야 당연한 일인데도 아쉽다니, 간사했다.

"일어나세요."

"황공합니다, 백작 부인."

안네그레트는 천천히 일어섰다. 드란힐트는 자신의 팔꿈치에 교묘하게 들어간 슬릿 장식을 만지며 불평했다.

"춥네요."

"당장 두르실 것을 가져오겠습니다."

안네그레트가 당장 움직이려는 것을 눈짓만으로 능숙하게 제지하며 드란힐트는 고개를 저었다.

"아니에요. 술을 너무 많이 마셔서, 잠시 깨려고 산책 중이니 추운 것이 맞아요. 걷다 보니 요즘 사교계의 화제의 중심이 되는 분이 계시길래 말을 좀 걸어봤어요. 불쾌한 건 아니죠?"

"당치 않습니다, 백작 부인. 먼저 말씀을 걸어주시니 감당하기 어려운 영광입니다."

"그래요? 감당하기 어려워요? 그럼 갈까요?"

안네그레트는 이런 종류의 말장난에 대처할 줄 몰랐다. 그녀가 어쩔 줄 모르고 어물거리다 입을 다무는 것을 드란힐트는 쌀쌀맞게 보았다.

"내가 가면 좋겠나 보다."

"다, 당치 않습니다. 백작 부인께서 계셔주신다면 미천한 저로서는……."

"감당하기 어려워요?"

"아니, 그것이……."

"별것 아니에요?"

"아닙니다, 그럴 리가……."

"똑바로 대답 안 하면 귀부인을 모욕한 종자라고 소문을 내고 다닐 테니까 잘 대답해 봐요."

안네그레트는 진심으로 식은땀을 흘렸다. 그러고 보니 어릴 때의 드란힐트도 기묘한 말장난을 좋아했던 것 같지만, 그때는 이렇게 남을 난처하게 하지는 않았다. 게다가 지금 즐거워서 이러는 것인지 아니면 안네그레트의 태도에 정말로 어리둥절해서 저렇게 묻는 것인지 그녀로서는 판단도 되지 않았다.

결국 안네그레트는 입술을 짓이기는 기분으로 그럴 듯한 말을 꾸며냈다.

"……저는 백작 부인이 계시는 것이 기쁨이나, 백작 부인께서는 원하는 대로 행동하실 자유가 있으십니다. 오직 백작 부인께서 원하시는 대로 하시도록 분부를 받들겠습니다."

드란힐트는 입술을 비죽 내밀며 짓궂게 웃었다. 대화를 나누어 보니 금방 파악할 수 있었다. 드란힐트는 안네그레트가 마음에 들지 않았다. 순진한 얼굴로 자기 하고 싶은 대로 하며 살면서, 상대방에게는 악의가 없었다는 변명이 통할 거라고 믿는 부류다.

"그래요, 그러면 나는 지금 산책을 하고 싶으니 에스코트하세요. 갑자기 멧돼지 한 마리가 또 나타나서 나한테 덤비면 어떡해요."

"물론입니다, 백작 부인."

안네그레트는 근처를 지나던 하인을 얼른 불러 자신의 자리에 세우고 드란힐트와 함께 걷기 시작했다. 드란힐트는 호화롭게 수놓이고 중간에 리본을 묶어 재미있는 실루엣으로 만든 치마를 끌며 한가롭고 우아하게 산책했다. 별이 가득한 하늘에서 두 개의 달이 천천히 배처럼 흘러갔다.

차갑고 맑고 불티 냄새가 섞인 공기를 얼마나 조용히 마시고 있었을까.

"황도에는 왜 왔어요, 안니카?"

안네그레트는 아직 자신의 애칭을 기억해 주는 드란힐트에게 감읍하며 말했다.

"태자 전하께 종자의 수련을 받고 나아가서는 장차 기사로 서임되고 싶기 때문입니다, 백작 부인."

"그건 들었어요. 하지만 당신 주변에는 기사 서임을 해줄 자격이 되는 사람들이 널렸을 텐데."

"예, 하지만 저는 태자 전하께 서임받고 싶었습니다."

"왜요?"

드란힐트의 질문은 가볍게 들렸지만 안네그레트는 잠시 고민해야 했다. 황녀는 왜 이런 것을 물을까. 단지 사교적인 화제라서? 아니면 그것을 궁금해할 만한 다른 이유가 있기 때문에?

……알 수 없었다. 하여, 안네그레트는 자신이 가진 최선의 대답을 그저 내놓았다.

"……그저 제가 그러고 싶었습니다."

말하면서도 그것이 얼마나 초라한 이유로 들리는지 알 수 있었다. 그러나 그것은 그녀 자신의 목소리가 혼란에 떨리고 있었기 때문이었다. 드란힐트는 깔깔 웃었다. 놀리는 웃음이었다.

"우리 솔직해져 봐요. 레이디 안네그레트. 바이언트 양. 게오르츠 백작의 후계자. 당신의 존재가 얼마나 많은 사람들 머리를 굴러가게 하는지 알아요? 난 요즘 사교계 모임에 갈 때마다 돌 굴러가는 소리에 웃겨 죽을 것 같아요."

"돌이…… 굴러갑니까?"

안네그레트는 이해가 되지 않아 조심스럽게 되물었다. 사교계 모임에서 돌이 왜 굴러갈까. 요즘은 돌을 가져다 굴리는 것이 황도 사교계의 새 유행이라도 되는 것일까? 드란힐트는 웃음을 싹 지우고 안네그레트를 보았다.

"바보예요?"

"예?"

"난 단순한 걸 설명하게 만드는 사람이 싫어요. 성격이 별로거든요."

"고귀하고 또 훌륭하신 백작 부인께서 본인을 그렇게 비하하실……."

"사실은 사실이니까. 안니카, 나는 당신하고 어릴 때 같이 놀았다는 이야기는 들었지만 기억은 하나도 안 나요. 하지만 지금 보니까 바로 알겠네. 난 당신에게 심술을 많이 부렸을 거예요. 멍청해서 짜증이 나거든요. 게다가 내가 정말 싫어하는 사람과 머리색이 같아요."

안네그레트는 황녀에게서 들을 일이 있을 거라고는 단 한 번도 생각하지 못한 거친 단어의 조합에 기겁했다. 드란힐트는 멈춰 서서 빙글 돌아 안네그레트를 똑바로 보았다.

"내 머리가 좋다고는 안 하겠어요. 머리가 좋은 건 우리 아버님 두뇌를 물려받은 우리 오라버님, 잘나신 태자 전하시죠. 하지만 놀랍게도 어떤 사람들은 나보다 더 멍청하더라고요."

"황녀 저하, 태자 전하에 대해 그런 방식으로 말씀을 하시는 건……."

"백작 부인이라고 해요. 난 세 번은 말 안 하니까 그런 줄 알고. 그리고 내가 우리 오빠에 대해 어떻게 이야기하든 참견하지 말아요. 이 세상에서 우리 오라버님에 대해 이런 방식으로 얘기할 수 있는 건 나뿐이라고 생각해 둬요."

드란힐트는 이 대목에서 진심으로 인상을 썼다. 안네그레트는 여전히 아무것도 이해할 수 없었기 때문에 아예 입을 다물었다. 드란힐트는 들고 있던 상아 부채로 안네그레트를 무례하게 가리켰다.

"그래요, 그렇게 입 다무니까 좋네. 당신은 내 앞에서 웬만하면 말하지 말아요. 짜증 나거든."

안네그레트는 예, 하고 대답하려다가 급히 자신의 입을 막았다. 드란힐트는 더 짜증이 난 얼굴을 했다.

"산책이나 계속하죠."

원래 이러려고 온 것은 아니었지만, 안네그레트 바이언트와 대화를 나눠보니 더 확실히 알겠다. 드란힐트는 루트비히의 혼사에 관심이 없었고 앞으로도 없을 예정이었지만, 다른 사람은 몰라도 이 여자만큼은 반대였다.

그림처럼 아름답게 펼쳐진 들판과 숲을 보다가 루트비히는 갑자기 떠오른 듯 말했다.

"아, 이제 베겔레브란 땅이야."

창밖을 보며 감탄하는 중이었던 안네그레트는 진심으로 찬사를 보냈다. 그냥 보기에도 물이 풍부하고 땅이 기름진 것 같다. 게다가 오는 길도 이만하면 아주 잘 닦여 있었다. 완만한 구릉지에서 양이 풀을 뜯는 것도 점점이 선 밤나무도 근사한 정경을 만들었다.

"아주 훌륭한 곳입니다, 전하."

"그렇지?"

베겔레브란 남작령은 황도에서 그리 멀지 않은 곳에 있는 조그만 장원이었는데 예부터 위치가 좋고 소산이 많았다. 황가 직계의 아들들만이 전통적으로 상속받아 온 땅이었다. 이번 세대의 유일한 직계 황자인 루트비히는 태어난 지 얼마 되지 않았을 때 당연하게 이곳의 남작 작위를 상속받았다.

루트비히는 입을 다물었다가 또 갑자기 떠오른 듯 물었다.

"게오르츠 백작령은 원래 여성도 작위 상속이 가능했던가?"

영지마다 상속에 대한 전통이 다르다 보니 그 모든 땅의 규칙을 외우는 것은 저 시릴 데이하르츠 정도밖에 없었다. 안네그레트는 성실하게 대답했다.

"예, 전하. 게오르츠 백작 작위는 장자상속이 원칙입니다."

"남녀 상관없이?"

"예. 역사적으로 남성에게 우선 상속되어 온 경향은 있습니다만, 여백작도 많이 나왔습니다."

"그래. 안네그레트는 좋겠네."

안네그레트는 루트비히의 이 말이 비꼬는 것인지 칭찬하는 것인지 알 수가 없어 궁리하다 역시 자신이 할 수 있는 최선의 대답을 했다.

"딱히 좋고 나쁠 것은 없습니다. 제게 주어진 역할입니다."

루트비히는 우습다는 듯 안네그레트를 빤히 보았다. 안네그레트는 자신이 다른 종자들처럼 말을 타고 가는 것이 아니라 주군과 함께 마차를 타고 있어야 한다는 사실이 불행하게 느껴졌다. 아무리 시중을 드는 역할이라고 해도 그렇지. 옆에 앉은 테다인도 도울 마음은 없어 보였다. 오히려 저쪽은 재미있어하는 것처럼 보인다.

"그래? 게오르츠 백작령의 일 년 수입이 상당할 텐데?"

"저희 형제가 부족하게 자라지는 않을 만합니다만, 저와 같은 자는 기사로서 구차하지 않게 살 정도의 재산만 있으면 됩니다."

"오, 그거 굉장히 부유한 사람들만 할 수 있는 말인 거 알아? 가끔 재판 일지를 읽다 보면 구차하게 사는 게 뭔지 생각을 좀 해 보게 되거든. 위베르타 가 사람들끼리 재산 소송을 건 재미있는 건이 있었는데, 큰 재산을 받은 쪽이 아무것도 못 받은 쪽한테 뭘 그렇게까지 구차하게 재산을 탐내냐고 하더라고. 웃기는 건 법원 다수 의견이 아무것도 못 받은 쪽을 괘씸하고 욕심 많다고 표현하고 있었다는 거지."

테다인은 쓴웃음을 지었고 안네그레트는 진지하게 고민에 빠졌다.

"전하의 말씀이 옳습니다. 제 표현이 성급했는지도 모릅니다."

"아니, 무슨 말을 하고 싶었는지는 알아. 넌 태어날 때부터 충분한 상속권이 있으니 마음대로 말하고 살면 돼. 틀린 말 한 것도 아니고."

사실은 그 자신도 태자로서 받은 재산이 얼마나 대단하건 딱히 감사해 본 적은 없었다. 그냥 지루해서 시시한 이야기를 하고 싶었을 뿐이다. 루트비히는 창밖으로 다시 시선을 돌리며 심드렁하게 말했다.

"그럼 그런 의미에서, 안네그레트. 성에 가서 내가 금방 도착한다고 말하고 준비시켜. 당장."

"마차를 멈춰라."

테다인이 대신 마부에게 말했다. 마차가 곧장 멈추고 안네그레트는 마차 밖으로 펄쩍 뛰어내렸다. 옆에서 말을 타고 따라오던 하일러와 키르시가 이상하게 쳐다보았다.

"왜 내려, 안나? 전하께서 뭐 필요하시대?"

키르시가 물었다. 마차 문이 닫히고 금방 바퀴가 도로 굴러갔다. 안네그레트는 그대로 가만히 있으면 일행에서 혼자 떨어져 버릴 것임을 단숨에 깨닫고 기수가 없는 말을 불렀다. 휘익!

오랜만에 주인을 맞은 베겔레브란 남작령 업무 행정관은 간신히 성을 그럴 듯하게 만들어놓았다. 안네그레트가 말을 달려 도착했을 당시만 해도 여러 잡동사니가 쌓여 있던 홀은 루트비히가 발을 들였을 때에는 말끔하게 반짝였다. 안네그레트가 달려가 주인을 맞는 것을 보며 행정관은 정중하게 허리를 숙였다.

"어서 오십시오, 전하."

"번쩍번쩍한데, 행정관."

루트비히는 막 꾸민 티가 나는 홀을 보며 싱긋 웃었다. 행정관은 어쩔 줄 몰라 하며 허리를 더 깊이 숙였다.

"전하의 성을 잘 관리하기 위해 최선의 노력을 다하고 있습니다."

"그래, 훌륭해. 오랜 시간 마차를 탔더니 속이 좀 안 좋은데. 잠깐 쉬면서 얘기 좀 하지."

행정관은 당장 루트비히의 뒤를 따르며 이 성의 주인을 위한 방에 자신이 무슨 조치를 취했는지 읊기 시작했다. 안네그레트는 테다인과 함께 그 뒤를 따르다가 테다인이 손짓으로 그녀를 물리자 동료 종자들에게 돌아갔다. 성문 가까운 곳에 서 있던 키르시는 휘파람을 불며 주위를 둘러보았다.

"고소한 냄새가 나는데."

"내가 왔을 때는 버터를 들이고 있었다."

"아, 그래서 이렇게 좋은 냄새가 나는구나. 출출하다."

키르시는 자기 배를 문질렀고 안네그레트는 주변을 둘러보았다.

"식사 시간이 아니니 좀 참아라."

"아니, 진짜 배가 고프다니까. 넌 안 고파? 하일러, 배 안 고파? 계속 말 타고 왔잖아."

하일러는 안네그레트가 차마 하지 못한 말을 했다.

"오는 길에 육포를 먹어놓고 무슨 소리냐. 넌 먹어도 먹어도 배가 차지 않는 괴물 같은 거냐?"

"그건 그거고. 아, 저기 테다인이 나왔다."

안네그레트와 하일러는 키르시가 보는 곳으로 시선을 돌렸다. 과연 아까 루트비히와 행정관을 따라 들어갔던 테다인이 홀 한쪽 방의 문을 열고 나왔다. 테다인은 좁은 홀에서 금세 안네그레트를 찾아내고 그녀에게 다가왔다.

"전하께서 부르십니다. 모시겠습니다."

"예, 테다인 경."

"이쪽으로 오시지요."

안네그레트는 선배들에게 인사하고 테다인을 따라 걷기 시작했다. 두어 걸음 먼저 옮기다 말고 테다인은 뒤를 돌아보며 싱긋 웃었다.

"두 분께선 주방에서 뭐라도 드시고 오시지요. 전하께선 이제부터 베겔레브란의 기록을 보실 것이라."

혹시 행정관이 뭔가를 잘못 기록해 두었다면 그 작업은 한참 걸릴 것이다. 키르시는 소리 없는 환성을 지르고 당장 하일러와 함께 주방을 찾아 나섰다. 테다인은 안네그레트에게 부드럽게 말하고 다시 걷기 시작했다.

"실례했습니다."

"아닙니다. 저희를 늘 빈틈없이 챙겨주시니 대단하십니다."

테다인은 안네그레트를 흘긋 돌아보며 예의 바르게 한 번 웃어주었다. 안네그레트는 그를 따라 이 성 홀 한쪽에 붙은 큰 문을 통과했고, 그 안에 바로 쭉 뻗은 노출형 복도를 걸어 다른 계단이 있는 방으로 들어갔다.

색채가 어둡고 윤곽이 흐릿한 최신 유행의 그림이 걸린 계단참에는 이 땅의 아름다운 녹지가 잘 보이는 유리창이 있었다. 테다인은 그 유리창으로 들어오는 빛을 등에 받으며 곧은 자세로 계단을 올라갔다. 그리고 모퉁이를 두어 번 돌아 섬세하게 장식된 문 앞에 섰다.

"전하, 테다인입니다."

테다인은 문을 두드리고 엄숙하게 말했다. 멀지 않은 곳에서 바로 루트비히의 목소리가 들려왔다.

"들어와."

문을 열자 햇살이 가득 들어와 밝은 방이 금방 눈앞에 펼쳐졌다. 섬세하고 값비싼 천으로 덮인 안락의자에 몸을 깊이 묻은 루트비히가 창가에서 손을 흔들었다.

"이쪽으로 와."

테다인은 안네그레트를 먼저 들여보낸 다음 자기는 공손하게 뒤에서 문을 닫았다. 루트비히가 앉은 안락의자 옆에는 와인잔이 있었고 그보다 한 걸음 떨어진 곳에는 행정관과 라인홀트가 한껏 예의 바르게 서 있었다. 안네그레트는 루트비히의 금발이 햇살을 받으면 아주 아름답게 반짝인다고 생각하며 그에게 다가가 인사했다.

"부르셨습니까, 전하."

"그래, 안네그레트. 너도 불렀으니 왔겠지?"

루트비히는 한 손에 종이를 들고 심드렁하게 대답하며 안네그레트에게 눈길을 주었다. 루트비히의 녹색 눈도 햇빛을 한껏 받아 평소보다 색이 밝았다. 그는 와인잔을 가리켜 보였다.

"와인 두 병하고 물 가져와. 목이 말라. 저건 한 번 씻어오고."

"예, 전하."

안네그레트는 루트비히가 시키는 대로 주방에 다녀왔다. 다녀와 보니 테다인은 또 무슨 일을 하러 갔는지 방에 없었고 행정관은 안네그레트를 관심 있게 쳐다보았다. 아마도 그녀가 없는 사이 태자나 라인홀트와 무슨 이야기를 나눈 모양이었다. 안네그레트는 행정관에게는 관심을 보이지 않고 예의 바르게 씻어온 와인잔과 물병, 그리고 와인병을 테이블에 내려놓았다.

"수고했어."

루트비히는 안네그레트에게 시선을 주지 않고 짧게 대답했다. 안네그레트는 알아서 조금 떨어진 자리로 가 섰다. 주군이 보는 서류는 눈에 들어오지 않으면서도 그의 동작에 금세 반응할 수 있는, 적당히 떨어진 곳이었다.

팔락, 팔락. 아마도 이 땅에서 그간 있었던 일의 기록일 종이를 넘기며 루트비히는 한동안 집중했다. 창은 닫혀 있었지만 안네그레트는 문득 산들바람을 느낀 것 같다는 생각을 했다. 오직 집중해 눈을 내리깐 루트비히의 얼굴에 속눈썹으로 인한 그림자가 잠시 졌다.

자신이 원한 것이었는데도 루트비히가 와인병에 정말로 관심을 보이기까지는 상당한 시간이 필요했다. 그가 마침내 마른침을 삼키며 와인잔 쪽을 보자 행정관이 얼른 와인병의 마개를 땄다.

"자네 말고. 안네그레트!"

아침저녁으로 태자의 시중을 들면서 안네그레트는 루트비히가 좋아하는 음료의 비율을 익혔다. 그녀는 루트비히가 짧게 자신의 이름을 부른 것만으로도 얼른 다가가 능숙하게 음료를 만들었다. 루트비히는 건네받은 와인잔을 슬슬 흔들어 빛깔을 보더니 그대로 쭉 마시고 다시 서류에 눈을 돌렸다.

"고마워."

그래도 감사 인사는 빠지지 않았다. 안네그레트는 어머니가 자신에게 어떻게 가르쳤는지 잘 알고 있었다. 아랫사람이 해준 일에도 감사 인사를 빼먹지 않아야 품위 있는 거라던가. 주군은 가끔 아랫사람의 봉사를 모른 척할 때도 있었지만 보통은 짧게 기계적인 인사라도 던졌다. 그리고 안네그레트는 그가 그런 예절을 어디서 배웠을지 알 것 같다고 생각했다.

"제 영광입니다, 전하."

안네그레트는 기쁘게 답하고 다시 물러섰다. 행정관은 루트비히가 다시 서류에 눈을 돌리자 슬쩍 자기 바로 옆의 라인홀트에게 속삭여 물었다.

"라이헤르타 남작님이 맞지요?"

라인홀트는 고개를 살짝 끄덕이며 자기도 조용히 대답했다.

"예."

행정관은 안네그레트를 희한하게 보았다. 그는 궁정 귀족의 혈통이었으므로 신분이 높은 기사와 역시 신분이 높은 종자들은 채일 만큼 보았다. 그중에 주인을 위한 음료를 만들 줄 아는 종자는 그러나, 그 또한 처음 보는 것이었다. 여자인 것도 특이한데.

역시 바이언트 가에서 딸을 아직까지 결혼시키지 않은 것은 황가와 연을 맺기 위해서라는 소문이 사실이었던 걸까? 만약 그렇다면 상당히 품위 없고 자존심 상하는 유혹이다. 점잖은 사람들끼리의 청혼은 동등한 가문끼리 오가는 것이지, 딸을 무작정 보내 시중을 들게 하는 방식으로 이루어지지 않는 것이다…….

그런데도 저 아가씨는 왜 저렇게 만족스럽고 평온한 표정일까.

"안네그레트."

루트비히는 작년까지의 영지 수입에 관한 기록을 다 읽은 뒤 내려놓고 안네그레트를 불렀다. 안네그레트는 얼른 나서 답했다.

"예, 전하."

"금방 주변을 돌아보러 나갈 거니까 내려가서 준비해. 나가는 건 나, 라인홀트, 행정관, 키르시, 그리고 너다."

"예, 전하."

이렇게 서류 점검이 빨리 끝나다니, 별다른 문제는 없는 모양이었다. 안네그레트는 행정관이 안도의 한숨을 조용히 쉬는 것을 보고 몸을 돌려 방에서 나갔다. 해를 보니 어두워지기 전에 충분히 주변을 둘러볼 수 있을 것 같았다.

해가 쏟아지는 정원을 곁눈질하며 걷다가 안네그레트는 문득 걸음을 멈췄다. 이 노출식 복도를 지탱하는 아름다운 기둥 중 하나에서 왠지 모르게 시선이 떨어지질 않았다. 그녀는 고민하지 않고 그 기둥을 훑어본 뒤 차가운 돌기둥 아래쪽의 섬세한 조각을 살살 쓰다듬었다. 곧 소리 하나 없이 꽤 큰 조각 하나가 떨어져 나왔다.

그 안쪽의 빈 공간은 누가 봐도 일부러 만든 것이었다. 안네그레트는 라이헤르타 땅에 있는 작은 돌무지 성에도 이런 장치가 있다는 것을 알고 있었다. 이런 비밀 공간이 있는 것 자체는 문제가 아니다. 그보다…….

안네그레트의 검은 눈이 가늘어졌다. 그녀는 몸을 숙여 기둥 안의 공간을 살폈다. 그리고 바닥에 충분한 먼지와 거미줄이 있는 것을 보고서야 도로 조각을 끼워 넣고, 마치 아무 일도 없었다는 것처럼 걷기 시작했다.

"괜찮은데."

베겔레브란의 완만하게 펼쳐진 들판을 달려 황도로 돌아가는 길에 루트비히는 한껏 만족스러운 얼굴로 그르렁거렸다. 키르시도 신이 나서 눈을 반짝이며 맞장구 쳤다.

"옳으신 말씀입니다, 전하. 날씨가 완벽 그 자첸데요!"

"신의 은총으로 베겔레브란은 일 년 내내 날씨가 온화합니다."

행정관이 가슴을 펴고 말해주었다. 루트비히는 고개를 끄덕였다. 사방에 초록색 대지가 펼쳐지고 하늘은 뭉게구름이 낀 푸른색이었으니 기분 좋은 풍경이었다.

"안네그레트!"

일행의 맨 뒤에서 말을 달리던 안네그레트는 주군의 부름에 목소리를 높여 대답했다.

"예, 전하!"

"이리 와."

안네그레트는 가타부타 말 없이 주군과 가까운 곳으로 자리를 옮겼고 원래 그 사이에서 말을 달리던 라인홀트와 키르시는 서로의 사이를 넓게 벌려 그녀가 통과하게 해주었다. 안네그레트가 자기보다 말 반 마리 정도 뒤를 달리게 되자 루트비히는 장난스럽게 물었다.

"어때, 직접 달려보니 아름답지?"

"예, 전하."

안네그레트는 성실하게 대답했다. 키르시는 묘한 눈으로 주군의 뒤통수를 보다가 라인홀트에게 곱지 않은 눈빛을 받았다. 루트비히가 안네그레트를 잘 대접하지 않으면서도 자기 옆에 수시로 데려와 말을 건다는 것은 이제 태자의 사람이라면 누구나 알고 있었다.

"어때, 네 땅과 많이 다른가?"

"예, 전하. 많이 다릅니다."

"어떤 식으로 다른데?"

루트비히는 주변을 넓게 보다가도 슬쩍 그 대목에서 안네그레트의 표정을 살폈다. 안네그레트는 진지하게 고민하며 대답했다.

"라이헤르타는 땅에 큰 돌이 많고 경사가 심한 구릉이 있습니다. 땅의 비옥함 또한 비할 바가 아니니 베겔레브란과는 풍경이 아주 다릅니다. 그리고 이곳은 전하의 은혜가 미쳐 사람들이 입은 옷이 훌륭하고 길도 잘 닦여 있는데 라이헤르타는 그렇지 않습니다."

"그래? 그럼 라이헤르타하고 베겔레브란을 내가 바꾸자면 바꿀래?"

키르시는 자신이 그간 '그럭저럭' 정상인이라고 생각했던 주군이 왜 저런 신소리를 하는지 알 수가 없어 눈을 크게 떴다. 라인홀트도 이상한 표정을 지었다. 안네그레트는 그러나 그 질문에도 순순히 숙고한 뒤 대답했다.

"대단히 관대하신 말씀이오나 당치 않습니다."

"왜? 여기가 훨씬 수입이 많을 텐데."

"이 땅은 부신의 태자이신 분께서 대대로 물려받는 땅이니 저 따위가 감히 넘볼 수 없습니다. 저는 제 부모님에게 받은 작은 땅만으로도 감당하기 힘드니 부디 말씀 거두어주십시오."

루트비히는 킥킥 웃었다.

"그래서 어떻게 게오르츠 백작이 되려고 그래?"

"언젠가 저 자신을 더 갈고 닦아 더 큰 것을 감당할 수 있게 되기를 바랄 뿐입니다."

"그래? 그럼 결혼은 어떻게 하게?"

여기서 왜 결혼 이야기가 나오는지 알 수 없어 안네그레트는 한순간 침묵했다. 루트비히는 시선을 다시 주변으로 돌리며 기분 좋게 설명했다.

"왜 그렇게 놀라? 안네그레트는 바이언트 가의 후계자이니 당연히 너에게 걸맞은 가문의 남자와 결혼할 테고, 그럼 다스릴 땅이 더 생길 것 아냐."

안네그레트는 또다시 진지하게 고민했다. 루트비히의 말이 맞았다. 놀라야 하는 질문이 아니었다.

"예, 전하. 옳으신 말씀입니다. 그때엔 부부가 서로에게 부족한 점을 보완하여 더 좋은 역량을 발휘하길 바랄 따름입니다."

루트비히는 그 대답에 웃음을 크게 터뜨렸다. 라인홀트는 안네그레트의 말에 감명을 받고 있었기 때문에 그 웃음소리에 잠시 놀랐다. 키르시는 입술을 기묘하게 비틀며 루트비히의 뒷모습을 보았다.

"신전에서 정기 예배를 드릴 때 대신관이 설교하면서 할 법한 표현을 그대로 쓰는구나, 너는. 부부가 서로에게 부족한 점을 보완하여 더 좋은 역량을 발휘할 거라니."

안네그레트는 새까만 눈을 깨끗하게 뜨고 루트비히를 보았다.

"전하께서는 그렇지 않으리라 생각하십니까?"

"아니, 틀린 말은 아니지. 모든 부모는 바로 그걸 바라면서 자식의 배우자를 고르잖아. 돈이 부족한 왕은 돈이 많은 왕가와 사돈을 맺고, 땅이 부족한 공작은 교두보가 되어줄 땅의 지배자에게 딸을 보내지. 내 친애하는 두 동생 중 하나도 바로 그렇게 폐하의 가려우신 곳을 긁어드리는 좋은 결혼을 했어."

루트비히와 드란힐트의 동생인 로타니아는 열 살 즈음에 이미 제카트리테로 갔고, 지금은 그곳의 왕비가 되어 있었다. 안네그레트는 로타니아를 본 적은 있었지만 얼굴이나 성품을 기억할 만큼 가깝게 지낸 적은 없었다. 나이 차이가 너무 많이 났던 것이다.

"황제 폐하께서 보시기에 만족스러운 혼사였다면 좋은 일입니다."

"그래. 너도 알다시피 내륙 한복판에 아군이 없을 수는 없으니까. 군주들은 그래서 아이를 많이 낳지. 아들은 한둘이면 돼. 딸이 많을수록 좋아. 바이언트 백작은 자녀가 어떻게 되었지?"

"예, 전하. 저를 포함해 딸이 둘, 아들이 둘입니다."

"아주 적당한데. 쌍둥이가 있었던 것 같은데 맞나?"

안네그레트는 태자의 기억력에 감명을 받았다.

"예, 전하. 제 동생들도 어릴 때 전하를 뵌 적이 있는데 혹시 기억하시는지요?"

"어렴풋이. 하나쯤은 빌 아데스 백작가와 혼사를 맺을 법하지 않나? 그 가문에도 마침 결혼 안 한 아들이 있잖아."

이번에는 안네그레트는 쓴웃음을 지었다.

"라트 오라버니는 제 여동생과 나이 차이가 너무 많이 나니 성사되기 어려운 혼사인 것 같습니다."

"라트 오라버니라고 부르는구나."

"예, 전하. 빌 아데스 백작 부인은 제 대모이니 어려서부터 교류가 많았습니다."

루트비히는 바이언트 백작의 모친과 빌 아데스 백작 부인이 사촌 사이라는 것을 알고 있었다. 그러니까.

"너는? 나이 차가 그렇게 많이 나는 것도 아니고, 가문도 적당하고 사촌 이상이니 결혼에 문제도 없는데."

키르시는 눈을 반짝였고 루트비히는 속으로 심술궂은 기대를 했다. 안네그레트는 그 유력한 친척 오빠에 대해 어떻게 평가할까. 빌 아데스 백작의 아들은 대단한 기사는 확실히 아니었다. 안네그레트의 대모가 이렇게 좋은 신붓감을 그냥 내버려 뒀을 리는 없고…….

안네그레트는 여전히 쓴웃음을 지은 얼굴로 말했다.

"어릴 때 대련하다가 라트 오라버니의 운이 좋지 않아 다리가 부러진 적이 있습니다. 그 후로 저와 결투하는 것은 재수가 없을 거라더군요."

루트비히와 라인홀트는 어린 시절의 라트가 운이 좋지 않아 다리가 부러진 모양이라고 짐작하고 대수롭지 않게 웃었지만 키르시는 속으로 식은땀을 흘렸다. 분명히 안네그레트가 부러뜨렸을 것이다. 그러니 어려서부터 힘의 차이를 알고 결투 신청조차 하지 않은 것이다. 현명한 사람이었다.

"하하, 그러면 다른 결혼 상대를 찾을 수도 있지. 또 다리가 부러지면 난처하니까."

루트비히는 웃다가 문득 초록색 눈을 가늘게 휘며 은근히 물었다.

"그럼 게오르츠 백작에게 부족한 건 뭐가 있을까?"

행정관은 말을 달리는 것에 아주 능숙하지는 않았기 때문에 어차피 입을 다물고 있었지만, 루트비히의 그 질문이 나오자 더 소리를 죽이고 죽은 척했다. 그 자리에 있는 사람들은—질문을 받은 당사자를 제외하고—모두 루트비히가 그 질문을 하고 싶어서 지금까지 안네그레트와 집안 이야기를 주고받았던 것임을 본능적으로 깨달았다.

안네그레트는 지금까지 그래왔던 것처럼 성실하게 생각하고 대답했다.

"잘 모르겠습니다, 태자 전하. 특별히 부족한 것을 느낀 적은 없습니다."

"그래? 정말 부족한 게 없어?"

루트비히는 놀리듯 되물었다. 안네그레트는 앞을 보며 진중하게 반복했다.

"잘 모르겠습니다."

"테다인, 바이언트 가에 부족한 게 뭐가 있을까?"

반질반질한 탁자에 새 와인잔을 올려놓던 테다인은 당황하지도 않고 매끄럽게 대답했다.

"게오르츠 지역은 대단히 비옥한 농경지와 구리 광산을 가지고 있으니 남부럽지 않은 소산이 매년 나옵니다. 이십여 년 전까지만 해도 가문의 구성원이 부족했다면 부족했겠습니다만 지금은 바이언트 백작 부처의 자녀가 넷이고 모두 건강하니 이제는 걱정할 것이 없겠지요. 오히려 그들 자녀에게 그 역사 깊은 가문의 모든 힘이 집중되고 있으니 호재라 봐야 할 테고요. 백작 부인이 신전을 통해 빈민 구제에 힘쓰고 있어 백성들에게 인기도 좋습니다."

"그렇지?"

루트비히는 와인을 들어 벌컥 들이켜고 투덜거렸다.

"내가 왜 그래야 하는 건지 모르겠다는 생각이 들 정도로, 지금 나는 바이언트 가에 부족한 게 뭔지만 계속 생각하고 있어. 이게 다 안네그레트 탓이야. 아니야, 딸을 그렇게 말귀 못 알아듣게 키워놓은 루젤 바이언트 탓이야."

테다인은 지난번 루트비히와 안네그레트가 대화를 나눌 때 그 자리에 없었지만 이미 다른 사람들에게 내용을 들어 알고 있었다. 그는 점잖고 쌀쌀맞게 말했다.

"라이헤르타 남작이 꼭 바이언트 가의 부족함을 채울 가문을 찾고 있다고 보실 필요는 없지요. 사냥터에서 했다는 말로 미루어 보면 본인처럼 강한 기사를 원하는 것인지도 모르지 않습니까."

"말이 돼?"

루트비히는 와인잔을 부드럽게 내려놓고 다리를 우아하게 꼬았다.

"안네그레트의 나이를 생각해 봐. 그렇다면 내 종자로 들어와서 말갈기 빗질이나 하고 있을 게 아니라 일찌감치 서임받고 마상창 시합이라도 돌면서 우승자에게 청혼하면 되는 거 아냐."

안네그레트가 마침 마구간에서 말들을 한창 돌볼 시간이었다. 테다인은 루트비히가 약간 비약을 하고 있다고 생각했지만 지적하지는 않았다. 저렇게 자기 멋대로 말하다가도 정작 중요할 때는 유연하게 사고할 수 있는 것이 주군의 장점이라고 아직은 믿고 있었기 때문이었다.

"송구합니다, 전하."

라인홀트가 점잖게 헛기침했다. 무례한 일이었지만 루트비히는 그를 바로 용서하고 그저 턱짓했다.

"뭔데."

"저에게는 라이헤르타 남작이 전하께서 상정하고 계신 것처럼, 크흠……."

"것처럼, 뭐."

"교활…… 하게 진의를 숨기고 전하께 봉사할 사람으로 보이지는 않습니다."

같은 자리에 있던 키르시도 고개를 저도 모르게 끄덕였다. 테다인은 키르시에게는 주의를 주었다.

"태도를 삼가주십시오, 키르시 경."

"고개도 못 끄덕여요?"

키르시는 입을 떡 벌렸다. 일부러 '태도를 삼가'라는 두루뭉술한 표현을 썼던 테다인은 키르시를 잠시 빤히 바라보았다. 키르시는 잠시 후 기가 죽어 고개를 숙였다.

"송구합니다, 전하. 무례를 부디 용서해 주십시오."

"뭐 어때. 고개를 끄덕이든 박수를 치든, 키르시도 지금 이 얘기에 필요해서 부른 거니까 너무 뭐라고 하지 마, 테다인."

테다인은 깔끔하게 루트비히에게 고개를 숙였다.

"예, 전하."

루트비히는 책상에 팔꿈치를 얹고 손에는 턱을 괴었다.

"사람 보는 건 키르시가 믿을 만하지. 넘겨짚는 경우가 너무 많긴 하지만 사람을 사귀면서 거짓말에 구애받지 않고 진짜 성품을 꿰뚫어보는 재주는 진짜니까."

칭찬에 키르시는 벌쭉 웃었다. 루트비히는 턱을 괴지 않은 쪽 손으로 책상을 두드렸다.

"나는 안네그레트 바이언트를 정말 모르겠어. 그냥 보기엔 자기 아버지를 쏙 빼닮은 것 같은데 그보다 더한 구석이 있어. 황족의 종자로 들어오려고 황제에게 청탁을 할 정도로 요령이 있는 대귀족이 정작 종자로 들어오고 나서는 기사도에 목을 맨 것처럼 행동하지. 요즘 기사도에 경도되는 사람이 있긴…… 아, 있지. 라인홀트."

기사도에 경도된다는 평가를 받은 라인홀트는 그 말을 부정할 수 없어 얼굴을 슬쩍 붉혔다.

"기사도는 소중한 것입니다. 전하께서도 기사이시지 않습니까."

"나야 어릴 때 아무것도 모르고 폐하께 서임받은 거잖아."

"그러나, 저와 같은 자가 이런 말씀을 올리기엔 주제넘겠습니다만, 훌륭한 기사이십니다."

이번에는 루트비히가 약간 민망해졌다. 그는 라인홀트를 애정을 숨긴 눈으로 보고 투덜거렸다.

"너 정도나 그렇게 보는 거야. 아무튼 키르시."

"예, 전하."

키르시는 씩씩하게 대답했다. 루트비히는 초록색 눈을 찌푸리며 물었다.

"네 평가를 좀 듣자. 안네그레트는 평소에 어떻게 지내고 있지? 네가 보기엔 진짜로 종자 생활을 열심히 하는 것 같아? 따로 연락하는 귀족은 없나?"

키르시는 사명감을 느끼고 목소리를 가다듬었다. 그가 아는 바에 따르면 안네그레트는 정말로 종자 생활에 열심이었다.

"저도 라인홀트 경 말씀에 동의합니다. 안나는 자기 자신에 대해 잘 이야기하지 않긴 합니다만 뭘 숨기는 성품은 아닌 것 같습니다. 레이디 보첼과 레이디 피츠콜이 가끔 놀러오기는 합니다."

"보첼에 피츠콜이란 말이지. 어려서부터 친구라지?"

"예, 전하."

테다인이 보탰다.

"아시다시피 레이디 보첼과 레이디 피츠콜은 미혼이라 중매를 설 수는 없습니다."

"알아. 두 집안 다 적령기의 남자도 없고 말이지. 하지만 사교계에서 중요한 역할을 하는 아가씨들이니 정보원으로 이용하기엔 최적이잖아?"

라인홀트와 키르시는 기묘한 얼굴을 했다. 테다인은 결국 루트비히를 슬쩍 떠보았다.

"라이헤르타 남작이 아침저녁으로 전하의 시중을 들 때는 어떠십니까? 어떤 좋지 않은 낌새가 느껴지십니까?"

"아니."

루트비히는 고개를 절레절레 젓다가 혀를 쏙 뺐다.

"일을 잘하던데. 전에 물어보니까 막내가 큰누나를 너무 좋아해서 남 돌보는 것이 익숙하다더군."

라인홀트는 이번에는 빙긋 미소 지었다. 그의 머릿속에서 어린 안네그레트와 큰 안네그레트가 꼭 붙어 앉아서 옛날 이야기를 하는, 장소와 시간은 모호한 대신 과도하게 따뜻한 그림이 스쳐 지나갔다. 루트비히는 그 표정을 놓치지 않고 심술궂게 말했다.

"내 고민이 해결되려는 것 같은데."

“예?”

키르시와 테다인은 루트비히의 말을 바로 알아들었지만 라인홀트는 잠시 아까의 따뜻한 상상에 젖어 있느라 대답이 늦었다. 루트비히는 어깨를 으쓱했다.

“자네가 안네그레트와 결혼하면 내가 이런 고민을 더 할 필요가 없지. 좋은 집안에 사위로 들어갔다고 라인홀트가 나를 배신할 성격도 아니고.”

라인홀트는 잠시 후 펄쩍 뛰었다. 그의 얼굴이 당황으로 붉으락푸르락했다.

“전하, 저는 맹세코 저의 후배 종자를 그리 속된 마음으로……!”

“사람이 사람 좋아하는데 뭐가 어때서. 이제 문제는 라인홀트가 안네그레트를 이길 수 있냐 아니냐인데.”

루트비히는 즐겁게 웃었고 키르시는 진지하게 속으로 재보았다. 키르시는 라인홀트의 실력이 뛰어나다는 사실은 알고 있었지만 구체적으로 어느 정도 뛰어난지는 몰랐다. 정말로, 라인홀트와 안네그레트가 싸우면 어떻게 될까?

그때 문 두드리는 소리가 들려왔다. 루트비히는 테다인에게 턱짓했다.

“문 열어줘.”

“예, 전하.”

테다인은 태자의 응접실 문을 절도 있게 열었다. 문 너머에 서 있던 것은 기묘한 표정을 한 하일러였다. 키르시는 한창 무기를 점검하고 있어야 할 하일러가 이 자리에 갑자기 나타난 것을 보고 눈을 동그랗게 떴다.

“어, 하일러.”

"다망하신 중에 참으로 송구하기 그지없습니다, 전하."

하일러는 예의범절을 알았기 때문에 루트비히에게 곧장 절했다. 루트비히는 손짓해 그를 가까이 오게 했다.

"무슨 일이야? 네가 여기까지 올 정도면 무슨 일이 난 모양인데."

그 말이 맞는 모양이었다. 하일러는 그의 무뚝뚝한 얼굴이 보여줄 수 있는 모든 기묘한 감정을 다 담아 보고했다.

"신의 영광 속에서 주군에게 몸을 의탁한 종자의 의무로 왔습니다."

"그게 무슨 소리야?"

보통 이렇게 시작하는 이야기는 한 가지 주제로 이어졌다. 그러나 이 하일러에게 시비를 거는 사람이 대체 어디에 있단 말인가. 응접실에 있던 모든 사람이 서로의 눈을 번갈아 가며 보았다.

하일러는 허리를 곧게 폈다.

"하일러 아델란트, 태자 전하 안에서 영혼을 나눈 형제의 간청과 저 자신이 드리는 간청을 가지고 왔습니다. 약 오 분 전 영광되신 태자 전하의 종자인 안네그레트 바이언트에게 결투 신청이 들어왔고, 저는 그 결투에 입회해 달라는 청을 받았습니다. 안네그레트 바이언트의 결투와 저의 입회를 허가해 주시기를 원합니다."

키르시는 깜짝 놀라 입을 벌렸다.

"그게 무슨 소리야, 하일러. 안나한테 갑자기 왜 결투 신청이 들어와. 주군의 허락을 받지 못하면 결투에 입회도 못 하는 종자에게 결투를 신청하는 멍청이가……."

있겠구나. 이야기로만 들었지만. 키르시는 갑자기 말문이 막혔고 루트비히는 재미있어했다.

"안네그레트에게 청혼을 하러 온 거구나."

하일러는 민망한 듯 머뭇거렸다.

"예, 전하."

루트비히는 당장 자리에서 일어나 다른 사람들에게도 손짓했다.

"그럼 당장 허락해 줘야지. 자, 가자고. 그 결투에 나도 입회할 테니 멋진 걸 보여줬으면 좋겠어."

느닷없이 다가와 한제 율란비라트 페이싱어로 시작하는 긴 이름을 밝힌 남자는 자신에 대해 공손하게 부연했다.

"외할아버지는 유리디스에 있는 야펜 계곡의 백작이고 아버지는 반 차임 백작입니다. 비록 아직 크게 공을 세운 것은 없으나 검은 불꽃 기사단에서 황가의 영광을 위해 매일 수련을 거듭하고 있는 몸입니다. 고귀하신 숙녀님을 늘 흠모해 왔는데 이 자리에서 용기 내어 청혼하고자 합니다."

반 차임 백작의 아들이라고 하니 안네그레트도 저 얼굴을 어디선가 본 기억이 났다. 반 차임 백작의 큰아들인 반 차임 경은 결혼해서 아이가 있는 걸로 알고 있고, 이쪽은 둘째 아들일 것이다. 안네그레트는 똑같이 정중하게 인사하고 말했다.

"말씨와 행동거지로 보아 틀림없이 훌륭한 가문에서 뛰어난 교육을 받고 자라신 것을 알겠습니다. 반 차임 백작님의 그 이름을 부족한 저 역시도 항상 흠모해 왔지요. 많이 부족한 저를 좋게 봐주신 것에 대해 진심으로 감사의 말씀 드립니다."

"그럼……!"

한제 반 차임은 노골적으로 기뻐하며 눈을 반짝였다. 안네그레트는 주변을 둘러보았다. 이 연무장에도 이제 여러 번 오갔으므로 같은 시각에 나와 있는 사람들의 얼굴은 모두 알고 있었으나, 정식 기사가 필요했다. 혹은 당장 주군에게 '그 허가'를 받을 수 있는 사람이라도.

마침 멀리서 하일러가 걸어오고 있었다. 그의 손에 든 것을 보니 무기를 손질하다가 잠시 나온 모양이었다. 하일러는 안네그레트가 그에게 눈길을 주자 짙은 눈썹을 들더니 그녀에게 다가왔다.

"반 차임 경, 이쪽은 아델란트 가의 하일러입니다."

하일러가 다가오자 한제는 약간 압도당한 눈치였지만 안네그레트를 흘끔 보는 그 눈에는 황홀한 웃음기가 있었다. 하일러는 상황을 대강 파악하고 인상을 억지로 폈다.

"하일러, 이쪽은 반 차임 가의 한제 경이십니다."

"안녕하십니까."

"안녕하십니까."

한제와 하일러는 서로에게 예의 바르게 인사했다. 한제는 곧 안네그레트에게 얼굴을 돌리고 밝게 말했다.

"물론 가문 사이에서 먼저 연통이 오가는 것이 예의인 줄을 알지만, 제가 결단코 가문 사이의 결속을 원해서만이 아니라 레이디 바이언트의 이름을 늘 흠모해 왔음을 꼭 알아주십사 하여 실례인 줄 알면서도 이리 당돌하게 찾아왔습니다. 레이디 바이언트는 제 청혼을 받아주시는 거지요? 저희 부모님께 그리 말씀 올리면 되겠습니까?"

하일러도 안네그레트에게 눈을 두었지만 그의 시선은 희한한 것을 본다는 모양새였다. 이런 경험은 어려서부터 너무 많이 했다. 안네그레트는 또다시 정중하게 설명했다.

"하오나 저는 제 장래의 배우자 되고자 하시는 분께 꼭 청하는 것이 있습니다. 혹 알고 계십니까?"

한제의 눈은 크게 흔들렸다. '정말'로 이런 대응이 나올 줄은 몰랐던 모양이었다.

"예⋯⋯. 혹 결투를 말씀하십니까?"

"알고 계시다니 기쁩니다. 믿음직한 분과 생을 함께하는 것은 항상 제 꿈이었습니다. 부족한 솜씨입니다만 모쪼록 결투를 해주시면 감사하겠습니다."

한제의 눈이 더 흔들렸다. 그는 어색해진 웃는 얼굴로 안네그레트와 하일러를 번갈아 가며 보았다.

"아⋯⋯ 하지만 저는 정식 기사이고 레이디 바이언트는 아직 기사 서임을 받지 못하셨다고 들었습니다. 제가 레이디 바이언트와 지금 결투하는 것은 법에 어긋나는 것을 아시지요? 우선은 어른들끼리 말씀 나누시라 하고⋯⋯."

"하일러, 괜찮으시다면 부디 태자 전하께 제가 정식 결투를 할 수 있게 임시로 허가를 내려주십사 전해주시겠습니까? 그리고 가능하다면 하일러가 저희 결투에 입회해 증인이 되어주셨으면 합니다."

하일러는 더는 참을 수가 없어 기묘하기 그지없는 표정으로 고개를 끄덕였다.

"알았다. 다녀올 테니 반 차임 경께 실례가 되지 않게 행동하도록."

"예, 하일러."

하일러는 그대로 총총 연무장을 빠져나가 태자가 있을 곳으로 향했다. 한제는 조금 모욕을 당한 사람 같은 얼굴이 되었다.

"레이디 바이언트, 미리 말씀드리지만 저는 결투할 때 상대의 성별을 가리지 않습니다."

안네그레트는 오늘 한제에게 처음으로 미소를 보였다.

"예, 꼭 그래주셨으면 합니다. 결투할 때 상대의 성별을 보아 손속을 다르게 하신다면 그것은 결투 상대자에게 모욕이니까요."

"바로 그렇습니다. 레이디 바이언트가 물론 아버님께 훌륭한 교육을 받으셨으리라는 사실은 의심하지 않습니다만, 저도 계속해서 기사 교육을 받아온 자입니다. 제가 더 나이도 많고 경험도 많은데 꼭 태자 전하께 허락을 받아서까지 결투의 승패를 가려야 할까요?"

둘째 아들이니 물론 기사 교육을 받았을 것이다. 반 차임 가에 둘째에게 주는 땅이 있는지는 알 수 없는 일이지만, 만약 있다고 해도 어차피 출세하기에 충분한 재산은 아닐 테니. 안네그레트는 정중하게 고개를 끄덕였다.

"최선을 다해 상대해 주십시오. 제가 진다고 해도 저는 후회하지 않습니다. 만약 청혼하신 분이 저보다 나이가 많고 경험이 많으시다는 그 이유만으로 결투를 하지 않고 청혼을 받아들인다면 지금까지 저와 결투하신 다른 분들께도 실례가 될 것입니다."

한제도 하슐레타 가문에서 나온 말을 몇 번이나 들어 알고 있었다. 그는 속으로 투덜거리면서도 그런 기색이 밖으로 드러나지 않게 주의했다. 그가 안네그레트에게 예전부터 관심이 있었다는 것은 사실이었다. 그야 저렇게나 아름답고 건강하고, 부유하고 예의 바르고 우아하고……

오히려 이건 절호의 기회인지도 모른다. 저 루젤 바이언트의 엄격한 눈이 없는 곳에서, 심지어 황실 사람들의 눈이 있는 곳에서 안네그레트 바이언트와 결혼할 자격을 얻게 된다면 그보다 더한 행운은 없을 터였다. 한제는 속으로 자신을 가다듬고 안네그레트의 실력이 얼마나 될지 고민해 보았다. 몇 년 전 마지막으로 보았을 때에 비해 훨씬 키도 크고 근육이 붙어 있어 놀랐지만 그래도 자신보다는 가늘고 작았다. 게다가 가문의 후계자다. 몸이 상할 만큼 어려운 경험은 해본 적이 없을 터였다.

　한제가 자신에게 자신감을 불어넣고 있는 사이 하일러가 태자의 건물에서 나오는 모습이 보였다. 한제는 하일러의 앞에 서서 당당하게 걷고 있는 사람의 얼굴을 알아보고 당장 절했다. 안네그레트도 정중하게 주군을 맞이했다.

　"한제 경, 안네그레트."

　태자 루트비히는 즐거워하는 얼굴이었다. 한제는 국내 최고의 신붓감에게 자신이 청혼한 것을 태자가 어떻게 생각할까 싶어 잠시 조마조마해했다가 그 표정을 보고 못내 안심했다.

　"뵙게 되어 영광입니다, 전하."

　"전하."

　"긴 인사는 됐어. 한제 경이 내 종자와 결투를 한다고?"

　한제는 조금 더 자신감을 얻고 궁정에서 자라난 사람답게 예의 바르게 인사했다.

　"예, 전하. 부족한 실력입니다만……."

　"아니, 검은 불꽃 기사단원이잖아. 그 기사단이 얼마나 많은 무훈을 세워왔는지 내가 알지."

　"황공합니다, 전하."

아무래도 태자는 자기 종자에게 들어온 청혼이 기꺼운 모양이었다. 한제는 자신감을 완전히 회복했다. 안네그레트는 지금 다시 보니 그다지 대단할 것 같지 않았다. 검은 불꽃 기사단에는 한제 자신보다 덩치가 두 배는 크고 힘은 바위처럼 센 사람들도 있었는데, 그들이 달려들기 전에 먼저 온 것이 얼마나 현명한 일이었는지 이제야 실감이 나는 것도 같았다.

루트비히는 허리에 찬 검을 뽑아 안네그레트와 하일러의 어깨를 한 번 쳤다.

"이렇게 예의 바르게 청하는 결투라면 당연히 아무도 방해해선 안 되지. 하일러는 물론이고 나와 라인홀트도 기사로서 정식 입회할 테니 걱정하지 말고 신께서 누구의 손을 들어주시는지 한번 겨뤄봐. 기대하겠어."

"예!"

심지어 태자 앞에서 실력을 선보이는 기회까지 갖게 될 줄이야. 한제는 눈을 반짝이며 대답했고 안네그레트는 루트비히에게 고개를 숙였다.

"한없이 베풀어주시는 관대하심에 그저 감사할 따름입니다, 전하. 하시면 전하의 종자인 안네그레트 바이언트, 이번 한 번만 감히 선배님과 검을 부딪칠 각오를 하겠습니다."

루트비히는 빙긋 웃었다. 테다인은 천막이 있는 곳을 가리켰다.

"전하께서 이런 햇살 아래 서계실 수는 없지요. 저 천막 아래 적당한 자리를 준비하겠사오니 결투를 하실 두 분도 자리를 옮겨주시면 감사하겠습니다."

룰은 두 가지였다.

하나, 기사도에 어긋나지 않는 명예로운 결투일 것.

둘, 서로를 죽이거나 치명상을 입히지 않을 것.

있으나 마나 한 규칙이었지만 마상 창 시합 등의 볼거리를 위한 경기에서 워낙 많은 사람이 죽어나가자 신전은 모든 대련에서 두 번째 규칙의 도입을 강제했다. 백 년 전까지만 해도 결투란 둘 중 하나가 죽어야 끝나는 것이었다면 이제는 단순한 솜씨 겨루기에 지나지 않았다. 덕분에 사람들의 흥미도 많이 떨어졌다고 봐야 할 것이다.

스릉.

안네그레트와 한제는 서로의 눈치를 보다가 거의 동시에 검을 뽑았다. 진검을 쓰는 결투이므로 서로가 가볍게 차려입은 사슬갑옷이 햇빛 아래 둔중하게 반짝였다. 두 사람의 검에는 서로 빛이 다르지만 흉흉한 정도는 동일한 광채가 흘렀다.

"발디딤이 훌륭하군요. 균형이 좋습니다."

라인홀트는 결투 당사자들의 움직임을 보고 저도 모르게 감탄했다. 루트비히는 휘파람을 불었다.

"그러게. 검은 불꽃 기사단은 괜찮지."

챙. 순식간에 불꽃이 튀며 검이 부딪쳤다. 크게 지른 안네그레트의 검을 한제는 그럭저럭 제시간에 흘려냈다. 키르시는 그것을 보며 온갖 인상을 썼다. 저거 꽤 아플 텐데 대단하네.

챙, 챙. 한제의 얼굴이 진지해졌고 안네그레트의 얼굴은 원래부터 진지했다. 그 날카로운 기세에 어지간한 테다인도 흥미로워했다. 지르고, 뿌리고, 휘두른 검이 몇 번이나 한제의 얼굴 옆에서 춤추자 루트비히는 혀를 찼다.

"저렇게까지 죽일 기세로 할 필요 없을 것 같은데. 치명상은 입히지 말라니까. 종자가 기사를 다치게 했다가 무슨 난리가 나려고."

"주군께 허락을 받은 결투이니 종자의 신분을 끌어올 수는 없지 않겠습니까, 전하."

"라인홀트 자네라면 자네 본인이 다쳐도 그렇게 말하겠지만, 과연 누구나 그럴지는 두고 봐야지."

거리가 가까워져 검은 하늘을 찌를 듯 높이 솟았고 안네그레트의 팔은 마법처럼 유연하게 돌아갔다.

……반짝이는.

땀방울.

꼭 묶은 새까만 머리채가 작은 풍선처럼 찰랑이다 가라앉고, 다시 찰랑이다 가라앉았다. 눈부신 검광을 뿌리며 춤추던 검은 이내 기세를 타고 분명히 적을 몰아붙였다. 한제는 당황한 기색이 역력한 눈치였다. 루트비히의 눈에는 그러나 어느샌가 한제가 보이지 않았다.

다만 저 동작만이, 춤추듯 매끄럽고, 힘이 있고, 그 자체만으로도 하나의 목적인 것처럼 훌륭한 선을 허공에 그어내는 저 움직임만이 루트비히의 시야를 가득 채웠다.

챙, 챙, 스르릉, 챙. 안네그레트는 역동적인 발걸음과 기민한 손동작을 구사해 훌륭하게 한제를 점점 밀어냈다. 한제는 거기에 맞춰 점점 노골적으로 인상을 썼다. 키르시는 한제가 생각보다 잘 버티고 있다고 생각했고 라인홀트는 눈을 크게 뜨고 오가는 검격을 살피려 애썼다. 테다인은 잠시 루트비히의 눈길을 따라가다가 알겠다는 듯 한숨을 쉬었다.

챙, 스르릉, 챙. 눈에 한껏 힘을 준 한제가 자신의 몸무게를 최대한 이용해 버티며 어떻게든 심지를 잡으려 애썼다. 그러나 안네그레트는 한제의 힘에 밀리기는커녕 재빠르게 공격하며 그의 균형을 무너뜨렸다.

철그럭. 결국 사슬갑옷끼리 부딪치는 소리와 함께 한제는 땅에 볼썽사납게 넘어졌다. 그는 옆에 떨어진 검을 주우려 했지만 그전에 목젖 가까이 닿은 안네그레트의 검을 보고 창백해져 두 손을 들었다.

"아자, 안나!"

키르시는 그만 루트비히와 라인홀트의 존재를 잊고 신이 나서 환호성을 질렀다. 그러나 하일러가 얼른 키르시의 입을 막았기 때문에 루트비히는 한제와 안네그레트가 나누는 대화를 들을 수 있었다.

"졌습니다."

"한 번 더 하셔도 됩니다. 지금은 운이 나쁘셨던 걸지도 모르니까요."

"아닙니다, 실력으로 졌습니다."

루트비히가 걱정한 것 같은 일은 없을 모양이었다. 한제는 안네그레트가 내민 손을 잡고 일어나며 한숨을 푹 쉬고 바이저를 내렸다.

"제 성별 때문에 손속을 두셨다고 하시겠습니까?"

안네그레트는 전혀 비꼬는 기색 없이 확인했다. 한제는 안네그레트의 새까만 눈을 잠시 뚫어져라 보다가 풀이 죽어 고개를 저었다.

"아닙니다. 정말, 실력으로 졌습니다. 하슐레타 경이 거짓말을 했군요."

안네그레트는 아까보다 조금 옅게 미소 지었다.

"제 실력이 이보다도 많이 부족하다고 아신 모양이로군요."

"말씀드리지 않아도 아시는 것 같으니 구체적으로는 말을 삼가겠습니다만, 제가 그 소문에 영향을 받지 않았다고 한다면 거짓말일 겁니다."

"일어난 일을 어떻게 해석할지는 사람마다 다른 것이니 꼭 그분이 거짓말을 하셨다고만 생각하지는 않습니다. 그러나 저를 높이 평가해 주시는 것 같아 기쁩니다. 감사드립니다."

한제는 잠시 후 여전히 풀이 죽은 얼굴로나마 미소를 지었다.

"레이디 바이언트가 기사 서임을 받게 되신다면 기사들의 시합은 판도가 바뀌겠군요."

"과분한 말씀이십니다."

비록 안네그레트가 임시로 기사와 결투할 수 있는 자격을 받았다고는 해도 둘의 서열 차이는 여전했다. 안네그레트는 종자가 기사에게 보이는 예로 인사했고 한제는 남성이 여성에게 보이는 예로 인사하려다 멈칫했다. 그리고 악수를 청했다.

"감사했습니다."

"감사했습니다, 경."

한제는 루트비히 쪽에 절하고 떠나갔다. 안네그레트는 이마의 땀을 닦으며 주군이 그 자리에서 불편하지는 않았는지 살피기 위해 천막 쪽을 보았다. 그리고 루트비히의 얼굴이 평소와 다른 것 같아 잠시 당황했다가 그저 종자의 예로 절했다.

이가 나간 부분을 숫돌로 가볍게 갈아내자 검날은 심장이 서

늘해질 만큼 푸른빛을 뿜었다. 안네그레트는 햇빛에 검을 이리저리 비추어보며 혹 균형이 어긋난 부분이 없는지 확인했다. 옆에서 그것을 보던 키르시는 괜히 소름이 돋는 것을 느꼈다. 그녀가 검을 다루는 손짓에서는 어떠한 주저나 서투름도 보이지 않았다.

"왜 나를 보는 거냐."

검에만 집중하는 것 같았으면서도 주변은 다 보고 있었는지, 안네그레트는 키르시에게 아무렇지도 않게 물었다. 키르시는 아예 자기가 만지던 화살촉을 내려놓고 손으로 한쪽 뺨을 받쳤다.

"안나, 안나는 얼마큼 세?"

첫 만남 때 죽어라 두드려 맞으면서 파악했던 그 실력은 안네그레트의 본모습을 다 드러낸 것이 아니었다. 한제 반 차임과 그녀의 결투에서 그것을 어렴풋이 느낀 키르시는 솔직히 자존심이 좀 상해 있었다. 안네그레트는 검이 제대로 관리되었다는 것을 확인한 후 그것을 가죽 검집에 집어넣고 진지하게 눈살을 찌푸렸다.

"그게 무슨 말이냐?"

"내가 못 알아들을 말 한 거 아니잖아. 안나는 얼마큼 세? 솔직히 아버님한테도 이기는 거 아니야?"

"전에 말하지 않았던가? 나는 아버지께 이긴 적이 단 한 번도 없다."

"거짓말. 아무리 최강의 기사라도 게오르츠 백작님이 연세가 그만큼 되시는데."

키르시는 아예 자기 옆에 풀어 놓았던 검을 검집째 들어 안네그레트에게 휘둘러보았다. 완전히 의표를 찌를 셈이었지만 안네그레트는 아무렇지도 않게 그것을 자기의 검집으로 쳐 날려 버리고 호통 쳤다.

"키르시 헤크볼트, 검을 그렇게 막 휘둘러서야 오히려 휘두르지 않음만 못하다. 네 동작은 물론이고 검로가 상대에게 완전히 드러나지 않으냐. 그리고 베는 힘이 너무 약했다."

"나름대로 열심히 한 거거든!"

"기초부터 다시 해라. 그리고 내가 아버지께 한 번도 이기지 못했다는 것은 사실이다. 게오르츠에만 해도 나를 이길 수 있는 기사는 여럿 있다."

뭐 하는 괴물 가족이고, 뭐 하는 괴물 지역인가. 키르시는 상당히 풀이 죽어 한숨을 쉬었다. 안네그레트는 자신이 한 말이 그의 기분을 상하게 했나 싶어 미간을 좁혔다.

"기초가 아예 안 되어 있다는 말은 아니었다. 내 말이 네게 상처가 되었다면 미안하다."

"알아. 그냥, 세상은 너무 넓구나 싶어졌을 뿐이야."

키르시는 팔과 상체를 뻗어 떨어진 자기 검을 끌어다 놓고 다시 화살촉에 기름을 발랐다. 안네그레트는 태자의 무기고에 있는 다른 검을 뽑아 상태를 살폈다. 그때 무기고의 문을 두드리는 소리가 똑똑 울렸다.

"네."

어차피 환기를 위해 문은 열려 있었다. 키르시는 성의 없이 문쪽을 보다가 눈을 동그랗게 떴다. 이런 장소에서 볼 일이 거의 없는 화사한 드레스 자락이 눈을 가득 채웠다.

"안니카, 키르시 경."

시피에트 보첼과 율리아 피츠콜은 궁정에서 가장 유행하는 머리 모양을 하고 기분 좋은 표정으로 허리를 숙였다. 키르시는 얼른 다가가 그 앞에 한쪽 무릎을 꿇었다.

"레이디 피츠콜, 레이디 보첼."

"시프, 율리."

안네그레트는 검을 놓고 희미하게 웃으며 친구들에게 다가왔다. 율리아는 무기고에서 나는 묵은 냄새가 마음에 안 드는 듯 짐짓 인상을 썼지만 시피에트는 즐거운 듯 눈을 반짝이며 안을 둘러보았다.

"여기까지 무슨 일이야?"

"황후께서 낮잠을 주무시기에 슬쩍 놀러왔지."

시피에트는 얼른 안네그레트의 뺨에 키스한 후 무기고 안쪽으로 몇 걸음이나 더 걸어 들어갔다. 그들을 안내한 듯 두 명 뒤에서 등장한 하일러가 시피에트에게 주의를 주었다.

"레이디 보첼, 모쪼록 조심하십시오. 날붙이가 많습니다."

"그래, 내 구두가 찢어지면 누가 책임질 거야? 나가서 놀자, 시프."

율리아도 안네그레트의 뺨에 키스하며 시피에트의 등에 시선을 던졌다. 그러나 시피에트는 듣는 둥 마는 둥 벽에 걸린 폴액스를 보고 눈을 크게 떴다. 안네그레트는 쓴웃음을 지었다.

"다치지 않게 제가 잘 보고 있을 테니 걱정 마십시오, 하일러."

바로 그걸 믿을 수 없으니 문제라는 얼굴로 하일러는 안네그레트를 잠시 본 다음 시피에트의 뒤를 따랐다. 시피에트는 도끼날 반대편에 큰 스파이크가 달린 폴암을 한참 황홀한 듯 바라보았다. 율리아는 인상을 썼다.

"만져 볼 생각 하지 마, 시프."

"에이, 당연하지. 태자 전하의 물건에 내가 어떻게 감히 손을 대겠어."

그리고 바로 그렇게 할 수만 있으면 한이 없겠다는 얼굴로 시피에트는 도끼날의 푸른빛에서 눈을 떼지 못했다. 율리아는 푸른 꽃과 넝쿨이 수놓인 풍성한 치맛자락을 꽉 잡아 정리하며 안네그레트에게 종알거렸다.

"쟤가 저렇다니까. 저런 게 좋니? 아니, 너도 싫지 않으니까 기사가 되겠다고 이 고생을 하는 거겠지만. 다 사람 다치게 하는 물건인데 소름 돋지 않아? 키르시 경, 일어나세요. 언제까지 앉아계시려고요?"

"사교계에서 가장 매력적인 여성분 앞에서 저 혼자만이 무릎을 꿇고 사랑을 고백할 기회가 언제 또 있을까 해서요."

키르시는 깜찍하게 농담하며 일어나 율리아가 내민 손등에 키스했다. 율리아는 키르시의 찬사가 당연하다는 태도로 방긋 웃었다.

"그럼 당신도 한 마디 해주셔요, 키르시 경. 제 말이 신뢰할 만하다는 것을 증명하기 위해서 꼭 한 마디만. 키르시 경도 저런 무기가 그저 멋지다고 생각하시나요?"

"알았어, 나가면 되잖아."

시피에트는 율리아가 남을 끌어들이자 겨우 친구를 돌아보며 볼멘소리를 했다. 키르시는 두 아가씨 사이에서 고민하는 모습은 전혀 보이지 않고 매끄럽게 말을 늘어놓았다.

"아아, 무기의 본질이 사람을 다치게 하는 것과 파괴의 슬픔에 있다는 것을 결코 잊지 않으시는 레이디 피츠콜의 혜안은 물론 신뢰할 가치가 있고말고요. 저 또한 세월의 더께가 쌓인 이 잔인한 무기들이 그동안 얼마나 많은 사람을 슬프게 했을지 생각하면 가끔 소름이 돋는답니다. 하지만 또한 이러한 무기들은 그간 우리가 얼마나 많이 이겨왔는지, 또 그 승리를 연모하고 존경하는 고귀하신 분들께 바쳐 왔는지를 상징하기도 하지요."

하일러는 저게 무슨 쓸데없는 소리인가 하는 얼굴로 키르시를 잠깐 노려보았다. 시피에트는 볼을 부풀리며 율리아에게 다가왔다.

"키르시 경한테 그런 건 왜 물어봐? 잠깐 구경도 못 하게 해."

"넌 언제든 황후께서 깨시면 돌아가야 하는데 그때 가죽 냄새랑 기름 냄새가 나면 이상한 소문이 날 거란 말이야. 안니카하고 산책이나 하자."

이유가 어쨌든 두 아가씨가 무기고에서 나갈 것 같자 하일러는 안도한 눈치였다. 그러나 모처럼 놀 핑계가 생긴 키르시는 어떻게 해야 자기에게 유리한 상황이 될지를 고민했다. 안네그레트가 두 친구의 어깨를 잡고 난처한 얼굴을 했다.

"시프, 율리. 나도 너희와 산책을 하고 싶지만, 사실 지금은 무기 점검을 하는 시간이라."

"잠시만, 잠시만 콧바람만이라도 쐬자, 응?"

율리아는 안네그레트의 팔을 꼭 안고 방긋 웃었다. 키르시는 확실히 역한 냄새가 끼어 있던 무기고에 여자들이 허리에 차는 향낭 냄새가 들어오자 훨씬 쾌적해졌다고 생각하며 안네그레트에게 손짓했다.

"그럼, 레이디의 말씀을 욕되게 하는 거 아니야. 기사도에서도 허락하는 일이니까 얼른 나가서 좀 걷다 와. 그리고 여자들끼리만 다니기엔 연무장이 좀 위험할 테니까 내가 에스코트로…… 윽!"

키르시는 마지막 문장을 눈을 반짝이며 빠르게 말하다가 말고 하일러의 팔꿈치에 옆구리를 맞았다. 율리아는 풍성한 적갈색 머리칼을 찰랑이며 하일러를 돌아보고 감사의 뜻으로 살포시 웃어 보였다.

"저기 있는 사람은 라이헤르타 남작 아닙니까?"

루트비히의 응접실에서 창밖을 내다보던 라인홀트가 문득 중얼거렸다. 책상 앞에서 평소처럼 서류와 씨름하던 루트비히는 바로 고개를 들어 라인홀트를 돌아보았다.

"지금은 무기고에 있을 시간인데? 내가 검을 전부 벼리고 기름을 먹여두라고 했거든."

"유명한 레이디 율리아 피츠콜과…… 예, 레이디 보첼과 함께 있군요."

테다인은 루트비히가 처리한 서류를 정리하다가 쓴웃음을 지었다.

"라인홀트 경이 여성분들의 이름을 기억하시다니 별일이로군요."

"뭐, 사교계에 발이라도 들여본 사람이면 누구나 아는 이름이잖아. 율리아 피츠콜."

루트비히는 무관심한 투로 대답하면서도 서류를 놓고 일어섰다. 그리고 창가로 다가가 저 아래서 지나가는 세 여자의 모습을 보았다. 누가 농담을 했는지 안네그레트는 부드러운 미소를 띠고 있었고 루트비히에게는 그녀의 그런 얼굴이 낯설었다.

루트비히는 쌀쌀맞게 확인했다.

"맞네, 안네그레트하고 율리아 피츠콜에 시피에트 보첼. 시피에트 보첼은 황후께서 낮잠 주무실 시간이라 나온 모양이야."

"잘 아시는군요."

"당연하지, 라인홀트. 일단은 우리 어머니잖아."

루트비히가 발음하는 '어머니'는 어딘가 어색했다. 그리고 그 이유는 이 자리의 모두가 잘 알고 있었다. 흔한 일이었기 때문에 테다인은 표정조차 바뀌지 않았고 라인홀트 또한 예의 바르게 황후의 아파트가 있는 쪽으로 고개를 한 번 숙였을 뿐이었다.

안네그레트와 두 친구가 천천히 걷는 것을 루트비히는 한동안 가만히 내려다보았다. 자기 일을 마친 테다인은 그 옆 창문가에 가 서서 조심스레 말을 꺼냈다.

"무슨 음모를 꾸미고 있는 것처럼은 보이지 않는군요."

루트비히는 눈을 안네그레트에게서 떼지 않은 채 웃음을 터뜨렸다.

"놀리지 마, 테다인. 자네가 조사해 온 거잖아. 시피에트 보첼은 정치에 관심이 전혀 없고, 율리아 피츠콜은 위험한 것에는 절대로 손을 안 댄다고."

"예."

"그래서 나도 황후께 다녀왔지. 시피에트 보첼이 나에게 관심이 있는 것 같다는 농담도 누이에게 듣고 왔지만, 그런 것 같지는 않았어. 정말로 어떤 파벌에도 관심이 없는 것 같더군."

"대단하십니다."

루트비히가 '안네그레트의 친구들에 대해 조사해 봐'라는 명령을 내려 테다인이 결과를 제출한 지 얼마 되지도 않았다. 루트비히는 갑자기 어두운 표정이 되어 창에서 한 걸음 물러섰다.

"……굳이 가지 말 걸 그랬는지도 모르고."

라인홀트는 당황해서 루트비히를 보았고 주군의 얼굴에 떠오른

가벼운 감정에 더 크게 당황했다. 루트비히가 우울한 표정을 드러내는 일은 무척 흔치 않았다.

"와인을 가져다 드릴까요?"

"물 타지 말고."

테다인은 별말 없이 벽장 쪽으로 갔다. 라인홀트는 주군이 그대로 소파로 가 드러눕자 어쩔 줄 몰라 하다 자신도 소파가 있는 쪽으로 갔다. 루트비히는 손짓해 그를 앉혔다.

"거기 앉아."

"예, 전하."

라인홀트는 자신이 평소 앉는 자리에 절도 있게 엉덩이를 걸쳤다. 테다인은 금세 새 와인병과 새 잔을 들고 와 테이블에 두었다. 루트비히는 오른팔을 베고 모로 누워 입을 비죽거리며 와인을 보았다.

"가득."

"예, 전하."

평소라면 대낮의 이런 방종을 두고 보지 않았을 테다인은 말없이 붉은 와인을 잔에 가득 채웠다. 루트비히는 몸을 조금만 일으켜 완전히 비뚤어진 자세로 와인을 들이켰다. 그의 턱을 타고 떨어진 몇 방울의 술에서 독한 향이 났다.

잔을 단숨에 비워 버리고 한참 말없이 인상을 쓰던 루트비히는 마침내 다시 소파에 몸을 누이고 투덜거렸다.

"나이가 들어서 그런가, 못 해먹겠어. 어릴 땐 나도 나름대로 한다고 한 것 같은데."

라인홀트와 테다인은 주군이 '뭘' 못 해먹겠다는 것인지 묻지 않았다. 루트비히도 설명하지 않았다. 그는 대신 깊고 소리 나는 숨을 몇 번이나 쉬고 나서 또다시 툭 던졌다.

"누이는 그걸 잘해. 솔직히 난 대단하다고 생각해. 황후께선 우리가 태어나기 전부터 우리에게 관심이 없었고 지금도 마찬가지야. 그런데 어떻게 그렇게 옆에서 어떻게든 비위를 맞춰보려고 들고, 딱 붙어서 아부를 하는 거야? 말이야 바른 말이지, 낳은 게 뭐 대단해? 아니, 물론 낳는 건 대단하지. 하지만 젖은 유모가 먹였지, 키우는 건 밖에서 키웠지. 성인식 때도 내 옷은 내 창고에서 돈이 나갔잖아."

루트비히가 성인이 될 때까지 다른 아들이 아주 안 태어났던 것은 아니지만 그들은 모두 어릴 때 죽었다. 그러니 루트비히의 후계자로서의 입지는 황가의 모두에게 있어 항상 공고한 것이었고, 그가 성인식을 치를 때 사용했던 모든 것은 전통적으로 태자를 위해 존재했던 재산에서 나왔다.

루트비히는 성인식 비용이 너무 많이 들었다고 화를 내고 있는 것이 아니었다.

"지르날에서 우리 막내 외삼촌, 칼랭 공의 성인식 소식을 알린 게 언제였지, 내가 열 살 때였나?"

"예, 전하."

테다인이 대답했다. 루트비히는 왼손을 올려 눈을 아예 가렸다.

"그때 마침 나도 궁에 잠깐 들어와 있었어. 황후께선 항상 기분이 나빠 보이는데 그때는 기분이 좋은 것 같아서 나도 신이 났거든. 그래서 기억에 남아. 칼랭 공이 좋아하는 색, 좋아하는 보석, 좋아하는 모양…… 다 알고 계셨어. 성인식 축하 선물로 외투를 다섯 개 해서 보내고 모자를 열두 개, 루비가 박힌 예장용 검을 세 개 보냈었어."

라인홀트는 이 와중에도 주군의 정확한 기억력에 놀랐다. 루트비히는 다시 한 번 숨을 깊이 들이마셨다가 큰 한숨을 쉬었다.

"이번에 갔더니 나한테 뭐라시는지 알아?"

라인홀트는 전혀 짐작할 수 없었고 테다인은 대강 몇 가지의 예상 답안을 가지고 있었다. 루트비히는 어머니의 말을 떠올리며 그대로 입을 다물었다.

팔뚝에 눌린 눈꺼풀 너머로 그리운 백합 향이 났다. 루트비히는 그것이 이제 오직 상상 속에서만 맡을 수 있는 향기임을 알고 있었다.

루트비히가 갈아입을 잠옷을 챙기면서 안네그레트는 자기도 모르게 졸음을 느꼈다.

황성은 침실마저도 오로지 숙면을 위해 만들어진 공간은 아니었다. 그러나 루트비히는 본인의 침실에서 완벽하게 편안해 보였고 벽난로의 불빛이 일정한 리듬으로 타오르며 어두운 방에 검붉은 색채를 드리웠다. 촛불은 모두 꺼져 이제 기름 타는 냄새도 나지 않았다.

상의를 벗고 흰 상체를 드러낸 루트비히는 안네그레트에게 말없이 손을 내밀었다. 안네그레트는 주군이 운동하는 모습을 본 적은 없었지만 그가 분명히 자신을 단련하고 있음을 확신했다. 저렇게 균형 잡힌 상체는 책상 앞에만 앉아 있다면 만들어질 수 없었다.

"오늘 친구들이 왔던데."

안네그레트가 준 상아색 튜닉을 뒤집어쓰며 루트비히는 지나가는 말처럼 물었다. 안네그레트는 뺨을 살짝 붉혔다.

"예, 전하. 전하의 분부를 끝까지 완수하기 전에 사적인 용무를 보았으니 송구할 따름입니다."

"됐어. 가끔은 쉬는 시간도 있어야지. 재밌어 보이던걸."

잘 차려입은 하인이 요령 좋게 벽난로의 불을 조금씩 재웠다. 갑자기 어두워진 침실은 그러나 여전히 붉었다. 루트비히는 침대에 앉아 안네그레트에게 또 손을 내밀었다. 안네그레트는 준비했던 물 탄 와인을 그에게 넘겨주었다.

"뭐야."

와인을 한 모금 마셔본 루트비히는 투덜거렸다.

"너무 묽잖아. 다시 해와."

"오늘 낮에 술을 하셨다 들었습니다."

"테다인이야?"

"예, 전하."

루트비히는 두 번 묻지도 않고 밀고자를 알아냈다. 안네그레트는 저도 모르게 입꼬리를 살짝 올리며 옅게 웃었다. 그리고 그가 자신의 얼굴을 빤히 쳐다보자 놀라 눈을 동그랗게 떴다.

"어찌 그러십니까, 전하?"

"내가 뭘?"

그렇게 물으니 이쪽이 할 말이 없어진다. 안네그레트는 자신이 뭔가 잘못 알았나 해서 금방 고개를 저었다.

"아닙니다, 전하. 송구합니다."

"뭐가. 자, 여기 잔이나 가져가."

루트비히는 잔에 든 와인을 불평하면서도 한 번에 다 마시고 잔을 안네그레트에게 건넸다. 그녀는 잔을 침실 가운데의 세공된 테이블에 올려놓고 돌아와 공손하게 섰다.

"오늘따라 피곤해 보이는데."

"괜찮습니다, 전하."

"피곤하면 오늘은 이만 들어가 쉬어."

"관대하신 말씀에 몸 둘 바를 모르겠습니다. 하오나 괜찮습니다, 전하."

"늘 괜찮다고 하네."

안네그레트는 루트비히를 보았다. 그녀는 주군이 자신을 역시 기묘한 눈으로 보고 있다고 생각했다. 안네그레트의 존경하는 주군이자 이 나라의 태자는 그녀가 이해할 수 없는 많은 생각을 하는 것 같았고 역시 그녀가 이해할 수 없는 얼굴을 할 때가 잦았지만, 오늘의 저 얼굴은 특히 낯설었다.

루트비히는 쓴웃음을 지었다.

"주종 서약 의식 때부터 그랬지. 서쪽 탑의 꼭대기에서 머물라고 했을 때도 불평 하나 없었고, 며칠 내버려 뒀을 때도 불평 하나 없었어. 너는 다 괜찮아? 키르시와 하일러에게는 무기고의 칼을 모두 버리라거나 말똥을 치우라는 명령은 내린 적이 없어. 선배들에게 못 들었어?"

안네그레트의 표정이 조금은 변하기를 기대했던 것인지도 모른다. 안네그레트가 아까까지와 똑같이 평온한 얼굴로 절하자 그는 묘하게 속이 꼬이는 것을 느꼈다.

"들었습니다, 전하. 하오나 필요한 자리에 필요한 사람을 배치하시는 것이 지도자이오니, 전하께서 보시기에 저에게 지금의 처소와 지금의 일을 내리시는 것이 적절하다 판단하셨다면 제가 감히 평가할 일이 아닙니다."

"신전에서 가르치는 순종의 도리의 교본 같은 말이네. '너희가 군주를 원하였으니 그의 뜻에 따르라.'"

루트비히는 또 쓴웃음을 지었다. 속이 조금 더 꼬였다. 안네그레트는 그제야 조금은 표정을 바꾸었지만, 그 바뀐 표정이란 것은 생각지도 못한 미소였다.

"혹 제가 괜찮지 않을까 염려하신다면 그러실 필요 없습니다, 전하. 저는 정말로 괜찮습니다."

"괜찮으면 안 되지."

루트비히는 이렇게 당연한 말을 해야 한다는 것에 심한 낯설음을 느꼈다. 대체 바이언트 가는 후계자 교육을 어떻게 시킨다는 말인가.

"너는 대가문 바이언트 가의 후계자이자 아주 오래된 봉토의 영주라고. 집에서는 마구간 청소라는 게 있는 줄도 몰랐을 텐데."

"청소라는 것이 있는 줄은 물론 알았습니다, 전하. 어려서부터 저는 마구간을 좋아했기에 자주 드나들었습니다."

"말을 좋아해?"

"예, 전하. 아주 좋아합니다."

"전에 베겔레브란에 갈 때는 내 말을 타고 갔잖아."

"그것이 옳은 법도이니까요. 황도에 있는 바이언트 가의 별장에는 제가 어려서부터 돌봐 온 검은 말이 있습니다."

안네그레트의 표정으로 보아 그녀의 말은 하나도 과장이나 축약이 없는 진실이었다. 루트비히는 저도 모르게 툭 말했다.

"그럼 그놈을 데려와서 내 마구간에 머물게 하지. 그래야 네가 매일 직접 돌볼 수 있을 테니까. 돌보는 데 필요한 비용은 내 창고에서 꺼내 써. 종자의 말과 무장을 주군이 돌보는 건 당연한 일이니까."

안네그레트는 상당히 환한 미소를 지었다.

"성은이 망극합니다, 전하."

루트비히는 숨을 깊이 마시며 침대 등받이와 쿠션에 등을 기대고 반쯤 누웠다. 문 두드리는 소리가 들렸다.

"아벨타일 테지. 문 열어줘."

"예, 전하."

문을 여는 것은 안네그레트와 루트비히가 생각하는 종자의 업무에 들어가지 않았으므로, 비단으로 가슴을 장식한 하인이 루트비히의 명령을 수행했다. 그러나 문이 열렸을 때 얼굴을 보인 사람은 궁중 신관인 아벨타가 아니었다.

"전하. 늦은 시간에 송구합니다."

"테다인, 무슨 일이야?"

루트비히의 저녁 시중을 안네그레트에게 넘긴 후로 주군의 특별한 명 없이는 이 시간에 찾아오지 않는 테다인이, 그답지 않게 어딘가 긴장한 표정을 하고 방으로 들어왔다. 그의 눈길이 잠시 안네그레트에게 향하자 루트비히는 그녀에게 손을 저었다.

"수고했어. 이제 네 일은 끝났으니 방에 가서 쉬도록."

"예, 전하. 테다인 경, 다음에 뵙겠습니다."

"평안히 쉬십시오, 라이헤르타 남작님."

안네그레트가 방에서 나가는 것을 시작으로 테다인은 다른 시종들도 내보냈다. 단둘이 남은 고요한 방에서 루트비히는 인상을 쓰며 허리를 똑바로 세웠다.

"뭐야, 왜 그래? 무슨 일이야?"

"이것 좀 보십시오, 전하."

테다인은 품에서 쪽지를 꺼내 루트비히의 손에 슬쩍 쥐여 주었다. 물론 그것은 시종이 주인에게 편지를 전할 때 쓰이는 적절한 예법은 아니었다. 루트비히는 그러나 그를 책하지 않고 쪽지를 들여다보았다.

금세 루트비히의 에메랄드색 눈이 날카롭게 굳었다.

"라인홀트를 불러와. 조용히."

"슈빔마렌 가문이 어떻게 시작되었는지 아십니까?"

로세드 슈빔마렌은 함께 카드놀이를 하던 귀부인에게 물었다. 얼굴에 검은 별 모양의 비단 조각을 붙이고 어떻게든 좋은 패를 찾아보려던 귀부인은 갑작스러운 질문에 사교적으로 웃으며 대답했다.

"물론 알지요. 영광된 디트헬름 초대 황제 폐하의 막내따님께서 초대 황제 폐하의 가장 충성스러운 부하였던 게르노트 슈빔마렌 경과 결혼하며 여신 집안이 아닌가요?"

"역시, 아름다움이란 그와 함께하는 지성이 있을 때에야 레이디와 같이 진정으로 빛나는 법이지요."

과장된 칭찬을 들은 귀부인은 부채로 입을 가리며 웃었지만 로세드가 자신의 답에 정말로 감탄하지는 않았다는 것을 그의 눈빛으로 알았다. 로세드는 그녀와의 대화에 열중하는 것처럼 보이려고 노력하는 것 같았지만 눈에는 깊은 어둠이 드리워져 있었다. 살롱 곳곳에 켜놓은 촛불빛은 가끔 그의 홍채에서 이지러진 실처럼 떨렸다가 곧 사라질 뿐이었다.

"그래서 슈빔마렌 가의 문장엔 충성을 뜻하는 칼과 높은 신분의 여성을 뜻하는 목걸이가 있지요. 비록 거대했던 땅은 조각조각 잘라져 팔려 나가고 분가에 넘어가는 등 수모를 많이 겪었습니다만, 지금도 황제 폐하에게 제일가는 충신 가문이라면 역시 슈빔마렌 가이며 황족과의 통혼이 제일 많이 이루어지는 집안 또한 이 슈빔마렌 가라는 점은 아실 겁니다."

"예에, 후작님. 그 점을 모르는 사람은 없지요."

당장 눈앞에 있는 이 남자만 해도 아주 높은 제위 계승권을 가지고 있었다. 태자가 젊고 건강하니 다음 제위는 물론 태자 루트비히가 잇겠지만, 또 사람 일은 모르는 것이다. 한창 때인데도 정부 하나 없는 태자가 불의의 사고 따위로 자식 없이 죽는다면 슈빔마렌 후작은 다음 제위에 충분히 도전할 수 있었다. 물론 그보다 드란힐트 황녀와 로타니아 황녀의 계승권이 더 높기는 하지만. 그들이 이길 확률이 얼마나 될까.

"아시다시피, 왕좌의 후계자가 불명확할 경우 열리게 되어 있는 대궁정 회의에서도 슈빔마렌 가는 아주 큰 발언권을 가지고 있지요."

로세드는 그 말을 하며 혼자 고개마저 끄덕였다. 귀부인은 그가 자랑을 하고 싶어서 갑자기 그런 이야기를 꺼낸 것 같다고 판단했다. 이 과시하기 좋아하는 남자에게 있어 드문 일은 아니었다.

"정말로, 부신에서 내로라하는 가문 중에서도 슈빔마렌 가처럼 고귀한 집안은 찾기 힘들지요."

"정확한 표현이십니다, 레이디. 말이야 바른 말이지, 혈연보다 가깝고 사랑스러운 것이 어디 있겠습니까? 그리고 바로 저야말로 황제 폐하의 고귀하신 자녀들을 제외하고는 가장 가까운 친척이 아닙니까? 누가 제 충성심을 감히 시험하려 든다면 저는 그자에게 주저없이 결투를 신청해 한쪽이 죽을 때까지 겨룰 겁니다. 신전에서 아무리 말리려 해도 제 분노는 멈추지 않을 테니까요."

마침 근처에 다가온 귀족 남자가 빙긋 웃으며 예의 바르게 물었다.

"카드를 치고 계셨군요. 제가 감히 함께 앉기를 청해도 되겠습니까?"

"어서 앉아. 자네도 다음 판에는 끼라고."

로세드는 즐거워하며 손짓했다. 귀부인도 부채로 눈가를 부치며 우아하게 말했다.

"그럼요. 어서 앉으세요. 우리는 마침 슈빔마렌 후작님께서 황제 폐하를 위해 죽음도 불사하실 거라는 이야기를 나누고 있었답니다."

"그거 참 훌륭한 주제로군요."

귀족 남자는 손뼉을 살짝 쳤다. 그 역시 어느 정도 둘의 대화를 들은 후에 다가온 것이었다.

"하지만 요즘은 국경이 평온하니 후작님께서도 몸이 근질거리시겠습니다."

귀족 남자의 말에 귀부인은 애교 있게 웃으며 로세드를 보았고 로세드는 키득거리며 과장되게 양팔을 펼쳐 보였다.

"바로 그렇지요. 세기의 대전쟁이 있으려면 마침 저와 같은 자가 이를 갈고 있을 때에 있어줘야 하는데 말입니다."

귀부인은 오늘 파티에 초대되어 즐겁게 담소 중인 신관들 몇 명을 흘긋 보고 평이하게 받아쳤다.

"그런데도 비극은 항상 비극을 원하지도 예감하지도 못했던 연약한 자들만을 덮치니 아까운 일이지요. 슈빔마렌 후작님 같은 분께서 기다리고 계시다 비극의 볼기를 되게 쳐 돌려보내신다면 얼마나 복될까요."

"하하, 말씀을 재미있게도 하십니다. 어릴 때 볼기를 맞아보셨습니까?"

"그 무슨 실례되는 말씀을. 집의 하인 아이가 집사에게 맞는 것을 보았지요."

"너무나도 재치 있는 표현을 쓰시기에."

귀족 남자는 웃음을 가볍게 터뜨렸다. 로세드는 한쪽 눈썹을 들었다가 우스꽝스러운 표정을 지어 보였다. 잠시 귀부인도 깔깔 웃었다.

"어머나, 후작님. 어쩜 그런 표정을 다 지을 줄 아셔요?"

"아시다시피 저는 딱딱한 구식 예법에 구애되는 것을 싫어하지요. 그 자리에 있는 사람들이 저를 보고 즐거워질 수만 있다면 뭐든 사양 않고 배웠습니다. 물론 격식을 반드시 지켜야 하는 자리에서는 비밀입니다."

귀족 남자와 귀부인은 비밀스러운 눈짓을 교환하며 또 킥킥 웃었다.

로세드는 그들이 웃음을 그치자 잠시 한숨 같은 것을 쉬었다.

"그렇지요, 비극은 늘 그것을 예감하지 못한 사람들에게 닥치지요…… 그래서인지 저처럼 준비된 자는 충성심을 보여 드리려 해도 묘하게 오해를 받는 경우가 있는 모양입니다. 태자 전하께서 저를 더 가까이해 주신다면 그분이 이때껏 경험하지 못 하신 진짜 충성을 받으실 수 있을 텐데 말이죠."

"아, 그래도 얼마 전에는 함께 사냥도 해오시지 않았습니까."

귀족 남자는 로세드를 대충 위로했다. 로세드는 검지를 세워 그들에게 보이며 양쪽으로 저었다.

"그때도 태자 전하께서는 저와 함께 사냥하시지 않았으니, 제가 얼마나 섭섭했는지 아시겠지요? 오직 그분께 서임받은 기사들과 지금의 종자들만을 데리고 사냥하셨는데, 솔직히 제 사냥터에서 가장 귀중한 동물들이 사는 곳을 다 알려 드리려 했던 저로서는 맥이 빠졌지요."

"아이, 그런 것을 알려 드리면 공정하지 않잖아요. 하지만 사냥터의 비밀을 다 말씀드리려 하시다니, 정말 태자 전하를 위해 준비를 많이 하셨군요, 후작님."

이번엔 귀부인이 위로했다. 로세드는 씩 웃었다.

"말로 다할 수 없지요. 우리 태자 전하가 얼마나 훌륭하고 의젓하십니까? 저로서는 그저 존경하고 따르고 싶은 마음이 한량없습니다."

"그런데도 전하께 서임받은 기사들과 종자들만 데리고 사냥을 하셨다니 정말로 가슴이 무너지셨겠습니다. 정말이지, 요즘은 혈통이나 충성심처럼 정말 중요한 것보다 사적인 친분 따위를 중요하게 여기는 풍조가 만연해서……."

귀족 남자와 귀부인은 로세드가 계속 사냥터 이야기를 하자 그제야 그의 이야기를 진지하게 받아들이며 심각한 얼굴을 했다. 귀부인도 부채를 살짝 접으며 한탄했다.

"태자 전하께서 잘못하신다는 말은 물론 아니죠. 우리 모두 태자 전하께서 하시는 일엔 다 생각이 있으시다는 것쯤 왜 모르겠어요. 하지만 젊은 사람들은 친척 관계보다 일신의 매력을 더 중요하게 생각하는 것 같다는 느낌을 받을 때가 있어요. 라인홀트 파스텐 경 같은 경우는 문제가 없지만, 키르시 헤크볼트는…… 우리 솔직히 인정하죠. 태자 전하께 감히 서임을 받더라도 충성할 사람이라고는 생각하지 않아요. 헤크볼트 경 때문에 태자 전하 앞에서 아주 고결하고 신분 높은 분들이 망신을 당했다는 것은 아시지요?"

"말도 마십시오. 삼 년 전에 황궁을 드나들던 사람 중 그 이야기를 모르는 사람이 어디 있겠습니까?"

귀족 남자가 고개를 주억거렸다. 로세드도 팔짱을 끼고 동의했다. 그는 아예 카드를 테이블에 완전히 내려놓았다.

"그렇지요. 친분이 뭐고, 개인의 능력이 뭐겠습니까? 이 자리에 계신 고귀한 여러분의 성품과 품위가 다 어디서 나오겠습니까? 대대로 엄격한 가풍을 지키며 내려온 가문에서 합법적으로 태어나 충분한 교육을 받으며 자라지 않는다면 어떻게 지금 우리처럼 교양 있고 훌륭한 사람이 되겠습니까? 이런 이야기를 할 때 부에 대한 말을 꺼내면 속물적이라는 평을 하는 이도 더러 있습니다만, 매일 저 햇볕 아래 땀 흘려 일하며 밭이나 갈아서야 무슨 기운으로 나랏일을 생각하고 교양을 쌓겠습니까? 어울릴 가치가 있는 훌륭한 분들과 사교 활동을 하려면 근사한 응접실은 있어야 할 거 아닙니까?"

"참으로 옳으신 말씀이어요."

"훌륭한 표현이십니다."

귀부인과 귀족 남자가 감탄했다. 로세드는 기분이 좋아진 듯 눈꼬리를 접으며 입을 또 열었다.

"역시 중요한 것은 혈통이죠."

귀부인과 귀족 남자는 적극적으로 동의했다. 그때 누군가가 다가와 합석할 수 있는지 묻지도 않고 테이블 앞에 앉았다. 세 사람은 처음에는 불쾌한 기분으로 이 새로운 멤버를 보았다가 금세 눈을 동그랗게 떴다.

하슐레타 백작 부인 드란힐트는 로세드를 보고 입술을 비틀며 웃었다.

"내가 좋아하는 것에 대한 이야기를 하고 계셨던 것 같군요, 로세드. 나도 낄 수 있을까요?"

귀족 남자는 로세드가 드란힐트의 방문을 기다리고 있었던 것 같다고 생각했다. 로세드는 갑작스레 대화에 끼어든 새 손님을 보는 것치고는 너무나도 평온하게 즐거워하는 얼굴로 대답했던 것이다.

"물론이지요, 백작 부인. 친척끼리 우리 한 번, 날이 새도록 백작 부인이 좋아하시는 이야기를 해볼까요."

갑자기 느껴진 기척에 안네그레트는 어깨를 움찔하며 검 손잡이를 쥐었다. 기척의 주인은 그림으로 훌륭하게 치장된 기둥 뒤에서 항복한다는 듯 양손을 들고 걸어 나왔다. 그 얼굴을 본 안네그레트는 금세 침착해져 공손하게 인사했다. 시릴이 그녀에게 말을 걸었다.

"라이헤르타 남작."

시릴 데이하르츠는 가볍고 매끈한 옷자락을 바닥에 끌며 빙긋 웃었다. 안네그레트는 자신이 어릴 때 예뻐해 주었던 어른 중 하나를 보게 되어 기뻤지만 자신이 있는 장소가 황궁이라는 것을 떠올리며 점잖게 물었다.

"평안하십니까, 각하."

"그럼요. 이보다 평안할 수가 없이 평안하답니다. 라이헤르타 남작도 잘하고 있는 것 같아 안심했습니다."

"안네그레트입니다, 각하."

시릴은 외알 안경 너머로 안네그레트를 잠시 날카롭게 살폈다. 그녀는 그에게 분명히 호의가 담긴 눈빛을 보내고 있었지만 태도가 단호했다. 이미 황궁에서 그녀와 몇 번이고 스쳐 지난 적이 있었지만 이렇게 자란 모습을 가까이서 보니 정말로 기분이 이상했다.

외모도 말투도 아버지와 꼭 닮았는데, 어딘가에서 어머니의 모습도 분명히 드러난다.

"예, 안네그레트. 알겠습니다. 종자로서의 수행에 정말로 힘쓰고 있군요."

"부끄러운 수준입니다."

안네그레트는 뺨을 살짝 붉혔다. 이제 슬슬 날이 저물 시간이라 그녀의 얼굴은 이미 노을에 주홍색으로 옅게 물들어 있던 차였다.

"부모님은 잘 지내고 계시지요?"

"예, 각하. 일부러 여쭈어주시니 감사합니다."

"이런."

시릴은 작게 웃음을 터뜨렸다.

"그렇게 예의 차리지 않아도 괜찮습니다. 나는 당신이 어릴 때부터 보아오지 않았습니까. 그냥 시릴 아저씨라고 불러도 됩니다."

"각하, 제가 어찌."

안네그레트는 얼굴을 조금 더 붉혔다. 시릴은 들고 있던 두꺼운 책으로 입을 가리며 쿡쿡 웃었다.

"당신은 정말로 게오르츠 백작을 많이 닮았군요. 지금 그 표정은 백작과 완전히 똑같았습니다. 이래서 피는 못 속인다고 하나 봅니다."

"……감사합니다."

시릴은 안네그레트에게 조금 더 다가가 두 걸음 정도가 남았을 때에야 멈춰 섰다. 그녀는 그의 손에 들린 책에 눈길을 주었다. 그 책은 크기가 컸을뿐더러 표지의 장정이 대단히 무거워 보였다.

"짐이 무거워 보이십니다, 각하. 괜찮으시다면 제가 옮겨 드려도 되겠습니까?"

"안네그레트가 말입니까?"

시릴은 안네그레트를 빤히 보며 놀리듯 책을 직접 여기저기 휘둘러 보았다.

"아직 다른 사람에게 책 한 권을 맡겨야 할 정도로 늙지는 않았답니다. 그것도 어린아이한테요."

"각하, 저도 스물이 넘었습니다."

안네그레트는 이번엔 쓴웃음을 지었다. 시릴은 책을 휘두르던 것을 멈췄다.

"그랬지요. 하긴 태자 전하보다 당신이 나이가 많았지요. 하지만 안네그레트는 자주 보지 못해서 그런가, 어쩐지 어릴 때의 모습으로만 당신을 기억하게 된답니다."

"그러십니까."

"예. 어릴 때 당신이 부모님과 함께 황도에 올라오면 저와도 가끔 만났던 것을 기억하나요?"

"물론입니다, 각하. 저에게 검보다 글이 우선이라며 주셨던 책이 지금도 저희 별장에 있습니다. 몇 번이고 읽었습니다."

"그렇습니까? 게오르츠 백작은 아무리 글을 읽으라고 해도 말을 안 듣던데, 당신은 본인에게 좋은 게 뭔지 아니 다행이지요. 그것도 다 게오르츠 백작 부인의 공입니다."

안네그레트와 시릴은 함께 잠시 키득거렸다. 그 웃음이 멎고 나자 시릴은 문득 온화하게 말했다.

안네그레트의 방금의 웃는 얼굴은 어머니를 꼭 닮아 있었다.

"각별히 조심하시라 말씀드리러 왔습니다. 한제 반 차임을 멋지게 쫓아냈다는 이야기는 들었습니다만, 당신은 기사만을 상대하는 것이 아니니까요."

시릴과 달리 안네그레트는 그 말에 더 이상 웃지 않았다. 대신 그녀는 결연한 표정으로 고개를 끄덕였다.

"예, 각하. 반드시 기대에 부응하겠습니다."

사랑하는 어머님께

　보내주신 편지 잘 받아보았습니다. 함께 보내신 술과 과일, 그리고 가죽도 감사하게 받았습니다. 게오르츠의 과일을 먹으니 제가 마치 고향에 돌아가 있는 것 같은 감흥이 들더군요. 그러나 어머님, 저는 이곳에서 태자 전하의 보살핌 아래 불편함 없이 지내고 있으니 다음부터는 어머님이 필요하신 곳에 쓰심이 어떻겠습니까. 이번에 주신 것 중 여유분은 말씀하신 대로 일꾼들과 빈민가에 충분히 나누어주었습니다. 모두가 기뻐하며 어머니의 건강과 행복을 빌어주었습니다.

　요사이 게오르츠 땅에 뜨거운 바람이 불고 비가 오지 않아 걱정이셨다고요. 그 말씀을 듣고 저 또한 마음이 많이 쓰였습니다. 다행히 편지를 전한 이가 자기가 황도에 도달하기 며칠 전 게오르츠 방면에 큰 비구름이 다가가는 것을 보았다 하는데 그 비구름이 잘 도착하여 백성들의 목을 적셔주었기를 기도합니다.

　예, 어머님이 원하시는 대로 해주십시오. 이전 라이헤르타에 때아닌 가을장마로 과일 농사를 망쳤을 때 영지민들에게 먹이라고 밀가루를 보내주셨지 않습니까. 제가 없는 사이 라이헤르타 땅의 경영을 해주시는 것만으로도 감사합니다. 하물며 낙석으로 집을 잃고 떠도는 자들이 아버님과 어머님의 땅에 있다니 제가 빚이 없다 하더라도 나서서 돕고자 하였을 것입니다. 연약하고 고통받는 자들을 위해 밤낮으로 힘쓰시니 저는 어머님이 자랑스럽습니다.

　어머님이 태자 전하께 편지로 문안을 드리고 싶으시다면 그것은 아주 좋은 일이라고 저는 생각합니다. 전하께서도 가족의 안부를 여쭈셨습니다.

어머님이 무엇을 염려하고 계시는지는 알았습니다. 태자 전하께 저를 잘 보아달라는 아첨으로 비출까 저어된다는 그 말씀을 그러나 저는 잘 이해하지 못하겠습니다. 어머님은 옛날부터 제게 태자 전하가 얼마나 사랑스러운 분이었는지 말씀해 주시지 않았습니까. 옛적에 가까이 지낸 적이 있는데 어째서 제가 지금 태자 전하의 종자가 되었다는 것만으로 두 분의 사이가 멀어져야 합니까? 부디 어머님이 원하시는 대로, 거리낌없이 행하시길 바랍니다.

그러고 보니 저번 편지에 제가 슈빔마렌 후작님의 사냥터에 가게 되었다는 이야기를 했었지요. 그때 말씀드렸던 대로 드란힐트 황녀 저하를 다시 뵈었습니다. 무척 아름답고 훌륭하게 성장하셨더군요. 아쉽지만 저에 대해서는 기억하지 못하고 계신답니다. 쓸쓸하지 않다면 거짓말이나, 워낙 그때는 연소하셨으니까요. 그리고 궁정에서 훌륭한 분들을 많이 만나시니 저처럼 작은 자를 오랫동안 기억하실 필요도 없으셨겠지요. 앞으로 좋은 인상을 다시 남기도록 노력해야겠습니다.

포르가 저 없이도 이제 금세 잠든다니 기쁜 일입니다. 그러나 그 아이가 어느새 훌쩍 자라 버린 것 같아 섭섭하다는 마음도 조금은 드는데, 간사하다고 생각하십니까? 황도로 떠나던 날 그 아이가 엉엉 울던 모습이 가끔 떠올라 가슴이 아프곤 했는데, 어머님의 편지를 받고 보니 그 우는 모습은 옅어졌습니다만 대신 서운함이 가슴을 훑고 지나갑니다. 제가 황도로 떠나겠다 했을 때 어머님도 이런 기분이셨을까요? 알비와 페밀라가 건강하다니 저도 마음이 좋습니다.

얼마 전 태자 전하께서 제게 블리츠를 당신의 마구간에 들이고 당신의 여물을 먹이라 해주셨습니다. 덕분에 이제 블리츠를 매일 볼 수 있습니다. 태자 전하께서는 참으로 훌륭하고 관대한 분이십니다. 태자 전하의 남작령 중 하나인 베겔레브란 땅에 다녀오면서 저는 그 분을 더 존경하게 되었습니다.

어머님이 안부를 물으신 분들 중 어떤 분들은 황궁에서 직접 뵙고 인사 나누었습니다. 카르가링겐 가에서의 살롱은 안타깝게도 이제 열리지 않는답니다. 후작 부인께서 이제 너무 연로하시어 의사가 절대 안정해야 한다고 했다니 어쩔 수 없지요. 대신 닐라 헤이라라는 여자가 목요일마다 여는 살롱이 요즘은 가장 젊은 사람들이 좋아하는 곳이랍니다. 저는 종자 일로 매일 바쁘다 보니 그런 곳을 방문할 새가 없었지만, 초대장은 받았습니다.

닐라 헤이라는 테살리아 극장에서 요즘 가장 인기 있는 가수 중 하나인데 어느 분인가의 후원을 받아 웬만한 귀부인 못지않게 차려입고 멋있는 마차를 타고 다닌다고, 시피에트가 슬쩍 말해주었습니다. 그녀를 후원하는 분이 누구인지는 아마 어머님께서도 궁금하지 않으실 테고 저 또한 잊어버렸으니 이 편지에는 적지 않겠습니다.

아무튼 그녀는 율리아가 살롱에 와주기를 바라 초대장을 자주 보내고 율리아가 만약 참석하면 음료를 가장 먼저 따라준답니다. 제가 보기에도 율리아는 아주 품위와 재치가 있으니 누구든 함께하고자 청할 법합니다. 저도 그런 재치가 있었다면 어땠을까, 하고 가끔은 생각합니다. 남의 것을 탐내지 말라고 하지만, 제게 재치가 생긴다 해서 율리아가 지루한 사람이 되는 것은 아니지 않겠습니까? 그러니 이런 상상 정도는 해도 되겠지요?

위에서 이으려다 잠시 음료를 마시는 사이 잊었군요. 베겔레브란에 대한 이야기를 조금 더 하겠습니다.

어머님, 그곳에 다녀온 것은 제 인생에서 가장 좋은 경험 중 하나였습니다. 그곳은 아름다운 숲과 들판이 있는 작은 영지로 땅이 비옥하고 바람이 온화합니다. 전하의 행정관에게 들은 바에 따르면 매년 비가 너무 많이 오는 일도, 너무 적게 오는 일도 없고 마른 바람이 부는 일 또한 없어 항상 소산이 풍부하답니다. 자연히 영지민들도 깨끗한 옷을 입고 튼튼한 도구로 밭을 매고 있었습니다.

여기까지 쓰고 나니 어머님께서 혹 오해하실까 염려되는군요. 물론 베겔레브란은 원래 그 이상 바랄 것 없이 자연조건 자체가 좋은 것 같았습니다. 하지만 아무리 훌륭한 땅이라 해도 위정자가 잘 돌보지 않는다면 그곳 사람들이 얼마든지 못 살 수 있지 않겠습니까. 살펴보니 물길과 사람 길이 모두 잘 닦여 있고 밭의 모양새가 깔끔하여, 농사 짓기에 참으로 좋도록 사람이 할 수 있는 모든 일이 다 되어 있더이다.

또 행정관이 정리해 둔 그간의 기록을 전하께서 살피다 억울하게 패소한 사람 셋을 구제하시고 영지에 남은 소산을 적절한 곳에 배분하시는데 그 모습이 참으로 훌륭하고 능숙하셨습니다. 저도 라이헤르타 땅의 제 백성들에게 그런 영주가 될 수 있다면 얼마나 좋을까요. 전하께서는 날이면 날마다 무언가를 배우고 깨닫게 됩니다.

사용인들을 대우하는 문제에 대해 해주신 귀한 조언은 잘 새겨듣겠습니다. 어머님도 아시다시피 종자 생활이라는 것이 서임을 받기 전까지는 주군에게 완전히 매여 있는 것입니다만 가끔 전하께서 휴가를 주시는 날도 있습니다. 그럴 때 집에 가면 어머님이 말씀하신 대로 하겠습니다. 쉬는 날과 급료를 꼭 챙겨주고 사용인들에게 친절히 하라는 어머님 말씀은 참으로 옳습니다.

얼마 전 반 차임 가의 한제 경이 청혼하시어 검을 나눴습니다. 운이 좋아 금세 승부가 났고, 승리는 양보받았습니다. 그런데 하슐레타 공이 아무래도 그분과 제가 결투할 당시 정당하지 않은 조건이 있었다는 뉘앙스로 누군가에게 말씀하신 모양입니다. 확실히 우리 성에서 벌어진 결투였으니 그렇게 생각하실 수도 있겠지요. 제아무리 용감한 기사라도 남의 집에서 그 집주인과 싸울 때는 저어하게 되는 법이니 말입니다. 하지만 최소한 제가 아는 바, 저는 티끌 한 점만큼도 결투에 부정하게 임한 바가 없습니다. 그러니 가슴을 펴고 당당하게 있으면 되리라 생각합니다.

요즘 황궁에는 장미가 한창입니다. 시피에트 말로는 황후께서 장미 사탕과 장미 잼을 조금 만드신답니다. 시피에트가 남는 것을 조금 가져다준다는데, 종자의 수행을 하는 몸으로 그렇게 사치스러운 것을 먹는 것은 좋지 않다는 생각이 들었지만, 성의를 거절할 수 없었습니다. 나중에 궁중 신관 아벨타 님에게 여쭈니 다행히도 그 정도는 문제가 없다고 합니다.

어머님, 혹시 아벨타 님을 아시는지요? 그분은 대단히 귀한 분의 아드님이시라는데 정확히 어느 가문에서 태어나셨는지는 말하기를 좋아하지 않으십니다. 율리아는 그분이 어떤 고위 신관님의 정부에게서 태어났다고 저에게 귀띔해 주었는데 만약 그렇다면 제가 직접적으로 그분께 가문을 여쭙지 않기를 잘했습니다. 신께 삶을 온전히 바친다면 그것이 어떤 혈통보다 귀해지는 길이 아니겠습니까. 어머님도 저에게 혈통보다 살아가는 방식이 한 사람을 규정하는 데에 훨씬 중요한 요소라고 하셨지 않습니까. 그 아벨타 님이 어머님께 안부 전해달라십니다. 어머님이 하고 계신 구호 활동이 많은 사람에게 존경을 사고 있는 모양입니다. 저도 물론 어머님을 경애합니다.

언젠가 기사가 될 때 꼭 필요할 지식을 황궁에서 익히다 보면 아버님과 아버님 휘하의 기사들을 다시 존경하게 됩니다. 요른 경은 제가 어릴 때 많이 놀아주기까지 하셨지요. 종자로서의 일도 바쁜데 어떻게 그렇게 할 수 있었는지, 지금 생각해 보면 놀라울 따름입니다. 저도 더욱 정진하여 그분들의 이름에 누가 되지 않도록 노력하겠습니다.

집을 떠난 것이 엊그제 같은데 벌써 날이 많이 더워졌습니다. 계절의 변화에 적응하느라 그런지 집에서 만든 음식과 가족이 무척 보고 싶을 때가 문득 있습니다. 그럴 때 시피에트와 율리아가 놀러와 주니 무척 고맙게 느껴집니다.

어머님께선 고향으로 돌아가려 하시다가 아버님과 사랑에 빠져 부신에 남았다고 하셨지요. 저와 동생들의 입장에서는 정말로 감사한 일입니다만, 그때 어머님께선 제가 지금 느끼는 것과는 비교도 안 되는 그리움을 느끼셨으리라는 실감이 이제야 들었습니다. 편지도 오갈 수 없는 먼 서울 땅의 음식과 의복과 공기와 말이 얼마나 그리우십니까. 아버님 곁에 남아 저희의 어머님이 되어주셔서 정말로 감사합니다. 어머님의 은혜가 아니었더라면 안네그레트가 어떻게 태어나서 이렇게 좋은 경험을 하며 살겠습니까.

아, 이제 불을 끌 시간입니다. 내일 아침에도 일찍 일어나야 하니 오늘은 이만 마치고 자러 가야겠습니다. 비록 몸은 멀리 떨어져 있으나 가족들의 건강을 항상 기원합니다. 모든 밤에 사랑하는 어머님과 아버님과 동생들이 평안한 휴식을 취할 수 있기를 또한 기도합니다.

그럼 다음에 다시 글월 올리겠습니다.

신의 이름에 영광 있으라.

사랑을 담아, 안네그레트.

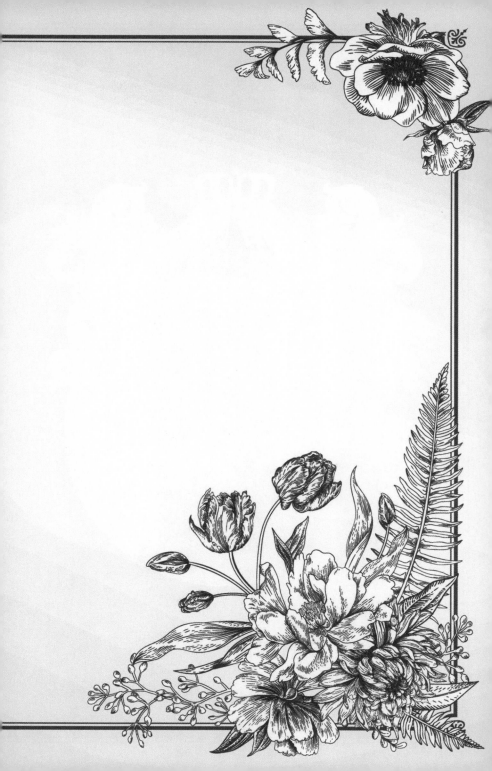

Chap.3

약한 자를 보호할 것

그러므로 주님의 영광이 우리와 함께하실지어다…….

성가Hymn가 끝나자 신전 본당에서 나가는 문이 천천히 열렸다. 황궁에서 그리 멀리 떨어지지 않은 이 신전은 몇백 년은 족히 되는 역사를 가지고 있었고, 예배 중에 들어올 수 있는 사람도 제한되었다. 그러나 신분이 높은 사람부터 앞에 앉는 것은 다른 신전과 다를 바가 없었으므로 자리가 비워지는 것은 가장 앞에서부터였다.

"전하께 신의 영광이 함께하시기를."

루트비히는 이 오래된 신전의 늙은 수석 신관에게 웃으며 고개를 끄덕였다.

"자네에게도. 고생이 많네."

"별말씀을. 신께 영광을 돌리는 것 외에는 다른 생각을 하지 않아도 되는 삶을 살고 있으니, 저보다 편안한 시간을 누리는 사람도 별로 없습니다."

정말로 그렇게만 산다면 이쪽도 편했겠지. 루트비히는 속으로 조금 악의를 담아 생각했다. 신전은 늘 세속의 권력 관계를 복잡하게 만든다.

황제와 황후의 뒤를 따라 몇 가지 별의미 없는 인사를 나누며 태자와 수석 신관이 퇴장하자 안네그레트는 동료 종자들과 함께 얼른 그 뒤를 따랐다. 오색찬란한 색유리를 통과한 빛은 본당 안까지만 들어왔으므로 신전의 복도로 나오자 갑자기 눈앞이 어두워진 것 같은 느낌이 들었다. 돌로 만들고 금으로 장식한 기둥 옆을 지나며 키르시는 하품했다. 하일러가 한숨을 쉬었다.

"그럼 저는 여기서 인사 올리겠습니다, 태자 전하."

"그래, 가서 일 보게."

수석 신관은 자신의 방 쪽으로 가는 갈림길에서 슬쩍 사라졌다. 그들의 등 뒤로 슬슬 본당을 빠져나오며 서로 사교적인 인사를 나누는 이들의 재잘거리는 목소리가 들려왔다. 루트비히는 슬슬 주변에 신분 높은 신관들이 보이지 않자 노골적으로 지루한 얼굴을 했다.

"오늘 설교는 특히 더 지루했어."

"옳으신 말씀입니다, 전하."

키르시는 바로 맞장구를 쳤지만 주변에 너무 크게 울리지 않을 정도의 목소리 크기를 유지했다. 테다인은 적당히 그의 말을 모른 척했다. 안네그레트는 엄숙하게 입을 다물고 있었고 루트비히는 그녀를 돌아보았다.

"안네그레트는 어떻게 생각해? 감히 수석 신관이 주는 신의 말씀을 지루하다고 평가하는 건 주제넘은 일일까?"

루트비히의 짐작과는 다르게 안네그레트는 조금 부끄러운 듯 옅은 미소를 지었다.

"솔직히 말씀드리면 저도 오늘 설교에는 제대로 집중하지 못했습니다. 비슷한 말을 몇 번이고 반복하시더군요."

그 미소에 루트비히는 잠시 저도 모르게 눈을 크게 떴다. 그리고 한 박자 후에야 자신도 마주 웃으며 맞장구를 쳤다. 키르시는 입을 가리고 다시 하품했다.

"그래, 난 자신이 가진 것에 감사하라는 문장이 여섯 번째 나온 순간 자리를 박찰 뻔했어. 그런데도 그걸 끝까지 웃는 얼굴로 듣고 계시다니, 황제 폐하도 대단하시지."

황후는 오히려 지루하다는 얼굴을 좀 더 노골적으로 보였었다. 테다인이 근엄하게 말했다.

"전하, 아직 신전 안입니다."

"알아, 알아. 나가서 얘기하자고."

마침 거의 신전 문앞이었다. 안네그레트는 얼른 뛰어가 태자의 마차가 제대로 나와 있는지 확인했다. 황제와 황후의 마차가 차례로 떠나가는 뒤로 정확한 자리에 태자의 마차가 준비되어 있었다.

"수고했다."

루트비히는 마차를 가져온 신전 일꾼들을 치하 하고 마차에 올랐다. 테다인이 그 옆에 타며 문을 닫았다. 키르시와 하일러, 안네그레트는 그들이 올 때 타고 온 말에 오르며 주변을 둘러보았다. 오늘 이 신전에서 예배를 드린 사람들이 신분 순서대로 천천히 나오며 태자의 마차에 인사했다.

황도의 신전은 포도나무를 키우지도 않았고 수도원의 역할을 하지도 않았기 때문에 주위의 일반 주택과 구별되는 담을 세워놓지 않고 있었다. 그러나 황도 사람들은 누가 가르쳐 주지 않아도 스스로 신전 앞에서는 삼갔고 신분이 낮은 자라면 이 근처에도 오지 않았다. 그러나 말 위에 올라 멀리 보니 저기, 건물이 허름하고 다닥다닥 붙은 주택가의 모퉁이에서 이상한 것이 눈에 들어왔다.

"저게 뭐지?"

안네그레트가 한참 인상을 쓰고 한쪽을 보자 키르시도 그 방향으로 고개를 돌렸다.

"뭐가, 안나?"

"저기, 마르바이첸 2번가의 모퉁이 말이다."

"장례 행렬 아냐?"

"관 다섯 개가 같이 나가는데?"

"그러네. 뭐 사고가 있었나?"

그때 루트비히의 마차가 출발했기 때문에 안네그레트는 그 장례 행렬을 더 보고 있을 수가 없었다. 그러나 다시 종자로서의 임무에 집중하면서도 그녀는 머릿속 한구석에서나마 안타깝게 생각했다.

어느 댁이 저렇게 슬픈 사고를 당했을까.

"여름에는 원래 그쪽에 병이 돌아."

나무 부채로 얼굴에 드는 햇빛을 가린 율리아가 조금은 퉁명스럽게 말했다. 마음이 좋지 않은 것 같았다. 안네그레트는 약간 인상을 썼다.

"더운 여름에 기력이 빠져 병에 걸리는 것이야 어디서나 일어나는 일이지만, 어른의 관 다섯 개가 한 번에 나가서야 심각한 것 아니야?"

"심각하지. 그래서 이 시기엔 어느 저택에서나 식재료도 품질 보증을 받아야만 들여와. 언제 어디서 뭐가 옮을지 모르잖아. 작년엔 확인되지 않은 송어를 먹다가 비른케트 후작님이 돌아가셨어."

비른케트 후작이 누군지 잘은 몰랐지만 안네그레트와 시피에트르는 동시에 안타까운 얼굴을 했다. 율리아는 우아하게 앉은 자세 그대로 종알거렸다.

"황도가 터져 나가게 생겼는데 사람들은 자꾸 꾸역꾸역 모여드니 병이 안 생기면 이상하지. 평민들이 사는 집을 본 적 있어?"

안네그레트와 시피에트르는 동시에 고개를 저었다.

"아니, 곁에서 지나친 것이 전부야."

"본 적 없지. 거길 무슨 일로 가겠어."

율리아는 어깨를 으쓱했다.

"나는 전에 남자친구가 보여준 적이 있어."

"율리아."

즉 평민들의 주거지 안쪽까지 드나들 만큼 행실이 의심스러운 남자와 거기까지 가서 밀회를 즐기는 위험을 부담했단 말이다. 시피에트르는 오랫동안 율리아와 함께하며 포기했기 때문에 아무 말도 하지 않았지만 안네그레트는 친구의 이름을 부르며 인상을 썼다. 율리아는 아름다운 머리채를 빗으며 모른 척 시선을 돌렸다.

"왜, 재밌었어. 다시는 안 갈 거고."

"그래."

"그리고 나도 사교계에서 이 나이를 먹으면서 사람 보는 눈은 나름대로 키웠어. 해를 안 끼칠 사람이니까 같이 간 거고. 듣자

하니 거기 이용하는 사람들이 많다던걸? 닐라 헤이라가 방값을 받는다던가?"

"어느 누가 상대가 해를 끼칠 줄 알고 인간관계를 맺겠어. 아무리 그래도 혹시 무슨 일이 있으면 바로 내게 말해줘. 너를 조금이라도 괴롭게 한 사람은 내가 목을 베어놓을 테니."

율리아는 이번엔 안네그레트를 똑바로 보며 명랑하게 웃었다. 안네그레트는 물론 진지했다.

"얘, 너는 정식 결투도 못 하잖니."

"이 검은 약한 사람을 지키기 위해 있는 거야. 내가 귀족 살해 죄로 사형을 받는다고 해도, 너희가 억울한 일을 당하고도 그걸 가령 성별 때문에 드러내지 못하는 일이 있다면 난 그걸 힘으로라도 바로잡을 거라고."

"어마, 든든하셔라."

율리아는 시녀에게 나무 부채의 각도를 바꾸도록 턱짓하고 나서 상냥하게 웃었다.

"고마워. 하지만 네가 기사 서임을 받기 전까진 무슨 일이 있으면 큰일 나겠다, 얘."

"무슨 일이 있으면 안 되지."

시피에트가 참견을 했고, 율리아는 깔깔 웃었다.

"물론 무슨 일이 있으면 안 되지. 든든하다는 건 진심이야, 안니카. 고마워. 음, 그래서 아까 하던 이야기로 돌아가자면, 평민들이 사는 집 말이야. 아주 더럽고 좁아. 화장실보다 못한 곳에 아이 일곱, 어른 셋이 끼어 살지. 요즘은 화장실 하나와 대문 하나, 부엌 하나에다 침실을 열 개씩 붙여놓고 그 방마다 다른 가족이 세 들어 사는 걸 아파트라고 부른다더라."

"궁의 아파트 말하는 거야?"

"그래, 시프. 궁에 흔히 있는, 대문과 거실이 따로 있고 거기 여러 용도의 방이 딸린 것을 아파르테멘트라고 부르잖아? 평민들도 마음만이라도 궁에 사는 고귀한 분들처럼 멋진 생활을 하고 싶어 그 단어를 가져다 쓴 게 아닐까."

궁에서 쓰는 단어가 황도의 귀족 저택으로, 그리고 그것이 다시 평민들에게 전파되는 일은 흔했다. 시피에트는 흥미진진해했다.

"세 드는 게 뭐야?"

"자기 부모님이나 보호자의 집이 아닌 남의 집에 돈을 내고 머무는 것 말이야."

"아무 연고도 없는 집에? 그러면 집주인이 불편하지 않을까?"

"집주인은 자기 집이 따로 있지."

게오르츠 땅의 범위 내에도 작지만 도시가 있었고, 때문에 안네그레트에게 그런 새로운 주거 방식은 낯설지 않았다. 그러나 시피에트는 아주 신기해했다.

"주인도 안 살고있는 남의 집에 돈을 내고 머물러? 왜?"

"자기 집이 없으니까."

"왜?"

"슬슬 네가 내 말을 이해하고는 있는 건지 걱정되는 질문인데, 그건. 황도의 평민들은 자기 집이 없는 사람이 더 많아. 지방 영지에서 몸만 올라온 사람들은 황도의 땅이 비싸니 사지 못하고, 그럼 평생 세 들어 살다가 그 세 든 집에서 태어난 사람들도 똑같이 집이 없는 거야."

안네그레트가 생각하는 얼굴로 첨언했다.

"황도는 확실히 부릴 사람을 구하기 쉽더라. 농사를 못 지으니 결국 남의 집에 가서 일을 봐주는 수밖에 없는 모양이지."

"그래, 안니카. 시프, 나도 더 자세히는 모르니까 잘 알고 싶으면 너희 집안 어른들께 여쭤보렴."

율리아는 이제 입이 아프다는 듯 귀여운 입술을 다물고 오물거렸다. 시피에트는 친구의 그 태도에도 불구하고 자기가 들은 내용에 순수하게 흥미로워했다.

"너 정말 잘 아는구나, 율리. 나는 그냥 이때쯤 되면 병이 도니 평민들과 가급적 접하지 말라고만 배웠어."

"뭐."

율리아는 어깨를 으쓱했다. 은빛의 반짝이는 투구를 들고 여러 색이 들어간 화사한 튜닉 차림으로 지나가던 기사 몇이 그녀에게 정중하게 인사했다. 율리아는 그들에게 생긋 웃어 답했다.

"전염병이 돌기 쉬운 구조라는 건 알았어. 그러면 관리 부서에서는 어떻게 대처하고 있어? 배워두는 게 좋겠어."

안네그레트는 기사들과 율리아 사이의 인사가 끝나자 진지하게 물었다. 율리아는 안타깝다는 표정으로 고개를 저었다.

"대처를 하고 말고 할 수도 없어. 대부분은 황도에 속한 사람들이 아니거든. 실제로는 황도에서 3대를 살아서 자기 동네 말도 못 하지만 서류상으로는 저기 이름도 모르는 영지에 속한 사람이 한가득이야. 아버지는 황도 밖의 저 판자촌 있지? 거기 살고 자식은 성문이 열릴 때마다 몰래 들어와서 좀도둑질로 먹을 걸 사서 저녁에 가족들을 먹여 살리기도 한다던걸. 관리들만 보면 다들 도망간대."

"그걸 다 남자친구가 알려준 거야?"

안네그레트는 안타까워하면서 라이헤르타 땅의 자기 백성들을 떠올렸고 시피에트는 눈을 동그랗게 떴다. 율리아는 우아하게 고개를 끄덕였다.

"떠드는 걸 좋아하는 남자였어. 뭐, 남자들은 보통 그렇지만."

"내 아버님은 안 그러신데."

안네그레트는 그냥 듣고 넘길 수 없어 반박했다. 율리아는 어깨를 으쓱했다.

"게오르츠 백작님은 정말 보기 드물게 멋진 분이시지. 솔직히 그분 정도라면 하루 종일 떠드셔도 괜찮을지도 몰라. 백작님 얼굴만 보고 있으면 아무리 시끄러워도 화가 안 날 것 같거든. 하지만 일반적인 남자들은 그냥 수다쟁이야. 특히 이런 화제가 나오면 꾸며낸 건지 진짜 있었던 건지 모를 자극적인 일화들을 섞어서 내게서 감탄을 끌어내기 바쁘지."

안네그레트는 자신의 아버지에 대한 가벼운 평가에 어떤 표정을 지어야 할지 몰랐고 시피에트는 고개를 끄덕여 율리아에게 공감했다.

"일리야 경이 카르가링겐 후작 가의 파티에서 자기가 바다에서 겪은 모험에 대해 떠들기 시작했을 때, 나하고 율리아가 내기도 했어. 차 한 주전자를 다 마시기 전에 그가 자기가 얼마나 시끄러운지 깨닫고 입을 다물지 아닐지."

"결론적으로 내가 이겼지. 계속 말하게 하는 것쯤이야 쉬우니까. 듣는 척하면서 가끔 표정을 바꿔주면 특히 그 사람은 입에서 피가 나올 때까지도 쉼 없이 수다를 떨었을걸."

안네그레트는 친구들의 짓궂은 일화에 쓴웃음을 지었다. 율리아가 자기 이야기를 들어주기만 한다면야 손목 정도는 바칠 남자는 많다, 는 것이 시피에트가 전에 귀띔해 준 바였다.

"네 남자친구, 언제 남자친구인지는 모르겠지만 그 사람은 똑똑하고 영지 경영에 관심이 많은 것 같구나. 아직 만나니?"

"아니."

율리아는 입을 가리고 웃었다.

"재밌는 걸 많이 알고 말솜씨도 좋은 건 좋았는데, 결론이 '그러니까 인두세도 안 내고 병을 가져오는 불법 체류자들을 모두 몰아내야 한다'였거든."

"이런."

안네그레트와 시피에트는 거의 동시에 안타까워하며 한숨을 쉬었다.

"못 가겠다고?"

루트비히가 내밀었던 종이는 값비싼 것이었지만 내용을 감추는 봉인조차 없었다. 부신어로 막 갈겨쓴 쪽지의 내용이 눈에 들어오는 것도 어쩔 수 없는 일이었다. 그는 그대로 종이를 책상에 내려놓고 팔짱을 꼈다. 그의 눈썹이 올라갔다.

"다시 묻자. 못 가겠다고 한 거야, 지금?"

안네그레트는 황송해하면서도 분명히 대답했다.

"예, 전하. 송구합니다."

"송구한 게 문제가 아니지, 이건."

보지 않는 척은 하고 있었지만, 테다인의 손도 멈춰 있었다. 안네그레트는 반복했다.

"송구합니다."

루트비히는 아예 인상을 썼다.

"이유를 말해봐. 베겔레브란에 다녀오지 못하겠다는 이유가 뭐야?"

햇살이 좋은 날이었다. 슬슬 따가울 정도로. 아가씨들은 집안에서도 나무 부채를 받치고 생활했고 기력 넘치는 젊은 남자들도 이른 오후에는 그늘에서 낮잠을 잤다. 좋은 향과 음악이 흐르는 살롱에서는 가급적 차게 만든 차와 돌로 둘러싼 지하실에 보관된 푸딩을 내는 계절이었다.

딱히 집무실에서 이상한 사건이 일어날 이유는 없는 날이라고도 하겠다.

"이유는 말씀드릴 수 없습니다, 전하."

안네그레트는 새까만 눈을 깜박이지도 않고 그렇게 말했다. 루트비히는 짜증스러워졌다.

"말해. 명령이야."

루트비히는 안네그레트가 자신의 종자로서 그 명령에 거스르지 못하리라는 것을 알고 있었다. 아니, 애초에 편지 심부름을 다녀오라는 명령도 종자가 하는 업무다. 그녀가 그의 심부름을 하지 못하겠다고 한 시점에 아무래도 더위 같은 게 작용한 것 같았다. 종자의 의무를 그렇게 좋아하면서.

과연 그녀는 주저하다가도 입을 열었다.

"날이……."

"날이 뭐. 똑바로 말해, 안네그레트 바이언트."

말을 저렇게 하다 마는 것도 처음 있는 일이었다. 루트비히는 눈살을 찌푸렸고 테다인은 아예 노골적으로 안네그레트를 쳐다보기 시작했다. 그녀는 잠시 까만 눈을 내렸다가 빠르게 대답했다.

"날이 더워 가고 싶지 않습니다."

집무실에 다시 침묵이 흘렀다. 루트비히는 일그러뜨렸던 표정을 풀고 심각하게 물었다.

"자네는 살과 뼈가 아니라 얼음으로 만들었어?"

"예?"

"아니면 저 북쪽 산악지대에 산다는 설인인가? 한겨울 눈사람이 아닌 이상 이 날씨에 녹을까 봐 못 나가는 건 아닐 텐데. 이정도로 징징거려서야 기사가 될 수 없다는 건 너도 알 테고."

루트비히의 은근한 기대와 달리 안네그레트의 표정은 변하지 않았다. 그는 결국 짜증스럽게 책상을 한 번 쳤다.

"가기 싫으면 말아. 너 말고도 갈 사람은 많으니까. 하지만 내가 지금 무척 당황스럽고, 너한테 실망했다는 사실은 알아둬. 나가서 하일러 불러와."

안네그레트는 말없이 묵례하고 자리를 떴다. 테다인은 슬쩍 다시 움직이기 시작하며 지나가듯 말했다.

"별일도 다 있군요."

"그래. 뭘 숨기고 있어."

루트비히의 말투는 단정적이었고 테다인은 부정하지 않았다.

"전에 판금갑옷을 차려입고 대련하는 라이헤르타 남작을 본 적이 있습니다만, 딱히 반쯤 녹아내리지는 않더군요. 편지 전달 같은 임무를 맡기 싫었던 것도 아닐 테고요."

"머리끝부터 발끝까지 무장하고 와서 청혼한 놈이 있었다는 소식은 들었지. 편지 전달 심부름이 싫어서 그러는 건 아닐 거야. 지금도 하녀들이 쓰는 부엌 뒷문을 쓰는데, 뭐."

부엌에서 설거지하는 하녀와 편지 전달을 맡는 시종은 아주 다른 것이다. 그리고 안네그레트가 고집하는 그 '종자의 의무'에 따르면 루트비히는 그녀에게 부엌에서 설거지를 하라고 명령할 수도 있었다. 그는 안네그레트를 다시 불러와서 명령을 지키지 않으면 목을 자르겠다고 할까 잠시 고민했다. 물론 그것 또한 주군과 종자 사이의 예에 따라 그가 가진 권리이기는 했지만…….

"라이헤르타 남작이 전하께 해가 되는 이유로 심부름을 거부했다고 생각하십니까?"

테다인은 루트비히에게 평소보다 훨씬 직설적으로 물었다. 루트비히는 찬물을 맞은 듯한 얼굴로 잠시 테다인을 쳐다보다가 투덜거리며 손에 턱을 괴었다.

"알 게 뭐야. 저 얼굴 뒤로 무슨 생각을 하는지. 하지만 충분히 의심해 봐야지. 나에게 해가 되는 이유가 아니라면 털어놓았어야 하잖아."

"라이헤르타 남작이 전하께 해가 되는 일을 할 사람이라고 생각하십니까?"

이번 질문에는 답이 금방 나왔다. 루트비히는 테다인을 빤히 보며 어이가 없다는 투로 대답했다.

"아니."

"그러시다면."

"나는 일부러 심술궂은 짓을 할 사람이 아니라는 의미에서 말한 것뿐이야. 거짓말도 더럽게 못하는 거 방금 봤지? 장난을 안 치는 성격인가 했는데, 못 치는 거였나 봐. 하지만 그게 자신에게 약간 더 유리하면서도 합리적인 선택을 할 수 없다는 의미는 아니지."

"지금 이 상황에 남작이 할 수 있는 유리한 선택은 뭐가 있을까요."

"바로 그걸 우리가 좀 더 생각해 보고 얘기하자고."

루트비히는 천장을 쏘아보았다. 화가가 그린 푸른 하늘에서 신의 심부름꾼과 여러 미덕의 형상이 그를 놀리는 것처럼 내려다보았다.

황궁의 여러 회의실에도 물론, 다른 모든 방들이 그렇듯, 격이 있었다. 그리고 그 격은 드나드는 사람의 행동거지가 아니라 처음부터 어떤 신분의 사람이 들어올 수 있는지에 따라 정해졌다. 오늘 황제는 부재했지만 보라색 커튼으로 꾸며진 소위 자수정 소회의실을 채운 사람들은 그 기준에 따르면 아주 높은 격을 지닌 사람들이었다.

드란힐트는 따분한 얼굴로 격 높고 지루한 사람들의 면면을 둘러보았다. 그녀는 오늘 하슐레타 백작 부인의 자격으로 나온 것이었고 이 자리의 다른 사람들도 대대로 소유한 땅이 많았다. 언제 유행한 것인지도 모를 구닥다리 재킷을 입고 나온 노인과 어쩌다 땅을 상속하긴 했지만 농노들의 봉기에 애만 먹고 있는 어린애, 그리고 여성 상속자를 반 억지로 잡아 결혼한 야망가들. 그녀를 재미있게 해줄 만한 사람이 없다.

그나마 이 가운데서 최근에 가장 재미있는 말을 했던 사람이 나섰다.

"그러니까, 지금 이 상황은 단순히 통행을 좀 막는다고 해서 해결될 일이 아니란 말입니다."

로세드 슈빔마렌의 열정적인 불평에 드란힐트는 루트비히의 얼굴을 슬쩍 보았다. 그녀가 짐작했듯 루트비히도 지루한 얼굴을 하고 있었다.

원하는 반응을 얻지 못해서인지 로세드는 다른 사람에게도 말을 걸었다.

"유플리드 공, 공도 그렇게 생각하지 않습니까? 솔직히 요즘 잘 되는 데가 어디 있습니까. 농노들은 게을러서 어떻게든 도망쳐 세금을 안 낼 궁리만 하지요. 그러다가 잡히면 도적떼와 짐승들 때문에 도저히 농사를 지을 수가 없다고 하고요. 그런 변명 안 들어 보신 분 여기 계십니까?"

"늘 뻔한 변명이지요. 그래봐야 황도에 와서 다 같이 굶어 죽거나 병들어 죽는 게 그들의 결말이거늘."

나이 든 유플리드 공은 카랑카랑한 목소리로 동의했다. 그리고 주름이 잔뜩 쌓인 눈꺼풀을 한껏 치키고 루트비히를 보았다.

"태자 전하, 외람되지만 저도 전하께서 말씀하신 안에는 무리가 있다고 생각됩니다. 아카르타 대로를 막고, 움바르트 강을 봉쇄하고 병이 잦아들기만을 기다리시겠습니까? 올해는 그게 통할지 모르지요. 하지만 내년에는 어떻게 하시겠습니까? 그때도 또 같은 방법을 쓰시겠습니까?"

루트비히는 한숨을 쉬었다.

"농노들의 탈주 문제에 대해서는 나도 물론 심각하게 생각하고 있어."

"어머, 정말이신가요?"

드란힐트는 후후 웃으며 심술을 부렸다. 루트비히는 여동생을 짜증스럽게 노려보았다.

"그게 무슨 의미지, 하슐레타 백작 부인?"

"영민하신 태자 전하께 감히 제가 의문을 품는다는 것은 아니랍니다, 실례했어요."

"지금 한 말이 무슨 의미인지 물었어."

회의실 사람들 중 반쯤은 드란힐트가 한 말이 어떤 의미였든 그녀에게 동의하고 싶다는 얼굴을 했다. 그녀는 그 사실을 즐기며 부드럽게 설명했다.

"이 자리에 계신 모든 고귀한 분들이 진심으로 부신의 번영과 발전을 바라신다는 것은 더 말할 나위도 없어요. 하지만 동시에 우리는, 그래요, 태자 전하까지도 한 사람 빠짐없이 모두 자기 땅을 운영해야 하는 영주이기도 하지요. 자기 땅의 재산 이야기에 민감해지지 않을 사람이 어디 있겠어요?"

회의실 사람들 중에 이제 거의 모두는 드란힐트에게 동의하는 얼굴이었다. 개중에는 고개를 노골적으로 끄덕이는 사람도 있었다. 로세드는 드란힐트에게 싱긋 웃음을 보냈다.

"농노가 없이 어떻게 영지를 운영하겠어요. 농노가 내는 세금 없이 어떻게 그놈의 산짐승을 잡고 도적을 잡겠어요? 그런데 못된 물이 들어서 도시로 가면 뭐 살 길이라도 있을 줄 알고 목숨 걸고 다들 내달리기만 하는데, 그런 현상이 누구에게 좋겠어요? 영주에게도 손해, 삶의 터전을 버리고 나가서는 막상 움막에서 걸식이나 하게 되는 백성들에게도 손해. 이득을 보는 사람이라곤 윗사람들을 따라한답시고 천한 하녀를 있는 대로 고용하는, 돈밖에 없는 신흥 부자들뿐 아니겠어요?"

"참으로 옳으신 말씀입니다, 백작 부인."

50대의 귀족 하나가 마치 신전에서 그가 설교를 들을 때처럼 열렬하게 손뼉을 쳤다. 그는 매우 감명받은 표정이었다.

"제가 요 근래 들은 말 중 가장 명확하고 진실된 말씀입니다. 영명하십니다."

"고마워요. 자, 그러면 이대로 농노들의 탈주가 계속된다면 부신의 미래가 밝지 않을 거라고 지적해 온 분들이 항상 계셨죠. 그런데 그분들이 저 성벽의 빈민촌을 때려 부숴 모두를 고향으로 돌려보내야 한다고 했을 때 태자 전하가 관심을 보이셨던가요? 무척 죄송하지만 저는 잘 기억이 나지 않는걸요."

"백작 부인."

루트비히는 여동생의 말에 입술을 일그러뜨리며 한숨을 쉬었다.

"나도 말했고, 폐하께서도 이미 말씀하신 대로 당장 빈민촌을 때려 부숴봐야 느는 것은 노상강도뿐이야. 황도로 지금 들어오는 물자들이 당장 하루에 얼만지 알고 있어? 그게 막히면 내일부터라도 우린 모두 굶는 거야."

"그러시면."

이번엔 로세드가 나섰다.

"노상 봉쇄는 더 말도 안 되는 일이 아니겠습니까?"

"그 두 군데를 계획적으로 검문하는 정도는 폐하께서 조절하실 수 있잖아. 당장 황도로 오는 어느 길이 막힐지도 몰라 공포에 떠는 상황에 그렇게 처하고 싶나!"

루트비히는 결국 목소리를 조금 높이고야 말았다. 그리고 그는 금세 후회하며 입술을 꾹 다물었다. 로세드는 겉으로 웃지는 않았다.

"전하의 깊으신 염려를 모르는 바는 아닙니다만, 제 말은 근본적인 대책이 꼭 필요하다는 겁니다."

"그 점에는 저도 동의합니다, 전하."

"저 또한 마찬가지입니다."

몇 명이나 되는 귀족들이 쌀쌀맞게 로세드의 편에 섰다. 루트비히는 초록색 선명한 눈으로 그들을 빤히 보았다.

"근본적인 대책을 강구하지 않겠다고 하지는 않았어. 이런 회의실에서 우리가 할 일이 그것 아니야?"

"바로 그렇지요. 그리고 답은 나와 있습니다."

로세드는 아주 엄숙하게 선언했다. 루트비히는 고까운 얼굴로 그를 보았지만 이미 회의실의 분위기는 로세드의 편이었다.

"최대한 빠른 시일 내에 성벽 밖에 서류 없이 살고 있는 모든 자를 쫓아내고, 성벽 안에서도 불법적으로 탈주한 모든 자를 철저한 조사 하에 찾아내어 고향으로 돌려보내야 합니다. 그것만이 이번 전염병 사태에 대한 진짜 대책이며 부신의 밝은 미래를 위하는 길입니다."

몇 명, 눈치를 보는 사람이 있었기 때문에 드란힐트는 별 의미 없이 미소를 지어주었다. 그러자 그 미소를 본 자들이 웅얼거리며 뒤늦게 로세드의 말에 동의했다.

"맞습니다, 전하."

"저도 동의합니다. 전하께서도 그들에게는 세금을 받지 못하고 계시지 않습니까? 손해를 보시지는 않을 겁니다."

루트비히는 한참 인상을 쓰고 있다가 고개를 마지못해 끄덕였다.

"고려해 보겠어."

루트비히는 안네그레트의 등을 보면서 여러 가지를 생각했다.

평소와 똑같이, 안네그레트의 등은 곧았고 가끔 이쪽을 향하는 뺨과 코에는 한 점의 부정한 낌새도 없었다. 검은 머리채는 어제 본 것과도, 그저께 본 것과도 똑같은 모습으로 꼭 묶여 있었고 팔과 다리는 정직한 사람처럼 힘차게 약동했다. ······그러나 결국 그는 그녀에 대해서 뭘 알고 있단 말인가.

출신 집안?

바이언트 가문은 대대로 넓은 게오르츠 땅을 지배해 온 대영주 가문으로, 루젤 바이언트의 황제를 향한 충성심은 루트비히 또한 의심한 적이 없었다. 비록 안네그레트의 어머니는 출신에 대해 이런저런 뒷말이 있기는 했지만, 황제가 적극적으로 그녀의 부신 정착을 지지했으므로 아무도 공식적으로는 의문을 제기하지 않았다. 루트비히는 어릴 적 자신과 놀아주던 백작 부인의 진심 어린 친절함을 기억했고 얼마 전에는 본인에게 친필 편지도 받았다. 그들이 오이겐의 아들인 자신에게 일정 수준 이상의 해를 끼친다는 것은 생각하기 어려웠다.

성격?

무뚝뚝하고 둔감하지만 일할 때 세심함이 부족하다고 생각해 본 적은 없었다. 안네그레트는 이제 테다인과 거의 비슷할 정도로 루트비히의 생활 습관을 잘 알고 있었고 완벽하게 시중을 들 수 있었다. 요즘은 어쩐지 상의를 갈아입는 것 정도는 그녀에게 무심코 도움을 받아버리기도 한다. 하녀들이 쓰는 문도, 가장 허름한 구석방에도 불평하지 않는다. 비위가 강한 것과 거짓말을 잘하는 것 중 어느 쪽일까 했는데, 아무래도 정말 자신의 신변의 편안함에 전혀 관심이 없는 것뿐인 듯했다—대체 가풍이 어떻게 된 걸까—.

무인으로서의 능력? 너무 완벽해서 대체 왜 저 나이까지 기사 서임을 받지 않았는지 오히려 이상하다.

외모? 이미 정평이 나 있고 루트비히도 남들의 평가에 동의했다.

인간관계? 안네그레트가 서쪽 탑에 들어오고 나서 만나는 사람이라곤 루트비히 자신의 사람들 말고는 율리아 피츠콜과 시피에트 보첼뿐인 것을 안다.

기사도에 대한 태도? 몇백 년 전에도 신화에서나 그려졌을 법한 교과서적인 기사다.

그러나 그 모든 것이 뭘 어쨌단 말인가. 루트비히는 안네그레트가 무슨 생각을 하고 행동하는 것인지 여전히 전혀 알 수 없었다. 이번에 심부름을 거부한 것이 만약, 섣불리 발이 묶일지도 모름을 내다보고 그랬던 것이라면 그녀는 지금까지 준 인상과는 달리 아주 몸을 사리는 성품이 아닌가? 신중하다기보다는 영악하다고 표현할 만한 의미에서.

한숨이 나왔다. 루트비히는 삽을 든 안네그레트를 불렀다.

"안네그레트."

"예, 전하."

안네그레트는 치켜들었던 팔을 내리고 루트비히를 돌아보았다. 그는 그녀가 이런 마구간에서도 성화처럼 아름답다고 생각했다. 집안과 성격이 모두 무난하니 저 외모라면 사실 한참 옛날에 결혼했어야 정상일 것이다.

"궁금한 게 있어."

"예, 전하."

뭐든 여쭤시라는 듯 안네그레트는 얌전히 루트비히를 보았다. 그는 몇 번이고 속으로 슬쩍 해봤던 의심이 문득 다시 떠올라 얼른 머리를 비웠다. 그녀의 목적이 태자인 자신과의 결혼에 있었다면 한참 전에 그런 내색을 했어야 했다. 이렇게 매일 만나니.

"만약에 말이야."

"예, 전하."

"만약에 내가 모레쯤 쉬는 시간을 준다면 너는 뭘 하고 싶어? 지금까지처럼 몇 시간씩 말고, 하루를 통째로 다."

안네그레트는 고개를 갸웃했다.

"저는 특별히 휴가가 필요하지는 않습니다, 전하. 전하의 종자로서 일하는 것이 제 즐거움입니다. 또한 하일러가 자리를 비웠으니 전하의 무구와 말을 돌볼 사람이 있어야 하지 않겠습니까?"

하일러는 안네그레트를 대신해 편지 심부름을 나선 뒤 소식이 없었다. 조사한 바에 따르면 중간에 전염병이 돈 마을 때문에 길이 막혔다는 모양이었다. 루트비히는 씩 웃었다. 하지만 하일러와 안네그레트가 모두 없다 해도 그의 무구와 말을 돌볼 사람은 많았다. 그는 이 나라의 태자가 아닌가?

"그건 내 질문에 대한 답이 아닌데. 내가 꼭 휴가를 줘야겠고, 그 하루 동안 종자 일은 절대 못 하게 하다면 뭘 할래?"

안네그레트의 눈이 의아한 듯 살짝 커졌다. 그러나 그녀는 평소처럼 충실하게 생각하고 대답했다.

"우선 황도에 있는 제 집에 돌아가 사용인들이 여름을 잘 이겨낼 수 있도록 돌보고, 다음에는 신전에 가서 이번 전염병 환자들의 피해 상황에 대해 더 잘 알아보고 제가 할 수 있는 일을 하고 싶습니다."

루트비히는 좀 더 '평소 신세 지던 분들을 방문하고 싶다'거나 '율리아가 초대한 살롱 파티에 한 번 얼굴을 비춰야 예의일 것 같다'는 종류의 대답을 기대하고 있었다. 그 자신이었다면 분명히 돌아보지도 않고 그렇게 했을 것이므로. 그는 한숨을 쉬었다.

"어른들에게 인사할 생각은 없어? 전통적으로 여름에 얼굴을 내미는 가문들이 좀 올라왔는데. 아를레마네 백작 부처는 삼 일 전에 도착했어. 바이언트 가와 아는 사이일 텐데."

"물론 어른들께는 카드로 인사를 드렸습니다. 가끔 전하의 허락을 받아 집에 들를 때면 직접 찾아뵙지 못하는 것을 관대하게 용서해 주시는 친절한 답장들이 쌓여 있곤 합니다."

안네그레트와 달리 사교계 파티에 평범하게 얼굴을 내밀고 있는 루트비히는 그 '어른들'이 속으로는 그렇게 관대한 기분이 아니라는 것을 알고 있었지만, 기가 막혔기 때문에 더 이야기하지 않았다. 동시에 그 자신이 바보처럼 느껴졌다. 게오르츠 백작도 그러더니, 그 후계자도 이 모양이라면 바이언트 가의 사교계에서의 인맥은 게오르츠 백작 부인 혼자 부담을 다 진 것이나 다름없을 것이다.

"남동생, 알브레히트였지? 알브레히트도 사교계에 데뷔를 했지? 나이도 있고."

"예, 전하. 물론입니다. 가끔 황도에서 클라비어 연주회를 할 때도 있는 것으로 알고 있습니다."

"그래, 그랬지. 이제 기억나. 나는 시간이 안 맞아서 최근에는 못 들었는데, 다음에 올라오면 연주를 부탁해야겠어."

어쩌면 안네그레트는 정말로 아무 생각 없이 더운 게 싫어서 심부름을 거부했던 것인지도 모른다. 그런 것치고는 이 무더위에 마구간에서 땀을 뻘뻘 흘리며 아무렇지도 않게 일하고 있긴 하지만, 뭐 어떤가. 하일러의 발이 묶였다는 소식을 듣고 오늘 아침부터 그녀를 관찰하고 있었지만 수상한 낌새는 하나도 보이지 않았다. 사람이라면 당연히 부담스럽게 느낄 만큼 가까이에서 계속 보고 있었는데도.

"동생도 영광으로 생각할 겁니다, 전하."

루트비히는 한 번 그렇게 생각하고 나자 점점 더 자신이 바보 같아져서 한숨마저 쉬었다. 가슴 속에 있는 뭔가가 삐걱거리며 그를 아프게 자극하고 있었다.

"그래. 바이언트 가의 사교 활동을 담당하는 사람이 백작 부인 혼자가 아니라 다행이야."

"예? 제가 어리석어 말씀을 잘 이해하지 못했습니다, 전하."

"아니, 알아들으라고 한 말이 아니니 신경 쓰지 마. 그보다 동생들은 혼처가 정해졌다고 했던가?"

"아직 정해진 곳은 없습니다."

"맏이가 아직 결혼을 안 하고 있으니 동생들도 부담스러운 것 아니야?"

환장하게도 안네그레트는 그 말에 진지하게 생각하는 얼굴을 했다.

"그럴지도 모르겠습니다. 미처 생각하지 못했습니다."

에라.

"직접 사교계를 다니면서 동생들에게 좋은 혼처를 찾아줄 생각은 없어? 그 김에 본인의 반려자도 좀 적극적으로 찾아보고."

그 말에 안네그레트는 옅게 웃었다. 루트비히는 그 미소에 이유 모를 충격을 조금 받았다. 아, 전에도 이런 느낌을 받아본 적이 있는 것 같은데.

"마음 써주셔서 감사합니다, 전하. 하오나 저희 어머니와 아버지는 자신이 평생 함께하고자 하는 반려자의 조건은 본인이 직접

정하는 것이 좋다는 주의입니다. 혼처를 제가 마음대로 찾는다면 동생들이 만족하지 않을까 염려됩니다. 저 또한 당장은 결혼할 필요가 없다고 생각하고 있습니다."

잘하면 저 집은 대가 끊기겠군. 루트비히는 진심으로 그렇게 생각하고, 바이언트 가문이 부신에서 사라질 경우 게오르츠 땅을 물려받을 가능성이 제일 높은 가문은 어디이며 그 경우 자신은 어떤 조치를 취해야 할지를 그려보았다. 당장 계승권이 높은 가문들은 죄다 변변치 않아 상당한 다툼—제소, 전쟁, 신전 쪽으로 넣는 물밑 작전……—이 예상되었고, 골치가 아파졌다.

"마음대로 찾을 수 있다니 꿈같은 말인데. 부디 얼른 그런 사람을 찾아 동생들이 잘 정착하길 바라겠어."

"감사합니다, 전하."

"내가 스물이 넘도록 결혼을 하지 않은 것도 이례적이긴 하지. 나는 마침 혼처를 정할 즈음에 몇 번이나 다 되려던 건이 무산되다가 결국 적당한 통치 가문 아가씨들이 모두 결혼을 해버렸지. 처음 파혼했던 유노아의 왕녀는 지금 벌써 두 번째로 이혼했다던가? 이러다 저 땅끝의 만데이란에서 신부를 데려올지도 모를 일이야."

이번 말은 농담이었는데 안네그레트는 아까처럼 웃어주지 않았다. 루트비히는 그녀가 농담을 못 알아들었다는 것을 알고 그냥 덧붙여 버렸다.

"농담이야. 만데이란에는 부신의 다음 후계자를 낳을 만한 나이대의 공주가 없어."

안네그레트는 그제야 슬쩍 입꼬리를 올리며 웃는 시늉을 했다. 루트비히는 아까처럼 자신이 멍청하게 느껴져 다시 한숨을 쉬었다. 다시 생각해 보니 농담에 실패한 데다 그 농담을 설명하기까지 하는 사람이 되어버렸다.

"됐어. 잊어버려. 아무튼 휴가를 주면 사교계에는 안 가고 신전에 가볼 거라 이거지?"

"예, 전하."

"병들고 가난한 자를 도우러? 지금 환경에서 귀족이 뭔가를 해봤자 사망자를 화장하는 데 쓸 기름값이나 좀 대주는 정도야."

안네그레트는 이번에는 먼저 입매를 움직였다. 그녀의 표정은 평소에 그 정도의 변화조차 잘 보이지 않았기 때문에 루트비히는 눈살을 찌푸리며 그것을 관찰했다. 저것은…….

아직 루트비히로서는 읽을 수 없는 감정의 표현이었다.

"압니다, 전하. 하오나 이럴 때는 그것만으로도 큰 도움이 될 수 있습니다."

"네 백성이 아니야. 네게 세금을 내는 자도 아니고. 그런데 굳이 휴가를 써가며 도움이 되고 싶어?"

루트비히는 안네그레트의 어머니인 게오르츠 백작 부인이 언제나 구휼에 힘쓴다는 것을 알고 있었다. 신전과 영주가 연계하는 것의 좋은 예라고 신관들이 자주 떠벌리곤 했으므로. 하지만 그녀가 그렇게 활동하는 것은 당연히 자기 땅 안으로, 세금을 내고 밭을 갈아야 할 농노들이 병과 굶주림으로 픽픽 쓰러져 대서야 안 되니 합리적인 활동이었던 것이다.

안네그레트는 진심으로 알 수 없다는 얼굴을 한순간 보였다. 루트비히는 마구간 창으로 들어온 햇살이 잠시 그녀의 얼굴 한쪽을 투명하게 태우는 것을 보았다.

루트비히는 안네그레트가 어쩌면 이 질문을 아주 여러 번 받았을지도 모르겠다고 생각했다.

"그런 말씀을 하시는 이유를 잘 모르겠습니다, 전하. 아마 전하께서는 제가 감히 짐작하지 못한 깊으신 뜻이 있겠지요. 하오나 전하, 제가 알기로 제게 세금을 내는 자들을 돕는 것은 당연한 일입니다. 그리고 제게 세금을 내지 않는 자를 돕는 것 또한 당연한 일입니다. 전자는 영주로서의 의무이고, 후자는 사람으로서의 의무입니다. 곤경에 처한 사람을 돕는 데 어째서 다른 이유가 필요하겠습니까."

그것은 너무나도 확신에 차고 당연한 말이었다. 루트비히는 오랫동안, 혹은 아주 짧은 한순간만 안네그레트의 눈을 보았다. 그녀의 새까만 홍채는 평소 동공과 구별되지 않았지만 마치 스테인드글라스 색으로 물든 빛처럼 지금만은 맑고 투명했다.

루트비히는 결국 쓴웃음을 지었다.

"……네 뜻은 잘 알겠어. 그래, 모레 휴가를 줄 테니 다녀와. 신전이든 어디든, 네 마음대로 가고 싶은 곳을 다 돌아보고 와."

햇빛이 들어오지 않는 골목에서 피어오르는 매캐한 연기를 보고 안네그레트는 복잡한 표정을 지었다. 새빨간 화염은 곱게 솟아오르지 않고 끈끈하게 혀를 사르다 갑자기 타닥타닥 튀었다. 잠깐 분 강한 바람 때문에 그 연기를 뒤집어쓴 사람들이 눈물을 흘리며 기침했다.

"남작님, 들어가시지요."

안네그레트 옆에서 어쩔 줄 모르고 있던 남자가 세 번째로 권했다. 안네그레트는 고개를 저었다. 이 골목에 사는 하층민들은 억양과 발음 모두가 상류층이 쓰는 부신어와 달랐지만 아주 못 알아들을 정도는 아니었다.

"아닐세. 더 필요한 것은 없나?"

남자는 이 골목에서 그나마 가장 돈이 많고 사람들에게 인심을 산 자라는 것 같았다. 안네그레트는 황도에서도 가장 가난한 골목이라 해도 사람들은 저마다 알아서 공동체를 만들고 대표자를 정해 움직인다는 것에 신기함을 느꼈다. 이틀에 한 끼도 먹지 못하는 사람들이 대다수라는 이곳에서 주민의 얼굴은 자주 바뀔 것이다. 그런데도 일상은 이루어진다.

"남작님께서 주신 땔감에 기름에 음식만으로도, 저희야……. 덕분에 병자가 쓰던 걸 다 태우고 아이들도 밥을 먹었지요."

"감사합니다, 남작님."

이 골목은 아직 전염병이 많이 돌지 않은 곳이었다. 안네그레트가 오늘 이렇게 들어와 상태를 살필 수 있는 것도 그래서였고, 지금 저 장례를 주관하고 있는 것도 근처에서 그녀가 부탁해 데려온 정식 신관이었다. 하지만 언제 저 지저분한 길이 막혀 아무도 오가지 못 하게 될지 모른다.

죽은 병자들을 태우는 불길을 둘러싼 산 이들의 얼굴은 그래서인지 병자나 다름없이 어두웠다. 안네그레트는 라이헤르타의 가난한 사람들을 떠올리며 속이 뒤틀리는 것을 느꼈다.

"귀부인님."

울지도 않고 있던 작은 아이가 안네그레트를 불렀다. 골목을 대표하는 남자는 혀를 차며 아이에게 주의를 주려했지만 그녀는 허리를 숙이고 아이에게 대답해 주었다. 아이는 무척 몸집이 작았지만 나이가 아주 어린 것 같지는 않았다.

"그래, 무슨 말을 하고 싶으냐?"

"존경하는 귀부인님."

안네그레트는 쓴웃음을 지었다.

"너는 나를 오늘 처음 보았으니 존경할 이유도 필요도 없다."

아이의 홍채는 밝은 하늘색이었다. 그 눈이 깜박이지도 않고 안네그레트의 모습을 비췄다.

"존경해요. 귀부인님은 높은 분이시고, 우리한테 빵도 주셨잖아요. 사랑해요."

안네그레트는 이번에는 조금 슬픈 얼굴을 했다.

"너에게 빵을 준 자들이 너에게 사랑한다고 말하라 하더냐?"

아이는 대답하지 않았지만, 고개를 살짝 끄덕였다. 안네그레트는 고개를 들어 이 골목의 대표자에게 엄격하게 물었다.

"브랜디가 없다고 했지?"

"예, 남작님. 그런 것은……."

"이따 어떤 종류든 독한 술을 좀 보낼 테니 물에 섞어 아이고 어른이고 몸을 씻도록 하게. 내 어머니가 가르쳐 주신 방법인데 매년 효과를 보고 있어."

"아이고, 물이란 게 씻기 전보다 후가 더 더러워서……. 아시잖습니까."

"땔감 준 것에서 좀 떼어 당장 사용할 수 있는 물은 다 끓이고 걸러서 깨끗하게 만들어 쓰게. 쥐를 잡고 있는 것은 알고 있으나 절대로 우물에 그냥 던져 버리는 일은 일어나지 않도록 하고."

"예, 예. 그럼요."

대표자는 무릎을 꿇고 허리를 있는 대로 숙였다. 안네그레트는 주머니를 뒤졌지만 딱히 동전은 나오지 않았다. 그녀는 하는 수 없이 주변을 둘러보았다.

"이 아이의 부모 여기 있는가?"

"저기 엄마 있어요."

아이는 저 멀리서 불길을 보며 망연히 서 있는 여자를 가리켰다. 그 여자는 주위 사람들이 그녀를 쿡쿡 찌르자 안네그레트와 자신의 딸이 함께 서 있는 것을 그제야 알고 깜짝 놀랐다. 아이 어머니는 바로 달려와 아이를 끌어안아 안네그레트에게서 떨어뜨려 놓았다.

"아이고, 남작님. 죄송합니다. 죄송합니다. 제가 아이를 잘 가르치지 못해서 감히 귀하신 분께 버릇없는 행동을 했습니다. 죄송합니다."

아이는 어머니가 깜짝 놀란 것을 보고 자기도 당황한 듯 안네그레트와 마을 대표자의 눈치를 살폈다. 안네그레트는 얼른 손을 저었다.

"버릇없이 행동한 적 없으니 걱정할 것 없네. 착하고 얌전해서 어느 집 아인가 궁금했을 뿐일세. 자네 집에도 병자가 있는가?"

아이 어머니는 잠시 망설이다가 말했다.

"······이제는 없습니다."

아무래도 지금 화장하고 있는 사자 중 한 명이, 혹은 그 이상이 이 집에서 나온 모양이었다. 안네그레트는 한숨 쉬는 것을 드러내지 않기 위해 노력했다.

"두 블록 건너 있는 거리는 보아하니 폐쇄됐더군. 자네가 더 잘 알 테지만, 아이가 그 근방에 절대 가지 못하게 하게. 자네는 원래 황도 사람인가? 어디서 일하고 있지?"

아이 어머니는 아까보다 길게 망설이다 대답했다.

"저는 어릴 때 제 아버지와 함께 황도에 들어왔습니다, 남작님.

어릴 때부터 저 강가에 있는 염색 공방에서 일하고 있습니다."

"그러면 원래 출신은 어딘가?"

"저희와 같이 천한 것들은 배우지 못해 출신도 기억하지 못합니다, 남작님. 리차이젠인가 했던 것 같습니다만 확실하지도 않습니다."

"그런 발음으로 시작하는 지방이라면 아마도 리클라이젠스를 말하는 거겠지. 유플리드 공의 백성이었군."

아이 어머니의 몸이 굳고 주변에 긴장이 흘렀다. 안네그레트는 한숨을 더 쉬고 싶은 기분으로 피로하게 말했다.

"신고할 생각은 없네."

지금 이 상황에 황도 사람이 아니라고 쫓겨나면 저 아이까지 틀림없이 죽을 것이다. 그때 안네그레트가 데려온 신관이 허름한 5층짜리 집에서 나왔다. 인상을 쓴 것을 보아하니 유쾌한 시간을 보내지는 못한 모양이다.

"남작님, 이제 가시지요."

"고맙습니다, 신관님."

"아닙니다."

신관은 안네그레트와 개인적으로 잘 아는 사이는 아니었지만, 황궁의 아벨타가 수소문해서 찾아준 이라 그런지 친절했다. 신관의 훌륭한 옷이 펄럭이며 당장에라도 골목을 빠져나갈 듯 움직이자 안네그레트는 마지막으로 아이에게 인사하며 자신의 소매에 달려 있던 가죽끈을 빼 주었다.

"이걸 좋은 가게에 가져가면 얼마라도 쳐 줄 거다. 내 다음에 오면 확인해 볼 테니 꼭 남에게 뺏기지 말고 엄마한테 네가 먹고 싶은 걸 사달라고 해라."

아이는 손 근처에 가죽끈이 오자 얼른 그것을 붙잡고는 공손하게 허리를 숙였다.

"감사합니다, 존경하는 귀부인님."

"그래. 갈 테니 착한 어른이 되거라."

"가시지요, 남작님."

벌써 다섯 걸음쯤 가버린 신관이 돌아보며 다시 그녀를 불렀다. 안네그레트는 벌떡 일어나서 성큼성큼 걷기 시작했다.

골목에서 나는 냄새는 한동안 빠질 것 같지 않았다.

"안네그레트가 돌아왔어?"

테다인이 주는 옷을 입으며 루트비히는 물었다. 테다인은 루트비히가 소매의 위치를 잘 찾을 수 있도록 도우며 보고했다.

"예. 방금 들어오는 것을 봤다는 사람이 있더군요."

"그래?"

테다인은 루트비히가 잠시 멈칫하는 것을 놓치지 않았다.

"오늘은 마르바이첸-아일레 14번가에서 구호 활동을 했다는 것을 아벨타 신관님에게 듣지 않으셨습니까?"

"그래. 그리고 신관에게 구호에 필요한 용품을 사는 곳에 관해 자세히 물어봤다지."

"확인을 하고자 하시면 지금 부르겠습니다."

루트비히는 상아색 셔츠의 허릿단을 내리며 인상을 썼다. 테다인은 주군이 결정을 보다 빨리 내릴 수 있도록 돕기로 했다.

"어차피 인사드리러 올 거라고는 생각합니다. 전하께서 지금 침수 드시는 것이 아니라면 말입니다만."

"뭐? 아, 그렇지."

종자가 외출을 하고 돌아왔으니 당연히 주군에게 인사를 하러 올 것이다. 루트비히는 침실에 있는 높은 의자에 앉아 발을 아무렇게나 뻗었다.

"안네그레트라면 바로 올 테지. 기다렸다가 인사를 받고 자야겠어."

"예, 전하."

테다인은 침실 한쪽으로 물러나 루트비히가 마실 음료를 만들기 시작했다. 정말로 잠시 후 누군가 문을 두드렸다.

"누구냐?"

"전하, 안네그레트이옵니다."

안네그레트의 목소리는 평소처럼 당당하게 울렸지만 루트비히와 테다인은 그녀가 어딘가 기운이 빠진 것 같다고 생각했다. 루트비히는 테다인에게 음료를 건네받으며 무뚝뚝하게 말했다.

"들어와."

문이 조용히 열리고 깨끗한 튜닉과 바지를 입은 안네그레트가 들어왔다. 그 옷이 평소에 보던 것과 다르게 결이 곱고 소매가 넓은 것을 보니 정말로 황궁에 돌아오자마자 바로 온 것 같았다. 그녀는 종자로서의 업무를 할 때는 저보다 거칠고 질긴 옷의 소매를 꼭 졸라매곤 했던 것이다.

저런 모습도 나름대로 특별하다. 루트비히는 안네그레트가 자신에게 다가오자 오른손을 내밀었다. 안네그레트는 그 손에 입을 맞추고 공손하게 인사했다.

"전하께서 관대한 마음으로 하사하신 쉬는 날을 편안하게 보내고, 지금 돌아왔습니다."

안네그레트에게서는 또한 낯선 향기도 났다. 새까만 머리칼은 평소처럼 묶여 있는 것 같았지만 훨씬 잘 정돈되고 더 진하게 보였다. 장미수 같은 것을 발랐을까. 루트비히는 노래하듯 말했다.

"좋은 냄새가 나는데. 목욕을 하고 왔구나."

안네그레트는 주군의 손을 놓고 얌전히 한 발 물러섰다.

"예, 전하."

"잘했어. 내 종자한테서 역한 냄새가 난다고 소문이 나면 나도 좀 난처하거든."

"아뢰옵기 송구하오나 전하, 냄새보다는 혹 병을 옮길까 하여 입궁 전에 씻은 것이옵니다."

"어느 쪽이든 잘했다고."

"예, 전하."

안네그레트는 더 말하지 않았다. 루트비히는 그녀의 얼굴을 잠시 빤히 올려다보았다. 확실히 그녀는.

"기운이 없어 보이는군. 피곤하다면 바로 가서 자도록 해. 내일도 아침부터 바쁠 것 아니야. 많이 피곤하면 내일 아침은 시중을 들지 않아도 되고."

안네그레트의 표정이 살짝 일그러지려다가 원래대로 돌아갔다. 붉은 그림자가 지는 침실 안에서 그녀의 짙은 눈썹과 매끈한 뺨 사이로 짙은 어둠이 일렁였다.

"황공합니다, 전하. 하오나 저는 그리 피곤하지 않습니다. 단지 감히 전하의 곁을 비운 것에 송구할 따름입니다."

"그래?"

안네그레트가 곁을 비운다 해도 루트비히에게 문제가 될 일은 없었다. 그는 빙긋 웃었다. 다만, 그녀가 무엇을 하고 있을지 오늘 일하면서 떠올린 적은 있었다.

"신경 쓸 필요 없어. 네가 없어도 내 시중을 들 사람은 충분하니까. 종자 일은 키르시가 알아서 하고 있고."

안네그레트는 이번에는 약간 당황한 얼굴을 했다. 그 얼굴을 보니 어쩐지 심술궂은 만족감이 들었다. 루트비히는 물을 탄 와인을 한 모금 마셨다.

"그래, 오늘은 뭘 했는지 말해봐. 원하던 대로 신전에 갔나?"

안네그레트는 고개를 살짝 숙였다.

"예, 전하. 감사하게도 신전의 소개로 특별히 도움이 필요한 골목을 찾아갔습니다."

"거기 놈들이 저들끼리 임의로 개별 골목을 폐쇄하기 시작했다는 이야기는 들었어. 거긴 괜찮았나 보군."

"예, 전하. 다행히 제가 찾은 곳은 아직 병이 심하지 않았습니다. 하오나 시신이 몇 구 나왔는데 장례를 치를 돈은 없다고 하여 땔감과 기름을 주어 화장하게 했습니다. 마지막 길에 신관의 축복을 받았으니 지금은 천국에서 평안하겠지요."

테다인은 사기꾼, 포주, 도둑이 주로 사는 빈민가에서 천국에 갈 수 있는 사람이 얼마나 나올지 의심스럽다고 생각했지만 티를 내지 않았다. 루트비히는 말은 하지 않았지만 쓴웃음을 지었다.

"훌륭한 일을 했군. 그리고 또 뭘 했는데?"

"청결하고 배불러야 병에 잘 걸리지 않을 테니 몸을 씻을 것과 음식을 조금 보냈습니다. 병자가 쓰던 것은 모두 태워서 처분하도록 했습니다."

"다 처분이 될까? 반 이상을 누군가 빼돌리지 않는다면 나는 놀라겠어."

"지시를 하기라도 하는 것과 아주 내버려 두는 건 다르니까요."

"맞는 말이네."

루트비히는 고개를 끄덕이고 또 와인 한 잔을 마셨다. 안네그레트는 생각하는 얼굴로 멈추었다가 이었다.

"전하, 주제넘습니다만 오늘 이상한 말을 들어 여쭙고 싶습니다."

"말해봐. 입이 있으니 말을 해야지."

"곧 나라에서 빈민들을 모두 조사해, 대대로 황도에서 살아왔다는 증거 서류가 없는 자들, 그러니까……."

"탈주 농노들 말이지."

테다인이 슬쩍 참견했다.

"개중에는 자유를 돈으로 산 사람도 있습니다, 전하."

"알아. 수가 적잖아."

"황도의 직물 공방이 싼값에 유지되는 것에는 그들의 역할도 큽니다."

"알았다고."

테다인은 물러섰다. 안네그레트는 주군과 그 시종이 대화를 나누는 동안 물러나 입을 다물고 있다가 다시 천천히 말했다.

"예, 전하께서 아울러 말씀하신 그들을 모두 연행해 문초하고 원주인에게 강제로 이송할 거라는 소문이 팽배한 모양입니다. 감히 전통적으로 인정되어 온 영주의 재산권을 침해하고자 하는 것은 물론 아닙니다만, 지금과 같이 힘든 시기에 처리하기에는 많은 어려움이 따르는 일이리라고 생각되니 진실이 아니리라 짐작합니다. 그런데도 그런 근거 없는 소문이 돌아 백성들을 혼란스럽게 하는……."

"근거는 있어."

루트비히는 안네그레트의 말을 잘랐다. 살짝 말이 빨라지기까지 하며 진지하게 이야기하고 있던 안네그레트는 입을 벌리고 멈췄다. 그녀는 잠시 후 애처롭게 되물었다.

"송구합니다, 전하. 제가……."

"잘못 들은 거 아니야. 요즘 회의에서 날마다 나오는 얘기야. 잘하면 영주들이 자체적으로 움직여서 아파트촌을 뒤집어놓을 수도 있어."

루트비히가 자세를 고치며 한숨처럼 이야기하자 테다인이 심각한 얼굴로 받았다.

"백성들 사이에서 벌써 이야기가 돌고 있다면 심각하군요."

"그래, 어느 놈인가가 이미 움직이고 있어. 건방지게시리."

전부터 탈주 농노들과 그 후손들을 원주인에게 돌려보내야 한다는 말은 많았지만, 안네그레트가 저런 얼굴로 말할 정도라면 지금 빈민가의 분위기가 상당히 흉흉함이 틀림없었다. 어디선가, 어느 통로인가를 타고 불안이 번지고 있었다.

안네그레트는 말도 안 된다는 얼굴을 했다.

"전하, 제가 이해하지 못한 것입니까? 병과 가난으로 백성들이 하릴없이 스러져 가는데, 지금 억지로 원주인에게 돌려보내려고 해봐야 여정 중에 모두 죽습니다."

"나도 알아. 하지만 그건 그들의 원주인이 그래도 괜찮다고 한다면 우리가 손을 댈 수 있는 문제가 아니지."

적어도 법적으로는 그렇다. 루트비히는 너무 짚이는 자가 많아 골머리를 앓다가 문득 눈을 들어 안네그레트를 보았다. 그녀는 무척 슬픈 얼굴을 하고 있었다.

저 얼굴을 보았더니 가슴 속에서 이상한 것이 움직였다. 이것은 어릴 때도 경험한 적이 없는 낯선 기분이었다. 루트비히는 인상을 쓰고 말했다.

"그런 소문이 있다면 이제는 빈민가 일에 대해 신경 쓰지 마. 이 건에서 손을 떼고, 얌전히 네 주인의 시중이나 들어라."

"하오나 전하."

안네그레트는 납득하지 못하는 표정이었다. 루트비히는 눈을 부라렸다.

"명령이야."

그 말에도 거부할 안네그레트는 아니었다. 그녀는 뭔가 말하려다가도 눈을 내리깔고 얌전하게 대답했다.

"……예, 전하."

율리아는 친구의 표정을 보자마자 무슨 일이 있었다는 것을 눈치챘다. 다른 사람들이 뭐라고 하든 친구는 거짓말에 서툴렀고 따라서 자기 감정을 숨기는 것에도 능숙하지 못했다. 늘 침착하려고 애쓰고 있기는 하지만, 그녀의 속을 들여다보면 귀여울 뿐이다.

적어도 사교계의 많은 사람들보다 그러했다. 율리아는 안네그레트가 갑옷을 세척하는 것에 방해되지 않도록 멀찍이 서서 친구를 불렀다.

"얘, 안니카."

안네그레트는 휘두르던 모래 자루를 내려놓고 땀에 젖은 얼굴로 율리아를 돌아보았다. 아름다운 얼굴에 옅은 미소가 떠올랐다.

"율리가 왔구나."

"그래. 세상에, 모래 날리는 것 봐. 너는 어쩜 기침도 안 하니?"

"잘 왔어. 잠시 그늘로 가자."

안네그레트는 손을 씻고 물기를 수건에 문질러 닦은 뒤 율리아를 에스코트해 연무장 구석의 그늘진 곳으로 갔다. 율리아는 머리에 대고 있던 나무 부채를 내리고 새침하게 입을 막았다.

"여름은 여름이구나. 먼지가 심해."

"미안해. 아침에 물을 뿌렸는데, 낮이 되니 또 이러네."

"햇볕이 이렇게 드니 하는 수 없지. 그냥 한 소리니 신경 쓰지 마."

율리아는 새침한 표정을 지우고 다정하게 웃었다. 안네그레트는 친구를 보고 빙긋 웃었지만 그 미소는 금방 사라졌다. 율리아는 쌍심지를 켰다.

"무슨 일이 있었니? 빈민가에 다녀왔다더니, 혹시 병이라도 걸린 것은 아니고? 몸이 좋지 않으면 바로 의사를 부르자."

"아니, 몸은 평소와 같아. 그저 마음에 걸리는 게 조금 있어서 그럴 뿐이야."

율리아는 발돋움을 하여 안네그레트의 눈을 빤히 들여다보았다. 안네그레트는 오래 버티지 못하고 조금 더 진한 미소를 지으며 눈을 살짝 휘었다.

"정말로, 몸은 건강하니 신경 쓰지 마."

"그럼 됐어. 네가 빈민가에 갈 때 신관을 대동한 건 잘한 거야. 다들 사교계에 아직도 얼굴을 비추지 않는 너에 대해 어찌나 관심이 많은지 모른단다."

"또 내 이야기를 하는 모양이구나."

"한가한 사람들이 할 일이 남의 이야기 말고 또 뭐가 있겠니?"

율리아는 독하게 말하면서도 사랑스러운 미소를 지었다. 수많은 사교계 남자들의 심장을 사로잡아 온 미소이며, 옛날에 사교계를 직접 주름잡았던 귀부인들의 귀여움을 받는 미소이기도 했다. 안네그레트는 실바람처럼 들리는 가벼운 웃음을 한 번 짓고 말했다.

"나는 명예롭지 못한 일을 한 것이 없으니 남들이 뭐라고 하든 내 진실은 변하지 않을 거야. 그걸 네가 알아주고 이렇게 찾아주니 더 바랄 것이 없어."

"어마, 그것뿐이니? 나는 네 명예가 깎이지 않도록 하기 위해서 어제 간 살롱에서도 네 칭찬을 잔뜩 했는걸. 너도 다음에 또 휴가를 받으면 적당히 하고 어디 무도회에라도 얼굴을 비추렴."

"알았어. 너와 시프에게 계속 폐를 끼치게 되어 미안해."

율리아는 이쯤 투덜거렸으면 됐다고 생각했다.

"그럼 이제 말해봐. 네 아름다운 얼굴에 먹구름이 끼어 있으니 내 마음이 아파. 웬만한 일로 네가 그런 얼굴을 하지는 않을 테고, 태자 전하께 혼났니?"

안네그레트가 그 말에 보인 표정에 율리아는 내심 놀랐다. 다음으로는 부아가 살짝 치밀었다. 율리아는 개인적으로 태자를 싫어하지는 않았지만 요즘 그가 친구를 대하는 태도를 보면서 악감정이 쌓일락 말락 하고 있었던 것이다. 아랫것들이 다니는 통로로 다니게 하고, 아랫것들이 쓰는 방을 주고, 비린내 나는 무기를 저 손으로 직접 다듬게 하고, 마구간 청소까지 시켜놓고서는 이 애의 어디에 꾸지람할 데가 있다는 걸까.

"말 좀 해봐. 네가 지금 여기서 얼마나 많은 일을 하는데, 왜, 무슨 일로 혼이 났는데?"

"혼이 났다고 하는 표현은 옳지 않은 것 같아."

안네그레트는 시선을 땅에 두었다가 고개를 저었다. 율리아는 친구의 팔에 살짝 오른손을 얹었다.

"어떤 일이든 말해봐, 내 사랑하는 안니카. 나는 네가 행복하기를 그 무엇보다 소망하는데, 너는 그걸 모르니? 네가 계속 입을 다물고 있으면 나는 궁금해서 죽을지도 몰라. 네가 원하는 게 그거야? 내가 죽는 거?"

안네그레트는 쓴웃음을 짓고 율리아의 오른손에 자신의 손을 얹었다. 그 온기는 무척 위로가 되었다.

"과장이 심해, 율리."

"네가 말을 안 하고 시간을 끄니까 그렇지."

"알았어. 말할게. 네 앞에서는 비밀을 가질 수가 없겠구나."

율리아는 안네그레트의 눈을 보면서 빙긋 웃었다. 안네그레트는 손과 눈길을 모두 내리고 한숨을 쉬었다.

"나는 태자 전하는 물론이고, 황가의 모든 분을 존경하고 사랑해. 알고 있지?"

"그럼."

요즘 세상에 이렇게까지 구식 충성에 충실한 사람들은 이 집 식구들밖에 없을 것이다. 율리아는 되묻지도 않고 납득했다.

"태자 전하도 하슐레타 백작 부인도 아주 어릴 때 이후로는 처음 뵙는 거지만…… 나는 황궁에 있으면서 태자 전하를 전보다 더 존경하게 되었고 훌륭한 분이라고 생각했어."

생각'했'다고? 그것은 안네그레트가 쓸 법하지 않은 표현이었다. 율리아는 안네그레트의 아름답고 슬픈 옆얼굴을 빤히 보았다. 율리아 자신은 물론 이 황궁과 사교계에서 존경할 법한 사람은 아주 적다고 생각하고 있었지만, 안네그레트가 다른 사람도 아닌 자기 주군을 그런 식으로 표현할 줄은 꿈에도 몰랐다.

"그런데? 생각'했'으면, 지금은 다르니? 지금은 전하를 존경하지 않아?"

"아니야, 그건 아니야."

안네그레트는 깜짝 놀란 듯 눈을 크게 뜨며 고개를 저었다. 그 새까만 눈이 이쪽을 똑바로 향하는 것을 보고 율리아는 다시 생긋 웃었다.

"그러면?"

"……나는, 어떻게 생각해야 하는지도 모르겠어."

친구의 눈길이 다시 땅으로 깔렸다. 율리아는 실바람처럼 작고 가볍게 속삭였다.

"태자 전하가 네가 기억하던 순진한 소년과 다른 영리한 청년으로 자랐기 때문에 실망한 것은 아닐 거야. 그렇지? 얘, 사랑하는 안니카. 이 황궁에서 무사히 어른이 되려면 영리해야 한단다. 그것은 너도 알 거야. 응? 그렇지?"

"응, 그래. 나는 태자 전하가 어릴 때와 꼭 같지 않다고 불평하는 게 아니야. 전하께서도, 하슐레타 백작 부인께서도 훌륭하게 성장하셨어. 하지만."

안네그레트는 정말로 괴롭게 한숨을 쉬었다. 그녀의 눈은 메말라 있었는데도 율리아는 그 홍채에 물그림자가 어리는 것 같다고 생각했다.

"아, 어떻게 말해야 할지 모르겠어, 내 사랑하는 율리. 용서해 줘. 나는 너에게 비밀을 만드는 것이 아니라, 도저히 이런 마음을 입 밖으로 내도 된다는 생각이 들지 않아 말할 수 없는 거야. 나의 재주로는 지금 어떤 말을 하든 불충不忠이 될 것 같아. 아프고 괴로운 사람들이 있는데, 내 눈으로 보고 왔는데, 그들에게 내가 해줄 수 있는 게 없어."

이내 율리아는 자신의 품으로 무너지듯 얼굴을 묻는 안네그레트의 뒤통수를 가만히 쓰다듬어 주었다. 안네그레트는 한참 그대로 눈을 감고 있었다.

바람 방향이 잠시 바뀔 때쯤 누군가 다가오는 발소리가 들렸다. 율리아는 우아하게 눈길을 들어 다가오는 사람이 누구인가 확인했고 그대로 깜짝 놀라 눈썹을 치켰다. 안네그레트는 율리아가 숨을 살짝 들이켜자 침착하게 몸을 들었다.

"날씨가 좋습니다, 두 분 레이디."

율리아는 일어서 치마를 들었고 안네그레트는 바닥에 한쪽 무릎을 꿇었다.

"슈빔마렌 후작님."

"슈빔마렌 후작님께 인사 올립니다."

"이런, 이런, 아름다운 레이디가 이런 모래바닥에 앉아서 고개를 숙이시게 만들 수는 없지요. 어서 일어나십시오. 어서요."

이자가 결국은 직접 움직이는구나. 율리아는 로세드 슈빔마렌의 눈이 안네그레트를 샅샅이 살피는 것을 보며 속으로 혀를 찼다. 안네그레트는 종자의 예로 정중하게 경례하고 자리에서 일어섰다.

안네그레트를 가까이에서 본 로세드는 기분이 좋아진 것 같았다. 그는 빙긋빙긋 웃으며 붙임성 있게 손을 내밀었다.

"레이디 안네그레트, 그렇게 불러도 되겠지요? 몇 년 전인가 궁정 파티에서 본 것 같은데, 그때도 미의 화신을 본 줄만 알고 제정신이 아니었답니다."

안네그레트는 조금 불편한 얼굴로 정정했다.

"과찬이십니다, 후작님. 지금의 저는 보시는 바대로 태자 전하의 종자 중 한 명에 지나지 않으니 레이디라 하시는 것은 당치 않습니다."

"과연 기사도의 귀감이시라는 말은 들었습니다. 훌륭한 말씀이로군요."

로세드는 안네그레트가 결국 오른손을 내밀 때까지 그녀를 빤히 쳐다보았다. 안네그레트는 대단히 당황하면서도 그가 자신의 오른손에 키스하게 두었다.

그래야 할 필요성이 있는 만큼보다 훨씬 길게, 손이 떨어지지 않았다. 안네그레트가 뭐라 말해야 할지 몰라 침묵이 흐르자 율리아가 눈치를 보고 나섰다.

"이런 곳에서 뵐 줄은 몰랐네요, 후작님. 태자 전하를 뵈러 가시는 모양이지요?"

"아, 레이디 율리아. 늘 그렇듯 총명하시군요."

로세드는 율리아에게 과장되게 감탄하며 손을 가슴에 대 보였다. 안네그레트는 로세드가 그 동작을 하기 위해 자기의 손을 놓아주자 안도한 기분으로 얼른 자세를 바로 했다. 율리아는 생긋 웃었다.

"이곳은 태자 전하의 연무장이니, 근사한 차림을 한 고귀한 분들이 어디로 가시는지 맞추기 어렵지 않은걸요."

"제가 늘 이야기하듯, 여성의 아름다움은 총명함과 함께할 때 더욱 빛이 나는 법이지요. 두 친구분이 말씀을 나누시는데 제가 방해한 것이 아닌지는 모르겠습니다?"

율리아는 로세드에게 '방해가 된다'고 하고 싶은 충동이 드는 것을 꾹 참고 상냥하게 웃었다.

"어머나, 그럴 리가요."

"감사합니다. 그러면 마침 전하와의 약속 시각도 조금 남았으니, 함께 천천히 이야기라도 나누시겠습니까? 이런 기회가 또 어디 있겠습니까."

차라리 '방해가 된다'고 해버릴 걸 그랬다. 노골적으로 달려드는 로세드의 태도에 율리아는 기분이 상했고 안네그레트는 진지하게 의아해했다. 안네그레트가 생각하기에 로세드는 자신과 나눌 만한 이야기가 없었다. 애초에 평소 별 인연이 없는 것이다.

두 여자의 속내를 영 모를 로세드는 아니었지만 그는 일부러 눈치 없는 척 밝게 웃었다.

"그럼 제가 저 그늘 쪽으로 모시지요, 두 분 레이디."

로세드가 양쪽으로 내밀어 보인 팔꿈치는 오해할 수가 없는 의도를 담고 있었다. 율리아는 자연스럽게 그의 왼쪽 팔을 잡았지만 안네그레트는 망설였다. 그는 이를 보이며 친절하고 사람 좋은 미소를 지었다.

"이거 실례. 정혼도 하지 않은 레이디께 제가 그만. 하지만 저도 신분이 확실하니 지금 정도는 제 팔이 부끄럽지 않게 해주시는 아량을 베푸시지요."

"어머나, 후작님도. 제 행실을 비난하시는 건가요?"

"아, 물론 레이디 율리아도 정혼을 하지 않으셨지만, 우리는 친구잖습니까."

율리아는 로세드와 친구가 된 기억이 없었지만 웃으며 역시 붙임성 있는 얼굴을 했다. 안네그레트는 아까 자신이 한 말을 로세드가 듣지 못한 것은 아닐지 의심했다. 율리아는 안네그레트에게 손짓했다. 로세드는 그렇게 참을성이 많은 자가 아니었다.

"얘, 어서 이리 와 후작님과 함께 걷자꾸나. 후작님 말씀대로, 지금은 후작님의 팔을 부끄럽게 하지 말자."

안네그레트는 율리아의 눈빛을 보고 얌전히 친구의 말을 따랐다. 안네그레트의 단단한 팔이 자기 오른팔에 팔짱을 끼자 로세드는 즐거운 얼굴을 했다.

"그러면 함께 저 그늘에서 걸으며 철학에 대한 즐거운 대화를 나누어볼까요. 물론 두 분 레이디께서 지루해하시는 화제가 아니라면 말입니다만."

율리아는 안네그레트의 무뚝뚝한 얼굴에 명백하게 난처해하는 눈빛이 떠오르는 것을 보고 부드럽게 로세드의 시선을 끌어왔다.

"금팔찌를 하고 폭넓은 치마를 입었다고 해서 철학에 관심이 없는 것은 아니죠. 후작님께서는 요즘 살롱에서 어떤 화제가 가장 유행하는지 아시나요?"

안네그레트가 순순히 자기 팔을 잡고 있기 때문인지 로세드는 지금까지보다 조금 더 율리아에게 친절하고 적극적인 시선을 보냈다.

"물론이지요, 레이디 율리아. 최신 화제도 알지 못하고서 감히 고귀한 아가씨들께 고견을 여쭙는 무뢰한은 아니니까요. 사랑과 아름다움은 고금을 막론하고 언제나 환영받는 주제입니다만 요즘 모든 살롱과 무도회에서는 죽음에 대한 고찰 없이는 입을 뗄 수가 없더군요."

"역시 영명하신 후작님이셔요. 죽음은 모든 사람에게 언제나 가까운 것이죠. 후작님은 어떻게 생각하시나요?"

"아, 물론이죠. 그 어느 누구라고 해서 죽음에서 자유로울 수 있겠습니까? 저희 집에서 두 번째로 큰 응접실에는 참으로 자랑할 만한 그림이 있는데 아십니까?"

안네그레트는 물론 알지 못했다. 로세드는 그 질문을 안네그레트에게 한 것이었지만 율리아는 순발력 좋게 웃으며 대화를 이었다.

"글쎄요, 기억이 날 듯도 하고 말 듯도 하네요. 아, 혹시 죽음의 춤을 주제로 한 그림인가요?"

"그 말씀대로입니다. 저희 증조부께서 직접 그리게 하신 것인데 대단한 물건이지요. 아, 하지만."

로세드는 그늘에 거의 도착하자 다시 빙긋빙긋 웃었다.

"이렇게 화창하고 따뜻한 날에 죽음에 대해 이야기를 나누기에 저는 지금 너무나도 살아 있다는 기분이 드는군요. 우리의 철학적 대화는 살아 있을 때의 미덕에 대한 것으로 한정하면 안 되겠습니까? 그리고 괜찮으시다면 두 분 레이디가 함께 오셔서 제 자랑스러운 그림을 구경하시지요. 다음 주는 어떻습니까?"

"그래서, 이야기는 해보셨나요?"

우아한 하늘색 비단으로 치장한 드란힐트는 조개 껍질이 박힌 부채를 눈가에서 살랑거리며 한가로이 물었다. 옆에 앉아 있던 중년의 투셀린 경은 자존심이 상했지만 그것을 숨기며 공손하게 대답했다.

"못 했습니다, 백작 부인. 바쁘다더군요."

그 옆에서 색이 고운 와인을 마시던 레이디 투셀린이 불평을 덧붙였다.

"정말이지, 저희와 같은 자들과는 어울리기 싫다는 건지. 그냥 살롱에 놀러 와서 차 한 잔 하자는 초대를 이렇게 몇 번이나 거절당하니 무척 속이 상한답니다."

고귀한 혈통의 소유자 앞에서 그렇게 노골적인 토로를 하기에 레이디 투셀린의 지위는 어울리지 않았지만 드란힐트는 오히려 동조하듯 킥킥 웃었다. 그때 흰 수염을 멋지게 기른 남자가 다가와 고개를 숙였다.

"어서 와요, 아를레마네 백작. 어때요, 황도의 분위기에는 이제 다시 적응했나요?"

나이 든 아를레마네 백작에게 투셀린 경과 레이디 투셀린도 예의 바르게 인사했다. 아를레마네 백작은 드란힐트와 레이디 투셀린의 손에 입을 맞췄다.

"물론입니다, 백작 부인. 그립고 정다운 분들을 다시 뵈니 제 늙은 마음속에 불꽃이 다시 살아나는 것 같습니다. 레이디 투셀린, 오늘도 뵙는군요."

"어머나, 아직 정정하잖아요."

드란힐트는 아를레마네 백작이 입 맞춘 손을 거두고 후후 웃었다. 레이디 투셀린이 관심 어린 목소리로 물었다.

"헌데 아를레마네 백작 부인은 늦으시나요?"

"제 처는 저기 입구에서 구두에 문제가 생겨 멈춰 서 있습니다."

"어마, 그러면 기다렸다가 함께 오시지요."

"백작 부인께 인사드리는 것보다 급한 것은 없기에."

레이디 투셀린의 짐짓 비난하는 목소리에 아를레마네 백작은 드란힐트를 보고 경외의 의미를 담아 살짝 고개 숙였다. 드란힐트는 후후 웃었다.

"내 성격은 그렇게 급하지 않아요. 구두에 무슨 문제가 생겼나요? 혹 필요하다면 내 슬리퍼를 빌려 드릴 수 있어요. 오늘의 나는 발이 약간 불편해 춤을 추고 싶지 않네요."

"아이, 그 말씀을 듣는 것만으로도 제가 다 속상하네요."

레이디 투셀린은 애교 있게 반응했다.

"백작 부인이 춤을 추실 때의 아름다운 모습을 뵈면 항상 감탄이 나오는데요. 많이 아프시다면 저희 시녀장을 부를까요? 그이가 약을 잘 안답니다."

"과찬이네요. 약 같은 건 필요 없어요. 그냥 조금 피곤한 정도랍니다."

드란힐트는 가볍게 웃어 넘겼다. 그녀의 발꿈치가 약간 불편한 것은 사실이었지만 항상 들을 수 있는 과장된 걱정을 또 받고 싶지는 않았다. 그때 아를레마네 백작 부인이 기분이 상한 얼굴로 엄숙하게 들어왔다.

"하슐레타 백작 부인."

"어서 와요, 아를레마네 백작 부인."

아를레마네 백작 부인은 드란힐트에게 허리 숙여 인사하고 적당히 근처에 앉았다. 레이디 투셀린이 눈을 동그랗게 떴다.

"왜 그렇게 마음이 불편한 얼굴을 하시나요, 백작 부인? 구두가 불편하시다는 말씀은 들었어요."

아를레마네 백작 부인은 귀부인이었기 때문에 자신의 발목을 내밀어 보이지는 않았다. 그러나 마음만 같아선 그러고 싶다는 표정을 곧장 지어 보였다.

"구두는 별일이 아니어서 이제 괜찮아요. 걱정해 주셔서 고마워요. 그보다는 여기까지 오는 길에 세상에."

"부인."

아를레마네 백작이 헛기침하며 아내에게 눈치를 주었다. 그러나 백작 부인은 인상을 쓰며 그 주의를 무시했다.

"왜요. 다들 알아야 한다니까요. 정말이지, 저주받을 것들! 작년만 해도 감히 이런 일은 있을 수도 없었는데."

그 자리에 있는 사람들은 대강 아를레마네 백작 부인이 무슨 이야기를 할지 짐작했다. 아를레마네 백작은 못마땅한 듯 인상을 썼지만 아내의 말을 더 방해하지는 않았다.

백작 부인은 눈에 쌍심지를 켜고 자기가 당한 이야기를 풀어놓았다.

"빈테어 가와 사투르네 가가 마주치는 모퉁이 있잖아요. 거기 앞에 몰려서 있더군요. 비천한 맨발에 야만인처럼 다 찢어지고 허름한 옷을 입은 자들 말이에요."

"어머나, 어떻게 그럴 수가!"

레이디 투셀린이 기겁했다. 아를레마네 백작 부인은 강한 고집과 자부심이 느껴지는 눈을 들어 레이디 투셀린의 얼굴을 보았다.

"레이디 투셀린은 오늘 오는 길에 그런 자들과 마주치지 않으셨나요?"

"저는 오늘 사투르네 가가 아니라 도펠벨룽 가를 따라서 왔답니다."

"저도 그럴 걸 그랬어요. 그랬으면 이런 기가 막힌 경험을 해서 기분을 망치지 않아도 되었을 것을."

드란힐트는 입술 한쪽 끝을 비틀어 내리며 위로의 말을 건넸다.

"내 오랜 친구의 기분이 상했다니 내 마음도 좋지 않네요. 그래, 부랑자들이 무슨 난폭한 짓을 하지는 않았나요?"

아를레마네 백작 부인은 깊은 한숨을 쉬며 고개를 저었다. 그녀의 옷에 달려 있던 물방울 모양의 진주가 서로 부딪치며 잔잔한 소리를 냈다.

"다행히도 그러지는 못했어요. 마부에게 빨리 달리라고 했거든요. 아이들이 나와서 구걸하려는 것 같아 아예 그런 생각도 못 하게 무섭게 달리도록 했어요. 덕분에 제 구두굽이 미끄러진 거죠."

"세상에."

레이디 투셸린과 투셸린 경은 모두 경악을 금치 못했고 드란힐트는 예의상 필요한 만큼의 동정을 보였다.

"모처럼 올라온 황도에서 그런 꼴을 보다니 유감이네요."

"감사합니다, 하슐레타 백작 부인."

아를레마네 백작 부인에게 레이디 투셸린이 얼른 진한 향이 담긴 향갑을 건넸다. 아를레마네 백작 부인은 그 향갑을 코 가까이에 대고 냄새를 맡으며 진정했다. 드란힐트는 이 노부인이 당한 일이 재미있었기 때문에 친절을 발휘해 부채질을 해주었다.

"아아, 정말로 고상한 향이네요. 이제야 조금 놀란 심장이 진정되는 것 같아요."

"진정하셔야죠, 아를레마네 백작 부인. 부인 같으신 점잖은 분을 놀라게 한 자들에게 저주가 있기를! 음료도 드시고 파티를 즐기셔요."

레이디 투셸린은 최선을 다해 아를레마네 백작 부인의 조금은 가라앉은 얼굴을 보살폈다. 드란힐트는 조금 더 대화 상대가 될 것 같은 아를레마네 백작에게 말을 걸었다.

"그래요, 백작. 그런 일이 있었다니 백작도 놀랐겠어요. 왜 우리를 보았을 때 말하지 않았나요?"

백작은 못마땅한 듯 흰 콧수염을 살짝 만지작거렸다.

"그것이, 도무지 점잖지 않은 화제인지라. 그런데 요즘 황도의 그런 부랑자들 사이에서 전염병이 돈다고 들었는데 이곳 근처에는 얼씬도 하지 못하게 해야 하지 않겠습니까?"

"안타깝게도 우리 오라버님과 아버님께선 그런 부랑자들 또한 당신들의 어여쁜 신민이라 생각하시는 것 같아서요."

드란힐트는 그렇게 말하고 픽 웃음이 나오는 것을 부채로 가렸다. 백작은 그 말에는 기분이 상한 듯 차가운 눈을 했다.

"아무리 부신의 백성이라 해도 사회의 질서를 어지럽히는 자들은 확실히 처벌해야지요. 그것이 통치가 아니겠습니까?"

"어마, 백작. 지금 우리 아버님께서 통치를 제대로 하고 계시지 않다는 건가요?"

드란힐트는 이 자리의 분위기가 험악해지지 않게 적당한 농담조를 사용했다. 이제 레이디 투셀린과 투셀린 경은 흥미를 느끼며 아를레마네 백작을 보고 있었다. 아를레마네 백작 부인은 이제 향갑의 냄새를 즐기고 있었다.

잠깐 생각하던 아를레마네 백작이 입술 근처의 근육을 꿈틀대며 대답했다.

"그런 황공한 일이 있겠습니까. 그저 병마를 빨리 쫓아내려면 좀 더 단호한 격리가 필요할 수도 있다는 거지요. 황제 폐하께서는 참으로 관대하시어……."

"알았어요, 알았어요. 내 백작의 충정을 어찌 모르겠어요?"

드란힐트는 변명이 지리해질 것 같자 낄낄 웃었다. 잠시 후 투셀린 경은 시종에게 아를레마네 백작 부인을 위해 진한 술을 가져오라고 한 후 진지하게 말을 꺼냈다.

"하지만 아를레마네 백작님의 말씀에는 솔직히 저도 동의하니다. 사회의 질서를 어지럽히는 자들을 제 때에 처벌하지 않으면 무질서가 사회 전체에 퍼져 나가니까요."

"그야 물론이죠."

아를레마네 백작 부인이 향갑을 코에서 떼어놓고 엄숙하게 동의했다. 투셀린 경은 인상을 썼다.

"실은 빈민가 전체의 폐쇄 혹은 추방을 폐하께 계속 건의하고 있습니다만 그럴 때마다 황제 폐하께선 태자 전하의 뜻대로 하겠다 하시고, 태자 전하께선 영 미온적이십니다."

"빈민가 전체의 추방은 정말 좋은 생각이네요."

아를레마네 백작 부인은 그 이야기를 처음 듣는 듯 반가운 표정이었다. 드란힐트는 생긋 웃으며 부채로 눈가를 부쳤다.

"하지만 우리 관대하신 오라버님께선 그럴 필요가 없다고 생각하시는 것 같아요."

"하지만 어차피 다 도망 농노들 아닌가요? 저희 땅도 자꾸 도망자들이 늘어 골치를 썩는답니다."

"부인, 그중에는 돈으로 자유를 산 사람도 있습니다."

"하지만 결국 다수는 도망 농노인 게 맞잖아요, 여보. 하슐레타 백작 부인과 말씀 나누는데 방해하지 말아요."

아를레마네 백작은 조금 토라진 것 같았다. 드란힐트는 아를레마네 백작 부인과 레이디 투셀린에게 짐짓 과장되게 슬퍼하는 얼굴로 토로했다.

"아를레마네 백작 부인 말대로예요. 가난한 자를 불쌍히 여기는 것도 좋지만 규칙은 바로 세워야 하잖아요."

레이디 투셀린과 투셀린 경이 아주 지당하다는 듯 고개를 끄덕였다. 드란힐트의 눈길이 아를레마네 백작에게 갔다.

"아를레마네 백작께서도 동감하시죠? 자유민은 몰라도, 도망 농노들은 잡아들여 원래 주인에게 돌려보내야 옳죠."

백작은 정중하게 고개를 숙였다.

"예, 물론입니다."

"그게 다 영주 개인의 부가 유출되는 것 아닌가요. 태자 전하께서도 그들을 계속 데리고 계셔서는 안 되는 거죠. 태자 전하께 아무리 그 말씀을 드리려 해도 바쁘다며 듣지를 않으시니."

그 자리에 있던 사람들이 모두 개탄하며 한숨을 쉬었다. 레이디 투셀린이 결국 개인적인 감정을 조금 섞어서 지난 화제를 들고 나왔다.

"우리보다 태자 전하와 가까운 이들에게 한 번 이야기를 해보려고 해도, 그들조차 우리를 무시한답니다. 바이언트 가의 레이디 안네그레트 폰 라이헤르타는 황도에 올라온 지 몇 개월인데 아직 제대로 인사조차 나누지 못했어요."

"레이디 안네그레트 말이군요."

아를레마네 백작 부인의 얼굴도 쌀쌀맞게 굳었다. 드란힐트는 만족감을 느끼며 속으로 웃었다.

"라이헤르타 남작은 아를레마네 백작 부인과도 아는 사이지요, 그렇죠?"

드란힐트의 질문에 아를레마네 백작 부인은 복잡한 표정으로 고개를 끄덕였다.

"예, 가문끼리 교류가 있으니까요. 이전 저희 딸의 생일 파티에도 온 가족이 참석해 주었답니다. 하지만 이번에 얼굴을 좀 보려 했더니 많이 바쁜가 보더군요."

"그야 바쁠 테죠. 태자 전하께서 옆에서 떼어놓질 않고 잡일로 부려먹고 계신다던걸요."

처음 안네그레트 바이언트 폰 라이헤르타가 황도에 올라올 때와 조금 다른 방향으로, 요즘 그녀에 대한 소문은 조금 더 짓궂고 심술궂게 발전하고 있었다. 드란힐트는 비죽 웃었다.

"마구간 청소를 하는 레이디에 대한 이야기는 들었어요. 옛이야기에나 나올 법한 웃기는 일이죠. 오라버님께서도 참, 바이언트가의 화를 어찌 감당하시려고."

덕분에 태자 루트비히와 안네그레트 바이언트에 대한 핑크빛 상상은 쏙 들어갔다. 드란힐트로서는 즐거운 일이었다.

"본인은 불평 한마디 없이 한다던걸요."

"안네그레트는 어릴 때부터 자주 봐왔지만 자기 속을 잘 말하지 않아요. 하지만 사람이 어떻게 기사 서임을 받으러 와서 마구간 청소를 시키는데 화내지 않겠어요?"

"참으로 옳은 말씀이셔요, 아를레마네 백작 부인."

레이디 투셀린과 아를레마네 백작 부인이 맞장구를 쳤다. 투셀린 경이 여성들의 관심을 끌기 위해 깊은 한숨을 또 쉬었다.

"저는 감히 바이언트 가문 분들과 깊은 교류가 있다고 할 수 없는 지위입니다만, 바이언트 백작의 성정을 생각하면 역시 태자 전하께도 충성을 다한다는 의미로 딸을 보낸 것이 아니겠습니까? 라이헤르타 남작이 그런 수치를 당하고도 아직 불평 없이 종자로서 남아 있다는 것도 대단한 인내심과 충성의 표시지요. 그러니 태자 전하께 말씀 좀 잘 드려주십사 하고 부탁을 하려 해도 솔직히 성공하기는 어려울 것 같습니다."

레이디 투셀린이 입을 불편하게 내밀었다. 아를레마네 백작이 인상을 썼다.

"안네그레트는 게오르츠 백작 부인의 딸이기도 합니다. 그 부인은 말이 통하는 사람이고 안네그레트도 무엇이 옳고 그른지 정도는 아는 아이로 알고 있습니다만."

레이디 투셀린은 눈을 동그랗게 떴다.

"개인적인 판단이 뭐가 중요하겠어요? 태자 전하의 의지가 확고하신데. 그리고 본인도 개인적으로 구제하러 빈민가에 다녀왔을 정도라니 설득이 가능할 것 같지는 않은데요."

"바이언트 백작 부부의 인기 정책으로 그 지역에선 도망자가 별로 안 나오기도 하지요. 아마 자기 일이라는 생각은 안 할 거예요."

아를레마네 백작 부인이 첨언했다. 투셀린 경이 깊은 우수에 찬 얼굴로 한숨을 다시 쉬었다.

"범죄자들의 진면모를 깨닫게 해줄 수 있으면 참 좋겠는데 말입니다."

루트비히는 얇고 바람이 잘 통하는 소재로 된 상아색 셔츠 한쪽에 팔을 꿰었다. 그에게 옷을 건네고 나서는 물러서 있도록 명받은 안네그레트는 그를 바라보고 있었다.

그 시선은 언제나보다 명백히 어두웠다. 루트비히는 끝내 한숨을 쉬며 눈을 치켜떴다.

"할 말이 있으면 해, 안네그레트 바이언트."

안네그레트는 거의 움직이지 않았다. 그녀는 천천히 부정했다.

"그런 것은 없습니다, 전하."

주황색으로 물든 침실에서 안네그레트의 얼굴은 더 어둡게 보였다. 그녀가 저런 표정을 짓는 것은 어쩐지 불편했다. 그동안 어떤 일을 시켜도 흔들림이 없는 얼굴이었다.

아니, 불편한 정도가 아니었다. 루트비히는 표현할 수 없을 만큼 짜증스러워졌다. 가슴 속이 쿡쿡 찔리는 것 같다. 양심이 찔리는 건 아닌 것 같은데.

"그럼 할 말이 아니라도 해. 해선 안 되는 말이라도 해."

차라리 그쪽이 마음 편할 것 같았다. 이번 말에도 안네그레트는 부정적인 대답을 했다.

"할 말이 아니라면 하지 않아야 할 것입니다. 전하께서 하시는 말씀을, 황공하오나 제가 부족하여 제대로 이해하지 못했습니다."

속이 터진다. 루트비히는 다시 한숨을 쉬었다.

"그럼 이렇게 말해보자고. 네가 생각하기에 나한테 하기엔 부적절한 말인 것 같아도 하고 싶은 말. 그런 걸 해봐. 반역만 아니면 용서할 테니까 당장."

젠장, 이게 아닌 모양이었다. 안네그레트의 표정이 더 어두워졌다. 그녀의 얼굴 근육은 늘 그렇듯 거의 움직이지 않고 있는데도 어째서 그렇게 보인 것일까. 그녀가 고개를 숙였기 때문에? 아니면 단순히 이쪽의 기분 탓일까?

안네그레트는 입을 열 생각이 없어 보였다. 이러다가 지난번처럼 말도 안 되고 속만 뒤집어지는 거짓말을 들을지도 모른다. 루트비히는 셔츠를 다 입고 허리춤을 정돈하며 인상을 썼다.

"명령이야. 솔직하게 대답해. 내가 전염병 구제에 나서지 말라고 한 것 때문에 얼굴이 구겨진 거지?"

안네그레트는 가볍게 숨을 들이켰다. 그럼 모를 거라고 생각했나. 루트비히는 침대에 가 앉았다. 그리고 손짓해 그녀를 불렀다.

"뭐 해? 가까이 와."

촛불을 돌보던 시종이 이쪽 눈치를 보았다. 루트비히는 그에게 적당히 얌전히 있으라는 눈짓을 보냈다. 안네그레트는 루트비히와 눈을 마주치지 않고 그의 두 걸음 정도 앞에 섰다.

"그래서, 대답은 뭐야?"

안네그레트는 먼저 심호흡했다. 그 얼굴이 약간 더 불쌍해졌다.

"……직접적인 이유는 아닙니다."

"그럼 뭐야. 간접적인 이유기는 하다는 거지? 이것도 명령이니 대답해."

"……예."

루트비히는 원하던 대답을 들었음에도 불구하고 기분이 더 이상해지자 약간 당황했다. 이건 뭘까, 역시 양심이 찔리는 건 아닌데도 초조하고 아찔하다. 안네그레트 본인도 당황한 눈치로 입술을 안으로 말아 넣었다.

안네그레트의 아름다운 뺨에 기괴할 만큼 긴 그림자가 너울거렸다. 루트비히는 자신이 원래 하려던 말을 하고 싶지 않아졌지만 억지로 끄집어냈다.

"그래도 명령을 거두지는 않을 거야. 내가 명령하는 방식이 마음에 안 들면……."

마음에 안 들면.

그만두고 돌아가라, 는 말이 나와야 했지만 꼭 누가 중간에 그의 목구멍을 억지로 틀어막은 것처럼 목소리가 사라졌다. 루트비히는 자존심이 셌으므로 어떻게든 하려던 말을 그래도 다시 하려 했지만, 그 이후에 자신이 어떤 기분을 느낄까 하는 의문이 들자 그만두었다. 어쩐지 지금보다 더 속이 나빠질 것 같다.

"······가족들이나 친구들에게 무슨 일이 있어서 그런 얼굴인 건 아니지, 그렇지?"

다행인지 불행인지 이번 대답은 빠르게 나왔다.

"예, 전하."

"그럼 역시 원인은 나네. 아니면······."

이번에도 이상하게 기분이 나빠졌다. 루트비히는 이번에는 확인할 필요가 꼭 있다고 생각했기 때문에 거부감이 드는 것을 참으면서도 끝까지 말했다.

"로세드 슈빔마렌이야?"

안네그레트는 약간 놀란 얼굴로 루트비히를 보았다. 그녀와 눈이 마주치자 기묘한 승리감 같은 것이 잠시 들었다가 금세 초조함에 눌려 사라졌다. 루트비히는 그녀에게 괜히 변명해야 할 것 같아졌다.

"내 거실에서는 연무장이 바로 내려다보이지. 마침 밖을 보며 쉬는데 로세드가 너와 율리아 피츠콜에게 가서 말 거는 걸 봤어."

결코, 일부러 지켜본 것은 아니었다. 부신의 태자로서의 자존심을 걸고 그것은 사실이었다. 물론 로세드가 나타난 후로는 충분히 경계하며 상황을 지켜본 것이 맞지만. 루트비히는 맨 뒤의 생각을 일부러 무시하고 안네그레트를 올려다보았다.

안네그레트의 새까만 눈은 아까까지보다 조금 더 반짝였다. 그녀가 거짓말을 할 때 얼마나 어색해 보이는지는 안다. 루트비히는 가만히 그녀가 할 설명을 기다렸다. 낮에 잠시 함께 산책한 사람과의 대화에 대해서까지 주군에게 설명할 필요성은 종자에게 없었지만 어쩐지 안네그레트가 그에게 설명해 줄 것만 같았다.

과연 안네그레트는 평온하게 기억을 더듬는 얼굴이 되었다.

"……슈빔마렌 후작님께서 제게 고민거리를 주신 것은 맞습니다. 잠시 산책하며 철학 이야기를 하자고 하셨는데, 저는 그런 대화를 힘들어해 걱정되었습니다. 다행히 제 친구 율리아가 교양이 있어 후작님을 지루하게 하지는 않았습니다."

웬 철학인가. 루트비히는 속으로 로세드를 실컷 비웃었다. 안네그레트에게 멋지게 보이고 싶었으면 그 앞에서 칼이나 창이라도 휘둘렀어야 할 것이다. 보아하니 있는 대로 멋을 냈던데.

"철학, 무슨 철학? 최근의 경향 같은 거? 안네그레트는 살롱에 안 가니 그런 이야기를 할 수 없을 텐데."

"예. 하지만 오늘 하나 배웠습니다. 요즈음 유행하는 화제는 죽음이라고 하니 과연 그런 것을 생각하기에 좋은 때가 아닌가 합니다."

하필이면 주제도 그런 것이다. 안네그레트가 대충 무엇을 연상하며 심란해하고 있었는지 짐작한 루트비히는 훨씬 기분이 좋아져 본인조차 놀랐다.

"원래 유명세 있는 철학자가 강연을 하면 한 번씩 유행이 돌아. 깊게 생각하지 마. 로세드도 원래 죽음에 관심 없어. 그 작자의 최고 관심사는 다른 평범한 사람들처럼 살아 있을 때의 영화니까."

안네그레트는 이번에는 심지어 입꼬리를 살짝 올리려다 말았다. 루트비히는 기분이 완전히 좋아졌다.

"빈민가 후원을 아예 하지 말라는 이야기는 아니었어. 내일 오후에 다시 자유시간을 좀 줄 테니까 신전에 가서 돈이라도 좀 기부하고 오든지. 로세드도 이상하지. 죽음에 대한 이야기를 하고 싶으면 신전에 가서 실컷 할 수 있을 텐데."

안네그레트의 표정이 조금 더 밝아졌다. 눈이 반짝이기 시작했다. 루트비히는 낮부터 가지고 있었던 의문을 이제야 입 밖에 내며 고개를 갸우뚱했다.

"그런데 로세드는 왜 서쪽 연무장에 온 거지? 오늘 그가 오는 모임이 있다는 말은 못 들었는데."

그 말에 안네그레트의 표정이 이상해졌다. 그녀는 조심스럽게 물었다.

"저어, 슈빔마렌 후작님은 저에게 태자 전하를 뵈러 왔다고 했습니다만."

"뭐?"

이 무슨 얼토당토않은 거짓말인가. 루트비히는 입술을 비뚤게 올려 웃었다.

"내 연무장에 들어오려고 대충 지어낸 거짓말이군. 나한테는 오지 않았고, 약속도 없었어."

"하지만 중간에 유플리드 공과 마주치셔서 함께 태자 전하께 가자는 말씀을 나누는 것을 들었습니다."

그래서 산책이 끝난 것이었다. 안네그레트는 분명히 그 기억을 떠올리며 의아해했다. 루트비히의 얼굴이 굳었다.

"유플리드라고?"

아이는 잿빛 하늘을 올려다보았다.

이 작은 방에서 보이는 하늘은 아이의 손바닥만큼 작았다. 하지만 그 하늘에서 한 줌의 햇살이라도 들 때면 방 안에 황금으로 만든 장식이 놓이는 것 같아 사치스러운 기분이 들곤 했다. 어머니는 옆 건물이 무분별한 개축으로 너무 높아졌다며 화를 냈고 그 작은 햇볕에 불만스러워했다. 언니는 죽기 전에 뜨거운 햇살을 가려달라고 했다.

오늘은 햇빛이 들지 않았다.

만약 오늘 죽는 거라면, 햇빛이 들지 않는다고 해도 괜찮았다. 아이는 거리의 소란에 귀를 막고 생각했다. 아이는 태어났을 때부터 이 집에서 자라왔고 죽는 사람은 많이 보았다. 어려서 같이 놀던 아이들 중에 구걸하러 나갔다가 마차에 치어 죽은 친구도 있었고, 술에 취한 손님에게 맞아서 며칠을 앓다가 결국은 죽은 옆집 언니도 있었다. 아버지는 남의 집 지붕을 고치다가 떨어져 죽었다. 병에 걸려서 '진짜' 언니를 비롯해 여러 사람들이 죽은 것은 바로 얼마 전의 일이었다.

아이는 자신이 죽고 싶은지, 그렇지 않은지에 대해 고민해 보았다. 이 거리에서 살아가는 것은 늘 즐거움보다 고통이 많은 일이었다. 가끔 드는 햇살과 어쩌다 길에서 줍는 버려진 단추, 실패 같은 것들은 즐거운 것이었지만 어머니는 아이가 그런 것에 관심을 가지느라 넋을 빼놓고 있으면 아주 싫어했다. 아이도 이해했다. 어머니는 이 식구가 살아남게 하기 위해서 너무 많은 일을 하고 있었다. 때문에 아이도 발가락이 얼 것 같은 새벽에 나가 꽃을 팔곤 했다.

살아남으려고 그렇게까지 노력할 필요는 없었을지도 모른다. 이렇게 될 거라면.

거리에서 비명과 무서운 소리가 계속 울렸다. 다수의 말이 들어올 만큼 넓은 길이 없었는데도 광장에는 말발굽 소리가 천둥처럼 울렸다. 아까 봤을 때는 어른들이 어른들과 싸우고 있었다. 한쪽 어른들은 아이가 익히 아는 이 거리 사람들이었고, 다른 쪽은 좋은 옷을 입고 칼을 든 모르는 어른들이었다.

아이는 그들이 왜 싸우는지 알고 있었다. 좋은 옷을 입은 어른들은 아이를 잡으러 온 것이었다. 그리고 다시는 어머니를 못 만나게 할 것이다. 언니를 다시는 못 보게 된 것처럼. 이 거리의 어른들이 이야기하는 것을 아이도 여러 번 들은 일이 있었다. 아이와 어머니에게는 무섭고 잔인한 주인이 있는데 그 주인이 언제 다시 잡으러 올지 알 수 없고, 한 번 잡혀가면 아이는 죽을 때까지 일만 해야 했다.

죽을 때까지 일만 해야 한다는 것은 이곳도 마찬가지라고 아이는 생각했지만, 어른들이 그렇게 두려워하며 말할 정도라면 주인은 정말로 무서운 사람임에 틀림없었다. 신전에서 가르쳐 주는 마물 같은 것인지도 모른다. 아니다, 저렇게 무서운 사람들을 보내온 것을 보니 확실했다.

끔찍한 비명이 또 터져 나왔다. 귀를 막고 있어도 들렸다. 아이는 손아귀에 힘을 주고 하늘을 올려다보았다. 조금 있으면 비가 올 것 같았다. 비가 오면 다들 가버리면 좋을 것이다. 자기 전에 어머니가 해주던 이야기 속의 괴물들처럼, 비가 오면 저 나쁜 주인의 부하들은 다 녹아서 사라져 버리면 좋을 텐데.

어머니는 어디에 갔을까. 나쁜 주인이 다시는 어머니를 못 만나게 할 거라고 으스대기 전에 어머니를 꼭 안고 안 놓는 것이 좋을 듯했다. 아이는 숨어 있던 침대 아래서 나오려고 했다. 그러나 몸이 움직이지 않았다.

아이는 공황 상태에 빠져 숨을 헐떡였다. 귀를 막은 손도 떨어지지 않았다. 나쁜 주인은 마법사일까? 그래서 이렇게 몸이 돌처럼 굳어버린 것일까? 다행히 잠시 후 발가락을 움직여 보니 몸은 천천히 풀렸다.

아이는 부들부들 떨며 침대 아래서 기어 나왔다. 1층 문을 부수고 구둣발 소리가 몇 쌍이나 크게 울렸다. 어른들, 남자 어른들의 발소리였다. 하지만 이 거리 어른들의 발소리는 아니었다. 그들은 저렇게 뽐내는 듯 큰 소리를 내는 무서운 구두를 신지 않았다.

"여긴 왜 이렇게 조용해?"

1층 계단 쪽에서 쩌렁쩌렁한 목소리가 들렸다. 아이는 두려움에 다시 몸이 굳었다. 또 다른 쩌렁쩌렁한 목소리가 누가 들으라는 듯 소리쳤다.

"다 도망간 모양인데."

그것은 사실이 아니었다. 어머니가 자신을 두고 도망갈 리는 없었다. 아이는 그렇게 생각했지만, 덜컥 겁을 집어먹고 떨었다. 혹시, 혹시 정말로 어머니가 도망갔으면 어떻게 하지. 깨어났을 때이미 어머니는 모습이 보이지 않았고 건물은 조용했다. 아침에 잇따라 사람들이 계단을 뛰어 내려가는 소리를 들었었지만 그때는 그게 무슨 의미인지 몰랐다.

"없으면 우리는 편하지."

"쥐새끼 같은 놈들. 어디에 역병을 퍼뜨리려고."

"그러니까. 남은 건 멀쩡한 게 없는데. 이것들을 잡아서 데려가봤자 열 명에 하나나 살면 다행이겠어."

"주인님은 왜 이런 것들을 굳이 데려간다고 하시는 거지?"

누가 크게 침을 뱉는 소리가 들렸다. 아이는 울컥 화가 나고 슬펐다. 누군지는 몰라도 나쁜 어른들은 이 집에서 예의 바르게 행동할 생각이 없었다.

"뭐, 손이 빈다고 그러던데. 작년 겨울이 혹한이라 많이 죽기도 했고."

"역병 덩어리들을 데려가 봤자 남은 일손도 다 죽는 거 아니야?"

"대장이 이건 본보기라고 하던데."

나쁜 어른들은 그 뒤로 아이가 이해할 수 없는 말을 몇 마디 나누었다. 누군가 험악하게 얻어맞는 퍽 소리가 거리 쪽에서 몇 번이나 났다. 아이는 침대 아래로 다시 들어가기로 했다.

끼익. 마루 판자 눌리는 소리가 났다. 나쁜 어른들의 대화가 갑자기 멎었다. 소리를 들었구나! 아이는 공포에 질려 침대 아래로 무조건 기어들어갔다. 구름이 진해졌는지 방에는 이제 햇살이 전혀 들어오지 않았다.

쾅. 잠긴 문을 누군가 걷어찼다. 쾅, 쾅, 쾅. 거기 누구냐? 아이는 아무 말도 하지 않고 숨을 참았다. 이제 조용하니까 포기하고 가줬으면 좋겠다. 그러나 발소리는 계속 났다. 빨리 나와, 이 더러운 놈들아. 우리 서로 피곤하게 이러지 말자고. 쾅, 쾅. 문이 처절하게 부서졌다. 아이는 침대 아래로 큰 구두를 보았다.

구둣발이 저벅저벅 소리를 내며 다가왔다.

루트비히는 있는 대로 화가 난 얼굴을 숨기지 않았다.

"유플리드가 이런 일을 벌일 줄 알았던 자가 있나?"

자수정 회의실을 채운 사람들의 수는 이례적일 정도로 적었다. 루트비히는 머리가 아파지는 것을 느꼈다.

"못 들었나? 유플리드가 멋대로 사병을 풀어 빈민들을 납치하고, 아카르타 대로 대신 운송에 이용하고 있던 노드바르덴 대로를 점거할 거라는 걸 미리 알았던 자가 있냐고 물었어. 이런 짓을 혼자 하지는 않았을 테고, 누구든 귀띔받은 사람이 있을 것 아니야?"

이 자리에서 가장 루트비히를 환장하게 하고 있던 사람이 안타까워하는 얼굴로 고개를 저었다.

"전하, 이토록 대담한 계획을 미리 알았더라면 어찌 황가에 먼저 보고하지 않았겠습니까?"

로세드는 참으로 뻔뻔하게도 그렇게 말했다. 루트비히의 한쪽 눈이 꿈틀거렸다. 유플리드는 물론 이런 짓을 하려면 할 수 있는 자였지만, 갑자기 돌출 행동을 할 이유가 없는 자이기도 했다. 분명히 누군가가 충동질을 했고 그 범인은 눈앞에 있는 이자일 확률이 너무도 높았다.

"전하."

젊고 루트비히와 가까운 후작 한 명이 헛기침을 했다.

"황제 폐하께서는 어떻게 말씀하십니까?"

루트비히는 이를 악물었다.

"내가 하고 싶은 대로 하라 하시더군."

"변함없이 신뢰가 깊으신 부자 관계, 참으로 보기 좋습니다."

로세드는 빙글빙글 웃으며 추임새를 넣었다. 황도의 경영에 있어 오이겐 황제는 루트비히에게 상당한 자유를 주었다. 나이가 되었는데도 아버지가 영지 경영에 손을 못 대게 한다는 어떤 귀족들에게는 부러움을 살 만한 일이었지만, 루트비히는 아버지가 자신을 항상 시험하고 있다는 생각이 들곤 했다. 이렇게 심각한 사안이 있을 때는 황제가 직접 나서야 하는 것 아닌가. 최소한.

"재상."

웬일로 루트비히가 연 회의에 출석해 있던 시릴에게 루트비히는 눈치를 주었다. 시릴은 속을 알 수 없는 미소를 지었다.

"예, 전하."

"자네가 말해봐. 유플리드를 어떻게 처리해야 좋겠나?"

크흠. 헛기침 소리가 루트비히의 말이 끝나자마자 울렸다. 장내의 시선들이 헛기침을 한 로세드에게 쏠렸다. 시릴은 미소 지은 채 로세드를 보았다.

로세드는 자못 진지한 얼굴로 이의를 제기했다.

"처리라니요, 전하. 유플리드는 아주 오래된 집안입니다. 이런 일 정도로 그런 표현을 쓰심은 다른 귀족들에게 불안감을 주지 않을까 우려됩니다."

루트비히는 욕을 내뱉지 않을 정도의 경험이 있었다. 대신 초록색 눈이 번득 빛났다.

"'이런 일'이라니. 슈빔마렌 공은 감히 황도를 침범하고 국가의 도로를 함부로 점거하는 일이 별일 아닌 것이라고 생각을 하나?"

"물론 둘 다 큰 잘못입니다만, 노드바르덴 대로는 전통적으로 유플리드 공의 외가가 다스린 땅에 걸쳐 있습니다. 황도를 침범했다는 말씀도 조금 지나친 표현이 아닐까요."

루트비히는 주변 귀족들의 얼굴을 둘러보고 로세드에게 내심 동조하는 자가 많을지도 모른다는 것을 확인했다. 저 능구렁이가 전통적인 대결 구도를 가져오고 있다.

"슈빔마렌 후작님의 말씀에 일리가 있습니다, 전하."

심지어 시릴도 유들유들한 투로 이쪽의 마음에 불을 질렀다. 루트비히는 심호흡하고 물었다. 생각 같아서는 내쫓아 버리고 싶었다.

"자네는 어떤 의미에서 그렇게 말하는 거지, 데이하르츠 공?"

"그야 물론 유플리드 공이 한 행동을 보다 명확하게 정의한 다음에야 논의가 진전될 수 있다는 의미에서입니다, 전하."

루트비히는 다시 심호흡했다. 아, 회의만 끝나면 진한 와인을 잔뜩 마시고 늘어져 버려야 할 것 같았다. 테다인이 아무리 말려도 소용없다.

"명확한 정의? 해봐."

"어찌 제가 감히. 모든 결정은 황제 폐하께 이번 일을 위임받은 전하께서 내리시는 것이지요."

시릴은 그렇게 말하고 밉게도 웃었다. 매번 회의에서 시릴은 루트비히의 속을 이런 식으로 뒤집어놓곤 했다. 다행히도 로세드가 시릴을 자기편으로 생각하는 눈치는 아니었다. 만약 저 속을 알수 없는 능구렁이 재상과 호시탐탐 자기 세력의 확장을 노리고 있는 야심 많은 로세드가 손을 잡았다면 루트비히는 일찌감치 모든 것을 때려치웠을 것이다.

"자네 의견을 묻는 거야. 자네의 모든 의견을 다 받아들이겠다고 한 적 없어. 그것도 걱정되면 몇 가지로 말해보든가."

"아이쿠, 맵군요."

시릴은 매끄럽게 웃고 외알 안경을 고쳐 썼다. 좌중의 시선이 시릴에게 몰렸다.

"국법에 따르면 황도의 범위는 동서남북으로 황궁을 둘러싼 외성벽 안입니다. 실질적으로는 장벽 밖에 수려한 숲과 밭이 펼쳐져 있고 그들 또한 황도에 속한 것이나 다름없습니다만, 황도의 정의 안에는 들어가지 않습니다. 대신 장벽 밖에 있으면서 황가에 속한 땅은 황가의 사유재산으로서 보호받지요."

황도를 침범하는 것과 황가의 사유재산을 침범하는 것은 서로 다른 법을 적용받기 때문에 확실히 구별해야 했다. 이 자리에 있던 법관들이 고개를 끄덕였다.

"황도에 사병을 들이는 것은 고귀하신 황제 폐하, 혹은 폐하께서 황도의 출입 허가에 대해 당신에게 준하는 권한을 내리신 자의 허가가 반드시 필요합니다. 유플리드 공의 경우 새벽에 북쪽 관문을 뚫고 억지로 들어왔더군요. 확인하겠습니다만, 태자 전하께서는 그의 사병이 들어오는 것에 대한 허가를 내리신 적이 없지요?"

"그래, 건방진 놈 같으니라고."

루트비히는 소리가 나건 말건 이를 갈았다. 반복해서 들으니까 더 성질이 났다. 로세드는 무척 안타까워하는 얼굴로 한숨을 쉬었다.

"데이하르츠 공, 황제 폐하께서 따로 허락을 내리시지는 않은 게 확실한가?"

"예, 슈빔마렌 후작님. 황제 폐하께서는 유플리드 공에게 그런 권한을 주신 적이 없으시다더군요."

뭘 묻나. 루트비히는 속이 타서 눈앞의 음료를 무작정 꿀꺽꿀꺽 마셨다. 태자의 분노에 눈치를 보던 귀족들이 그래도 기분이 괜찮아 보이는 로세드에게 눈짓했다. 로세드는 그들의 부탁을 거절하지 않고 분위기를 풀기로 했다.

"그래도 전하, 너무 마음에 두지 마십시오. 유플리드 공이 계속 빈민가의 부랑자들을 원래 주인에게 돌려보내 달라고 청했던 것을 혹 기억하십니까? 마음이 급해 그리한 것이지 태자 전하의 권한을 침범하거나 황도를 욕보일 생각은 추호도 없었을 겁니다. 보시는 바대로, 바로 황도에서 물러났지 않습니까?"

루트비히는 너무 기가 막혀 로세드를 잠히 빤히 보았다. 로세드는 표정 변화 하나 없이 부드럽게 그를 위로했다.

"다시 생각해 보시면 사실 전하께서 손해 보신 것은 없다는 걸 금방 아실 겁니다. 어차피 저 다닥다닥 붙은 빈민가는 한 번 정리해야 했습니다. 유플리드 공은 그중에 자기 것을 가져가고 싶은 마음에 조금 행동이 앞섰던 것뿐이지요. 또 아까 말씀드린 것처럼 노드바르덴 대로는 그의 친척이 다스리는 땅입니다. 마음이 급해 잘못을 저지르고 나서, 주군께 꾸짖음을 들을까 봐 무서워 친척에게 가 있는 것뿐이라는 말입니다. 그게 유플리드 공이 이번에 한 행동의 본질입니다."

시릴은 이 정리에 아무 평가도 하지 않았고 다른 귀족들은 조용해졌다. 루트비히는 험악하게 눈살을 찌푸리고 물었다.

"그래, 그러니까 '처리'를 할 대상은 아니다?"

로세드는 빙긋 웃었다.

"바로 그렇지요."

"왜, 잘 달래서 부르라는 말은 안 하나?"

"마침 그 말씀도 드리려 했는데, 제 마음을 벌써 읽으셨군요."

쾅. 루트비히는 둥근 책상을 손바닥으로 내려쳤다.

"그렇게는 못 해!"

책상에 올라가 있던 음료들이 출렁였다. 훨씬 험악한 말이 나오려는 것을 참은 결과물이었다. 시릴은 남들에게 들키지 않게 약간 웃었고 로세드는 짐짓 천진하고 불쌍한 표정으로 사죄했다.

"제가 전하께서 얼마나 노하셨는지 모르고 그만 섣부른 말씀을 드린 모양입니다. 송구합니다, 전하."

"자네들이 제대로 못 하는 것 같으니 유플리드의 행동을 내가 정의해 주지. 감히 황도에 사병을 들이고, 그 과정에서 전략적으로 중요한 북쪽 관문을 무력화했어. 그것도 모자라 누구의 백성인지 확실하지 않은 자들을 다수 다치게 하거나 죽이고 일부는 끌고 갔지. 그러면서 전염병 때문에 폐쇄된 몇 개 골목이 부서졌고 전소된 건물도 몇 채나 있더군. 이건 황도 침범의 죄를 벗어날 수 없다. 또한 황도 주민들의 안녕에 대한 직접적인 위협이야."

그나마 바로 비가 왔기에 망정이지, 건조한 날이었다면 목조 건물이 다닥다닥 붙은 빈민가에서는 대참사가 벌어질 수도 있었다.

로세드는 기묘하게 웃는 얼굴로 따졌다.

"빈민가에 있는 자들 중 황도 주민은 손에 꼽을 겁니다, 전하."

"누가 황도 주민인지 아닌지 모르는 상태에서 마구잡이로 부수고 때리고 잡아갔으니 미필적 고의를 인정해야지. 재상, 어떻게 생각해?"

시릴은 나이든 법관에게 차례를 양보했다.

"저보다는 법을 전문으로 하는 이에게 물으심이. 어떻습니까, 대법관?"

수염을 기른 대법관은 인상을 썼다. 그는 유플리드의 입장도 이해할 수 있다고 보고 있었지만, 그가 법을 어기고 행동한 것에 대해서는 화가 났기 때문에 학문적으로 대답했다.

"폭력 행위가 황도 내에서, 그 안에 거하는 사람을 대상으로 일어난 일이므로 피해자 중 황도에 속한 자가 있다고 추측하는 것은 합리적일 것입니다. 피해자 중 황도에 속한 자가 있다면 황제 폐하 혹은 태자 전하께서 손해배상을 청구하실 수 있습니다."

"만약 '있다면'입니다, 전하. 전 없을 거라고 생각합니다."

로세드는 잊지 않고 끼어 덧붙였다. 루트비히는 이번에는 소리만 조금 나도록 테이블을 쳤다.

좌중이 조용해졌다. 루트비히는 제국의 태자로서 말했다.

"유플리드에게 내릴 구체적인 처벌은 차후 논의하되, 이번 일을 구렁이 담 넘어가듯 슬렁슬렁 봐줄 생각은 없다는 사실을 말해두지. 부신의 태자이자 황도를 책임지고 있는 자로서 유플리드에게 속한 귀환과 사죄 및 모든 피해에 대한 원상복구를 명한다. 오늘 내로 여하한 뜻을 전하는 편지를 쓸 것이니 재상은 전령을 뽑아 내게 보내도록."

로세드는 기묘한 웃음을 그대로 지은 채였고 시릴은 정중하게 고개를 숙였다.

"예, 전하. 전하께서 하시는 모든 일에 신의 가호가 있기를."

회의실 앞을 지키고 있던 안네그레트는 사람들이 빠져나오자 그 앞에서 고개를 숙이고 대기했다. 이 특이한 종자에 대해 듣기는 했지만 사교 모임에서는 얼굴을 통 볼 수 없어 궁금해했던 귀족들 몇은 그녀를 겨우 노골적이지 않을 정도로만 관찰하며 걸어갔다. 시릴이 슥 나오자 안네그레트는 그에게 약간의 미소를 지어 보였다.

"수고하십시오."

시릴은 안네그레트에게 부드럽게 말하고 긴 옷자락을 끌며 지나쳐 갔다. 그녀는 시릴이 떠나가는 것을 잠시 보다가 다시 아까처럼 고개를 숙이고 주군이 나오기를 기다렸다. 잠시 후 안네그레트가 기다리지 않았던 사람이 나와 그녀에게 밝게 인사했다.

"이거, 레이디 안네그레트 아닙니까."

안네그레트는 그녀를 그렇게 부른 사람이 누구인지 목소리와 말투만으로도 알고 있었지만 일단 고개를 들어 얼굴을 보았다.

로세드는 그녀의 앞에서 뻔뻔하게 서 시간을 끌었다. 안네그레트는 그가 자신의 손등에 키스하는 인사를 하고 싶어 한다는 것을 깨닫고 속으로 고민했다. 그녀는 그 누구든 자신이 종자로서 주군을 모시는 동안에는 그런 예를 갖추기를 원하지 않았다. 하지만 남의 호의를 너무 물리쳐 부끄럽게 하는 것은 사려 깊지 못한 행동일 것이다.

다행히 안네그레트가 주저하며 손을 내밀기 전 루트비히가 회의실 밖으로 나왔다. 그는 표정이 좋지 않았는데 로세드가 안네그레트 앞에 서 있는 것을 보자 눈살을 더 찌푸렸다.

"내 종자에게 볼일이 있나, 로세드?"

"아름다운 아가씨에게는 언제나 볼일이 있는 것 아니겠습니까, 전하."

안네그레트에게는 다행하게도 로세드는 한 걸음 물러서 루트비히를 보고 씩 웃었다. 그녀가 보기에 루트비히는 로세드를 썩 좋아하지 않는 것 같았다. 회의실 안에서도 큰 소리가 여러 번 나는 것을 들었다. 싸움이라도 났던 것일까.

"가자, 안네그레트."

"그럼 먼저 실례하겠습니다, 후작님."

루트비히는 안네그레트에게 명령하고 쌩하니 걷기 시작했다. 안네그레트는 속으로 어쩔 수 없는 안도를 느끼며 빠르게 주군을 따라갔다. 로세드가 뒤에서 소리쳤다.

"나중에 초대 카드를 보낼 테니 답장 기다리겠습니다!"

열 몇 걸음이나 걸었을까, 루트비히는 말없이 가다가 복도로 나가서 안네그레트에게 슬쩍 물었다.

"로세드가 무슨 카드를 보낸다는 거야?"

"저와 율리아에게 함께 당신 저택에 있는 그림을 보러 오라는 말씀을 한 적이 있는데, 아마도 정식 초대장이겠지요."

루트비히는 기분이 지금까지보다 나빠진 것 같았다. 이틀 전 일어난 일로 안네그레트 자신도 큰 실의를 느꼈지만 루트비히는 아주 크게 화가 나 있었다. 역시 아닌 척해도 백성들을 생각하는 좋은 분이다, 라는 생각이 들어 안네그레트는 주군을 약간 안쓰러워하기도 했다. 만약 다른 지방의 영주가 와서 라이헤르타 땅의 백성들을 때리고 죽이고 잡아갔다면 그녀는 당장에라도 쳐들어갔을 것이다.

"역시 이런 시기에 그림을 보러 가는 것은 너무 한가한 행동이 아닐까 합니다만, 거절하는 것은 큰 실례일까요?"

안네그레트가 망설이다 그렇게 조심스럽게 묻자 루트비히는 걸음을 딱 멈췄다. 회의를 마친 귀족들이 삼삼오오 자기들끼리 물러갔고 이제는 황족들만이 이용하는 구역을 걷고 있었기 때문에 주변에는 사람이 없었다. 안네그레트는 루트비히가 왜 걸음을 멈췄는지 몰라 일단 주변을 경계했다.

놀랍게도, 안네그레트를 돌아본 루트비히는 묘하게 기분이 풀린 것 같았다.

"내 일이 바빠서 시간을 못 낸다고 해. 그럼 되겠지?"

"감사합니다, 전하."

그렇다면 민망함을 피할 수 있을 것이다. 안네그레트는 진심으로 감사 인사를 했다. 루트비히는 다시 걷기 시작했다.

리클라이젠스의 유플리드가 한 행동은 사교계에 기묘한 한파를 몰고 왔다. 평소보다 훨씬 사람이 적은 황후의 거실을 둘러보며 시피에트는 얼굴표정 하나하나에 주의를 기울였다. 귀부인들의 얼굴에도 화려한 치장은 적었다.

황후는 차갑고 우아한 얼굴로 조각상처럼 자리를 지켰다. 대화가 자주 끊기고 침묵이 깔리는 것 때문에 불안해진 귀부인들은 서로의 신상에 있어 가장 사소한 단서까지 끌어와 분위기를 밝게 만들려 애썼다. 하슐레타 백작 부인 드란힐트도 이 자리에 있었지만, 그녀는 그런 아랫사람들의 노력에 딱히 협조하지 않았다. 때문에 가장 지위가 높은 두 여성의 지속적인 무관심에 지친 다른 귀부인들도 점점 입을 다물게 되었다.

길고 간헐적인 침묵을 깨고 얼굴에 보라색 비단을 붙인 귀부인이 부채를 접었다.

"아무튼, 7년의 문 앞을 요즘은 지나갈 수가 없으니 영 불편해요."

목에 굵은 사파이어로 만든 목걸이를 걸고 있던 귀부인이 얼른 눈치를 보아 맞장구를 쳤다.

"그러게요. 황도에선 어디를 가든 7년의 문 앞을 지나는 게 가장 빨랐는데."

시피에트는 황후의 찻잔이 빈 것을 보고 얼른 따뜻한 차를 따랐다. 그 소리에 긴장이 풀렸는지 얼굴에 보라색 비단을 붙인 귀부인이 조금 더 감정이 드러나는 표정을 지었다.

"7년의 문은 옛 자스라 때 만들어진 귀한 것이니 조금 더 잘 보존했으면 좋겠는데 말이에요. 지금은 먼지 속에 묻혀 있으니 가슴이 아파요."

황후가 무심하게 한마디 했다.

"나중에 치울 수 있겠지."

레이디 투셀린이 활짝 웃으며 끼었다.

"어마, 황후 폐하께서 하신 말씀이 정답이네요. 문 자체가 부서진 것이 아니니 금방 다시 예전처럼 돌아가겠지요."

황후는 입을 다시 다물었지만 그녀가 이 고풍스러운 응접실에 가져온 효과는 놀라웠다. 얼굴에 보라색 비단을 붙인 귀부인은 기뻐하며 종알거렸다.

"네에, 그야 물론이겠죠. 하루빨리 석재를 다시 들여올 수 있으면 좋겠어요."

황도에서 제일 많이 사용하는 종류의 대리석은 저 북쪽 멀리 있는 니펠드렌 산의 채석장에서 채취하고 있었는데, 노드바르덴 대로가 막히자 당장 황도로 들어올 길을 찾아 멀리 우회 중이었다. 덕분에 황도 귀족가 통행의 중심이었던 '7년의 문 광장'이 일반 시민들 사이의 다툼으로 인해 일부 파괴되었는데도 불구하고 그 공사가 막막해서 불만이 일어나고 있었다. 물론 여름을 맞아 황도 별장을 멋지게 장식하려던 계획들도 온통 뒤죽박죽으로 망가진 상황이었다.

사파이어 목걸이를 건 귀부인이 맞장구 쳤다.

"그러게요. 저희 집 정원에 새로 분수를 만들기로 했는데 대리석 구하기가 하늘에 별따기예요. 하지만 어차피 금방 다시 싸게 살 수 있을 것을 모두가 아니 괜히 마음 끓이지 않으려고요."

귀부인들이 고개를 끄덕이며 사파이어 목걸이를 건 귀부인의 불행을 슬퍼해 주었다. 드란힐트는 속으로 빙긋 웃었다.

그때 누군가 문을 두드렸다. 황후는 시피에트에게 눈길도 주지 않고 말했다.

"보첼 양, 문을 열어줘."

"예, 폐하."

시피에트는 크림색의 치맛자락을 잡고 공손하게 인사하고 응접실의 고전적인 문으로 다가갔다. 조개 모양으로 조각된 문손잡이를 당기자 짙은 색 옷을 입고 진주 귀걸이를 한 귀부인의 모습이 나타났다.

"안녕하세요, 보첼 양."

진주 귀걸이를 한 귀부인은 시피에트의 뺨에 키스하고 응접실 안으로 걸어 들어왔다. 순식간에 이쪽으로 시선이 쏠리며 분위기가 훨씬 더 밝아졌다. 그 자리에 있던 소수의 남자들은 일어나 허리를 숙였고 진주 귀걸이를 한 귀부인은 정중하게 황후의 손등에 입을 맞췄다.

"어서 와."

황후는 진주 귀걸이를 한 귀부인이 입 맞춘 손을 건조하게 거두었다. 드란힐트는 별 흥미 없이 말했다.

"늦었네요. 오늘은 못 보는 줄 알았고 얼마나 아쉬웠나 몰라요."

드란힐트의 노골적으로 쌀쌀맞은 말에도 진주 귀걸이를 한 부인은 화사하게 웃으며 하녀가 가져다준 의자에 앉았다. 시피에트는 황후의 옆자리로 돌아왔다.

"어머나, 섬세하신 하슐레타 백작 부인의 마음을 불안하게 했다니 이렇게 안타까울 데가 있나요. 불가항력이었으니 부디 제 죄를 용서해 주셔요. 네?"

"무슨 일이 있었나요?"

사파이어 목걸이를 한 귀부인이 호기심을 드러냈다. 진주 귀걸이를 한 귀부인은 훌륭한 그림이 그려진 부채로 입을 가리고 짐짓 꺼리는 시늉을 했다. 그 눈치를 안 다른 귀부인들도 몸이 단

척을 했다.

"무슨 일이어요, 레이디 아리메르센. 궁금해 죽겠네."

"아이, 어서 말해줘요."

드란힐트는 재미없다는 얼굴을 했지만 레이디 아리메르센은 더 애를 태울 셈인지 영 말을 꺼내지 않았다. 끝내 자신에게 쏟아진 시선에 황후가 먼저 인심을 썼다.

"무슨 일이기에 불가항력이라는 표현까지 쓰는지 궁금하네. 말해봐, 아리메르센 남작 부인."

"어머나, 어머나."

레이디 아리메르센은 방긋 웃었다. 그 자리에 있는 귀부인들은 그러고 보니 그녀의 얼굴이 평소보다 창백하다고 생각했다. 능숙하게 웃고 있기는 하지만 딱딱하게 굳어 있는 것이, 꼭⋯⋯.

"폐하께서 여쭈시니 더 감출 도리가 없네요. 주제넘지만 여러분께서 소문으로 들으시기 전에 먼저 말씀드리는 수밖에요. ⋯⋯레이디 슈빔마렌, 제 육촌 자매이자 슈빔마렌 후작 부인이 방금 돌아올 수 없는 여행을 떠났답니다."

시피에트는 그 말을 듣자마자 드란힐트의 눈이 숨길 수 없이 반짝인 것을 보았다. 하지만 이렇게 슬프고 우울한 소식에 왜 눈을 반짝여야 한다는 말인가? 그녀는 자신이 잘못 본 것이라고 금세 치부하고 다른 귀부인들과 함께 슬픈 탄식의 장에 참여했다.

사랑하는 어머님,

　황궁의 모든 곳에서 화려하게 꽃이 피는데 주위에서는 슬픈 소식이 들려옵니다. 이제는 마음이 많이 진정되었습니다만 지금도 고통에 시달릴 불쌍한 사람들을 생각하면 가슴이 아파 저녁에 기도할 때도 몇 번이나 집중을 잃어버리는지 모릅니다. 그럴 때마다 제가 어머님과 아버님의 자식으로 태어나 얼마나 큰 행운인지 또한 깨닫게 됩니다.

　이 시기면 우리 땅에도 늘 그렇듯 황도에도 여러 병이 돌고 있습니다. 어머님께서도 병 구제와 방역을 위해 노력 중이시라는 말씀을 처음 읽었을 때는 저도 심장이 덜컥했습니다. 고향은 금세 병이 잡힐 것 같다니 그나마 큰 위안이 됩니다.

　어머니, 황령으로 부신에서 가장 큰길 두 개가 완전히 봉쇄된 것은 아시지요? 때문에 황도에서는 약간의 물자 부족 현상이 일어나고 있습니다. 라이헤르타 땅에서는 어딜 가나 먹을 것을 구할 수 있는 시기인데 황도는 워낙 사람이 많다 보니 그것이 어려운가 봅니다. 아직 심각한 수준은 아닙니다만 확실히 밀가루가 비싸졌습니다. 새로 짓던 극장도 일꾼들에게 줄 빵이 너무 비싸져서 당장 공사를 중단했다고 합니다.

　아벨타 님께 여쭈니 가난한 백성들을 위해 신전이 준비한 검은 빵이 빠른 속도로 떨어지고 있다고 합니다. 어서 이런 상황이 끝났으면 좋겠습니다. 태자 전하께서도 그렇게 생각하고 바라고 계신데 도무지 병이 가라앉을 기미는 보이지 않고 외려 인심만 나빠지고 있습니다.

　어머님도 들으셨는지 모르겠습니다. 리클라이젠스의 유플리드 공이 황도의 빈민가에 사는 사람들을 마구잡이로 때리고 잡아간 일이 있었습니다. 때문에 태자 전하께서 무척 분노하셨습니다. 저 또한 소식을 듣고 전하와 함께 현장을 둘러보았는데 그야말로 참혹했습니다. 제가 소개를 받아 다녀온 일이 있는 곳에서도 많은 사람이 죽었더군요. 잘 훈련받은 병사들의 소행이라 더욱 마음이 안 좋았습니다.

기사가 있는 것은 다른 선량한 백성들이 죄를 짓지 않게 하려고, 그 한 몸으로 피를 묻히는 죄를 모두 뒤집어쓰기 위해서라고 신전에서 배웠습니다. 사람을 죽이는 지위인 기사를 다른 곳도 아닌 신전에서 공식적으로 인정하는 것은 항상 올바름에 대해 생각하며 겁을 잡게 만들기 위해서일 거라고 아버님께서는 말씀하셨습니다. 그 누구의 목숨도 결코 가볍게 보아서는 안 된다고 어릴 때부터 어머님께서는 저에게 신신당부하셨습니다. 그런데도 잘 훈련받은 이들의 칼이 벤 것이 약하고 저항할 수 없는 자들이어서 무척 슬픕니다.

제가 감히 태자 전하의 시중을 드는 도중에 그런 기색을 노골적으로 내비친 모양입니다. 전하께서 며칠 전 제게 '그렇게 슬퍼하는 것은 직업윤리를 배신당했기 때문이냐, 아니면 죽은 자들이 불쌍해서냐'고 여쭈셨습니다. 저는 '잘 모르겠으니 생각해 보고 대답하게 해주십시오'라고 청했습니다.

생각하고 또 생각해 보았습니다. 단순히 고용된 자들인 병사들에게는 기사도를 지킬 의무가 없으니 직업윤리를 배신당한 것은 아닙니다만, 상시 검을 들고 있는 자들이 그 검을 함부로 사용했다는 사실 자체에 제가 충격을 받았다는 점은 사실입니다. 또한 죽은 자들이 병자이며 가난한, 일반 선량한 백성들이었기에 슬프다는 것도 사실입니다. 그래서 오늘 아침에 그리 고했습니다.

태자 전하께서도 이번 일로 무척 마음 아파 하고 계십니다. 제게 그런 말씀은 물론 일절 않으십니다만 가만히 계시다가도 한숨을 쉬거나 화가 나신 듯 주먹을 꾹 쥐시는 것을 보면 압니다. 죽은 자들이 하도 많고 주변이 크게 훼손되어 있어 그중 누가 황도에 속한 백성인지는 조사하기 어렵습니다만, 그 누구라도 전하의 백성이었을 수 있습니다. 또한 제게 전염병이 도는 구간에 가지 말라고 명하셨으면서도 나중에는 결국 신전을 통해 구호하는 것을 허락하셨으니 그 온정이 오죽하셨겠습니까. 저와 백성들 모두를 걱정해 주시는 상냥하신 분입니다.

계속 이렇게 아프고 괴로운 이들의 소식을 듣다 보니 어릴 적 방문했던 황도의 모습을 추억하는 일도 있습니다. 그때는 어려 뭐가 뭔지 몰랐고 황도는 그저 멋지고 흥미로운 곳이라고만 생각했었는데, 실은 그때도 제게 보이지 않는 곳에서는 아픈 사람이 많았을 테지요. 그리고 그런 생각을 하다가, 잊은 줄만 알았던 추억 하나를 떠올렸습니다.

어머니, 태자 전하와 두 황녀님들이 어릴 때 머물렀던 집의 아샤 아주머니를 기억하시지요? 아샤 아주머니는 늘 아름답고 우아하고 다정해서 마치 신화 속의 여신을 그린 그림처럼 제게는 환상적으로 기억되고 있습니다. 그런데 그 황금빛 사과가 열리던 작은 정원에서 하루는 꽃 파는 아이의 꽃을 바구니 가득 사시더군요. 분명히 그 정원에는 이미 화려한 꽃이 가득 피어 있었는데도요. 제가 그 꽃으로 뭘 하시려고 여쭙자 아주머니는 저에게 주겠다며 꽃을 제 머리칼과 옷의 매듭 한가득 꽂아주셨습니다.

제가 꽃으로 온몸을 장식한 채 다니니 드란힐트 황녀 저하가 꽃 파는 아이에게서 꽃을 샀냐며, 그렇게 꽃을 많이 사면 또 오니까 안 된다고 하셨던 것 같습니다. 그때 아샤 아주머니가 분명히 그러셨습니다. '또 오면 또 사주면 그만이니 괜찮지 않겠어요.' 그 아이가 또 왔는지 아닌지는 기억나지 않습니다만 다시 생각해 보아도 옳은 말씀입니다. 아이가 소문을 냈다면 그 후로 한동안 아샤 아주머니의 집은 들꽃으로 가득해졌을지도 모르겠습니다.

어린 시절 제 주변에 있는 사람은 모두 고귀한 출생을 타고났고 아샤 아주머니는 그중에서도 특별히 훌륭한 옷과 근사한 마차를 가졌었기 때문에 저는 아주머니가 이야기 속의 왕비님인 줄 알았었습니다. 지금은 아주머니의 신분을 알지만 어린 시절 그 저택에서 보냈던 시간은 즐거웠고 아주머니와의 인연을 자랑스럽게 생각합니다. 아주머니는 아무튼 항상 남을 즐겁게 하는 방법을 알고 계셨고 재치가 있었지요. 아주머니에게 예의범절을 배운 어머님이 거동하시는 모습은 가끔 아주머니와 똑 닮았을 때가 있습니다.

무거운 마음으로 펜을 들었는데 옛이야기를 쓰다 보니 기분이 많이 밝아졌습니다. 모쪼록 제가 글 쓰는 방법이 너무 서툴다 하지 마시고 관대한 마음으로 함께 추억을 떠올려 주셨으면 좋겠습니다. 그리고 혹 제가 위에 쓴 말 때문에 오해하실까 두려워 덧붙이자면, 우리에게 가까운 친구들은 다행히 모두 건강합니다. 시프가 여름 감기에 걸린 것 같다며 이틀 정도 황궁에 나오지 않았었지만 지금은 오히려 전보다 생기가 넘칩니다.

제가 황도에 올라온 지도 이제 상당한 시일이 흘렀습니다. 태자 전하께서도 말씀하시고 율리아가 계속 권하니 사교계에 잠시 얼굴을 내밀어야 하나 하는 근심이 있습니다. 저는 태자 전하의 종자로서 있는 동안에는 가급적 전하의 곁을 떠나지 않고 싶고, 사교계에서 레이디라고 불리는 것도 피하고 싶습니다. 그런데도 신분 높으신 분들이 계속 저를 청하시니 매번 거절하는 것도 도리가 아닌지라 조언을 구하고 싶습니다. 어머님은 어찌 생각하십니까?

이 말씀은 드릴지 말지 편지를 쓰면서도 고민했는데 나중에 소문으로 들으시는 것보다 제가 먼저 말씀드리는 것이 나을 것 같아 몇 자 적습니다. 태자 전하께서는 유플리드 공이 소환에 계속 응하지 않을 경우 강제로 불러들이실지도 모릅니다. 지금 태자 전하의 마구간과 무기고가 새로 정비되고 있고, 키르시가 슬쩍 귀띔해 준 바에 의하면 제 선배인 라인홀트 파스텐 경은 본가에 다녀오는 중이시랍니다. 가급적 유플리드 공이 자발적으로 황도에 돌아와 태자 전하께 용서를 빌고 모든 일이 원만하게 해결되면 좋겠습니다만, 전략을 세울 때에는 늘 '그렇지 않을 경우'를 고려해야 합니다.

너무 염려하지는 마십시오. 신께서 늘 살피고 계시고, 황제 폐하가 계십니다. 그저 가족들이 늘 건강하고 행복하게 지내는 것이 제 소망입니다.

벌써 늦은 시간이로군요. 내일 움직이는 것에 지장이 가지 않도록 이만 불을 끄고 자야겠습니다. 모쪼록 보중하시고 사랑하는 이들 모두에게 안부 전해주십시오. 신의 축복이 언제나 어머님과 함께하시기를.

신의 이름에 영광 있으라.

사랑을 담아, 안네그레트.

Chap.4

적 앞에서 겁먹지 않을 것

황금빛 술이 달린 깃발이 펄럭였다.

깃발 한가운데 수놓인 것은 방패를 심장으로 품은 쌍두 독수리였다. 큰 것에는 금실로, 작은 것에는 노란색 실로 솜씨 좋게 수놓인 깃발이 바람과 함께 일렁이는 풍경에서는 파도처럼 불규칙하면서도 묘한 일체감이 느껴졌다.

한순간 그 틈새로 시원한 실바람이 스쳐 지나갔다.

루트비히는 당당하게 편 가슴 한가득 숨을 쉬었다. 쇠비린내, 가죽 냄새, 먼지 냄새, 사람의 땀 냄새, 태양 냄새가 났다. 오늘도 햇살이 내리쬐어 눈부셨지만, 다시 생각해 보니 어제만큼 견디기 힘들지는 않았다. 가장 뜨거운 시기가 가려 하고 있었다.

"전하."

루트비히는 잘 벼린 도끼날에 햇살이 반사되어 잠시 눈살을 찌푸렸다. 그러나 그 얼굴은 자신을 부른 사람의 검은 머리칼을 보자 금세 도로 펴졌다. 안네그레트는 고개 숙이고 말했다.

"하일러가 전갈을 보냈습니다."

"드디어 그쪽이 풀렸군."

여름내 골칫거리였던 전염병은 다행히 장기전으로 돌입하지 않고 슬슬 가라앉는 양상이었다. 동시에 황실에서 내렸던 봉쇄 조치도 점진적으로 거두어지는 중이었다. 안네그레트는 기쁘게 말했다.

"예, 전하. 내일 정도면 귀환해 전하 앞에 설 예정이라 합니다."

"잘 됐어. 하일러를 두고 떠나는 것도 미안한 일이니까."

안네그레트의 단정한 얼굴이 잠시 기묘해졌다. 루트비히는 그녀의 눈을 보았고 안네그레트는 짧게 고민하다가 그냥 입을 다물기로 했다. '정말로' 출정하는지 아닌지, 그런 것은 일개 종자가 주군에게 물을 일이 아니었다. 다만 주군이 요즈음 그에게 소속된 사람들에게 내리는 명령은 적어도 결연한 무력 행사 준비였다. 연무장이 이렇게나 깃발과 병사들로 가득하다.

안네그레트의 그런 결정을 루트비히도 이해했다. 그는 그녀의 얼굴을 한순간 빤히 보았다가 병사들의 움직임으로 시선을 돌렸다.

유플리드는 황도로 오지 않았다. 그리고 황궁에선 루트비히가 그를 적당히 달래는 게 어떻겠냐는 의견이 꾸준히 나오고 있었다. 감히 황도를 침범한 죄를 어째서 태자가 먼저 용서해야 하냐는 것이 중론이었지만 그런 의견을 내는 귀족들 또한 유플리드가 어떤 구체적인 처벌을 받기를 원하지는 않았다. 아무튼 유플리드는, 다른 고위 귀족들과 마찬가지로, 여러 왕가와 핏줄로 이어져 있는 것이다.

루트비히는 그런 분위기를 누가 만들어내는지 알고 있었다.

"유플리드가 이대로 태자의 명령을 거역한 채 버틴다면 강제로라도 끌어내야지."

아카르타 대로의 봉쇄는 아직 풀리지 않은 채였지만 끝이 보인다. 어차피 그렇다면 조금이라도 더 무력 시위를 할 셈일 것이다. '이는 황가에 대한 반역'이라고 몰려면 몰 수 있다. 물론 극심한 반대에 부딪치겠지만.

안네그레트는 평소의 얼굴로 돌아와 경의를 표했다.

"전하가 보시기에 옳은 대로 행하신다면 저는 따를 뿐입니다."

루트비히는 안네그레트를 보고 입꼬리를 올렸다. 요즘은 묘하게 그녀를 보다가 웃음이 나올 때가 있었다. 이상한 일이었다.

"그거 고마운 말인데."

"하일러!"

오랜만에 보는 동료의 모습에 키르시는 입을 함지박만 하게 벌리며 웃었다. 하일러는 황성을 떠나기 전보다 약간 마르고 가무잡잡하게 그을린 상태였다. 안네그레트는 그에게 다가가며 반갑게 인사했다.

"어서 오십시오, 하일러. 잘 지내셨습니까?"

"그래. 잘 지냈다."

하일러는 예의 바르게 두 사람에게 인사하고 나무에 기대섰다. 루트비히에게 인사하기 위해 입고 온 세련된 옷은 차분한 그에게 잘 어울렸다. 키르시는 당장 그 옆에 달라붙어 떠들었다.

"봤지? 지금 분위기. 없는 동안 우리한테 많은 일이 있었다고."

"테다인 경에게 대강 들었다."

"어, 그래?"

"그래. 나도 바로 떠날 수 있게 준비를 하라셨다."

날이 갈수록 태자의 분위기에 날이 서는 것을 보면서 그의 사람들은 언제든 주군이 출정 명령을 내리리라고 확신하고 있었다. 키르시는 긴장과 흥분이 섞인 얼굴로 팔을 붕붕 휘둘렀다.

"어떻게 되는 걸까? 진짜로 싸우는 걸까, 응?"

"이만큼 준비가 돼 있는데 무슨 소리냐."

오늘 아침에 막 황도로 돌아온 하일러의 눈으로 보기에도 누비 갑옷을 입고 뛰어다니는 병사들의 얼굴은 이미 충분히 험악했다. 태자가 쓰는 문장이 수많은 깃발과 서코트surcoat 위에서 휘날려 눈이 어지러울 지경이다.

하일러와 키르시는 갑자기 입을 다물고 심각하게 인상을 썼지만 안네그레트는 평온하게 주위에서 진행되는 준비를 살폈다. 키르시가 그녀의 시선을 따라가 보다가 물었다.

"안나는 하나도 긴장을 안 하네, 그렇지?"

"큰일이 있을 거라는 생각은 하지 않는다."

안네그레트는 여전히 평온하게 대답했다. 키르시는 그녀가 지금의 상황을 가볍게 여기지 않고 있다는 것을 알았지만 그 당당한 확신에는 혀를 내둘렀다.

"나는 그럴 듯한 실전은 처음이야. 좀 어릴 때 우리 형이 나가는 전쟁에 따라가서 전령 노릇을 한 적은 있지만. 아, 이번에도 어차피 전령 노릇이나 하려나? 우리는 전하의 종자로서 따라가는 거니까."

"아마도 그럴 테지."

안네그레트는 진지하게 동의하고, 조금 생각한 다음에 단어를 골라가며 덧붙였다.

"나는 아버지와 함께 짧은 경계선 분쟁과 농노 반란 진압에 참여한 적이 있다. 그리 대단한 경험은 아니었다만 그때보다 이번에 어려운 일이 많을 거라는 생각은 들지 않는다. 전하께선 확고한 명분을 가지고 계시니."

키르시는 우와, 하고 한숨을 쉬며 어깨를 늘어뜨렸다. 저 전설의 장군과 함께 싸운 적이 있다니, 기사 지망생으로서 이보다 부러울 수는 없다. 하일러도 관심을 보였다.

"게오르츠 백작님의 시중을 드는 역할이었나? 아니면."

안네그레트는 잠시 고민하다가 대답했다. 너무 자랑하는 것처럼 들리지 않을까?

"종자와 같은 일을 할 때도 있었고, 병사들을 지휘하는 역할을 할 때도 있었습니다."

이번에는 하일러도 노골적인 부러움을 숨길 수 없었다. 키르시는 잠시 후 하일러를 팔꿈치로 꾹 찔렀다.

"에이, 뭐야. 하일러는 전쟁에 나간 적 있잖아."

"그렇습니까, 하일러?"

안네그레트는 하일러의 말을 경청하겠다는 태도로 공손하게 물었다. 하일러는 즐거워 보이지는 않는 얼굴로 픽 웃었다.

"나이가 있으니까. 범위가 크지도 않았고 나는 제대로 검 한 번 휘두르지 않고 돌아왔다."

"좋은 일이 아닙니까."

안네그레트는 살짝 웃었다. 키르시는 그 표현에는 할 말이 없었지만 약간 김이 샌다고 생각했다.

"그거 그때야. 하일러의 육촌 형님이 돌아가시고 나서 형수님의 지참금 문제로 전 사돈끼리 싸움이 붙었었거든. 그래도 그때 전 공을 좀 세웠으면 하일러도 지금보다는 집안의 지원을 더 받았을 지도 모르는데."

"쓸데없는 소리."

하일러는 키르시가 자기를 팔꿈치로 찌른 힘의 거의 정확히 두 배를 써서 그의 머리를 쥐어박았다. 키르시는 머릿속이 하얘지는 기분에 비명도 지르지 못하고 그대로 주저앉았다가 잠시 후 팔짝 팔짝 뛰었다.

"아, 아후! 으하, 으으으으! 아, 완전 세게 때려! 혹 나겠네!"

"침묵은 금이다, 키르시. 괜한 소리 하지 말고 정신이나 똑바로 차리고 살아라. 내가 없는 동안에 문제를 일으킨 건 아니겠지?"

"내가 몇 살인데 문제를 일으키고 말고가 있어!"

키르시는 통증이 좀 가라앉자 자리로 돌아왔지만 계속 불만스 러운 얼굴로 뒤통수를 문질렀다. 안네그레트는 둘의 허물없는 모 습이 부럽다고 생각한 뒤 그간 궁금했던 것을 물었다.

"베겔레브란 땅은 어떻습니까? 길이 막혔다는 말씀을 듣고 놀 랐습니다."

"아, 그래."

하일러는 지난 몇 주를 떠올리며 진지하게 인상을 썼다.

"전하의 땅은 괜찮다만, 운이 나빴지. 마침 지나가려던 곳에서 앞뒤로 마을 농민들이 쓰러져서 움직일 수가 없었다. 베겔레브란 으로 돌아갈 수 있었다면 조금 돌아서라도 오는 데 무리가 없었 겠다만 나도 의심받을 상황이 되니 어쩌겠나. 그나마 전하의 명 을 성공적으로 수행하고 난 다음이라 다행이었다만."

"고생하셨습니다."

"어떡했어, 그럼? 별 짐도 안 가져갔잖아."

키르시는 하일러를 불쌍하게 보았다. 하일러는 인상을 더 깊게 썼다.

"마을 전체가 비상 상황이라 그럴 듯하게 신세 질 만한 곳도 없었다. 그나마 신분 덕에 끼니는 굶지 않았다만 나 말고도 그곳에 발이 묶인 자들이 많아 모두가 고생이더군."

안네그레트는 가슴이 아파져 작게 한숨을 쉬었다. 키르시는 안네그레트의 어깨를 툭툭 두드려 주었다.

"이렇게 하일러가 온 거 보면 그 마을도 이제 괜찮겠지."

"그래, 이제는 전염의 위험이 적다고 보고 봉쇄가 풀렸다."

하일러도 고개를 끄덕거렸다. 안네그레트의 표정이 약간 밝아졌다.

"예, 하일러."

"안나는 아예 병마가 창궐하는 데 가 있다가 왔는데 말이지."

키르시는 하일러의 궁금증을 유발하려고 일부러 놀리듯 말했다. 그 의도에 순순히 넘어간 하일러는 안네그레트를 이상하게 보았다.

"그게 무슨 말이냐?"

"그게 있잖아!"

그로부터 키르시는 한참 동안 안네그레트가 저번 휴가 때 어디에 다녀왔으며, 그 이후 주군인 태자에게 더는 빈민가에 관심을 갖지 말라는 명령을 받았으며 어쩌고 하는 일련의 사건들을 과장 섞어 설명했다. 하일러는 키르시가 말하는 방식을 잘 알았으므로 요령 좋게 그 장황한 설명 속에서 사실들만 뽑아내고 속으로 혀를 찼다. 이 후배는 정말 여러 가지 의미에서 대단하다.

"병이 옮을까 무섭지도 않았나?"

"그러니까!"

선배들의 질문에 안네그레트는 쓴웃음을 지었다.

"그런 질문을 여러 번 받았습니다만, 저희 어머니와 함께 어려서부터 아픈 영지민들을 지원하는 것이 습관이 되다 보니 다른 생각은 들지 않았습니다. 하지만 나중에 생각해 보니, 공무에 바쁘신 태자 전하를 옆에서 모시는 몸이니 조금 더 조심했어야 했던 걸지도 모르겠습니다."

"그래, 그래, 앞으로는 직접 가지는 마."

키르시가 만족스러운 얼굴을 했다. 그는 루트비히의 금족령 이후 안네그레트가 우울해하는 것을 보며 꽤 난처했던 것이다. 주군이 종자들 중 누군가를 편애해도 큰일이었지만, 주변 사람들의 분위기가 불편한 것은 그의 성미에 정말로 맞지 않았다.

"내가 없는 동안 다른 일은 또 없었나?"

하일러가 팔짱을 끼며 물었다. 키르시는 한참 그간 궁의 누구와 누가 싸웠고, 누구는 연애를 시작했으며 누구가 새로 인기를 끌기 시작했다는 소식을 늘어놓았다. 하일러는 그 이야기들을 듣다가 여섯 번째 문장부터는 귀를 기울이지 않기 시작했다. 안네그레트는 별로 관심이 없는 화제였기 때문에 연무장과 병사들의 움직임을 다시 살폈다.

율리아와 시피에트는 며칠 전부터 올 수 없었다. 아니, 비단 그녀들뿐 아니라 외부인 모두가 황성의 이 구역에 출입할 수 없게 되었다. 많은 귀족들이 루트비히를 보러 드나들었다. 루트비히가 그녀를 불러 자신의 옆이나 응접실 문 옆에 세우는 일이 가끔 있었기 때문에 안네그레트는 그들이 태자에게 무슨 말을 하고 있는지 대충 알았다. 딱히 대단한 통찰력이 필요한 일도 아니었다.

안네그레트가 짐작하기로는 아마도 며칠 후—정확히 언제인지는 몰라도, 요즈음의 날씨를 보면 가을이 다가오는 것이 분명했다—, 처음으로 서늘한 바람이 불 때였다.

문득 주군의 아파트 쪽으로 눈길이 갔다. 안네그레트는 연무장을 바로 내려다볼 수 있는 창에 루트비히가 서 있는 것을 보고 잠시 놀랐다. 그녀는 바로 공손하게 고개를 숙였다.

고개를 들어 보니 루트비히는 계속 그녀를 내려다보고 있었다. 안네그레트는 주군이 왜 그렇게 자신을 보는지 알 수 없었다. 뭔가 시킬 일이 있는 것일까? 그녀는 주군의 얼굴을 보다가 애써 몸짓으로 그의 의사를 물을 방법을 고안해 냈다.

안네그레트는 쭉 편 손으로 주위를 가리키며 몸을 반쯤 돌렸다. 그리고 나서 다시 똑바로 서서 주인을 올려다보았다. 루트비히는 그녀를 계속 보고 있었다. 안네그레트는 난처해졌다. 이 이상어떤 행동을 해야 하는지 알 수 없다. 부덕의 소치였다. 지금 만일 그들이 전쟁터에 있는데, 거리가 멀리 떨어졌다는 사실 때문에 주군의 명령을 받들지 못한다면 어떻게 종자의 의무를 다한다고 할 수 있을까.

하일러와 키르시가 저들끼리 하던 대화를 멈췄다. 주변이 조용해졌다. 안네그레트는 루트비히가 자신을 보고 있다는 것을 알았다. 그의 녹색 눈이 어쩐지 거리에 비해 가까이 있는 것처럼 보였다.

잠시 후 루트비히는 방 안쪽으로 사라져 더 이상 보이지 않게되었다. 키르시가 멍하니 의문을 제기했다.

"뭐지……?"

정원에 가득 심은 여름 장미가 너무 활짝 피어 빛을 잃은 시기였다. 한창 꽃이 예쁘게 피어오를 때 만든 장미 사탕은 아무도 손대지 않은 채 그저 빛깔 고운 장식품처럼 과자 접시에 쌓여 있었다. 묽은 와인이 담긴 각종 아름다운 잔이 촛불빛을 받아 반짝였다. 각 사람의 목과 손을 장식한 보석들도 마찬가지였다.

이제 슬슬 여름 사교 시즌도 끝나간다. 예년에 비해 이른 마무리가 이상할 것은 없었다. 요즘은 누구나 태자가 언제 군대를 파견할지 궁금하다고 쑥덕거렸다. 많은 중신이 굳이 그렇게까지 해야겠냐며 태자의 집무실을 들락거렸지만 결국 젊은 태자를 설득하지 못하고 돌아섰다. 태자에게는 다행히, 시간이 흐를수록 북부와의 운송이 막힌 상황에 대한 불만이 늘어나고 있었다. 진귀한 재료가 들어간 작은 케이크 대신 누구나 만드는 장미 사탕이 야회에 나올 정도니 두말할 것도 없다.

꼭 그 사탕처럼 고운 분홍색으로 소매를 마감한 연노란색 드레스 자락을 쥐고 율리아는 활짝 열린 창밖을 보았다. 바람이 별로 불지 않는 날이었다. 하늘 한가득 별이 총총 빛나고 두 개의 달 중 벨룽이 왕관처럼 가늘게 이지러져 있었다.

"무엇을 보십니까?"

옆에서 아는 청년이 말을 걸어왔다. 그는 피츠콜 가보다 격이 떨어지는 집안 출신이었지만 저 실력자 드비엘 공작의 아래에 들어가서 재산을 많이 모으고 있었다. 율리아는 고개를 살짝 돌려 그를 보면서 새침하게 웃었다.

"경이 한 번 맞춰보시겠어요?"

청년은 율리아의 사랑스러운 미소에 기뻐하며 재치를 끌어모았다.

"그럼 제가 감히 한 번 레이디의 마음을 추측해 보겠습니다. 꽃인가요?"

"땡, 아쉽게도 너무 진부하네요. 기회를 놓치셨어요."

청년은 자신의 부족한 재치에 좌절했다. 율리아는 쿡쿡 웃었다.

"제가 뭘 보고 있었는지는 비밀로 남겨두도록 하죠. 그게 더 재미있으니까요. 경은 이 파티에서 무엇을 보고 계셨나요?"

"예? 무엇을 보다니요?"

그 질문은 청년에게 이상하게 느껴졌다. 파티에 와서 보는 것은 물론 파티다. 그러나 저 율리아 피츠콜의 질문이니 뭔가 숨겨진 뜻이 있을 터였다. 그는 이번에야말로 그녀를 즐겁게 할 대답을 하기 위해 머리를 열심히 굴렸다.

"이 저택에는 신진 화가의 그림이 많더군요."

"그림에 관심이 많으신가 봐요."

"예술은 마음을 풍요롭게 하니까요. 요즘처럼 불안한 시기에 그림을 보고 편안해질 수 있다면 좋은 일이지 않겠습니까."

"참으로 옳은 말씀이어요."

율리아는 감탄하며 손뼉을 쳤다. 몇몇 청년들이 다가와 관심을 보였다.

"레이디 율리아, 무슨 일이기에 박수를 치십니까?"

"무슨 대화를 나누고 계시는지 저희에게도 알려주시지요."

처음부터 옆에 있던 청년의 눈이 흔들렸다. 율리아는 후후 웃으며 그에게 살짝 눈짓했다.

"우리 둘의 비밀이에요, 알겠죠?"

"예, 레이디 율리아. 반드시 비밀을 지키겠습니다."

방금 나눈 대화의 어디에 비밀로 할 만한 부분이 있는 것인지는 알 수 없었지만, 어쨌든 고귀한 레이디와의 사이에 비밀을 만드는 것은 큰 영광이었다. 그의 얼굴이 약간 상기되었다. 그는 율리아의 오른손을 청해 그 중지에 키스하고 다른 사람들도 대화에 참여할 수 있도록 선 각도를 바꾸었다. 새로 합류한 청년들이 불평했다.

"이런, 불공평하십니다. 한 사람에게만 그런 영광을 주십니까?"

"레이디 율리아, 우리는 친구 아니었습니까?"

율리아는 후후 웃으며 별 의미 없는 말장난으로 그들과 잠시 시간을 보냈다. 그사이에 율리아와 평소 가깝게 지내는 아가씨들도 다가와 금세 무리가 커졌다. 사교계에 데뷔한 지 얼마 되지 않은 어린 아가씨들 중에는 율리아를 남자들이 그러는 것보다도 더 동경하는 사람도 있었다.

그런 아가씨들 중 사교성이 좋아 인기가 많은 열일곱 살짜리 남작 영애가 꺼낸 말에 율리아는 시선을 문가로 돌렸다.

"방금 입구에서 들었는데, 슈빔마렌 후작님이 도착하셨대요. 하슐레타 백작 부인도 함께 오셨다던걸요."

과연 지금 그들이 있는 응접실 입구에서부터 사람들이 파도치듯 차례로 고개를 숙이고 치마를 잡았다. 허리를 쭉 편 남녀가 미소 지은 얼굴로 당당하게 걸어 들어왔다. 율리아는 그들과 눈이 마주치기 전에 얼른 자신도 고개를 숙였고 함께 대화를 나누던 다른 사람들도 마찬가지였다.

드란힐트는 비둘기빛의 광택이 있고 가벼운 옷감으로 만든 드레스를 우아하게 입고 있었지만 로세드는 아직 상중이라 색이 어둡고 장식이 적은 옷에 검은 모자를 쓰고 있었다. 충분히 필요한 만큼의 예를 갖춘 뒤 응접실 안의 파티 손님들이 다시 저들끼리 대화를 나누기 시작했다. 열여덟의 모 자작 부인이 어머, 하고 부채로 입을 가렸다.

"백작 부인은 하슐레타 백작님과 함께 가지 않으신 모양이지요?"

"하슐레타 백작님이 황도에 안 계신가요?"

무리의 시선이 자작 부인에게 쏠렸다. 자작 부인은 약간은 조심스럽게 말하며 웃었다.

"예, 오늘 낮인가 일이 있어 떠나셨다고 들었답니다. 그래서 오늘은 슈빔마렌 후작님이 에스코트해 주시는 모양이네요."

슈빔마렌 후작 로세드가 바로 얼마 전에 상처했음을 모르는 사람은 없었다. 아마 당장 이 안에만 해도 그의 옆자리를 차지하지 못해 내심 아쉬워하는 여성이 많으리라. 율리아는 로세드와 드란힐트가 이번 파티의 주최자에게 다가가 인사하고 그 옆에 앉는 것을 곁눈질로 보았다. 물론 율리아는 슈빔마렌 후작 부인이 죽은 날 곧바로 어떤 소문이 퍼지기 시작했는지 또한 알고 있었다. 아직 전처의 장례를 치른 지도 얼마 되지 않았고, 로세드 본인이 딱히 공식적으로 어떤 행보를 보이지 않고 있으니 수그러드는 분위기이기는 하지만⋯⋯.

"이런, 인사를 하시는군요."

무리에 있던 청년 하나가 친구들에게 그렇게 말하고 먼저 고개를 숙였다. 율리아도 로세드가 명백하게 이쪽을 향해 고개를 까딱한 것을 확인했다. 그들은 아까 로세드와 드란힐트가 이 방에 처음 들어왔을 때처럼 정중하게 예를 보이고 다시 대화로 돌아갔다.

화제는 테살리아 극장에서 새로 준비하는 연극에 대한 것으로 넘어갔다. 청년들은 율리아가 자기들 무리와 함께 그 연극을 보러 가길 원했고 그녀는 그러마고 해주었다. 시간이 흘러 파티 분위기가 더 무르익고 몇 명이 음료를 가지러 간다며 자리를 비웠다.

문득 목덜미에 와 닿는 바람이 차갑게 느껴졌다.

이것은 여름밤의 바람이 아니었다. 올해 처음으로 가을이 다가오는 것을 느낀 것 같다고 생각하며 율리아는 하녀를 불러 자기 옆의 창문을 닫게 했다. 창이 닫히는 소리에 몇 사람의 시선이 이쪽으로 쏠렸다.

그들에게 양해를 구하는 미소를 일일이 지어주던 율리아는 로세드와 눈이 마주쳤을 때도 생긋 웃었다. 그리고 최대한 빨리 눈길을 돌렸다.

"충분한 시일을 주었다."

자수정 회의실에 모인 사람은 이전보다 많았다. 이제는 당당하게 '유플리드 공을 용서하소서' 어쩌고 하며 무리지어 찾아오던 귀족들의 무리는 불만스럽게 입을 다물었다. 루트비히는 쌀쌀맞은 눈으로 말했다.

"지금부터 게르하르트 파르칸수스 유플리드의 행동을 공식적인 황령 불복으로 간주하고, 군사적 제재로써 처벌 및 원상 복구를 행한다. 더는 이에 대한 말이 없어야 할 거야."

귀족들 사이에서는 한 마디도 나오지 않았다. 명령에 충실한 반응이었지만 루트비히는 화가 나는 것을 느꼈다. 그들은 감복해서 따르는 것이 아니었다.

"부신의 태자는 변명하지 않는다. 그러므로 너희가 유플리드를 용서했어야 하는 이유를 아흔아홉 가지 찾아온다고 해도 나는 반박하지 않을 것이다. 그러나 유플리드는 부신의 태자가 아니다. 그는 변명해야 했다."

이렇게까지 배짱을 부리는 이유는 뭐고, 믿는 구석은 뭘까. 실은 계속해서 생각했다. 대단한 창의력이 필요하지는 않았다.

"황가의 권위를 무시하는 것은 우리 모두에 대한 배신이다. 함께 분노해 일어날 자가 있다면 오늘 내게 와 말하라. 상급은 모자라지 않을 것이다."

거기까지 말하고 루트비히는 회의실 안을 한 번 둘러보았다. 계파마다 제각각 예상했던 표정을 짓고 있었다. 꽉 막히고 딱딱한 불만, 어쩔 줄 몰라 하는 혼란, 즐거움, 흥분, 웃음.

로세드 슈빔마렌은 짐짓 안타까운 척을 하고 있었지만 루트비히는 그 입꼬리에서 미소를 보았다. 루트비히는 초록색 눈을 돌려 잠시 황제의 재상을 보았다. 시릴은 태연하게 빙긋 웃었다.

시릴의 얼굴을 보고 황제의 의중을 짐작하는 건 아주 옛날에 포기했다. 루트비히는 해묵은 원망을 느끼며 시릴을 살짝 노려보았다. 이럴 때 황제가 잠시 나서 직접 말해준다면 처음부터 어려운 일이 없었을 테고, 유플리드가 애초에 이렇게 건방지게 굴지도 않았을 것이다. 황제나 황후나, 자식을 조금이라도 편하게 해줄 생각이 없다. 황제 자신도 태자일 때 권위를 의심하는 자들과 싸워야 했었으면서.

귀족 중 한 명이 잠시 헛기침하고 물었다.

"전하, 군사적 제재라 하오시면 누구에게 일을 맡기실 예정이

신지.”

“내가 직접 간다.”

애초에 그럴 생각으로 준비하고 있었고 이 자리에 있는 사람들의 대다수는 그 사실을 잘 알고 있었다. 루트비히의 편이라고 분명히 분류할 수 있는 자들도 그 말에는 영 불안한 표정을 지었다. 루트비히는 팔짱을 꼈다.

“예로부터 군주의 땅을 함부로 침범한 신하는 그 군주 본인이 직접 벌하는 것이다. 아쉽게도 우리 황제 폐하께서는 다망하시니 그분의 피붙이가 대신 검을 든다 해도 충분할 테지.”

“전하의 앞길에 신의 영광이 있기를.”

시릴이 예를 따르자 자수정 회의실은 잠시 똑같은 축복을 바치는 사람들의 목소리로 웅성거리다가 이윽고 처음처럼 조용해졌다.

늑늑한 먼지가 무수히 일어났다.

황제 본인이 아니라면 그 누구든 고개를 숙여야 하는 쌍두 독수리 깃발이 수십 개, 수백 개씩 펄럭이며 그 아래의 은빛 창날과 함께 장관을 이루었다. 그 모습을 본 사람들은 너나 할 것 없이 비켜서 길을 열었다. 뿔나팔 소리가 힘차게 울렸다.

북쪽 관문은 벌써 몇 달째 한산했고 요즘은 더욱 그러했다. 때문에 이 정연한 진군을 보는 사람은 많지 않았다. 그러나 이렇게 무장하고 행군하는 자들이 빚어낼 불화를 생각할 수 있는 사람은 모두 불안해했다. 태자의 깃발, 선두의 근사한 명마와 황금관이 달린 투구. 언제 어느 때 출정할지는 비밀이었지만 황도의 누구나가 이 군대가 누구의 것이며 어디로 갈지 알고 있었다.

길가에서 불안해하며 자기 아버지에게 안기는 아이를 곁눈질한 안네그레트는 엄격하게 앞을 보았다. 몇 달 만에 주인과 함께 여행을 떠나는 애마가 기운차게 발걸음을 옮겼다. 드디어 무더위가 한풀 꺾여서일까, 그 걸음걸이에서는 묘한 여유와 평화까지 느껴졌다. 병사들이 든 긴 창이 햇빛을 받아 반짝였다.

구슬땀이 이마에 맺혔다. 아직 갑옷을 입기에 좋은 날씨는 아니지만 이 정도면 행군할 만하다. 하늘에는 구름이 상당히 끼어 있었다. 당장 비가 올 것 같지는 않지만 적당히 습기가 느껴지는 날이었다. 이대로 계속 구름이 해를 가려주기만 한다면 좋을 것이다. 목적지에 도달하기 전에 가을비도 한 번 올 것이다.

"안네그레트!"

안네그레트와 말 다섯 마리 정도의 거리를 두고 있던 루트비히가 뒤도 돌아보지 않고 큰 소리로 그녀를 불렀다. 안네그레트는 바로 말에게 박차를 가해 주군에게 달려갔다.

태자가 직접 군을 끌고 나갈 일이 많지 않았을 텐데도 루트비히의 얼굴은 여유로웠다. 딱딱하기는 하지만 평소와 크게 다르지 않다. 안네그레트는 존경심을 느끼며 그에게 고했다. 그녀는 처음 전장에 나갈 때 무척 긴장해 실수를 많이 했던 것이다.

"여기 있습니다, 태자 전하."

"네가 보기에는 오늘 날이 어떻지? 기사 지망생이자 전쟁 경험자로서 대답해 봐."

"예, 전하. 비록 기온이 높은 편이나 새벽에 찬바람이 불었고 해가 가려져 있으니 행군에 무리가 없겠습니다. 또한 전하께서 미리 준비하신 물자가 충분하고 병사들의 대오가 정연하니 이 이상 바랄 것이 없는 출정이라고 감히 생각합니다."

루트비히는 안네그레트를 보고 씩 웃었다. 안네그레트는 그 대담한 표정에 어쩐지 즐거워졌다. 해가 가려져 있어서일까, 오늘 그의 초록색 눈은 평소보다 훨씬 색이 진해 보였다.

"고마운데."

"생각한 것을 말씀드렸을 뿐입니다, 전하."

루트비히가 쓴 투구는 처음부터 태자의 신분을 나타내기 위해 만든 것이라 황금관이 아예 미끄러지지 않도록 단단히 붙어 있었고 뺨 쪽에도 훌륭한 문양이 있었다. 같은 문양이 매끈한 판금갑옷을 우아하게 덮었다. 안네그레트는 루트비히가 늘 늠름하다고 생각했지만 이렇게 보니 느낌이 또 달랐다. 단단히 편 가슴과 흔들림 없이 고삐를 쥔 손이 무척 든든하다.

아, 그리고 저 눈빛. 햇살처럼 반짝이는 속눈썹 아래로 명징하게 앞을 향하는 시선.

루트비히는 안네그레트의 시선에 약간 미간을 좁히며 쓴웃음을 지었다.

"왜? 내 차림에 이상이 있어?"

"아뇨, 전하. 당치도 않습니다."

안네그레트는 얼른 고개를 저었다. 그녀의 투구는 다른 것보다 뺨을 많이 가리는 모양이었다. 루트비히는 그녀의 눈을 잠시 빤히 들여다보고 나서 기분 좋게 정면으로 시선을 다시 돌렸다.

"전에 네가 말 타는 것을 봤지. 저 게오르츠 백작에게 검술과 마술 말고는 얼마나 가르침을 받았나 기대해 보겠어."

기대받는 것은 기쁜 일이었다. 땀이 불쾌하지 않게 느껴졌다. 안네그레트는 가슴이 꽉 차는 것 같은 기분으로 대답했다.

"예, 전하. 반드시 기대에 보답해 보이겠습니다."

"후아, 죽겠다!"

고된 하루를 마치고 모닥불 옆에 털썩 주저앉은 키르시는 한숨을 푹 쉬었다. 불을 뒤적이던 병사는 그가 편안하게 앉을 수 있도록 자리를 비켜주었다. 하일러는 키르시와 다른 이유로 한숨을 쉬었다.

"이 정도로 죽는 소리를 내다니, 품위 없다, 키르시. 안네그레트를 봐라."

얌전히 오늘 저녁 식사에 해당하는 보리죽을 먹고 있던 안네그레트는 눈을 크게 떴다.

"저는 원래 승마에 익숙합니다, 하일러."

"키르시도 익숙해야 한다. 선배로서 면목이 서질 않아."

키르시는 자기는 원래 이렇게 오랫동안 말을 탈 일이 없었다고 투덜거렸지만 그 목소리는 크지 않았다. 그 본인도 기사를 지망하는 자로서 자신의 마술이 부족하다고는 인정하고 싶지 않았던 것이다. 사실 객관적으로 봤을 때도 오늘의 행군이 긴 편이었다.

"걱정하지 말아라, 키르시."

결국 숟가락을 잠시 내려놓은 안네그레트가 부드럽게 위로했다.

"이렇게 며칠만 타면 금방 익숙해진다."

별로 위로가 되지는 않았다. 키르시는 죽는 소리를 내며 하일러의 어깨에 머리를 기댔다가 단호하게 뿌리침을 당했다. 안네그레트는 남은 것을 모두 입안에 넣고 씹어 삼킨 뒤 일어섰다.

"어딜 가나?"

하일러는 계속 기대려는 키르시를 밀어내며 물었다. 안네그레트는 예의 바르게 태자의 천막을 가리켰다. 루트비히가 사용하는 지휘관의 천막에는 검은 바탕에 금실로 수를 놓은 휘장이 걸려 있었다. 천 너머로 그림자가 일렁이는 것을 보니 그 안에도 불이 잘 피워져 있는 모양이었다.

"태자 전하께서 평안하신지 살피러 가야지요."

"그러면 내가……."

일어서려는 하일러를 이번에는 키르시가 팔꿈치로 쿡 찔렀다. 안네그레트는 그 모습을 보지 못했기 때문에 갑자기 하일러가 왜 허리를 부여잡는 것인지 이상하게 생각했다. 키르시는 아파서 말도 못 하는 하일러를 무시하고 빙글빙글 웃으며 손을 흔들었다.

"그래, 다녀와."

"그래."

안네그레트는 꾸벅 인사하고 루트비히의 천막 앞으로 갔다. 휘장 앞에서 잠시 머무르자 안에서 테다인이 나왔다.

"테다인 경."

시종 역할로 따라온 테다인은 아무래도 오늘의 이동이 힘들었는지 얼굴이 해쓱했다. 천막 안에서 루트비히의 목소리가 들려왔다.

"안네그레트야? 들어오라고 해."

"들어오시지요."

테다인은 휘장을 젖혀 안네그레트가 편하게 들어갈 수 있도록 해주었다. 그녀는 안에 들어가 우선 천막 가운데 테이블에 걸터앉은 루트비히에게 고개를 숙였다. 그의 천막에 놓인 테이블은 대단히 오래되고 견고해 보이는 물건이었다.

테이블 위에는 지도와 편지가 여러 장 펼쳐져 있었다. 루트비히는 큰 키 때문에 테이블에 대강 걸터앉고 남은 다리가 길었다. 그는 안네그레트에게 손짓해 그녀를 다가오게 했다.

"그러잖아도 부를 생각이었어. 하일러와 키르시는 어때?"

"예, 전하."

루트비히에게 가까이 다가간 안네그레트는 슬쩍 웃었다.

"둘 다 별일 없이 맡은 바 모든 임무를 잘 마쳤습니다."

"그래, 다행이군. 키르시는 진짜 전투에 나가본 적이 없으니까 걱정이 됐거든."

그렇게 말하고 루트비히는 심호흡하며 기지개를 켰다. 위로 쭉 뻗은 팔과 곧은 허리가 한 번씩 양쪽으로 비틀렸다. 지금은 금속으로 된 갑옷을 모두 벗고 있어 별 소리는 나지 않았다.

"나도 오랜만에 종일 말을 탔더니 영 피곤한데. 안네그레트, 너는 혈색이 좋으니 대단해."

안네그레트는 또 약간 미소를 지었다. 루트비히는 그녀의 미소를 문득 뚫어져라 보았다.

"왜 웃는 거야?"

"송구합니다. 저는 말을 워낙 좋아합니다, 전하. 모처럼 오래 말을 달려서 저는 상쾌합니다. 단지 그뿐, 특별히 대단한 것은 아닙니다."

확실히 기분이 좋아 보인다, 고 루트비히는 생각했다. 그는 갑자기 자신이 안네그레트를 너무 빤히 보고 있었다는 것을 깨닫고 눈길을 돌렸다. 밖에서 헛기침 소리가 들렸다.

"전하께서 곧 주무실 줄 알고 시중을 들러 들어왔습니다만, 손이 있는데도 제가 방해한 모양입니다. 물러가겠습니다."

안네그레트의 말에 루트비히는 얼른 손을 젓고 다시 그녀를 보았다. 실수였다. 새까만 눈이 망막에 환상처럼 새겨졌다. 그냥 평범하게 보는 것뿐인데 이게 무슨 일인가. 얼마 전부터 아무래도 자신이 이상한 것 같았다. 피곤해서 그런 것일까?

"아니, 내가 부를 생각이었다고 했잖아. 내 옆에 서 있어."

"예, 전하."

테다인은 휘장 밖으로 나가서 루트비히의 손님을 데리고 들어왔다. 금세 루트비히의 가신이자 이번에 병사들을 지휘하는 장수의 역할을 맡은 몇 명이 지휘관의 천막 안에 모였다. 안네그레트는 루트비히가 무엇을 하려는지 짐작하고 그의 반걸음 뒤에 섰다.

루트비히의 가신들은 이미 연무장에서나 오늘 행군에서나 안네그레트를 보았으므로 희한하게 생각하거나 호기심을 채우려고 들지 않았다. 루트비히는 테다인에게 명령했다.

"2번 지도 펴봐."

"예, 전하."

테다인은 테이블에 널브러져 있던 지도 중 중간 크기의 것을 모두에게 잘 보이게 펼쳤다. 부신 북부의 주요 도시와 요새를 표시한 지도였다. 지도 한가운데를 아카르타 대로가 가로지르고 있었다.

"우리는 오늘 아침 여기서 출발했다."

모두의 시선이 루트비히가 가리킨 곳으로 쏠렸다. 지도의 맨 아래쪽에 황도가 번쩍이는 잉크로 묘사되어 있었다. 안네그레트는 그렇게 좋은 지도를 본 적이 없어 무척 흥미롭게 생각했다.

루트비히의 손가락이 약간 위로 슥 올라갔다.

"귀관들이 모두 알다시피, 지금의 위치는 여기. 헤나냐 숲의 초입이다. 출발 전 의논했던 대로라면 이대로 돌파해야 하지만, 이 근처엔 가을 이슬이 내리면 늪이 되는 귀찮은 지대가 있다. 오늘의 날씨가 예상보다 좋지 않아 늪이 예년보다 이르게 발생했을 가능성이 있다. 내일 아침에 요엘 경이 지형을 확인하고, 행군이 가능할 경우 가급적 주의해서 숲지대를 돌파. 불가능하다고 판단될 경우에는."

루트비히의 손가락이 오른쪽으로 슥 미끄러졌다. 그쪽에는 바위에 둘러싸인 좁은 길과 작은 요새 하나가 표시되어 있었다.

"동쪽으로 머리를 돌려 숲을 빠져나간다. 전군 차질 없이 준비해라."

안네그레트는 이 부근이 초행이었지만 루트비히의 가신들 중에는 근처 영지가 익숙한 사람도 있을 것이다. 그녀는 심각한 얼굴을 한 기사들 중 부신 북부에 근거지를 둔 가문 출신인 요엘을 흘긋 보았다. 루트비히는 부하들이 대답하지 않자 팔짱을 꼈다.

"할 말이 있으면 해봐. 귀관들은 그걸 위해 여기에 있는 것이다."

가신들 중 콧수염을 멋지게 기른 기사가 헛기침을 하며 나섰다.

"송구하오나 전하, 전력의 보충 없이 이대로 북상하시는 것은 위험하다고 생각합니다. 숲을 바로 돌파할 수 있으면 모르되 만일 동쪽으로 빠져나가신다면 최소 닷새 거리는 외길입니다."

"맞습니다, 전하. 그리고 길이 끝나는 곳에 있는 빌바라흐 평원은 적의 처가 가문이 다스리는 곳이니 조금 위험하더라도 숲을 돌파하거나, 적어도 카르가링겐 가의 원군이 온 다음에 움직이시는 것이 좋겠습니다."

"좋은 지적이다."

이미 떠나기 전 근방의 지리에 대해서는 논의한 바가 있었다. 루트비히는 놀라지 않고 고개를 끄덕였다.

"빌바라흐 평원에 대해서는 만약을 생각해 손을 써두었지만, 가급적 나도 숲을 돌파하는 방향으로 가길 원한다. 이 근방에 대해 가장 잘 아는 요엘 경이 우선 잘해줘야겠어."

밀빛 머리의 요엘이 가슴에 손을 댔다.

"성심을 다하겠습니다, 전하."

"좋아."

루트비히와 가신들은 한동안 오늘 일어난 일, 내일 이루어야 할 일, 그리고 모레를 위해 준비해야 할 일까지 주의 깊게 의논했다. 안네그레트는 태자와 가신들 사이에서 쓰이는 암호는 물론이 근방의 상세한 지리도 몰랐기 때문에 대화 내용을 반의반도 알아듣지 못했다. 그녀는 잠시 후 테다인 대신 테이블을 이리저리 옮기거나 지도를 둘둘 말고 혹은 넓게 펼치는 역할을 맡게 되었다.

마침내 여러 가지 암호가 표시된 종이를 들고 테다인이 장수들을 배웅하러 나갔을 즈음 바깥은 조용해져 있었다. 루트비히는 잠을 자러 가는 가신들의 뒷모습을 보며 몸을 길게 쭉 폈다.

"흐아암, 밤이 쌀쌀해지는 건 정말 순식간인데."

과연 펄럭이는 휘장 사이로 들어오는 바람은 가을의 것이었다. 작전 회의 때문에 일반 병사는 들어오지 못하게 했으므로 안네그레트는 자칫 꺼지려던 불씨를 몸소 살렸다. 화로에서 타오르는 새빨간 불에서도 어쩐지 가을의 쓸쓸한 냄새가 났다.

"숲이라 더 그럴 겁니다, 전하."

"그런가 봐. 벌레 소리도 달라."

황궁의 침실에서도 들을 수 있는 벌레 소리는 아무래도 한정되어 있다. 안네그레트는 불을 보며 옅게 웃었다.

기지개를 다 켜고 팔을 내린 루트비히의 눈길이 그 옆얼굴에 꽂혔다. 안네그레트는 주군을 보지 않은 채 자신의 감상을 말했다.

"라이헤르타 땅에서는 흔하게 들을 수 있는 소리입니다. 오랜만에 듣는 것 같군요."

안네그레트의 검은 눈 속에서 불티가 별똥별처럼 날았다. 루트비히는 살짝 침을 삼켰다. 무슨 일일까.

갑자기 세계가 고요해진 것 같다.

이상하고, 불필요한 일이었다. 루트비히는 잠시 후 침을 꿀꺽 삼키고 눈길을 돌렸다. 안네그레트는 불이 너무 크지도 작지도 않게 잘 타는 것을 확인하고 일어섰다.

"더 필요하신 것이 있으면 부디 말씀해 주십시오, 전하."

"아, 그거. 시중 말이야."

루트비히는 안네그레트가 자신을 보자 어쩐지 불에서 훨씬 멀리 떨어져 있는 자신이 불똥에라도 덴 것이 아닌가 하고 의심했다. 그러나 그럴 리가 없다는 것은 그 자신이 더 잘 알았다.

"테다인이 종일 내 옆에 붙어 있고 키르시랑 하일러도 있으니까 꼭 아침저녁으로 네가 올 필요는 없어, 안네그레트. 궁에 돌아가고 나서는 원래대로 하더라도, 이렇게 나와 있는 동안에는 내 말들에게 더 신경을 쓰는 게 좋겠어."

"물론 전하의 말들에게도 성의를 다하고 있습니다, 전하."

"피곤할 텐데 그만 가서 자고. 이렇게 늦어서 내일 일어나겠어?"

"전시에 지휘관을 곁에서 모시는 이가 아무도 없을 수는 없습니다, 전하."

"……아, 그래."

밤늦게 남녀가 텐트에서 어쩌고 미혼 여성의 명예 어쩌고 하는 말은 안 하는 게 좋을 것 같았다. 대신 그 단어들의 조합은 떠올린 사람 자신에게 영향을 끼쳤다. 루트비히는 갑자기 테다인이 언제 돌아올지 아주 궁금해졌다. 몸이 괜히 딱딱하게 굳어 그는 대충 아무 말이나 떠오르는 대로 던졌다.

"아까 우리가 한 말들은 알아들었어?"

"아니요, 전하. 못 알아들었습니다. 제가 알 필요가 있다면, 가르침을 주신다면 따르겠습니다."

"아직은 알 필요 없으니까 정 생각나면 나중에 키르시나 하일러한테 물어봐. 그 둘도 아마 거의 모를 테지만."

안네그레트가 생각하기에도 지당한 말이었다. 그녀는 지고한 태자를 자신이 이렇게 귀찮게 해도 되는 것인지 조금 저어되었지만 결국 궁금해 슬쩍 입을 뗐다. 어차피 자신이 이 천막을 나가려면 조금 시간이 필요할 것 같았다.

"오늘 함께한 분들은 거의 아는 분들이었습니다만, 아닌 분도 계셨습니다."

"그렇겠지."

루트비히는 천막 입구를 보며 설명했다.

"전부 내게 개인적으로 충성 맹세를 한 자들이야. 내로라하는 명문가 출신도 있고, 키르시나 하일러처럼 실력으로 내 종자 자리를 거쳐 기사 임명을 받은 경우도 있어. 이번에는 병력을 끌고 올 수 있는 사람 위주로 모았으니까 집안이 좋은 이들이 많지만."

안네그레트는 감명받은 얼굴로 고개를 끄덕였다.

"아주 훌륭한 분들이신 것을 보기만 해도 알 수 있었습니다. 이 자리에서 뵐 줄 몰랐던 분도 계시더군요. 발트 이 레 경은 정말 오랜만에 뵈었습니다."

"발트를 알…… 아, 그래. 그간 국내에 없긴 했지만 그의 아버지가 게오르츠 백작과 가까웠지."

"예. 어릴 적 인사를 나눈 적이 있습니다."

"이번에 들어왔어."

루트비히는 헛기침을 한 번 했다. 화제가 된 발트 이 레는 상당히 유서 깊은 집안의 잘생긴 남자였다. 나이가 서른을 훌쩍 넘기긴 했지만. 전에 어떤 집안과 혼담이 오간다던데, 그게 어떻게 되었더라?

"더 궁금한 건 없어?"

"……저어, 실은 저와 같은 자가 함부로 여쭈어서는 아니 되는 것이라고는 생각합니다만."

"일단 물어봐. 내가 대답하기 싫으면 안 하면 되니까."

안네그레트는 민망한 얼굴을 했다.

"전하께서는 참으로 관대하십니다."

기묘한 말이었다. 루트비히는 쓴웃음을 지었다.

"그래서, 뭔데?"

"실례인 줄 아오나, 전하. 제가 알기로 전하께서는 지금까지 큰 전쟁에 나가신 적이 없습니다. 그런데 오늘 여러 대장과 말씀 나누실 때에 암호 사용에 퍽 능숙해 보이셨습니다……."

루트비히의 쓴웃음이 짙어졌다. 그가 가슴 깊이 숨을 들이마시자 안네그레트는 당황해 얼른 덧붙였다.

"제가 당치 않은 것을 여쭈었습니다. 부디 마음 쓰지 마십시오."

"아니야."

한숨을 쉬고 루트비히는 화로 옆으로 다가와 앉았다. 이런 이야기를 큰 목소리로 하고 싶지는 않았다. 아니, 아예 하지 않는다는 선택도 물론 존재했지만······.

"앉아, 안네그레트."

안네그레트는 얌전히 루트비히의 옆에 앉았다. 그는 그것이 묘하게 만족스러워 자신이 대체 어떻게 된 것인지 고민했다.

가을벌레 우는 소리가 현의 떨림처럼 귀를 간지럽혔다. 화로의 황금빛 불은 순간 아주 잘 익은 사과처럼 따뜻하게 보였다. 루트비히는 자신이 이 말을 하면 안네그레트가 어떻게 생각할지 보다 깊이 생각해야 한다고 판단했지만 입은 저도 모르게 움직였다.

"상속으로 작위를 이어받는 일반 귀족과 달리 왕과 황제는 신전이 인정하는 대관식을 해야 공식적으로 권리를 인정받을 수 있지. 왠지 알아?"

"예, 전하. 사유재산을 이어받는 개념인 일반 귀족 작위와 달리 왕권과 황권은 신께서 주신 신성한 것이기 때문이지 않습니까?"

안네그레트는 부드러운 목소리로 교과서적인 대답을 했다. 루트비히는 앞머리를 손으로 쓸어 올렸다.

"우아하게 표현하면 그렇지. 좀 덜 우아하게 표현하면, 여러 귀족에게 충성 맹세를 받는 왕관에 신전이 중립자이자 후견인으로서 미리 안전장치를 걸어놓는 거지. 많은 영주들의 이해관계를 반영하지 않는 녀석이 갑자기 즉위해 버리면 대책이 없으니까. 하지만 모두의 이해관계를 반영하는 군주는 처음부터 있을 수 없잖아."

부신은 본디 부족 국가에서 제국으로 성장한 지 얼마 되지 않아 지방 영주들의 입김이 타 국가에 비해 강한 편이다. 차기 황제 후보가 둘 이상일 경우 궁정 대회의를 열어 제국 산하 대귀족들의 합의 하에 보다 정통성 있는 황제를 선출하는 것 또한 다른 나라에서는 상상할 수 없는 일이었다.

그러나 루트비히보다 정통성 있는 차기 황제는 지금 없었고, 선대 황제인 오이겐이 즉위할 때도 그건 마찬가지였다. 안네그레트는 루트비히가 왜 그런 말을 하는지 몰라 그를 보았다.

문득 안네그레트에게도, 루트비히의 눈 속에서 불티가 별똥별처럼 튀는 것이 보였다.

"부신의 태자는 늘 준비돼 있어야 해. 확실한 내 편, 확실한 실력. 언제 어디서 무슨 일이 일어나도 대처할 수 있도록, 자기 자리를 지킬 수 있도록 항상 경계해야 하지. 안네그레트, 나는 그래서 완전한 내 편이 아니면 믿지 않아 왔고, 완전한 내 편이면 내 모든 걸 가르쳐 줬어. 네가 한 질문에 대한 대답이 됐어?"

믿는다. 완전한 내 편. 준비.

유치한 변명을 늘어놓아 버렸다. 별이 수놓인 천장을 올려다보며 루트비히는 한숨을 쉬었다. 이번 원정 동안에는 같은 천막을 쓰기로 한 테다인은 노린 것처럼 적절한 유예를 두고 물었다.

"잠이 안 오십니까, 전하?"

루트비히는 속으로 투덜거렸다. 노린 것처럼이 아니라 노렸을 것이다. 테다인은 유능하지만 가끔 너무 유능하다는 생각이 든다. 이렇게 늦은 밤, 이제 풀벌레 소리 말고는 파수병들이 가끔 불을 뒤적이는 소리 정도밖에 들리지 않는데. 대체 왜 저렇게 귀신처럼 주인의 기분을 일일이 살피고 알아채는 건가.

"테다인, 자네는 잠도 없어?"

"전하가 언제 무엇을 필요로 하실지 모르니 항상 긴장하고 있어야지요."

"그러지 마. 제발. 잘 시간이니 자."

"전하께서도 안 주무시잖습니까."

루트비히는 숨을 한 번 깊이 들이마셨다가 내쉬었다.

"그거랑 자네가 안 자는 게 무슨 상관이야. 내가 깨어 있어서 자네가 못 자겠으면, 다른 천막에 가서 자. 하일러와 키르시가 쓰는 천막이면 내쫓지는 않겠지."

"그러면 전하의 시중은 누가 듭니까. 라이헤르타 남작을 부르실 겁니까? 이 시간에는 추천하지 않습니다. 아무리 단순한 종자업무만을 시키셔도 남들이 보기에는 그렇지 않습니다. 남작은 물론이거니와 게오르츠 백작과도 결투하게 되실지도 모릅니다."

루트비히는 잠깐 헛바람을 들이켰다가 짜증스럽게 대꾸했다.

"말 같지도 않은 소리."

테다인은 잠시 조용해졌고 루트비히는 그가 소리 죽여 웃고 있는 게 아닐까 의심했다. 순간적으로 놀라서 뜨거워졌던 얼굴이 천천히 식었다.

"테다인, 내가 잠이 안 온다고 하면……."

"이 시간에 술을 하시는 것은 권장하지 않습니다. 내일 잘 일어나실 수 있겠습니까?"

"그렇겠지."

"한 잔 정도는 괜찮다고 생각합니다만."

루트비히는 벌떡 일어나 앉았다. 테다인은 천천히 일어나 와인 한 잔을 따랐다. 화로에서 은은하게 타오르는 불 때문에 천막의 모든 벽과 천장에 괴물이 움직이는 것 같은 거대한 그림자가 생겨 꿈틀거렸다. 테다인이 건넨 잔을 받고 루트비히는 천천히 맛을 음미했다.

"뭔가 이상하다고 생각하지 않아? 이 와인은 분명히 내 건데 왜 자네 허락을 받고 마셔야 하는 거지?"

"물론 저는 권장만 할 뿐, 모든 결정은 태자 전하가 하시는 거지요."

테다인은 봐주지 않았다. 루트비히는 한숨을 쉬고 와인을 홀짝였다. 이번의 한숨도 깊었다. 목에 뜨거운 것이 넘어가자 훨씬 기분이 나아졌다. 몸이 따뜻해졌기 때문일 것이다.

"이제 주무실 수 있겠습니까?"

"알았으니까 자네는 누워 자. 나도 노력해 보지."

테다인은 루트비히에게서 잔을 받아 정리한 뒤 정말로 편안하게 누웠다. 루트비히는 천장을 다시 올려다보았다.

충실한 시종을 깨우지 않으려고 신경을 썼는데도 어느새 한숨이 또 나왔다. 루트비히 본인이 자신의 한숨을 깨닫고 얼른 조용히 심호흡하는데 테다인이 가만히 말을 걸었다.

"저녁에 무슨 일 있으셨습니까?"

루트비히는 어떻게 대답할지 짧은 순간 고민했다.

"아니. 왜, 오늘 별일 없었잖아."

거짓말이라는 것을 본인도 알 수 있었다. 입 밖에 내자마자 이렇게 가슴이 따끔거리니.

테다인은 그냥 넘어가기로 한 모양이었다.

"예, 전하가 그렇게 생각하신다면."

"꼭 보기에 따라 다를 수 있다는 말로 들리는데. 정말로 아무 일 없었어."

아니다. 루트비히는 테다인에게 슬쩍 덧붙여 물었다.

"그러고 보니까 발트 말이야."

"발트 이 레 공 말씀이십니까?"

"그래. 발트가 전에 어디랑 혼담이 오간다고 하지 않았나? 결혼을 했던가? 아직이지?"

"그 집안의 전통에 따라 이 레 공의 외가가 있는 유노아에서 친척 가문 아가씨와 약혼을 맺었습니다. 아직 사교계에 공식적으로 알려지는 않았습니다만 최대한 빨리 부신으로 모셔오신답니다. 당장은 상대 아가씨가 사별을 두 번 한 분이라 재산 반환 문제로 시끄럽다더군요."

루트비히는 약간 안심한 자신이 싫어졌다. 지금 이럴 때가 아니다. 지금이 어떤 시간데.

"그런데 그건 왜 물으십니까?"

"그냥 생각나서 물어봤어. 잊어버려. 잊어버렸지?"

테다인은 그 말에 대구하지 않았다. 루트비히는 시종의 대답이 한동안 돌아오지 않자 그냥 포기해 버리고 혼자 천장을 바라보며 골똘히 생각했다.

천장에 수놓은 별이 하나, 둘.

그 너머로 펼쳐져 있을 새까만 밤.

루트비히는 그런 검은색을 보면 예전에는 늘 한 사람을 생각했다. 새까만 머리에 회색 눈을 한 당시 최고의 미녀. 그의 아버지이자 현 황제인 오이겐은 지르날의 공주를 아내로 맞아들이기 전부터 꽃의 이름을 가진 배우에게 푹 빠져 있었다. 신전에서 권장하는 일은 아니지만, 드문 경우도 아니었다. 결혼이란 합법적으로 땅을 물려받을 자손을 생산하기 위한 계약이지 배타적인 사랑의 맹세가 아니므로.

어머니 황후가 부신에 와서 남편 될 사람의 공식 정부를 어떻게 생각했는지는 모른다. 루트비히는 어릴 때 친어머니의 모습을 거의 보지 못했던 것이다. 아름다운 아샬레아가 젊은 나이에 죽고 나서 잠시 다른 귀부인의 손에 크고 있을 때도 마찬가지였다. 또래 시종이 드는 시중만으로 충분하다고 생각되는 나이에 비로소 들어온 황궁에서 황후는 이미 낯선 누군가였다.

아샬레아가 죽은 뒤 황제는 다른 여자에게는 눈길도 주지 않았다. 루트비히는 황후에게는 세 자녀와 이미 지르날에서 데려온 애인이 있으니 상관이 없을 거라고 생각했지만 두 누이는 동의하지 않았다. 로타니아는 너무 어려 큰오빠에게 큰 소리를 내지 못했지만 드란힐트는 아샬레아를 그녀가 살아 있을 때부터 대단히 미워했다. 아샬레아와 가까이 지냈던 사람들도 하나하나 미워했다. 아마 황후 본인이 나섰더라도 그렇게까지 격렬하게 호오를 드러내지는 않았을 것이다.

안네그레트가 아샬레아와 가지는 공통점은 대단히 아름답다는 것과 머리칼이 검다는 것. 아샬레아는 궁정의 모든 예의범절에 정통했고 그것을 게오르츠 백작 부인에게 가르쳤다. 덕분에 게오르츠 백작 부인의 행동거지에서는 아샬레아와 비슷한 느낌이 많이 묻어났다. 그것을 그대로 배웠을 안네그레트는 그러나 아샬레아처럼 보이지는 않았다. 한 사람을 거치면서 동작에 변화가 생긴 것일까, 아니면 세대와 환경의 차이일까. 확실히 안네그레트 바이언트는 두 사람과 다르게 태어나서부터 부신의 귀족으로서 자라났다.

들리는 소문에 의하면 드란힐트는 안네그레트 역시 그리 좋아하지 않는 것 같았지만 루트비히는 안네그레트와 아샬레아를 겹쳐 본 일은 없었다. 그야 검은 머리를 가진 사람에게 가지게 되는 향수와 어린 시절 아샬레아의 집에서 어울렸던 일에 대한 어렴풋한 추억은 있다. 하지만 그것 때문에 무작정 사람을 신뢰하기에 그의 위치는 너무나도 거대했다. 궁정에 본격적으로 들어오고 나서 얼마나 많은 사람에게 이용당하고 비난을 사고 원망받았는지 — 얄밉게도 황제는 절대로 그를 도와주는 법이 없었다 —.

루트비히는 그런 안네그레트를 오랫동안 지켜보았다. 이미 그녀의 성품에 대해서, 가치관에 대해서 알고 있었다. 이상한 점은 있지만 충분히 신뢰한다고 해도 좋을 것이다. 모욕을 주어도 떠나지 않고, 유치하게 괴롭혀도 강철처럼 단단한 얼굴로 곁을 지킨다. 해를 끼치려면 이미 충분히 그렇게 할 수 있었는데도 그러지 않았다.

그러니 그녀는 그의 사람일까.

믿을 수 있다. 작전 회의에 있으면 어떤가. 그녀에게는 다른 모든 그의 사람들과 같은 정보를 얻을 자격이 있었다. 그런데도 그 단순한 질문 한 마디에 이렇듯 가슴이 짓눌린다.

어째서일까.

어서 날이 새면 좋을 것이다. 루트비히는 무심코 다시 한숨을 푹 쉬고 눈을 감았다.

태자는 굳이 직접 나서서 원정을 떠나야 했을까, 하는 의문이 사교계를 돌고 있었다.

시피에트의 아버지와 할아버지는 굳이 태자 본인이 나설 필요가 없었다고 생각했고, 사촌 오빠는 당연히 태자 본인이 나섰어야 하는 일이라고 했다. 시피에트는 통치자들 사이의 알력이나 체면에 대해 잘 알지 못했기 때문에 어느 쪽의 편도 들지 않았다. 그러나 모처럼 같은 황궁에 있었던 안네그레트가 자리를 비운 것은 아쉬웠다.

"시프 양."

진한 꽃차를 마시던 황후가 자신의 시녀를 불렀다. 시피에트는 얼른 황후에게 다가가 치마를 들며 대답했다.

"예, 폐하."

"커튼을 더 활짝 걷어줘. 꿀에 절인 아몬드도 더 가져오고."

"예, 폐하."

시피에트는 황후의 명령대로 했다. 지르날 취향이 약간 가미되어 은근한 곡선이 많은 황후의 거실은 햇살이 쏟아져 들어오자 언제나처럼 찬란하게 반짝였다. 벽에 장식된 설화석고 잔의 테두리에서 나무덩굴을 표현한 가느다란 도금은 손잡이가 매끈하게 빛났다. 황후가 지르날에서부터 데려온 모 궁정백이 제 주인을 기쁘게 하려고 들여놓은 것이었다.

황후가 방금까지 쥐고 있다가 내려놓은 수틀은 그 자체로도 액자가 되는 작품이었다. 시피에트는 주인에게 다가가 찬사를 보냈다.

"폐하의 솜씨는 언제 보아도 섬세하네요. 이 도안으로 다음 예복을 만드시는 건가요?"

황후는 '잘 되면', 하고 아룰라어로 대답했다. 시피에트는 테이블에 장식된 꽃에 문제가 없는지 확인하며 잠시 그대로 시간을 보냈다.

안네그레트는 지금쯤 어디에 있을까.

오랫동안 잊으려고 애썼던, 한때 무척 사랑했던 것들이 떠올라 시피에트는 괜히 울적해졌다. 어릴 때 들은 기사들의 이야기는 늘 그녀의 가슴을 설레게 했고 상당히 나이가 들 때까지 그녀의 꿈은 드래곤을 잡는 것이었다. 이 세상에 이제 남은 드래곤은 없으며 드래곤은 통치 가문의 자녀를 굳이 납치하지 않는다는 것을 알 나이가 될 즈음 그 꿈은 편력 기사가 되었다. 그리고 여성이 편력 기사로 사는 것은 하늘의 별 따기라는 것을 알 즈음 부모님은 그녀를 사교계에 들여보냈다.

그래도 안네그레트라면 그렇게 할 수 있을 텐데.

온 세상을 여행하면서 위험에 처한 사람들을 구해주고 약한 사람들을 지켜준다. 안네그레트라면 분명히 그렇게 할 수 있을 것이다. 시피에트는 낡은 갑옷을 입고 마치 '아무도 아닌' 것처럼 여행하는 안네그레트를 상상하고 혼자 미소를 지었다. 군사 정보는 아무리 친한 친구에게도 알려주면 안 된다고 해서 시피에트는 안네그레트가 지금 어디쯤 있을지, 어떤 역할을 할지 하나도 몰랐지만. 아마 훌륭한 일을 하고 올 것이다. 그리고 진짜 기사가 되어 어려서부터의 꿈을 이룰 테지.

훌륭한 여성 기사가 정말로 필요하다고, 만약 시피에트가 어릴 때 이미 안네그레트 같은 선배 기사가 있었다면 어쩌면 부모님을 설득할 수 있었을지도 모른다고, 그녀는 요즘 들어 가끔 생각했던 것이다.

그때 황후가 시피에트의 어깨를 만졌다.

"시프 양."

"예, 폐하."

이런, 너무 딴생각에 깊이 빠져 있었다. 시피에트는 환상에서 덜 깬 얼굴로 급히 대답하고 허리를 곧게 폈다. 황후는 창밖을 가리켰다.

"저게 뭐지? 한번 봐."

시피에트는 한참 동안이나 황후가 무엇을 가리키는지 알지 못했다. 그녀는 밝은 창으로 다가가 밖의 널리 펼쳐진 풍경을 이리저리 살펴보았다.

그리고 잠시 후 숨을 삼켰다.

"7년의 문이…… 7년의 문이 불타고 있습니다, 폐하."

황후는 깜짝 놀라며 인상을 썼다.

"그게 무슨 말이야?"

7년의 문이 있는 작은 광장에 사람이 개미떼처럼 몰려 있었다. 시피에트는 도저히 가늠할 수도 없을 정도로 많은 사람이 마르바이첸 가니 아일렌 가 등, 소위 말하는 빈민가에서 파도처럼 꿈틀거리며 나오는 것을 경악하여 바라보았다. 멀어서 잘 보이지 않았지만 그들은 손에 번쩍거리는 것을 들고 있는 것 같았고 화가 난 듯 힘차게 꿈틀거렸다.

"오셔서 보시어요, 폐하. 일하는 사람들이, 아, 제가 잘못 본 것이기를 진심으로 바랍니다. 하지만 만약 제 불충한 눈이 옳다면, 폐하……! 저들이 무기를 소지한 채 모여들고 있습니다……!"

똑똑.

거실에 흐른 정적을 깨며 누군가 느긋하게 문을 두드렸다. 황후는 아룰라어로 누구냐고 외쳤고 시피에트가 문을 열어주기도 전에 방문자는 멋대로 들어왔다. 시피에트는 하슐레타 백작 부인 드란힐트의 얼굴을 보고 딱딱하게 굳었다.

드란힐트는 진한 파란색으로 섬세하게 그림이 그려진 부채를 활짝 펴고 입가에 부쳤다.

"어머님께서 놀라셨을까 봐 와봤어요."

황후는 무척 불쾌한 얼굴로 인상을 썼다. 드란힐트는 어머니의 그런 표정에는 익숙해 아무렇지도 않게 다가갔다. 시피에트는 다가온 드란힐트의 얼굴이 어딘가 상기되어 있다는 것을 깨달았다.

"오라버님께서 당신의 위엄을 증명하러 나가시자마자 이런 꼴이 일어나네요. 안심하셔요, 어머님. 지금 로세드가 신이 나서 폭도들을 진압하러 나갔으니까요. 어디 그의 솜씨를 한번 구경해볼까요."

과연 황궁 근처에서 이번에는 무장한 병사들이 한 자리로 모여들기 시작했다. 시피에트는 말을 잃고 망연히 그 자리에 섰다.

다행히 늪은 아직 형성되지 않았지만, 숲을 돌파하는 것은 지난한 과정이었다. 다행히 이 근방을 잘 아는 사람들의 활약으로 각 부대는 무사히 평지로 나올 수 있었다. 그리고 한동안은 거침 없는 여정이었다.

카르가링겐 가의 병력이 오고 있을 거라는 많은 사람의 예상에도 불구하고 루트비히는 처음 출발한 그 인원 그대로 빠르게 달려갔다. 도저히 서에서 오는 병력과의 합류를 염두에 두었다고 보기 힘든 그 태도에 기사들은 고개를 갸웃했다.

"라인홀트 경은 지금 어딜까? 나 슬슬 불안해."

이어진 강행군에 얼굴에 피로가 내려앉은 키르시가 머리를 긁

적이며 중얼거렸다. 옆에서 묵묵히 와인을 마시던 하일러는 대답도 하지 않았다. 안네그레트가 대신 담담하게 말했다.

"병력의 이동은 군사 기밀이라 말씀하지 않으실 뿐, 전하께선다 알고 계실 거다."

"아니, 어디 있는지 정확하게 알고 싶은 게 아니야. 같이! 가는지! 아닌지! 그게 궁금하다고!"

키르시가 몸을 뒤틀며 외친 소리에 말들이 잇달아 푸르릉거렸다. 안네그레트는 가장 가까이 있는 갈색 점박이 말부터 쓰다듬으며 침착하게 그들을 안정시켰다.

"쉿. 괜찮다."

하일러는 여전히 말이 없었다. 키르시는 태자의 말들이 쉬는자리를 어정대며 손가락으로 숫자를 세기 시작했다.

"봐봐, 이 레 경이 오백 명, 엘리아스 경이 삼백 명, 자카리 경이 칠백 명……. 우리가 다 합치면 삼천이거든?"

"삼천 이백이다."

"그게 그거지. 적은 몇 명? 예상하기로 최대 이천 명. 적의 땅에 싸우러 가는데 이건 좀 그렇지 않아? 지금 병력의 두 배는 돼야 맞잖아."

안네그레트는 말없이 인상을 썼다. 공성전에 대해 처음 배우는 어린아이들도 내놓을 수 있는 계산이었다. 그녀 또한 숫자에 신경이 쓰이지 않는 것은 아니었다.

침묵을 동의로 받아들인 키르시는 멈춰 서서 가장 가까운 말과 눈싸움을 시작했다.

"이쪽은 전부 직업 군인이고 저쪽은 농노 징집이 많다고는 해도, 중간에 성벽이 버티고 있으면 뭐 어떡해."

루트비히는 유플리드 공 개인의 군사를 오백, 지금 숨어 있는 그웨노프 성의 군사를 오백, 그리고 그 땅의 크기에 비추어보아 무리 없이 징집할 수 있는 농노의 수를 약 천으로 상정하고 있었다. 건강하고 군역을 성실하게 수행한 농노라면 그가 자기 땅에서 할 수 있는 전투 활동을 우습게 볼 수 없었다.

안네그레트는 그런 일련의 생각을 모른 척했다. 사실 그녀의 아버지는 그렇게 자기들이 자라온 땅에서 반기를 든 농민들을 적은 수로도 충분히 진압한 역사가 있었다.

"전하께서 생각이 있으시겠지."

안네그레트는 결국 그렇게만 대답했다. 키르시는 입술을 비죽였다. 그는 경험이 풍부한 것이 아니었기 때문에 두 전쟁 경험자를 앞에 두고 너무 길게 불평하고 싶지 않았다.

깊은 한숨을 쉬며 하일러가 일어났다.

"그 말이 맞다. 함부로 입을 놀려서 좋을 게 없다, 키르시. 너는 어떻게 이런 데 나와서도 입과 머리가 함께 돌아가냐."

"좋은 말인데."

키르시는 쩡 하고 얼어붙은 듯 굳었고 안네그레트와 하일러도 내심 놀랐다. 세 종자가 보기에 거의 마법처럼 갑자기 나타난 루트비히는 킥킥 웃으며 본인이 오늘 탄 흑마를 쓰다듬었다.

"키르시, 나는 네 거침없는 말투를 좋아하지만 전시에 병사들에게 괜한 불안감을 조성하는 것은 군법으로 다스릴 수 있다는 사실을 말해두겠어. 하일러, 훌륭한 판단이다. 안네그레트, 블리츠와 슈발츠 데리고 따라와."

키르시는 당장 자신의 입을 꼭 틀어막고 목석 흉내를 내기 시작했다. 안네그레트는 쓴웃음을 지으며 주군의 명령에 따랐다.

블리츠는 원래 주인을 얌전하게 따랐고 슈발츠는 태자의 말답게 오만한 얼굴로 성큼성큼 걸었다.

병사들이 바쁘게 저녁 맞을 준비를 하다가 황급히 고개를 숙이는 진지를 가로질러 루트비히는 한참을 걸었다. 안네그레트는 구축된 진지가 충분히 견고한지를 틈틈이 눈으로 확인하면서도 시선에서 주군을 놓치지 않았다. 루트비히는 진지 가장자리에 이르러 우뚝 멈춰 서서 휘파람을 불었다.

휘익. 슈발츠가 주인에게 다가갔고 안네그레트는 자신이 잡고 있던 값비싼 고삐를 놓았다. 루트비히는 말에 훌쩍 올라탔다.

"너도 말에 타."

루트비히는 돌아보고 짧게 말했다. 안네그레트는 갑작스러운 사태에 약간의 불안감을 느꼈다. 지금 주변에는 테다인도 없다.

"전하, 다녀오실 곳이 있으십니까?"

"멀리 가진 않을 거야. 그래서 너도 데려온 거니까, 타."

특별한 문장이 새겨진 갑옷 위에 붉은 망토를 두르고 투구를 벗은 루트비히의 얼굴은 꿈쩍도 하지 않았다. 안네그레트는 포기하고 자신도 애마에 올랐다.

"하!"

루트비히가 말에 박차를 가했다. 뒤에서 병사들이 웅성거렸지만 안네그레트는 돌아볼 새 없이 곧장 주군을 따랐다.

"가자, 블리츠."

함께 자란 말은 주인의 몸짓을 자기 생각처럼 빠르게 알아듣고 ·늘씬한 다리로 지축을 걷어찼다. 루트비히의 말인 슈발츠는 국내에서도 비할 말이 거의 없는 준마였지만 마술로 따지면 안네그레트가 명백히 뛰어났다. 그녀는 주군의 왼쪽 뒤를 달리며 소리 높여 물었다. 그냥 이대로 따라가기만 할 수는 없었다.

"전하, 어딜 가십니까?"

"둘이 주변을 둘러보자, 안네그레트."

루트비히는 그렇게 말하며 안네그레트를 돌아보았다. 말을 달리고 있었기 때문에 순간 그의 붉은 망토가 바람을 안고 크게 펄럭였다. 나부끼는 금발 사이로.

웃음을 띠고 접힌 녹색 눈이.

보였다. 금세 물결치는 망토가 다시 시야를 가렸지만 안네그레트는 방금 본 그 눈이 어째서인지 가슴 속에서 사라지지 않아 당황해 눈을 깜박였다. 주군의 눈은 늘 보고 있다. 그의 웃음 또한 매일 보고 있다. 그런데 지금은 어째서.

요동치는 시야.

루트비히는 점점 더 말을 빨리 달렸고 안네그레트는 뒤처지지 않았다. 주변은 온통 숲 없는 평원이었다. 노을이 깔리며 두 사람의 그림자가 한없이 길어졌다. 멀리 말 머리만큼 자란 억새가 강물처럼 은빛 파문을 그리며 스스스 물결쳤다. 저녁 식사를 만드는 연기는 점점 멀어졌고 지평선은 한없이 곧았다. 말이 달리며 만들어내는 충격이 머리채를 흔들었다. 앞서 나아가는 루트비히의 금발은 언뜻 촛불처럼 일렁이기도 했고, 황금 조각처럼 반짝이기도 했다. 안네그레트의 새까만 머리칼은 날아가는 까마귀처럼 새카맣게 노래했다.

두 마리 말은 거대한 호를 그리며 평원을 갈랐다. 사람 허벅지 높이만큼 자란 풀이 바다처럼 눈 닿는 모든 곳을 황금빛으로 물들이며 서로에게 속삭였다. 마침내 저 멀리 흰 길이 보였다. 길 위에는 오가는 사람이 없었다.

앞서거니 뒤서거니 하던 두 말이 질주를 멈추었다. 루트비히는 시원한 바람을 마시며 깊이 호흡했다. 그의 가슴 속 모든 구석구석까지 들어왔던 들판의 바람이 천천히, 뜨겁게 데워져서 빠져나왔다. 안네그레트는 그를 보며 눈을 깜박였다.

"저게 뭔지 알아?"

루트비히는 안네그레트를 돌아보고 물었다. 그녀는 자신이 아는 대로 대답했다. 초행이었지만, 저렇게 크고 잘 닦인 길이라면 답은 하나였다.

"아카르타 대로입니까? 전하."

"맞아. 아직 봉쇄 중이라 다니는 사람은 없지만."

"대단히 감명 깊습니다, 전하."

"그렇지? 나도 처음 봤을 땐 그랬어. 저렇게 큰 길이 있다니, 하고. 부신 북부의 젖줄이지. 물론 닦인 건 이 땅이 옛 자스라의 통치를 받고 있었을 때고. 군대가 움직이는 건 물론이고, 식민지의 물자를 수없이 저 도로로 날랐다더군."

안네그레트는 멀리서 보기에도 곧게 뻗고 잘 정비된 대로를 보고 진심으로 감동했다.

"옛 자스라는 도로로 유명했다더니 그 위용이 대단합니다."

"덕분에 지금은 우리가 잘 쓰고 있지."

루트비히는 바람처럼 웃음소리를 냈다. 속이 시원해지도록 달려서인지 그는 흔치 않을 정도로 기분이 좋아 보였다. 안네그레트는 주군의 심기가 편한 것을 보고 자신도 기뻐하며 평안함을 느꼈다. 문득 아까 본 그의 눈웃음이 가슴 속을 스쳐 지나갔다.

이상한 기분이 들었다. 작은 칼로 베인 것 같은, 신경 쓰지 않으면 갑자기 때때로 욱신거리면서도 정작 보기엔 별다른 사건조차 되지 못하는 그런 상처와도 같은 느낌이었다. 이런 기분은 느껴본 적이 없었다. 안네그레트는 이상해하며 자신이 왜 그런 기분을 느꼈을지 생각해 보았다. 역시.

"그런데 저만 데리고 이렇게 멀리까지 나오시면 위험하지 않으시겠습니까, 전하?"

루트비히는 어깨를 으쓱해 보였다.

"네가 있는데, 뭐. 그리고 이 부근은 어차피 유플리드보다는 나와 연고가 많은 땅이야."

"하오나."

안네그레트는 루트비히가 천막에서 했던 말을 떠올렸다. 군주는 늘 준비되어 있어야 한다고 한 것은 주군 자신이었다. 루트비히는 태연하게 눈썹을 꿈틀거렸다.

"뭐 어때. 이상한 건 안 보이잖아. 이 정도는 먼 것도 아니고."

안네그레트는 잠시 진지가 있는 쪽을 보았다. 연기가 올라 위치를 확인할 수는 있었지만 척 보기에도 이미 상당히 거리가 벌어져 있었다. 그녀는 눈썹을 모았다. 좋지 않았다. 불안감을 느낄 만도 했다.

"정찰 왔다고 생각해."

군의 다음 목표는 무사히 아카르타 대로를 타는 것이었다. 안네그레트는 루트비히가 전혀 자신의 말을 들을 생각이 없음을 그 목소리로 알고 쓴웃음을 지었다.

"예, 전하. 전하의 분부대로 하겠습니다."

"좋아. 그럼 다시 달리자."

루트비히는 대답을 기다리지 않고 갑자기 다시 말을 달렸다. 안네그레트는 순간 당황해 뒤처졌다가 급히 자신도 말에 박차를 가했다.

그림자는 점점 길어졌고 하늘은 어두워졌다. 그러나 아직은 온 세상이 불타는 것처럼 한껏 주홍색이었다. 풀이 눈부신 광택을 내며 몸을 젖혔고 멀리 털이 붉은 여우가 줄달음질쳤다. 그 그림자의 끄트머리가 마치 키 큰 사람처럼 무리지은 억새를 스쳤다.

안네그레트는 금세 주군을 따라잡아 안정적인 거리를 유지하며 달렸다. 바람과 구름과 세계가 흘러갔다. 잠시 후 앞 말의 속도가 느려지며 방향이 바뀌었다. 주군이 드디어 진지로 돌아갈 생각을 한 모양이었다.

"이거 힘든데."

루트비히가 웃음을 섞어 툭 던졌다. 현재 그와 이 군대가 북상하는 속도는 상당했다. 적어도 저녁에 일부러 들판을 달리며 운동을 해야 할 필요는 없었다. 안네그레트는 루트비히를 걱정스럽게 보았다.

"들어가시면 바로 쉬실 수 있도록 자리를 보겠습니다." ·

"그런 의미로 말한 게 아니야. 자네는 이제 보니 얼음이 아니라 강철로 만들었나 본데. 목소리 하나 안 바뀌었어."

"저는 훈련을 받았으니까요."

"정식 기사들도 이만큼 달렸으면 힘들어할 거야. 겸손한 것도 좋지만, 적당히 자랑해도 괜찮지 않아?"

"저는 이것이 일입니다. 오히려 늘 나랏일을 돌보시면서도 이만큼 달리실 수 있는 전하께서 대단하신 거라고 생각합니다."

"고마워."

루트비히는 또 웃음소리를 냈다. 작은 시내가 흐르는 것이 보였다. 그들은 잠시 말에게 물을 먹이느라 멈추어 섰고 루트비히는 망토를 벗었다. 안네그레트는 그것을 받아 자신이 챙겼다.

"더워."

"많이 달리셨으니까요."

"마실 거 있어?"

"있습니다."

안네그레트는 아까 말들을 돌보면서 채워두었던 수통을 꺼내 루트비히에게 건넸다. 그는 목을 한껏 젖히고 독한 술이 섞인 물을 들이켰다. 몇 방울은 그의 목을 타고 흘러 갑옷 속으로 들어갔다.

"잘 마셨어."

마개를 닫고 수통을 주인에게 돌려준 루트비히는 이마의 땀을 손등으로 훔쳤다. 한참 달린 다음이라 말들은 게걸스럽게 물을 마셨다. 안네그레트는 받아든 수통의 마개를 다시 따고 자신도 목을 축였다. 물이 달게 느껴졌다.

"안네그레트."

잠시 입을 다물고 말들이 실컷 물 마시기를 기다리던 루트비히가 문득 그녀의 이름을 불렀다. 안네그레트는 물을 삼키고 그를 보았다.

루트비히는 한숨을 쉬고 고개를 저었다.

"아니야, 신경 쓰지 마."

답답해서 나갔던 산책은 다른 종류의 기묘한 답답함을 더해주었다. 루트비히는 별이 새겨진 천장을 올려다보며 며칠째 느끼는, 아니, 그러고 보니 요 한동안 계속 느끼고 있었던 이상한 감흥을 되새겼다. 전령에게 들려 보낼 편지를 쓰던 테다인이 아닌 척 말을 걸었다.

"요즘 계속 잘 주무시지 못하는 것 같습니다만, 마음에 걸리는 점이라도 있으십니까?"

"딱히?"

"그러시다면 다행입니다."

테다인은 입을 다물고 다시 깃펜을 움직였다. 침상에서 몸을 굴린 루트비히는 화로를 등지고 천막 벽을 보았다. 안이 밝았기 때문에 바깥에서 움직이는 사람들의 그림자는 보이지 않았다. 그러나 소리만으로도 여러 사람이 근처를 오가고 있다는 것을 알 수 있었다.

"명하신 대로 다 썼습니다."

"읽어봐."

"전략. 요한 바르테니 슬라우스 게오르그 폰 모리드 경. 황제 폐하를 대신해 이번 여름에 임시로 폐쇄했던 관문을 9일자로 개방하도록 명한다. 통행은 이전과 같이 하라. 루트비히 오이겐 이하 생략, 부신의 태자."

"진짜 그렇게만 쓴 건 아니지?"

"쓸모없고 보기 좋은 수사는 모두 넣었습니다."

"잘했어. 보내."

테다인은 루트비히의 도장을 굴려 찍고 잉크를 후후 불어 말렸다. 루트비히는 몸을 다시 돌려 천장을 보고 누웠다.

"크흠."

휘장 밖에서 누군가의 초조한 헛기침 소리가 들렸다. 루트비히는 느긋하게 일어나 앉았고 테다인은 자리에서 일어섰다.

"누구십니까?"

"테다인, 나 엘리아스일세. 전하를 뵐 수 있겠는가?"

테다인은 루트비히를 보았다. 루트비히는 눈짓했다.

"들어오라고 해."

"어서 들어오십시오, 엘리아스 경. 전하께서 보시겠답니다."

키 크고 콧수염을 길게 기른 엘리아스는 인상을 잔뜩 쓰고 급하게 들어왔다. 그의 등 뒤로 무거운 휘장이 펄럭였다.

"무슨 일이야, 엘리아스 경? 얼굴이 심상치 않은데."

"전하, 큰일 났습니다."

엘리아스는 루트비히의 침대 앞으로 가 한쪽 무릎을 꿇고 앉았다. 루트비히는 쓴웃음을 지었다.

"왜, 무슨 일이냐니까?"

"방금 저희 가문에서 전령이 왔사온데 황도에서 폭동이 일어났다 합니다. 폭도들이 7년의 문을 불태우고 감히 여러 길을 점령하여 가히 참람한 지경이라 하옵니다……!"

비장한 말투에도 불구하고 엘리아스는 원하던 반응을 얻지 못했다. 루트비히는 쓴웃음 그대로 어깨를 으쓱했다.

"나도 알아. 이미 들었지."

"전하!"

엘리아스는 입을 떡 벌렸다. 주군의 눈짓에 테다인은 테이블에 올려놓았던 여러 장의 종이 중 하나를 집어 엘리아스에게 가져다주었다. 엘리아스는 본디 글을 즐겨 읽는 성품이 아니었기 때문에, 암호와 여러 상징이 들어간 글을 해독하는 데 잠시 시간이 걸렸다.

"보다시피 이미 해결됐어. 내 친애하는 친척, 로세드가 질서를 바로 세웠다는데."

당장 민란에 대처해야 하는 상황이 아니라는 것을 알게 된 엘리아스의 얼굴은 약간 풀렸지만, 아주 편안해진 것은 아니었다.

"전하, 제가 이해한 것이 맞다면 이 쪽지는 슈빔마렌 후작님이 황가의 가족 여러분 막하 여러 귀족들을 보호하고 계신다는 내용 아닙니까?"

"자네가 아주 잘 이해했어."

엘리아스는 인상을 썼다.

"좋은 겁니까?"

"친애하는 엘리아스. 자네는 참 솔직하다니까. 로세드는 나와 내 누이들 다음 가는 제위 계승권자야. 황가의 가까운 친척이 내가 없는 동안 황도의 평화를 지키고 여러 귀부인들을 모신다는데, 왜, 그게 그럼 나쁘게 들리나?"

루트비히의 어조만 들으면 세계가 멸망했다고 해도 아무도 의심하지 못할 것 같았다. 엘리아스는 주군의 눈이 번뜩이는 것을 보고 아차하며 몸을 사렸다.

"실례했습니다."

"이제 해결됐지? 그럼 나가서 쉬게."

심드렁한 축객령은 깔끔했지만 엘리아스는 잠시 자신에게 다른 용건도 있었다는 사실을 떠올리는 시간을 가졌다.

"전하, 말씀 올리고 싶은 건은 또 있습니다."

"말해봐."

"전하, 제가 이런 말씀을 올리는 것은 모두 전하를 향한 충심에서 비롯된 것임을 믿어주셔야 합니다."

루트비히는 손짓했고 테다인은 구석에 두었던 의자를 펴서 가져왔다. 등받이 없는 휴대용 의자에 앉은 엘리아스는 진중한 얼굴로 호소했다.

"전하, 전하의 종자 중에서도 굳이 그…… 바이언트 가문의 따님이 이 원정에 함께할 이유가 있습니까? 황공합니다만 바이언트 가는 이번에 전하께 따로 원조를 보내지 않은 것으로 압니다."

"난 또 뭐라고. 이번에 원조하지 않은 가문은 많아. 애초에 내가 자네들 말고는 부탁하지도 않았고. 안네그레트 바이언트는 바이언트 가의 대표로 온 게 아니라 내 종자로 온 거야. 전쟁에 나갈 때 자기 종자를 두고 가는 기사도 있나? 키르시와 하일러의 가문에서도 병사는 보내지 않았다는 건 자네도 알지?"

"흠흠."

루트비히의 즉각적인 대답에 엘리아스는 헛기침을 했다. 테다인은 우울하게 생각했다. 보아하니 대표로 온 것이군.

"하오나 전하, 말씀하신 둘은 황공하오나 원래 본인들이 속한 가문의 후계자가 아니며 자유롭게 처신할 수 있는 것은 본인들의 몸뿐인 줄로 압니다. 그에 비해 지금 언급된 레이디는…… 예, '레이디'라는 칭호를 쓸 수 있는 신분입니다. 한 지역의 정식 영주이니 더 큰 충성을 보일 수 있지 않았겠습니까?"

엘리아스는 그렇게 말하고 뜨거운 눈으로 루트비히를 보았다. 루트비히는 흠흠, 하고 본인도 목을 가다듬고 진지하고 열정적인 눈빛으로 엘리아스의 눈을 보았다.

"엘리아스 경, 내가 이번에 짧은 기한만을 주었는데 이렇게 훌륭한 병사들을 이끌고 와서 내 힘이 되어준 것에 정말 고마워하고 있다는 거 알지?"

엘리아스는 안심해 벌쭉 미소를 지었다.

"전하께 충성을 맹세한 가신으로서 당연한 일입니다. 제 손발은 모두 전하의 것이지요."

"그럼, 내 자네 마음 알지. 이렇게 적극적이고 정성이 담긴 충성을 내가 절대로 잊지 않을 거라는 것도 믿지? 내가 언제 내 사람한테 내릴 상을 아끼는 것 본 적 있어?"

"없지요."

루트비히는 빙긋 웃었다.

"그러면 뭐가 문제야, 응? 지금 나와 함께하는 사람들은 다 하는 만큼 상을 받을 거야. 내가 약속하지. 그래, 내가 가진 땅 중에 가장 부유한 곳이 아드라펠라네인 거 알지? 아드라펠라네의 백작 직위를 걸고 내 맹세해."

벙싯 웃으며 전하의 말씀이 무조건 옳다고 하려던 엘리아스의 얼굴이 옆에서 보기에도 확연한 갈등과 함께 멈칫했다. 루트비히는 표정 하나 바뀌지 않고 속으로 혀를 찼다. 그냥 적당히 좀 넘어가 주지.

"하오나 전하."

"왜?"

"전하께서 조석으로 시중을 들게 하시며 가까이 지내시는 것으로 알고 있는데, 혹 총애를 믿고."

"자네도 오며가며 부딪쳤으면 알 거 아니야? 안네그레트는 내 총애를 얻어서 그걸로 무슨 권력을 휘두르려는 성품이 아니니까 걱정하지 마."

엘리아스는 '사람 속을 어떻게 아냐'는 눈빛이 되었지만 감히 태자가 그렇게까지 말한 건에 더 말을 얹지는 않았다. 루트비히는 피곤해져 손을 저었다.

"자네가 지금 당장 황도의 상황을 더 좋게 만들거나 유플리드를 저절로 이리 부를 수 있는 획기적인 안을 가지고 있는 게 아니면 이제 가서 쉬게. 더 할 말 있어?"

주군의 말에 엘리아스는 고민하다 고개를 저었다. 좋은 선택이었다.

"아닙니다, 전하. 평안히 쉬시길."

반짝이는 촛불이 완연히 가을에 접어든 대저택의 파티 홀을 빛냈다.

이제 밤은 확연히 쌀쌀했기 때문에 파티에 참석한 사람들의 차림은 색과 옷감이 모두 달라져 있었다. 바뀐 유행에 맞춰 밤색, 어두운 비둘기색, 적갈색 따위의 딱 떨어지는 옷감으로 한껏 치장한 귀족들은 무겁고 두꺼운 소지품을 들어 뽐냈다. 상황이 상황이다 보니 식탁은 예년에 비해 부실했지만 그것을 불평하는 사람은 거의 없었다.

불평할 만큼 목소리를 낼 수 있는 사람이 거의 없었다는 설명이 옳을 것이다.

시피에트는 황후의 옆에 앉아 오늘의 파티를 둘러보았다. 원래 이 시기는 영지 귀족들이 제 땅으로 돌아가 소산을 돌보는 때라 궁정에 남은 사람의 수가 적었다. 그러나 역시, 상황이 상황이다 보니 황도에 남아 앞으로의 분위기를 보기로 한 귀족이 올해는 상당히 많았다. 내로라하는 가문의 주인과 후계자와 가까운 친척들이 고상한 옛 예법을 갖추고 서로의 눈을 보았다. 밝은 웃음은 있었지만 어딘가 긴장된 분위기였다.

"시프 양."

오늘 파티에 황제는 참석하지 않았지만 황후는 딸인 드란힐트의 고집스러운 설득에 발걸음을 했다. 시피에트는 공손하게 주인을 보았다.

"예, 폐하."

자네는 젊은 사람이니 내 옆에만 있을 필요 없어. 가서 춤이라도 추고 와. 하고 황후는 아룰라어로 말했다. 시피에트는 딱히 춤을 추고 싶은 마음은 없었지만 황후의 옆에만 앉아 있는 것도 지루하긴 마찬가지였다. 그녀는 감사 인사를 하고 일어나려고 했다.

"어머님."

그때 이 자리의 누구보다 화사한 차림을 한 드란힐트가 다가와 황후에게 인사했다. 황후는 딸에게도 딱히 미소를 보이지 않고 손을 내밀어 키스를 받았다.

"아가."

"역시 와주셨네요, 어머님. 어떠셔요, 궁에만 계신 것보다 이렇게 나와 파티에 참석하시는 게 좋지요?"

본인도 그다지 파티에서 활력을 얻는 성품이 아니면서 드란힐트는 아무렇지도 않게 그렇게 말하고 웃었다. 시피에트는 지금 자리를 떠나려면 드란힐트에게도 인사를 해야 하는 것일지 고민하며 머뭇거렸다.

엎친 데 덮친 격으로 로세드 슈빔마렌이 나타났다. 그 또한 드란힐트처럼 한껏 보석을 달고 꾸민 차림새였는데 얼굴에 띤 웃음은 이 저택 안의 누구보다 밝았다.

그럴 만도 했다.

"로세드, 이리 와 앉아요. 당신이 집주인이니 이번 파티에서 가장 중요한 손님을 즐겁게 해드릴 의무가 있잖아요?"

"어이구, 이를 말씀입니까."

7년의 문 사태를 삼 일 만에 진압한 로세드는 명실공히 현재 황도의 치안을 담당하고 있었다. 이 갑작스러운 사건이 태자의 부재 탓이라는 말은 거의 정설이었다. 보첼 가의 가족들도 태자 루트비히가 그렇게 자리를 비워서는 안 되었다고 의견을 모으고 있었다. 태자의 권위를 루트비히 본인이 직접 세우는 것은 당연하다고 소리 높여 주장했던 사람들까지도 그러했다.

시피에트는 그것이 불안했다. 로세드는 혈통으로 봐서도 태자가 부재 중인 지금 황제 다음가는 남자였고 나이 든 귀족들에게 인기가 많았다. 그저 멍청한 바람둥이라고만 생각했던 자신이 부끄러울 지경이었다. 무엇보다.

"어머님, 로세드가 아까 아주 재미있는 이야기를 해주었어요. 로세드, 말씀드려 봐요."

"그게 말입니다, 폐하. 이렇게 시작한답니다. 어느 날 지르날 상인하고, 유노아 화가하고……."

저 드란힐트 황녀가 이상하리만치 로세드와 함께 행동하기 시작했다. 어떤 사람들은 하슐레타 백작만을 혼자 고향으로 보낸 것이 계획된 행동이 아니었을까 하고 이미 수군거리고 있었다. 시피에트는 로세드와 같이 천박한 자를 드란힐트가 좋아할 것이라고는 도저히 생각할 수 없었지만, 만일 그가 노리는 것이 지금보다 더 큰 무언가라면 하는 염려 또한 지울 수 없었다.

아무튼 드란힐트와 결혼한다면 로세드는 충분히 다음 제위를 주장하며 대궁정 회의를 소집하려 들 수 있는 것이다.

어떤 방면으로 보아서도 로세드보다 정통성이 있는 루트비히가 살아 있는 이상, 물론 회의를 열 번 열어봐야 로세드가 제위를 계승할 일은 없었지만 이미 궁정에서 불안한 입들이 움직이고 있는 것은 사실이었다. 시피에트는 망설이다 이 남녀가 황후에게 무슨 말을 하는지 볼까 싶어 그냥 그 자리에 섰다.

"시프."

율리아는 드란힐트와 로세드가 함께 다니기 시작한 시기부터 사교계 최고의 인기인 자리를 내려놓아야 했지만, 여전히 영향력이 있고 모두가 좋아하는 사람이었다. 물론 이번 파티에도 초대받은 친구의 아름답고 우아한 모습을 보고 시피에트는 그나마 안도의 한숨을 쉬었다.

"율리아."

"어머나, 피츠콜 양."

율리아가 그녀를 따라다니는 청년들과 함께 다가온 것을 보고 드란힐트가 먼저 말을 걸었다. 드란힐트의 얼굴에는 짐짓 반가워하는 미소가 걸려 있었지만 시피에트는 어쩐지 그녀가 심술궂게 즐거워하고 있다는 인상을 받았다.

"오늘도 참 매력적이네요. 오는 길은 안전했지요?"

"예, 이를 말씀인가요, 하슐레타 백작 부인."

율리아는 장미처럼 새빨간 치마를 들어 보이며 빙긋 웃었다.

"황제 폐하께서 돌보시는 이 황도에서 저에게 무슨 일이 있겠어요."

시피에트는 침을 꿀꺽 삼켰고 드란힐트는 눈을 빛냈다.

"피츠콜 양은 못 들었나 봐요. 바로 얼마 전에 세상에, 악랄한 폭도들이 아주 오래된 옛 자스라 시대의 유물에 불을 붙이고 감히 황궁에 접근하려던 참람한 일이 있었답니다."

"물론 들었지요, 백작 부인. 이 황도의 누가 그 일을 모르겠어요. 참으로 안타깝고 무서운 일이었는데, 그 또한 황제 폐하의 충성스러운 신하들이 금방 해결해 주셨으니 저는 걱정할 게 없답니다."

율리아와 함께 온 청년들은 그 부드럽고 우아한 고집에 어딘가 불안해하면서도 안심한 얼굴을 했다. 시피에트는 갑자기 힘이 조금 나는 것을 느꼈다.

적어도 여기 이렇게, '뭔가 이상하다'고 생각해 주는 사람이 있었다.

추적추적 내리는 가을비가 투구 가장자리에 맺혀 자꾸 눈에 들어왔다.

안네그레트는 눈에 들어오는 빗물을 손수건으로 닦아낸 다음, 이따 투구 앞부분을 좀 찌그러뜨려 놔야겠다고 생각했다. 원래 자신이 쓰던 것은 가문의 문장이 너무 화려하게 들어가 있었기 때문에 낯선 대장간에서 가장 단순한 것을 만들어달라고 대강 주문한 것이 화근이었다. 좀 더 전쟁용의 제대로 된 물건을 만들 줄 아는 대장장이를 찾을 필요가 있을 것 같았다.

"윽!"

아카르타 대로를 따라 하는 북상은 상당히 편리했지만 잠시 도로가 쓰이지 않으면서 구석구석 생긴 구덩이에는 어쩔 수 없이 빗물이 고였다. 넘어진 병사를 내려다보고 안네그레트는 인상을 쓰며 물었다.

"괜찮나?"

진창에 넘어지는 바람에 무릎과 엉덩이에 진흙이 묻은 병사는 벌떡 일어나 흙을 털며 말했다.

"예, 경. 괜찮습니다."

"곳곳에 패인 자리가 있으니 조심해라!"

거의 스무 보는 앞에서 가고 있던 루트비히가 마침 소리쳤다. 안 그래도 이곳저곳에서 행군이 조금씩 지연되는 참이었다. 안네 그레트는 그새 다시 고인 빗물을 닦다가 아예 투구를 벗었다. 어차피 머리 자체는 사슬로도 보호되고 있었다.

안네그레트가 낑낑거리며 투구 앞부분을 휘려고 노력하는데 옆을 걷던 병사 한 명이 조심스레 물었다.

"실례지만 경, 무엇을 하고 계십니까?"

"빗물이 하도 눈에 들어오기에 임시로 여기 앞부분을 좀 휘어 둘까 해서."

"모자챙처럼 말씀이십니까?"

"그래, 맞아."

"그러시면 제게 주시면 제가 해드리겠습니다."

"그래주겠나?"

안네그레트는 안도하며 그 병사와 함께 행렬 옆으로 잠시 빠져 나와 멈춰 섰다. 병사는 바닥에 쪼그려 앉은 다음 오랜 세월 닳았지만 아직 모양을 유지하고 있는 벽돌 위에 투구를 놓고 검 뒤쪽의 동그란 퍼멀로 쇠를 두드렸다. 이내 그럭저럭 투구 윗부분이 찌그러졌다.

"여기 있습니다, 경."

"고맙네."

병사가 일어서서 내민 투구를 대강 닦아 쓰고 안네그레트는 그와 함께 급히 행렬로 돌아왔다. 아무래도 오늘 같은 날은 속도를 낼 수가 없어, 반짝이던 깃발도 축 젖어 늘어지고 말발굽 소리도 둔했다.

"정지!"

빗소리와 빗물 웅덩이 걷어차는 소리 때문에 시야뿐 아니라 귀로도 주변을 파악하기 힘들었다. 아주 심한 비가 아니었는데도 그랬다. 때문에 안네그레트는 저 앞에서 발트 이 레가 갑자기 외친 정지 명령의 원인을 한동안 파악하지 못했다.

머리보다는 본능이 먼저 움직였다.

"전원 방패를 하늘로!"

일개 종자에게는 이런 명령을 내릴 만한 권한이 없는데, 어쩌고 하는 생각을 하기 전 벽력처럼 입에서 노성이 터져 나왔다. 안네그레트는 본인도 바로 바이저를 올리고 충격에 대비했다. 하늘에서 수수수수수수, 수우우웅, 하고 이내 짙은 색의 화살이 쏟아졌다.

한동안 화살이 방패와 투구와 갑옷을 때리는 소리와 비명 소리, 그리고 정지 명령을 듣지 못한 후위와 머뭇거리며 멈춘 전위 사이의 밀고 밀리는 악다구니가 귀를 찢을 듯 세상을 채웠다. 안네그레트는 투구와 어깨 쪽에 화살이 와 닿기는 했지만 그대로 튕겨 나가 별 충격을 받지 않았다.

"방패! 방패를 들어!"

"전군 정지하라!"

지휘관들은 바쁘게 명령을 하달했다. 다시 화살이 한 차례 쏟아졌다. 수수수수수우웅.

"으아악!"

아무리 갑주를 갖추었어도 두 차례의 화살 세례에 아무 상처가 없을 수는 없었다. 더구나 일반 병사들은 판금으로 가린 곳이 적었다. 비명과 쓰러지는 소리에 안네그레트는 인상을 있는 대로 쓰고 일단 루트비히의 옆으로 달려갔다. 루트비히는 갑자기 나타난 그녀를 보고 무엇인지 읽을 수 없는 감정이 담긴 눈을 보였지만 다행히 다친 것 같지는 않았다.

동쪽은 완전히 평야였다. 화살이 날아올 만한 곳은 뻔했다. 곧 엘리아스 경이 루트비히에게 외쳤다.

"호두나무 숲입니다!"

"자카리 경, 자네의 기병들을 이끌고 나가!"

안네그레트는 방패의 각도를 슬쩍 바꿔 도로 서편의 호두나무 숲을 보았다. 도로에서 칠십 보 정도 떨어진 호두나무 숲은 제법 울창했고 엄폐물로 쓸 법한 옛 폐허도 있었다. 곧 자카리 경이 좋은 갑옷으로 무장한 기병들과 함께 숲을 향해 달려갔다. 진창이 된 땅에서도 잘 훈련받은 말들은 어떻게든 방향에 맞춰 나아갔다.

은빛 시내 같은 그 진군 앞에서 호두나무 숲이 흔들렸다. 하일러와 키르시도 일단 주군인 루트비히의 옆으로 모여들었다.

루트비히는 이를 갈며 테다인에게 물었다.

"저 숲 직경이 얼마나 되지?"

"지도상으로는 백오십 보쯤 됩니다."

"다 끌고 오진 못했을 테고, 처음부터 궁병 일부만 숨겨뒀겠군."

"애초에 이곳은 상대에게 명확한 전략적 이점이 없습니다."

"비가 최소 이틀은 더 올 것 같다고 했지?"

"근방 주민들의 말에 따르면 그렇지요."

"젠장. 저기 봐. 꽁무니를 빼고 도망가는데. 자카리를 불러들여. 더 쫓아도 의미가 없겠어."

부우웅, 하고 나팔수가 퇴각 나팔을 불었다. 곧 숲을 다시 흔들며 자카리와 그의 기병들이 본대에 합류했다. 자카리는 기분이 몹시 상한 얼굴이었지만 적을 완전히 놓쳤기 때문에 풀이 죽어 입을 꾹 다물었다.

루트비히는 자신을 둘러싼 종자들을 손짓해 물러나게 하고 자카리를 격려했다.

"보아하니 처음부터 화살만 쏴대고 도망치려고 다 준비해 놓고 있었던 거야. 자네 잘못 아니니 얼굴 풀어."

"하오나 전하."

"자네 잘못 아니라고 했지? 일단 지금은 우리도 저 숲으로 가서 비를 피하지. 저만한 숫자가 숨어 있을 만한 자리는 있겠지. 몇 명 정도 되어 보였나?"

"예, 전하. 이백 가량 되는 것으로 보였습니다."

"우리가 여길 지나기 전까지 두더지처럼 숨어 있었으니 숲에 장난을 쳐 두지야 않았겠지. 어이가 없군. 가자고."

장수들은 울적하게 휘하 병사들을 챙기며 루트비히의 말에 따랐다. 안네그레트는 주군의 옆을 떠나지 않고 주변을 경계했다. 테다인이 그녀에게 다가와 말했다.

"물러나 계셔도 됩니다. ……이후 질책을 각오하셔야 할 겁니다."

그것은 사실이었다. 안네그레트는 입술을 깨물었다.

"남작은 전하께 지휘관의 권한이라도 받았습니까?"

쌀쌀맞은, 그리고 명백히 루트비히에게 지휘관의 권한을 받은 붉은 머리 기사의 질문에 안네그레트는 차분하게 고개를 숙였다.

"그렇지 않습니다."

"그럼 본인이 데려와 책임지는 병력이 있습니까? 그런 줄은 몰랐습니다."

"아닙니다. 드릴 말씀이 없습니다."

키르시는 실제로 혼이 나고 있는 안네그레트보다 더 긴장한 얼굴로 하일러의 팔을 꼬집었다. 하일러는 무뚝뚝하게 키르시를 밀쳐 냈다. 키르시는 그 자리에 넘어지려던 것을 곡예처럼 기이한 자세로 회복해 하일러에게 속삭였다.

"어떡해."

"뭘 말이냐."

"너무 무섭잖아."

"하지만 근거 없는 트집이 아니다."

"그건 나도 아는데."

붉은 머리 기사에게 두 종자의 말은 들리지도 않았다. 실제로 그는 무척 화가 나 있었다.

"남작이 전하 곁에서 본인이 뭐라고 자처했는지 나도 들었습니다. 또 아버님과 여러 전쟁을 겪어봤다는 소문을 들었기에, 적어도 최소한의 것은 할 줄 알았습니다."

안네그레트의 얼굴은 이미 창백했다. 그녀는 부끄러움을 느끼며 고개를 다시 숙였다.

"경이 하시는 말씀이 모두 옳습니다. 부끄럽습니다."

"남작 혼자 부끄러워서 끝날 일이면 얼마나 좋겠습니까? 급박한 전장에서 지휘관 아닌 사람이 마음대로 지휘를 내리기 시작한다면 우리가 어떻게 태자 전하께 그분의 신분에 걸맞은 명예를 바칠 수 있겠습니까? 내 말이 틀립니까?"

"아닙니다."

"일개 병사도 아니고 미래에 기사를 지망하는 자라면 더더욱 그런 서열에 민감해야 할 것 아닙니까? 이제 보니 사냥과 결투만 잘하는 모양이로군요."

호두나무 숲에 진지를 구축하고, 어느 정도 사태의 수습이 끝나자마자 태자의 종자들이 있는 곳에 들이닥친 붉은 머리 기사는 앞으로도 한동안 말을 마칠 것 같지 않았다. 덕분에 키르시와 하일러는 자신들도 혼이 나는 기분으로 나무 옆에 얌전히 서 있어야 했다.

안네그레트는 다시 사죄했다.

"드릴 말씀이 없습니다."

"남작이 제 종자였다면 지금쯤 주군과 종자의 맹세고 뭐고 다 때려치우고 집에 갔어야 할 겁니다. 그만큼 남작이 오늘 한 일에는 변명의 여지가 없습니다. 그리고, 급한 상황에는 대열의 유지가 제일 중요한 거 모릅니까? 왜 태자 전하 옆으로 바로 달려갔습니까?"

"말씀대로 급한 상황이다 보니 주군의 안위가 염려되어 그리했습니다."

"그걸 말이라고 합니까? 태자 전하 옆에는 여러 기사들이 있었습니다. 본인의 실력이, 정식으로 기사 서임을 받고 전하의 곁에 있는 우리보다 뛰어나다고 생각했습니까? 그것이 교만이 아니면 무엇입니까? 일대일 결투에서 잘했으니 전시에 주군을 지키는 것 또한 본인이 제일 잘할 거라고 생각했습니까?"

구구절절이 옳은 말이었다. 키르시는 자기가 울 것 같아 괜히 얼굴을 일그러뜨렸고 하일러는 들리지 않는 한숨을 쉬었다. 안네그레트의 성품을 아는 그들로서는 이렇게 올바른 말이야말로 그녀에게 무엇보다 뼈아프리라는 것을 익히 짐작할 수 있었다.

"송구합니다."

"신전에서 가장 경계시키는 게 뭡니까. 바로 교만입니다. 교만! 남작이 만약 루브 데이하르츠 공만큼 경험이 있는 실력자였다고 해도 본인이 일개 종자로서 주군을 따르는 입장이라면 함부로 명령을 내리거나 대열을 이탈할 수 없습니다. 모릅니까?"

"알고 있습니다. 송구합니다."

"그놈의 송구! 내가 하는 말을 섭섭하게 생각하지 마십시오. 오늘 남작이 한 행동을 모두 난처하게 생각하고 있고, 화가 크게 난 기사들도 많습니다. 그들이 남작을 처분하려 들지 않는 것은 단지 당신이 고귀한 신분이며 태자 전하의 종자이기 때문입니다. 둘 중 한 가지 조건만 빠졌더라도 남작은 결투 신청을 수십 건은 받았을 겁니다. 당장 남작에게 임시로라도 기사 서임을 해서 결투를 하고 싶어 하는 사람들도 있습니다."

주군의 허가 없이는 정식으로 결투할 수 없는 종자에게 진심으로 결투 신청을 하고 싶을 때—혹은 준비되지 않은 상태에서 강도질을 당할 때에도—기사들은 그런 수단을 쓰기도 했다. 안네그레트는 눈을 내리깔고 애써 담담하게 말했다.

"……이해합니다. 섭섭하게 생각하지 않습니다."

"어디 말해보십시오. 바이언트 경, 그러니까 남작의 아버님과 전장에 나가서도 이런 식이었습니까? 그분은 훌륭한 기사신데 따님을 이렇게 교육시키셨단 말입니까?"

"아닙니다. 제가 미욱해……."

"그만."

서릿발처럼 차가운 목소리가 날아들었다.

한창 열이 올라 있던 붉은 머리 기사는 주군의 목소리에 입을 다물고 가슴을 쳤다. 루트비히는 다가와 고개를 저었다.

"기사 선배로서 후임을 엄격하게 교육시키는 건 좋은데, 부모 이름을 끌고 나오면 좀 그렇지."

루트비히의 뒤에선 테다인이 한숨을 쉬고 있었다. 붉은 머리 기사는 간신히 진정하고 루트비히에게 고개를 숙였다.

"……말씀하신 것이 모두 옳습니다, 전하. 남작, 내가 조금 흥분했습니다."

"아닙니다. 잘못한 일을 따끔하게 지적해 가르쳐 주시니 감사드립니다."

불편한 침묵이 흘렀다.

루트비히는 그야말로 지나가는 길이었던 모양이었다. 그는 안네그레트와 붉은 머리 기사, 그리고 옆에 서서 나무인 척하고 있던 키르시와 하일러를 한 번씩 보고 그대로 휙 자리를 떴다. 붉은 머리 기사는 약간 안심한 얼굴로 주군의 뒷모습에 절한 뒤 안네그레트를 싹 돌아보았다.

붉은 머리 기사의 얼굴은 아까보다 진정되어 있었지만 여전히 험악했다.

"남작의 아버님을 나도 존경하니, 그분을 들먹인 점은 후회합니다. 그러나 오늘 일은 남작이 크게 잘못했습니다. 앞으로 두고 보겠습니다."

거기까지 말하고 붉은 머리 기사는 몸을 획 돌려 떠나갔다. 안네그레트는 그 자리에 덩그러니 남아 주먹을 쥐었다.

끔찍한 기분이었다.

"화살의 모양과 당시 날아온 각도 및 형태로 보아, 활을 쏜 부대는 코필라족일 가능성이 높습니다."

루트비히는 테다인의 보고에 입맛을 다셨다. 모두가 짐작은 하고 있었다.

"노드바르덴이 자랑하는 사수들이지. 더 흔한 화살로 위장할 생각도 안 하다니, 이거 한번 해보자는 거지?"

"적당히 용서하실 줄 알았는데 막상 이렇게 계속 북진하시니 지레 겁을 먹었을지도 모르지요."

"그렇겠지. 유플리드 영감은 그렇게 이판사판 싸워보자고 정열적으로 나서는 성격이 아니야. 믿는 구석이 다 있어서 한번 뻗대본 거였겠지."

그리고 그 뻗댐의 결과가 지금 양쪽에서 어떻게 나타나고 있는지는 주지의 사실이었다. 루트비히는 속으로 관련자 모두를 저주했다. 비 오는 숲에서 천막 안에 갇혀 있으려니 성질이 났다.

"일부러 병력을 숨겨뒀다가 화살 두 대 쏘고 달아났다는 것 자체가 나는 어이가 없어."

"하지만 코필라족이 진짜 그럴 마음이 있었다면 아군의 피해도 이 정도로 끝나지 않았을지도 모릅니다. 좋게 생각하십시오. 전하의 의사를 타진한 애교 정도로 볼 수도 있을 것 같습니다."

테다인과 루트비히의 대화를 듣던 장수들 중 몇은 고개를 끄덕였고 몇은 불편한 얼굴을 했다. 주로 화살의 집중 포화를 받은 부대를 이끌고 온 자들이었다.

"테다인 경, 병사들이 칼 한 번 못 휘둘러보고 어이없이 당하는 경험은 실질적인 부상자 및 사망자 수와 상관없이 사기를 떨어뜨리는 일입니다."

휘하 병사 스무 명인가가 죽었고 스물두 명인가가 중상을 입어 이를 갈고 있던 기사가 헛기침을 하고 말했다. 테다인은 태연하고 대담하게 고개를 끄덕였다.

"물론 상대의 사기를 최대한 떨어뜨려 놓는 것은 전쟁의 기본이지요. 그것도 노렸을 겁니다."

"코필라족은 이 근방에 사는 자들이 아닙니다. 여기까지 보냈다면 전하 말씀대로 화살 두 대만 쏘아붙이고 끝은 아닐 겁니다. 북상을 계속 방해하지 않겠습니까?"

차분한 얼굴로 생각하던 기사가 지적했다. 루트비히는 고개를 끄덕였다.

"그 말이 맞을 거야. 이백에 전원 기병이었으면 정면으로 싸움을 걸지는 않을 테지만 귀찮게 하는 데는 충분하지. 노드바르덴 일족이 유플리드를 냉큼 내놓기를 기대한 건 아니었지만 막상 그들이 해볼 생각임이 확인되니 씁쓸한데."

많은 이의 예상대로, 상정되는 적의 병력은 늘어나고 적이 이용할 수 있는 병참과 성채는 풍부해졌다. 루트비히의 천막이 무겁고 우울한 분위기로 가라앉았다.

"아예 가까운 영주들에게 만 명 정도를 빌리시는 것은 어떻겠습니까? 조금 시간은 걸리겠습니다만, 그 경우에는 오히려 싸울 필요 없이 죄인이 손을 들고 항복하지 않겠습니까?"

발트 이 레가 인상을 잔뜩 쓰고 물었다. 몇 명이 고개를 끄덕였다. '이제 와서' 병사를 내놓고 공을 가로채는 귀족이 있다면 물론 얄미울 테지만 태자가 친정을 나섰는데 져서 돌아가는 것보다는 나았다. 루트비히는 고개를 저었다.

"내가 경들을 처음 소집할 때, 최대한 빨리 데려올 수 있는 만큼의 정예병만을 데려오라고 한 것 기억하지? 나는 이 상황을 오래 끌 생각이 없어. 아카르타 대로의 봉쇄를 푸는 것도 겸해서 올라가는 거야."

이번에는 엘리아스를 비롯한 다른 몇 명이 고개를 깊이 끄덕였다. 그들은 유플리드를 적당히 용서하고 빨리 황도로 돌아가는 게 좋지 않을까 하고 노골적으로 생각하고 있었다. 그러나 이렇게 일방적으로 당한 상황에서 바로 돌아가느니 차라리 제대로 싸워서 이겨 버리는 게 나았다.

"그리고 만 명이라면 상비군만으로는 감당할 수 없습니다. 어쩔 수 없이 징병을 하게 될 텐데 그러면 수확 철에 타격이 너무 큽니다. 오래된 가문의 주인의 마음을 상하게 해서 저렇게 토라지게 만들어놓고 다른 영주들의 재산에도 손해를 입힌다는 불만이 나올 겁니다."

"아니, 누가 감히 그런 무엄한 생각을 한단 말입니까?"

테다인의 설명에 기사들이 웅성거렸다. 루트비히는 손을 저었다.

"말이 그렇다는 거지. 아무튼 나는 추가 병력을 요청할 생각이 없으니 빨리 지금 상황이나 해결하자고."

이번 일로 얻은 수확이 있다면 그것은 적의 형태가 더 구체적으로 잡혔다는 것이었다. 장수들은 진지하게 전술을 내놓았고 회의는 구체적이고 조심스러운 지표와 함께 진행되었다. 회의가 끝날 즈음에 자카리가 슬쩍 물었다.

"하온데 전하, 카르가링겐 쪽의 병력은 오지 않는 겁니까? 라인홀트 파스텐 경이 이 자리에 있었다면 좋지 않았겠습니까?"

이때까지 이런 질문이 나올 때마다 루트비히는 대충 얼버무리고 넘어가곤 했다. 이번에야말로 대답이 나올까, 하고 기대하는 얼굴로 장수들은 루트비히를 쳐다보았다.

루트비히는 고개를 저었다.

"그쪽은 계산에 넣지 말고 계획을 짜도록."

그나마 처음 나온 대답다운 대답이었다. 기사들은 실망한 표정을 숨기지 않았다.

하늘이 대단히 푸르렀다.

눈이 허락하는 한 가장 먼 곳까지 볼 수 있는 맑은 날씨와 현저히 시원해진 기온 속에서 병사들의 행군은 무리 없이 진행되었다. 루트비히는 머릿속의 지도를 떠올리며 양쪽으로 펼쳐진 높은 절벽을 보았다.

바로 그저께 지나온 성의 성주는 루트비히가 계속 진군하는 것을 반겼다. 노드바르덴과 협곡 하나를 사이에 두고 붙어 있는 만큼 이번 사태에서 가장 피해를 많이 본 사람 중 하나가 그 성주였다. 이제 곧이다. 아니, 이제는 시작한 것이나 마찬가지였다.

"전하!"

"나도 봤어, 엘리아스 경. 전군 밀집 대형으로 방패를 들어라!"

깎아지른 듯 높은 절벽에서 화살이 까맣게 쏟아졌다. 루트비히는 자신의 방어구에 자신이 있었기 때문에 화살비 정도가 두렵지는 않았지만 불쾌했다. 자신이야 괜찮지만 병사들이 야금야금 줄고 있었다. 화살로 죽어서, 혹은 상처가 심해져서. 저 활잡이 놈들을 다 잡아 죽여 버리자는 여론이 머리를 들고 있었지만 이백 명의, 무장이 적고 도망칠 준비가 된 특수 기병 부대를 잡으러 병력을 떼놓는 일은 현명해 보이지 않았다.

그리고 오늘은 이것이 끝이 아닐 것이다. 가슴이 두근두근 뛰고 얼굴이 흥분으로 붉어졌다. 귀청이 떨어질 듯한 빗소리가 간신히 그쳤다. 저 앞에서 맑고 높은 나팔 소리가 들려왔다.

지축이 울렸다. 양쪽 절벽에서 돌이 쏟아졌다.

"기억해라. 와봤자 몇 명 안 된다. 적은 그래서 이 자리를 고른 것이다."

적은 수로 삼천을 막으려면 루트비히 자신이라도 이곳을 골랐을 것이다. 양쪽을 깎아지른 듯한 절벽이 막고 갈 길은 앞과 뒤밖에 없는 바로 이 골짜기를.

먼지와 함께 저 좁은 길을 새까맣게 뒤덮은 병사들이 달려왔다. 그들은 나무가 그려진 방패 문양을 깃발에 그려 넣어 들고 있었다. 발트 이 레가 루트비히의 눈짓에 나섰고 나팔수가 나팔을 불었다. 부부우…… 부.

적절한 거리를 두고 상대가 멈추어 섰다. 굴러 떨어지던 돌도 멎었다. 루트비히는 기분이 상한 얼굴로 적의 선두에 나선 기사를 보았다. 그는 노드바르덴 대로의 가장 끄트머리에 있는 관문 세 개를 지키는 귀족 청년이었다.

"태자 전하!"

보병 부대가 파이크를 겨누고 **빽빽**하게 밀집했다. 이쪽도 그럴 줄 알고 보병 부대를 맨 앞에 배치했다. 루트비히는 적의 대장이 점박이 백마를 타고 천천히 다가오자 소리쳤다.

"네가 나를 태자로 보느냐!"

"멈춰라!"

발트가 말을 타고 앞으로 몇 걸음 달려가 랜스를 겨눴다. 적의 보병들은 아직 조용했지만 저쪽의 기사 몇 명은 야유했다.

"명예로운 기사 한 명이 두려우십니까!"

"대화를 나눌 생각도 없으십니까!"

적의 대장은 발트의 랜스가 위협적으로 느껴지지 않을 정도의 거리에서 멈췄다. 그는 투구를 벗고 난처한 얼굴로 인상을 썼다.

"태자 전하, 돌아가 주십시오. 이 너머는 저희가 조상 대대로 지켜온 땅입니다."

루트비히는 투구를 벗지 않고 소리쳤다.

"너희가 누구로부터 지켜온 땅이냐! 너희가 충성을 맹세한 주인이 발을 들이는 것을 어째서 막느냐!"

"주인은 하인의 집에 칼을 들고 갑옷 입고 들어오지 않습니다!"

"주인이 하인의 집에 들어오려는데 집에서 화살이 날아온다면 당연히 갑옷을 입지 않겠느냐! 게르하르트 파르칸수스 유플리드는 어디 있느냐, 그의 불충에 대한 죄를 물으러 왔다!"

적의 대장은 인상을 조금 더 심하게 썼다. 흔들리는 모습은 아니었다.

"그분은 저에게도 친족이나 전하께도 먼 친척이고 고귀한 혈통의 후계입니다. 집안사람들끼리 좋게 해결할 일을 어찌 군사를 몰고 와 치려고 하십니까!"

"내게 와 사죄하라는 평화로운 명령을 끝내 무시한 것은 그자 본인이다. 감히 황제 폐하께서 직접 돌보시는 신민들에게 참람한 폭행을 저지르고도 사죄하지 않고 친족들의 땅에 겁쟁이처럼 숨은 것은 누구냐! 이것이 제국에 대한 배신이 아니고 무엇이냐!"

우우, 하고 적의 병사들이 야유했다. 이편에서도 지지 않게 소리를 높였다. 겁쟁이! 겁쟁이! 배신자! 배신자!

루트비히의 얼굴이 약간 더 달아올랐다. 그는 약간의 거칠고 감정적인 단어 선정이 병사들에게 어떤 효과를 줄 수 있는지 본능적으로 알았다.

적의 대장은 이맛살을 찌푸리고 답답한 듯 말을 좌우로 움직였다.

"그러면 전하는 어떠십니까! 대화를 나누려는 기사를 가까이에 가지도 못하게 하시니, 저 한 명에게 겁을 먹으신 게 아닙니까!"

이번엔 적의 병사들이 겁쟁이, 겁쟁이! 하고 소리쳤다. 루트비히는 그런 말에 도발되지 않았지만 몇 명의 성격 급한 이쪽 기사들은 인상을 쓰고 이를 갈았다.

"어디서 감히 무례를!"

"이분이 누구신지 알면서!"

"됐다. 마음대로 말해라! 나는 너에게 내 어전에 나올 자격을 주지 않을 것이고, 누가 겁쟁이인지는 시간이 판단해 줄 것이다. 그래, 유플리드가 직접 나와 내게 사죄하고 황도로 압송될 생각은 없다고 봐도 되겠지?"

적의 대장은 말의 움직임을 멈췄다. 발트 이 레는 차갑게 그를 쏘아보았고 그의 눈 또한 발트에게 잠시 멎어 있었다.

"말이 통하지 않는군요."

"같은 생각이다."

적의 대장과 루트비히는 한 마디씩 주고받은 뒤 검 손잡이에 손을 얹었다. 적의 대장은 그대로 달려 자신의 병사들이 있는 곳으로 다가갔고 발트 이 레 또한 자신이 이끄는 병사들이 있는 곳으로 돌아갔다. 양측의 가장 어린 병사까지도 대화가 끝났음을 알았다.

차가운 가을바람이 골짜기에 불었다. 투구 밖으로 살짝 나온 금발을 나부끼며 루트비히는 씩 웃었다. 보석이 박히고 시퍼렇게 날이 선 태자의 검이 가는 햇빛을 받아 눈부시게 빛났다.

"요엘 부대, 앞으로! 적은 얼마 되지 않는다. 겁쟁이 고슴도치를 쓰다듬어 줘라!"

고슴도치는 적절하게 안정시켜 주면 가시를 눕힌다. 번뜩이는 창날을 단 파이크를 들고 요엘의 중기병들이 앞으로 나섰다.

"조금 너무한다고 생각하지 않으셔요?"

뺨에 사랑스러운 비단 점을 붙이고, 어린 남작 부인은 속삭였다. 율리아는 남작 부인이 그랬듯이 부채로 입을 가리고 진지하고 비밀스럽게 물었다.

"뭐가요, 남작 부인?"

"남자들 말이에요. 전에는 레이디 율리아의 옆에서 떨어질 줄을 모르더니 지금은 하슐레타 백작 부인에게 달라붙어서는."

율리아는 부채의 각도를 살짝 틀어 입을 완전히 가리고 후후 웃었다. 어린 남작 부인은 자신의 우상이 그렇게 우아하고 평안하게 웃을 수 있다는 사실에 감탄하면서도 분노했다. 그녀는 자신과도 친하게 지내던 귀족 청년들이 요즘 하는 행동을 배신이라고 불렀다.

"마음 써줘서 고마워요, 남작 부인. 하지만 백작 부인은 이 나라에서 황후 폐하 다음으로 가장 고귀한 여성이시니 많은 남성의 존경과 사랑을 받는 것도 당연하죠."

"레이디 율리아는 정말이지 너무나 친절하고 상냥하셔요."

남작 부인은 입술을 비죽였다.

율리아는 약간 난처해졌다. 이 파티에는 남작 부인이 지금 욕한 바로 그 하슐레타 백작 부인이 와서 모임의 중심이 되어 있었다. 어떤 말이 어떻게 전해지든 이 남작 부인에게 좋지 않은 것은 물론이었고, 자칫하면 율리아 자신도 타깃이 될 것이었다. 율리아와 드란힐트의 사이가 좋지 않은 것은 모두가 알고 있었다.

"자아, 마음 쓰지 말고 어서 가서 춤이라도 춰요. 부인이 좋아하는 곡이잖아요?"

"그러면 레이디 율리아도 함께 가세요. 남작님, 어서 가요. 하스뮐러 경, 경이 레이디 율리아에게 춤을 신청하시겠어요?"

마침 네 명이 짝을 지어 추는 활발한 춤곡이 나오고 있었다. 율리아는 예의 바르게 고개를 저었다.

"어마, 모처럼의 말씀인데 죄송해요. 하스뮐러 경, 괜히 마음 써주실 것 없어요. 아쉽지만 저는 아까 나온 발포주 때문인지 조금 답답하네요. 잠시 정원에 나가서 바깥바람을 쐬어야겠어요."

"레이디 율리아, 그러시면 제가 모시죠."

아무리 사교계의 중심이 약간 옮겨갔다 해도 율리아의 옆에서 그녀를 시중 들 준비가 된 남자는 여전히 많았다. 모두 소중하고 고마운 사람들이었지만 오늘 같은 때에는 어쩐지 그들조차 귀찮았다. 율리아는 어떻게 거절해야 할지 고민했다. 그때 바로 옆에서 익숙하고 단순한 향과 함께 누군가 율리아의 팔을 잡았다.

"아쉽지만 신사분들, 아름다운 레이디 율리아는 잠시 제가 독점해야겠는걸요. 여성들의 대화에 끼려는 파렴치한 분들은 안 계시겠죠?"

이 명랑한 목소리. 율리아는 속으로 안도하고 겉으로는 원래 이런 인선이 계획되어 있었다는 듯 태연하게 웃었다.

"그렇게 되었답니다. 자, 그러면 저희끼리 비밀 이야기를 조금 나누는 동안 여러분께선 무도회를 즐기셔요. 잘생기고 예의 바른 신사분을 찾으시면 제게도 꼭 소개해 주셔야 해요."

너무하십니다, 레이디 율리아, 하고 몇몇 청년은 짐짓 우는 소리를 냈다. 시피에트는 그들에게 치마를 들어 인사해 보이고 율리아와 함께 홀을 빠져나갔다.

처음 오는 집이 아니라 정원으로 가는 길은 알고 있었다. 마거릿이 가득 핀 정원은 아직 한산한 편이었다. 율리아는 충분히 남들에게 목소리가 들리지 않을 만한 곳에 도착하자마자 웃음을 터뜨렸다.

"세상에, 시프. 아름다운 레이디 율리아라고?"

"연애소설에 나오는 기사처럼 해보고 싶었거든. 왜, 어여쁘고 순진한 아가씨가 사교계의 닳고 닳은 청년들에게 둘러싸여 구애를 받고 있을 때 그녀의 순결을 지키기 위해 바람처럼 모시고 나가는 과보호 성향이 있는 기사. 문제는 그 아가씨의 순결은 정작 그 기사가 가져간다는 거지."

"갑자기 팔짱을 껴서 깜짝 놀랐어."

"원래 그런 기사는 갑자기 나타나는 거거든. 내게 남자들 같은 망토가 있었으면 너에게 지금 둘러줬을 텐데 아쉽게도 나도 드레스 차림이네."

율리아와 시피에트는 함께 유쾌하게 웃었다. 율리아는 머릿속에 자기도 모르는 새, 끼어 있었던 옅은 안개가 가을밤의 냄새와 함께 깨끗이 씻겨 나가는 것을 느꼈다. 둘은 수로와 동상을 따라 만들어놓은 산책로를 함께 걷기 시작했다.

"앗, 하는 김에 너를 저 동상 뒤의 어두운 곳에 밀치는 것도 해야 하는데."

"왜? 뭐 하러?"

"원래 소설에선 그렇게 다 하잖아? 그리고 네가 못 빠져나가게 팔로 가두고 그윽한 눈빛으로 쳐다보는 거야."

"얘가 정말. 지금은 저런 데 가면 안 돼. 진짜 기사와 레이디들이 있을 거라고. 네 말대로 순결을 뺏고 있을 수도 있어."

"으악. 그럼 안 갈래."

"안타깝게도 펄쩍펄쩍 뛰어오르는 가을벌레와 거미줄 때문에 그 레이디들도 그렇게 유쾌하지는 않을 거야."

상상했는지 시피에트는 킥킥 웃었다. 율리아는 시피에트의 따뜻한 팔을 자기 쪽에서도 단단히 붙잡았다. 밤색 가운에 가는 진주 줄로 격자무늬 장식을 단 시피에트는 상당히 든든하게 느껴졌다.

"저것 좀 봐, 율리. 하늘의 별이 정말 예쁘다."

"그렇지? 벨룽이 벌써 저렇게 이울었네."

"그러게. 안니카가 떠날 때까지만 해도 아직 덜 찼었는데."

두 개의 달은 무엇보다 확실하게 날짜를 알려주는 수단이다. 율리아는 시피에트가 한숨을 푹 쉬는 것을 팔 너머로도 느꼈다.

"왜?"

"내가 너한테 할 이야기가 있다는 건……."

"완전히 날 구해주려는 핑계는 아니었지?"

시피에트는 율리아의 영리한 눈을 보고 입술을 비죽였다. 그녀가 제일 좋아하는 두 친구 중, 안네그레트는 너무 모든 말을 그대로 받아들이고 율리아는 너무 영리해서 숨기고 싶은 것까지 다 알아버린다. 왜 평범한 친구를 더 사귀지 않았을까.

"나 너무 불안한데 들어줄 사람이 없어. 들어줄래?"

"그래. 황후 폐하 옆에만 있으니 오늘 같은 날이라도 마음 풀어야지."

심지어 황후는 오늘 시피에트의 샤프론 역할도 하고 있었다. 물론 보첼 가의 어른들은 대단히 환영할 일이었지만 시피에트는 황후의 시녀와 친해지고 싶은 남자들의 접근이 싫었다. 그런 남자들과 하는 대화는 황가 식구들에 대한 찬양이 대부분이다.

시피에트는 한숨을 다시 쉬었다.

"집에서 편지가 왔어. 손님을 맞이할 와인도 없대."

"요즘 다들 사정이 그렇지, 뭐. 그래도 남부산은."

"나도 남부산을 쓰라고 했는데, 할아버님이 안 된다고 하신대."

아무래도 손님을 맞이할 때 쓰는 와인은 쉴라르나 데키테트에서 수입한 것을 고급품으로 치는데, 그런 수입품 중 절반 이상은 그간 아카르타 대로를 통해 융통되고 있었다. 그런 사실도 이번에 해당 길이 막히고 나서야 안 것이긴 하지만. 부신 남부에서 그럭저럭 와인이 생산되긴 하지만 귀족들은 국산 와인을 그리 좋아하지 않았다.

"우리 집은 식구들이 남부산도 잘 마셔서 아예 이 김에 거래처를 바꿨어. 섬세한 부케는 떨어지지만 단순하고 힘찬 느낌이 나쁘지 않은데."

"나도 남부산 잘 안 마시긴 하지만, 있는 걸 마시면 되잖아? 그런데 지금 부족한 게 와인뿐만이 아니잖아."

걸음이 멎었다. 율리아는 시피에트의 음울하고 연약한 눈을 보았다. 달빛을 받은 속눈썹이 그녀의 뺨에 그림자를 드리우고 있었다.

"불안해. 금방 해결될 줄 알았는데, 안니카가 가면 그냥 다 해결될 줄 알았어. 우리 그렇게 얘기했었잖아. 태자 전하가 가셔서 얼른 처리하고, 봉쇄령도 모두 해제하고 오신다고."

"그렇게 될 거야. 시간이 좀 걸리는 거지."

"그런데 전하가 나가시자마자 기다렸다는 듯이…… 그런 일이 생겼잖아."

율리아의 숨이 턱 막혔다.

실은 그녀도 그것을 생각하고 있었다.

"율리아, 그거 알아? 우리 할아버지를 존경하는 어떤 법관이 얼마 전에 집에 찾아왔었어. 그리고 황가의 상속법에 대해 묻는 거야. 혼인 무효에 대한 이야기도 했어."

"혼인 무효? 누구 말이야?"

등골에 차가운 것이 스쳤다. 율리아는 갑자기 주변이 무척 추워졌다고 느꼈다. 그녀는 떨리는 눈으로 시피에트를 보았다.

시피에트는 율리아를 보지 않았다. 누군가를 보기에 지금 그녀는 너무나도 혼란스러워하고 있었다.

"누군 누구야, 하슐레타 백작 부부지. 우리 아버지가 기함해서 쫓아버리시긴 했는데, 그 사람은 굽힐 생각이 없어 보였어. 자기 말고도 이 일에 착수한 사람이 많대. 하슐레타 백작 부인이, 드란힐트 황녀님이 남편과 헤어지시면…… 그러면 다음에 황녀님과 결혼하려는 사람은 이미 결정된 걸까? 응? 율리. 황제 폐하와 황후 폐하의 따님이신 그분과 결혼하는 남자는 얼마나 높은 제위 계승권을 노릴 수 있을까?"

7년의 문 사태 이후로 로세드 슈빔마렌은 정기적으로 황도의 순찰을 돌고 있었다. 원래라면 태자 루트비히가 해야 하는 일이지만, 그는 지금 부재중이었으므로.

그리고 로세드에게 그런 행동을 명령한 사람은 없었다.

난전이 되고 나서 나아진 점은, 더는 화살 세례와 돌비가 쏟아지지 않는다는 것이었다. 안네그레트는 주의 깊게 적과 아군을 구별하며 바쁘게 랜스를 휘둘렀다. 거대하고 무거운 쇠몽둥이에 맞은 적들이 속절없이 밀려났다.

빨갛다. 빨갛다. 빨갛다. 피.

안네그레트는 자기 자신을 알았다. 만일 자신에게 적의 병사들을 모두 죽이라는 임무가 내려왔다면 지금쯤 자신은 이 무기를 다른 방법으로 사용하며 얼마든지 끔찍한 일을 저질렀을 것이다. 그러나 그녀가 오늘 해야 하는 일은 달랐다. 피를 보고 흥분해서는 안 되었다.

"뒤!"

루트비히가 있는 곳까지 도달하는 적병은 많지 않았지만, 상황이야 어찌 되었든 종자의 제일 임무는 주인의 곁을 지키는 것이었다. 키르시의 기합 같은 비명에 안네그레트는 자기 뒤로 접근한 기사의 랜스를 피했다. 서코트의 반이 피로 젖은 그 기사는 안네그레트를 보고 씩 웃었다.

"아까부터 보고 있었다만."

기사의 말이 끝나기 전 안네그레트는 랜스의 방향을 바꿨다. 기사는 방패로 랜스의 중간을 막았다. 캉. 낭패다. 안네그레트는 랜스를 놓을지 판단하려 했다. 기사가 얼른 소리치며 몸을 유연하게 젖히고 랜스를 놓아주었다.

"너는 어디의 기사냐? 솜씨가 상당한데 몸에 가문을 나타내는 문장이 없구나."

안네그레트는 팔을 뒤로 젖혀 상대를 겨냥하며 무뚝뚝하게 말했다.

"저는 일개 종자입니다, 경."

"누구의?"

"태자 전하의 종자입니다."

"검은 눈을 보니, 그럼 네가 그 유명한 여자 종자인가 보군. 게오르츠 백작의 딸이지?"

랜스는 아무튼 효과적인 만큼 단점이 있는 것이다. 거리가 좁아지면 어찌할 도리가 없는데 이미 좁다. 안네그레트는 말을 뒤로 물려 제대로 공격할 준비를 했다. 기사는 낄낄 웃으며 방패를 들었다.

"네 주인께 드릴 말씀이 있는데 막는 거냐? 종자와 싸우긴 싫다만."

루트비히가 자신의 숏 스피어를 들어 기사를 가리켰다.

"그전에, 나는 물론 내 종자에게도 말을 걸어도 된다고 허락한 기억이 없다만."

"실례했습니다, 전하."

기사는 말 위에서 익살맞게 절했다. 어느새 루트비히의 주변은 조용했고 그들 외에는 사람이 없었다. 안네그레트는 머리가 찡해지는 것을 느꼈다. 초조하다. 가슴이 뛴다.

붉다. 붉다.

붉다.

쇠 냄새.

"전하께 드릴 말씀이 있……."

기사가 루트비히에게 다가가려고 말을 몰자 안네그레트는 랜스를 휘둘러 기사를 쳤다. 기사는 말에서 미끄러지지는 않았지만 상당히 아픈 듯 맞은 팔을 제자리에서 빙글빙글 돌려보았다.

"뭐야, 아프잖아!"

그동안 이미 거리는 확보되었다. 안네그레트는 랜스 끝부분을 충분히 강력하게 맞출 수 있는 거리에서 엄격하게 말했다.

"제 주인께서는 당신들에게 어전으로 나아올 자격을 주지 않으셨습니다."

기사는 이를 드러냈다.

"여긴 황궁이 아니잖아? 네 주인도 황제 폐하가 아니시고."

루트비히는 눈썹 하나 꿈쩍하지 않았지만 키르시는 그 말에 흥분했다.

"뭐라는 거야, 이 자식아! 태자 전하께선 차기 황제 폐하시고, 지금도 황제 폐하를 대리해 이 자리에 계신 거라고!"

"정말로?"

기사는 놀리듯 말했다. 하일러는 루트비히의 눈치를 살폈다.

"정말로 황제 폐하를 대신해 이 자리에 계신 겁니까, 전하? 저희 가문 사람들이 알기로 이번 일에 대해 황제 폐하께서는 어떤 언질도 없으셨습니다. 태자 전하께서 화내시고, 태자 전하께서 저희 어르신에게 편지를 보내시고, 태자 전하께서 이 자리에 오기로 결정하신 거 아닙니까?"

키르시는 눈에서 불꽃이 튀는 것을 느꼈다. 태자의 권위를 의심하는 것은 즉 황실의 권위를 의심하는 것이다! 그리고, 오이겐 황제가 태자가 하는 행동이 마음에 안 들었다면 얼마든지 이 자리에 오기 전에 그놈의 '언질'을 줄 수 있었다! 그는 이번 군사 행동이 현 황제에게도 허락을 받은 것이나 다름없다고 믿어 의심치 않았다.

루트비히는 한쪽 입꼬리를 올리고 이를 드러냈다.

"태자가 황제 폐하께 어떤 언질을 받았는지 아닌지, 시골뜨기 남작들이 알 바가 아니라고 생각하는데."

이번엔 기사의 눈이 음험하게 번쩍였다.

"성품에 대한 이야기도 익히 들었습니다. 아무래도 화려한 궁전에서 사교 댄스를 너무 많이 추신 모양입니다? 시골뜨기 남작들은 욕을 먹으면 돌아버린다는 것도 모르실 줄이야."

"공교롭게도 나는 돌아버린 시골뜨기 남작들을 몽땅 이끌고 제 위에 오른 분의 자손이라서 말이야. 말을 안 들으면 적당히 혼도 내줘야 제정신으로 돌아온다는 것까지 우리 가문에서는 대대로 가르치지."

"그렇게 쉽게 혼을 내실 수는 없을 겁니다."

기사는 자루가 길쭉하고 끝에 스파이크가 달린 메이스를 쥐었다. 안네그레트는 더 볼 것도 없이 말에 박차를 가했다.

"이랴!"

푸르릉. 마갑을 쓰고 여러 대 얻어맞아 화가 나 있는 블리츠가 주인이 이끄는 대로 돌진했다. 피하려다 인상을 쓰고 랜스를 막아낸 기사는 그대로 그 힘에 밀려 말에서 추락했다. 타이밍을 잘 맞춰 다가온 하일러가 자신의 조금 짧은 창을 겨눴다.

"꺼져라."

적 병사들이 몇이나 다가와 기사를 데려갔다. 기사는 낙마의 충격으로 어디랄 것 없이 성질을 내며 욕을 했다. 그의 모습을 가리며 적의 기사 여럿이 몰려왔다.

안네그레트는 투구 안에서 깊은 숨을 쉬었다. 머릿속에 적, 적, 적, 적, 하고 같은 단어가 울려 퍼졌다. 숫자가 다른데 어떻게 이렇게 지휘관 가까이에까지 적들이 몰려왔을까. 어딘가 방어선이 터무니없이 뚫렸을까? 그렇다면 '적'이 많으니 더 흥분해도 괜찮을지도 모른다…… 아.

무슨 생각을 하고 있었던 건가. 안네그레트는 자신이 한심해 이번에는 다른 이유로 깊은 숨을 쉬었다. 피비린내와 투구 냄새는 어차피 비슷했고 신경을 쿡쿡 찔렀지만 바람과 함께 맡자 차갑고 멀게 느껴졌다.

"내 종자가 네놈들에게 할 말이 있다는구나."

루트비히는 자신을 보는 적의 기사들에게 여유롭게 말했다. 곧 이쪽의 상황을 안 루트비히의 가신들이 얼굴색이 변해 기사 몇을 데리고 달려왔다. 안네그레트는 차가워지려 애쓰며 랜스를 꼭 잡았다.

"제 주군께선 당신들에게 어전으로 나아올 자격을 주지 않겠다고 말씀하셨습니다."

아까 안네그레트가 기사 한 명을 말에서 힘으로 떨어뜨린 것을 적의 기사들도 보았다. 그들은 진지하게 안네그레트를 보았다. 그녀는 루트비히와 적의 기사들 사이에서 말고삐와 랜스를 제 손처럼 잡고 짧게 말했다.

"비키십시오. 제 주군이 가시는 길을 방해하지 마십시오."

한 기사가 쌀쌀맞은 얼굴로 랜스를 겨누었다. 안네그레트는 기다리지 않고 상체를 낮췄다.

"오늘 멋있더라."

몇 번째 이어진 승리로 진영의 분위기는 좋았다. 물론 어쩔 수 없이 나온 손실 때문에 우울해진 부대도 있었고 병사들의 팔다리는 지친 상태였지만 사기는 흠잡을 것 없었다.

모닥불 앞에서 농담 따먹기를 하다 던진 키르시의 말에 안네그레트는 한숨을 쉬었다.

"그렇지 않다."

"아냐, 그랬어. 제 주군을 방해하지 마십시오!"

키르시는 낮에 안네그레트가 했던 말을 생각나는 대로 따라하며 킬킬 웃었다. 안네그레트는 그만 부끄러워져 고개를 숙였다가 힐끔 하일러를 보았다. 하일러도 흔치 않게 미소를 짓고 있었다.

안네그레트는 원망스럽게 불평했다.

"놀리지 마라."

"내가 놀리긴 뭘 놀린다고 그래. 멋있었다니까. 그래놓고 혼자서 기사 세 명을 상대해 이겼잖아."

물론 지형의 도움과 약간의 운이 있었기 때문이지만, 원래 싸움이란 일 대 삼일 경우 삼이 이기는 것이 당연한 것이다. 세 명을 차례로 상대하는 것과는 완전히 다르다. 같은 모닥불 앞에서 식사하고 있단 다른 기사들의 종자들도 고개를 끄덕였다.

"정말 대단하십니다."

"그대로 기사 서임을 받으셔도 될 것 같은데, 어째서 아직 종자 수련을 하고 계십니까?"

안네그레트의 얼굴이 부끄러움을 숨기기 위해 딱딱해졌다. 그녀는 목소리를 가다듬고 눈길을 모닥불에만 주었다.

"종자는 주군이 서임하고자 하실 때 기사가 되는 것이지, 제 마음대로 수련을 끝내는 것이 아닙니다."

"뭘, 오늘 한 것만 봐도 웬만한 정식 기사 못지않았잖아. 내가 그랬지? 안나는 실력이 있다고. 이번에 전하 옆에서 용감하게 싸운 것만 가지고도 충분히 기사 서임을 받을 수 있을 것 같은데? 부럽다, 부러워."

키르시는 낄낄 웃었다.

"크흠, 흠."

이 모닥불에 둘러앉은 사람들 중 가장 종자 수련 기간이 긴 밀빛 수염의 남자가 불편한 듯 헛기침을 했다.

"키르시 헤크볼트 경은 웃고 계실 때가 아닐 줄 압니다만. 본인의 서임을 위해 더 노력하셔야 하지 않겠습니까? 모처럼 공을 세울 기회입니다."

"알란은 이렇게 딱딱하다니까. 아, 나는 당연히 할 수 있는 거다 했지. 그래도 동기가 잘되면 좋잖아. 응?"

밀빛 수염의 알란은 같은 주군을 모시는 다른 종자들보다 더 눈에 띄려고 약간은 치사한 수까지 동원한다는 평판이 있었다. 키르시는 그릇을 싹 비우고 모닥불에 손을 쬐었다.

"싸움을 좋아하나?"

조용히 식사하는 소리만이 깔리게 된 모닥불 앞에서 하일러는 안네그레트에게 슬쩍 물었다. 안네그레트는 잠시 깊이 고민하고 나서 고개를 저었다.

"모든 종류의 싸움은 가능한 한 없는 편이 좋지요. 하지만 전투 상황에 들어갔다면 그때는 최선을 다해야 하지 않겠습니까."

"진짜 기사 체질인 것 같아."

키르시는 혀를 내둘렀다. 안네그레트는 적당히 빈 그릇을 내려

놓고 일어섰다. 저녁마다 있는 일이라 이상하게 생각하는 사람은
아무도 없었다.

"태자 전하의 시중을 들러 가십니까?"

요엘 경의 종자가 물었다. 그는 저번 전투에서 다리를 다쳤지만
군의의 말에 따르면 좀 쉬면 금방 회복될 정도의 상처라고 했다.
안네그레트는 예의 바르게 고개를 끄덕였다.

"예. 먼저 실례하겠습니다."

"전하께 정말 신뢰를 많이 받고 계신 모양입니다. 부럽습니다."

"자네하고는 혈통부터가 다르잖아. 어딜 감히."

"아, 그런가? 하하."

안네그레트는 그 평가에 가타부타 말하지 않고 자리를 떠났다.
그녀의 등 뒤로 남은 종자들은 저들끼리 혈통과 귀족 계보에 대
한 이야기로 꽃을 피웠다.

루트비히의 화려하고 불이 밝게 밝혀진 천막에서는 마침 회의
가 끝난 모양이었다. 천막 밖으로 담소를 나누며 나오는 기사들
을 보고 안네그레트는 멈춰 서 고개를 숙였다. 몇몇 기사들은 그
녀에게 마주 인사했고 몇몇 기사들은 그녀를 못 본 체했다.

안네그레트는 천막에서 더 이상 아무도 나오지 않을 때까지 기
다렸다가 휘장 앞에 섰다. 휘장이 바람에 펄럭이며 천막 안의 모
습이 살짝 비쳤다. 루트비히의 목소리가 들려왔다.

"들어와."

"실례하겠습니다, 전하."

어쩐지 약간은 어지러운 기분이 들었다. 안네그레트는 휘장을
살짝 젖히고 천막 안으로 들어갔다. 테다인은 아까 나오는 것을
보지 못했는데도 천막 안에 없었다. 이미 다른 볼일을 보러 간 모

양이었다. 책상에 걸터앉아 있던 루트비히는 피곤한 얼굴로 그녀를 보았다.

속이 이상하게 울렁거렸다. 안네그레트는 휘장을 바로 등 뒤에 두고 얌전히 물었다.

"전하, 제가 누구인지 천막 안에서도 아셨습니까?"

"이 시간에 올 사람이 너밖에 없어. 그리고 네가 슬쩍 보이기도 했고."

루트비히는 전혀 놀라지 않은 얼굴로 심드렁하게 손짓했다. 안네그레트는 그가 시키는 대로 가까이 다가갔다.

여러 가지가 쓰인 표니 지도, 쪽지 따위를 대강 손가락으로 그러모으던 루트비히의 눈길이 안네그레트의 얼굴로 갔다. 항상 보는 얼굴이고, 눈빛인데도 어쩐지 기분이 이상했다. 안네그레트가 시선을 피하자 루트비히는 이상하다는 듯 눈살을 찌푸렸다.

"뭐야?"

"뭐가 말씀이십니까, 전하?"

"왜 눈을 피했어?"

거짓말은 할 수 없었다. 자신이 거짓말을 아주 못한다는 것을 안네그레트는 알고 있었다.

"별다른 이유는 없습니다, 전하."

루트비히는 아예 서류를 손에서 놓고 팔짱을 꼈다.

"많은 사람을 만나다 보면 말이야, 눈길을 피하는 건 눈을 마주치는 것만큼이나 많은 정보를 준다는 걸 알게 돼. 하지만 네가 내게 무슨 잘못을 해놓고 죄책감 때문에 그럴 리는 없지. 무슨 일이야?"

안네그레트는 주군이 그냥 넘어갈 생각이 없음을 알았다. 그녀는 테이블의 화려한 모서리를 보며 자신이 생각하기에도 이상한 말을 했다.

"……저도 잘 모르겠습니다."

"저번에 혼났을 때는 평소랑 똑같이 일하더니. 오늘 낮에 다친 거 아니야?"

루트비히는 인상을 쓰고 안네그레트의 이모저모를 살폈다. 그녀는 민망한 기분으로 고개를 저었다.

"다치지는 않았습니다, 전하. 별것 아닌 찰과상뿐입니다."

"군의한테는 보였어?"

"보일 이유도 없을 정도입니다. 저는 정말로 괜찮습니다, 전하."

루트비히는 문득 손을 뻗어 안네그레트에게 제자리에서 돌아보라고 손짓했다. 그녀는 반사적으로 제자리에서 빙글 돌았다. 그 동작이 평소처럼 군더더기 없이 깔끔한 것을 보고 루트비히는 씩 웃었다.

"그래, 그런 것 같네. 삼 대 일로 싸워 이기고도 큰 상처 하나 없다라, 자랑해도 되겠어."

"그런 것을 자랑하고 싶지는 않습니다."

"누가 직접 자랑하래? 내가 자랑할 거야. 태자의 사람들은 막내 종자 하나까지 그렇게 대단하다, 고."

태자의 사람. 안네그레트는 그 말에 그만 기묘한 표정을 짓고 말았다. 루트비히는 그녀의 얼굴을 보다가 한숨을 쉬었다. 대강 짐작 가는 바가 없지는 않았다. 아무튼 그는, 안네그레트에게 한 말대로 많은 사람을 만나왔다.

"이리 와 옆에 앉아, 안네그레트."

루트비히는 종이를 싹 밀어버리고 자신의 옆자리를 가리켰다.

안네그레트는 퍼뜩 정신을 차린 얼굴로 사양했다.

"당치 않습니다, 전하. 어찌 일개 종자가 주군과 같은 의자에 앉겠습니까."

"어찌가 어딨어. 이건 의자도 아니고, 내가 괜찮다면 되는 거야. 자, 와서 앉아."

안네그레트는 머뭇거리다 테이블에 엉덩이 일부를 살짝 얹었다. 루트비히는 그녀의 검은 머리칼을 만지고 싶다는 충동을 참을성 있게 억눌렀다. 전부터 이런다. 아까도, 손을 뻗어 저 뺨을 만지고 싶은 것을 참고 얼버무렸다.

이게 무슨 일일까.

"대충 짐작은 가."

이 충동 또한 짐작은 간다.

"자신이 없어졌을 때, 혹은 누구한테 인정받고 싶을 때 자기를 증명할 기회가 오면 약간 흥분하게 되거든."

안네그레트는 얼굴을 붉혔다. 너무 부끄러워서, 쥐구멍이라도 있으면 들어가고 싶어졌다.

"전하가 보시기에도 제가 오늘 너무 흥분한 것 같았습니까?"

"그렇다는 건 아니고. 굳이 말하자면 귀여웠어."

안네그레트의 얼굴은 완전히 새빨개졌다. 낮에는 정말로 쓸데없는 말을 했다.

한편 루트비히 또한 '쓸데없는 말을 했다'고 생각하기는 마찬가지였다. 그리고 정확한 표현도 아니었다. 그때 그의 앞에 섰던 안네그레트는…… 그는 헛기침을 하고 얼른 말을 넘겼다.

"어릴 때부터 재능이 있고 성실해서 실패나 꾸중과 친하게 지내본 적이 없는 사람이 있어. 그런 상태로 어른이 되면 실수했을 때 남보다 크게 당황하지."

게오르츠 백작을 따라 분쟁에 참여해 본 경험이 있다고는 해도, 이렇게 자기 혼자서 남을 모시고 나서는 것은 완전히 다른 일이었다. 루트비히는 씁쓸하게 생각했다.

"내 종자를 가르치는 건 내 몫이니, 내 종자를 꾸짖는 것 또한 내 몫이겠지. 네 잘못을 다른 기사가 지적하게 돼서 섭섭했어?"

새빨간 얼굴 그대로 안네그레트는 루트비히를 돌아보고 고개를 저었다. 그는 자신보다 앞에 있어서 잘 보이지 않았던 그 얼굴의 색을 보고 약간 놀랐다.

두근, 두근.

때를 모르고 가슴이 뛰기 시작했다.

"터무니없는 말씀이십니다. 제 잘못을 깊이 반성하고 있습니다. 전시에 자격 없는 자가 함부로 명령 체계를 혼란에 빠뜨리려 했으니 모든 분께 폐를 끼쳤습니다."

"그래, 그렇게 생각할 것 같았어."

루트비히는 손으로 이마를 짚는 척 시야를 가렸다. 안네그레트의 새빨간 얼굴이 머릿속에서 가시질 않았다. 가슴이 계속, 점점 빠르게 뛰었다.

환장하게도 안네그레트는 일어서서 루트비히를 똑바로 보고 힘써 항변했다. 발음이 명확하고 또렷한 목소리가 다른 모든 소리를 지웠다.

"하오나 그것이 사실입니다. 심지어 모두가 당황했을 때입니다. 제가 감히 어떤 말로 우리 군을 혼란에 빠뜨렸을지⋯⋯."

"잠깐, 잠깐. 그만."

루트비히는 이마를 짚지 않은 쪽 손을 저었다. 안네그레트는 입을 겨우 다물었다.

"지금 건 너 자신을 너무 크게 평가한 거야. 안네그레트, 너는 명령권자가 아님에도 불구하고 주변 병사들에게 명령을 내리는 실책을 범했어. 그건 확실히 지적받고 고쳐야 할 일이야. 하지만 네가 그때 했던 말이 비단 방패를 들라는 말이 아니라 방패를 버리라는 말이었어도 그 명령을 순순히 들을 사람은 없었어."

안네그레트는 잠시 멈칫했다가 아까보다 명백하게 가라앉은 목소리로 반박했다.

"물론 제 목소리는 이번 원정에 나온 어떤 지휘관과도 구별되는 여성의 목소리입니다만, 그것은 너무 결과론적입니다. 기사 지망생으로서 이 실수는……."

"아니야."

루트비히는 고개를 저었다.

"물론 그것도 있지만, 그건 네 말대로 너무 결과론적이지. 네가 아니라 키르시나 하일러였어도 마찬가지였을 거야. 내가 괜히 정예병을 데려온 게 아니야. 지금 우리 군의 병사들은 자기에게 명령을 내릴 수 있는 사람의 목소리를 알아. 전에 나갔던 전쟁에서는 주로 징병된 농민병을 다뤘지?"

"……예."

"그런 놈들이야 말 탄 사람 아무나 소리치면 따라하지만 상시 훈련을 받는 상비군은 아니야. 그래, 그렇게까지 확대해석 하면서 자책하고 있을 줄이야. 미리 말했어야 하는 건데."

루트비히는 어색해 보일 것이 걱정되어 자신의 이마를 짚은 손을 내렸다. 안네그레트의 뺨은 훨씬 평소의 색을 되찾았지만 그래도 여전히 붉었다. 그리고 대단히 아름다웠다.

제길, 할 말을 잊어버렸다.

"······아무튼 혼났던 건 너무 신경 쓰지 말고, 오늘은 잘했어. 아주 용감했어. 병사들에게는 귀감이 되고 선배 기사들에게는 자극이 되었겠지."

안네그레트는 복숭앗빛 뺨 그대로 어쩔 줄 몰라 시선을 내리깔았다가 설핏 미소를 지었다. 그 미소가 꼭 명치를 주먹으로 때리는 것 같아 루트비히는 그녀가 온 힘으로 저를 때리면 어떤 기분일지 최선을 다해 상상했다. 그리고 헛기침했다. 정말로, 이럴 때가 아니었다.

"감사합니다, 전하."

"지금은 안 다친 것 같아도 나중에 천천히 통증이 오는 경우가 있으니까 조심하고. 무슨 일이 있으면 키르시나 하일러한테 바로 말해."

"예, 전하. 감사합니다."

루트비히는 갑자기 성질을 냈다. 이대로 안네그레트와 둘만 계속 있으면 헛소리를 할 것 같았다.

"테다인은 대체 언제 오는 거야?"

"찾아볼까요?"

"아니야, 볼일이 끝나면 오겠지. 먼저 가서 쉬어."

"아닙니다, 시중을 들기 위해 온 것이니 그러면 제가 갑옷 벗으시는 것을······."

안네그레트가 그렇게 말하며 천천히 손을 내밀어 루트비히는 질겁했다. 천막에서 단둘이 있는데 갑옷 벗는 것을 뭐가 어째? 아니, 전에도 앞에서 옷은 벗었지만!

"아니야! 그건 테다인이 온 다음에 해도 늦지 않아. 괜찮으니

가서 쉬어."

"당치 않습니다, 전하. 이곳은 이미 적의 땅인데 어떻게 혼자 계시게 하겠습니까."

"그러면 서 있지 말고 옆에 앉아서 테다인이 오길 기다려."

루트비히는 과장된 손짓으로 아까 안네그레트가 앉았던 곳을 툭툭 쳤다. 그녀는 속눈썹을 내리깔고 잠시 고민하더니 그의 말대로 했다.

가을 풀벌레 소리가 들어오는 두꺼운 휘장을 보며 루트비히는 안네그레트의 검은 머리칼을 힐끔거리지 않기 위해 노력했다. 테다인이 돌아온 것은 그의 기준으로는 너무 긴―혹은 짧은―시간이 흐른 뒤였다.

"아카르타 대로의 봉쇄가 모두 풀렸어?"

게르하르트 유플리드는 아무렇지도 않은 척 물었지만 그의 손에 있던 종이는 단숨에 확 구겨졌다. 키가 큰 유플리드의 친척 조카는 딱히 안타까워하지는 않는 얼굴로 그를 보았다.

"예, 공. 다시 통행이 활발히 이루어지고 있다고 합니다."

유플리드는 종이를 땅에 패대기쳤다. 우연히 그 종이는 조카의 발치로 굴러갔고. 그는 그것을 주워 펴보았다. 그것은 유려한 글씨체와 화려한 수사로 장식된 훌륭한 편지였다.

"친애하는 나의 친구 게르하르트, 공이 무슨 말을 하는지 나는 도무지 모르겠습니다. 공의 행동은……"

"읽을 것 없다!"

유플리드는 호통을 쳤지만 실은 그럴 것도 없었다. 조카는 이미 그 다음 내용을 읽은 것이나 다름없다는 기분이 들었다. 저

첫 문장 안에 편지 쓴 이의 모든 입장이 담겨 있다.

"완벽하게 이용당하셨군요."

조카는 비꼬고 싶은 마음을 참을 수 없었다. 유플리드는 조카를 노려보았다.

"무례하구나. 감히 누구에게 그따위로 말하느냐?"

"이 정도는 말씀드릴 수 있지 않겠습니까? 공이 저희에게 지신 빚을 생각하면."

유플리드는 조카의 눈에서 약간의 적대감을 읽었다. 그러나 그는 그것을 인정하고 싶지 않았고 인정할 수도 없었다. 이 세상에서 변하지 않는 유일한 것은 '혈통'이다. 조카도 그것을 알 터였다.

"핏줄끼리 지키는 것을 어떻게 빚이라고 할 수가 있느냐? 너는 가족을 지키면서도 빚이라고 생각하느냐?"

조카는 입을 다물었다. 그의 기준으로도 게르하르트 유플리드는 친족에 들어가는 사람이었고 그는 어려서부터 친족은 서로를 당연히 지키는 것이라고 배웠다. 친족을 지키고, 친족의 복수를 대신하는 것은 사람의 당연한 의무가 아닌가?

그러나 그 의무 때문에 지금 이 땅에는 무슨 일이 일어나고 있는가.

"공, 태자의 전령을 받은 그랄리에 관문이 이틀 전 열렸습니다. 태자 본인은 그동안에도 착실히 진군해 왔겠지요."

유플리드의 얼굴이 침통하게 일그러졌다. 문이 열리고 한 노부인이 들어왔다. 응접실에 있던 두 남성은 일어나 노부인에게 고개를 숙였다.

"이모님."

"할머님."

노부인은 청년의 시중을 받아 방 중간의 안락의자에 앉았다. 유플리드는 '이모님' 앞에서도 강한 얼굴을 할 수는 없었다. 그녀는 풀이 죽은 유플리드와 평정을 찾은 청년 모두에게 손짓했다.

"둘 다 앉으렴. 가족끼리 서서 뭘 하는 거니? 분위기가 심상찮구나."

"할머님, 그랄리에 관문이 열렸다고 합니다."

유플리드는 조카가 꼭 일러바치는 것처럼 말한다고 생각했다. 노부인은 우아하게 주름 진 얼굴에 한 치의 변화도 보이지 않고 고상하게 고개를 끄덕였다.

"그러니. 그럴 때가 되었다고 생각했지."

"이제 우리도 길을 열어야 하지 않겠습니까? 더는 노드바르덴 대로를 막아둘 이유가 없습니다."

"그래, 그러자꾸나."

노부인의 허락을 받고 청년은 속으로 쾌재를 불렀다. 사실 이 땅의 청년들 대부분이 노드바르덴 대로의 봉쇄에 불만을 품고 있었고 그 불만은 실시간으로 커지는 중이었다. 아카르타 대로가 막혀 있는 동안 노드바르덴 땅이 얻으려면 얻을 수 있었던 수입이 대체 얼마인가? 그런데 그 절호의 기회를 놓치고, 심지어는 전쟁까지 치르게 되었으니……

"너무 좋아할 것 없다. 어차피 지금은 전시니 전면 개방까지는 시간이 걸릴 게다."

유플리드는 무겁게 말했다. 청년은 아무렇지도 않게 받아쳤다.

"전시라 해서 반드시 모든 관문이 닫히는 건 아니잖습니까. 적어도 플리디움 관문에서 타사르타 관문까지는 열 수 있습니다. 죽는 소리를 하는 상인들이 많았는데 다행이지요."

"플리디움 관문은……!"

유플리드는 진심으로 분노했다. 염려하던 것이 현실이 되어 가슴이 화끈거렸다. 플리디움 관문을 통과하면 유플리드 가문의 식솔들이 머물고 있는 그웨노프 성이 금방이었다. 그는 노부인에게 얼른 호소했다.

"이모님, 이게 말이나 되는 소리입니까? 조카가 저에게 저렇게 섭섭한 말을 할 수 있습니까? 저는 친척도 아닙니까? 저를 지켜주십시오, 이모님. 플리디움 관문을 개방하는 건 안 될 말입니다."

노부인의 표정은 여전히 큰 변화가 없었다. 그녀는 오히려 이상하다는 듯 유플리드를 쳐다보았다.

"어찌 그렇게 품위를 잃었니, 게르하르트. 우리가 너를 지금까지 지켜오지 않았니? 네가 우리 친척이 아니었으면 지금 이 자리에 있었겠니?"

유플리드는 입을 다물었다. 노부인은 여전히 이상하다는 듯 고개를 저으며 그를 똑바로 보았다.

"나는 네 어머니와 자매처럼 자랐지. 네가 황가에서 모욕을 받았다고 했을 때 너를 아무 말 없이 맞아들인 것도 네가 내 아들이나 다름없기 때문이 아니니? 어서 일어나렴. 정말이지, 누가 본다면 우리가 너를 쫓아내기라도 하려는 줄 알겠구나."

청년은 소리 없이 입을 비죽였다. 물론 그런 이야기도 심심찮게 일어나고 있었다. 이 아름답고 고요했던 땅에 이제 다시 예전 같은 평화를 되찾을 방법이 무엇이 있단 말인가? 어차피 태자가 요구한 것은 사과와 배상이었으니 저 '삼촌'도 자존심만 약간 상하면 될 일이다.

유플리드는 노부인의 손을 끌어당겨 그 반지에 입을 맞췄다. 노부인은 한숨 없이 손을 거두었다.

"게르하르트, 너는 우리에게 왔을 때 그렇게 말했지. 땅은 영주의 것이고 군주는 영주의 것에 함부로 손을 대서는 안 된다고. 네 말은 틀린 것이 없고, 사과하지 않겠다는 네 의지도 나는 존중한다. 하지만 집안 아이들이 불안해하고 있다는 것은 너도 알지 않으냐? 집안이 시끄럽지 않도록 너도 자중하거라."

"하오나 이모님, 플리디움 관문은."

"내가 봐서 집안에 필요한 일이라면 열고, 그렇지 아니하다면 닫아야지. 그렇지 않으냐?"

이 노부인에게 있어 모든 것은 집안을 위한 일이었다. 유플리드가 고개를 푹 숙이지 않은 것은 순전히 자존심 때문이었다.

"그랄리에 관문에 태자의 전령이 도달한 시기를 생각하면 지금쯤 태자는 적어도 구톤 평야를 지나고 있을 겁니다, 할머님. 옐반은 구톤 성을 지키기엔 심약하니 태자에게 직접 문을 열어줬대도 이상할 것은 없지요."

"옐반이라면 그렇겠지. 쯧, 일찍 너를 보내뒀어야 하는 건데."

노부인은 혀를 찼다. 청년은 비열한 종류의 즐거움이 엿보이는 눈으로 힐끗 유플리드를 보았다.

"구톤 평야엔 별것이 없지만 말비논 지역은 다르잖습니까, 할머님. 그곳은 노드바르덴 최고의 곡창 지대 중 하나입니다. 태자가 거기 손을 대게 하느니 그 앞에서 결판을 짓지요."

"결판이라니?"

노부인과 유플리드는 거의 동시에, 정반대의 어조로 청년에게 물었다. 청년은 어깨를 과장되게 으쓱했다.

"다른 게 있겠습니까? 카올라하 성이 넘어가면 말비논을 바치는 것이나 다름없으니, 거기서 끝장을 봐야지요."

"말비논에 들어가는 건 노드바르덴 일족 모두 피하고 싶겠지."

지도를 보며 루트비히는 휘파람을 불듯 말했다. 옆에 있던 테다인 및 여러 지휘관들이 모두 고개를 끄덕였다.

"전하께서 세우신 계획대로, 카올라하 성에서 결판을 짓게 되겠지요."

"거기서 이기면 항복할 거야."

"저도 그렇게 생각합니다, 전하."

테다인과 루트비히가 주고받은 말에 장수들도 이의가 없었다. 루트비히는 빙긋 웃었다. 노드바르덴 일족은 혈족주의가 강해 유플리드를 지켰지만 자기들이 쫄쫄 굶으면서까지 그의 '자존심'을 지켜줄 정도로 멍청하지는 않았다. 누가 굽는댔나, 삶는댔나.

"아니면 항복이 좀 늦어져도 나는 괜찮고. 우리 병사들이 오랜만에 실컷 먹겠군."

루트비히의 농담에 좌중은 씩 웃었다.

"저는 전리품은 좀 더 작고 무거운 것이 좋습니다. 반짝이면 금상첨화지요."

요엘 경이 농담을 던졌다. 루트비히는 킥킥 웃으며 카올라하 성과 말비논 지역에 있을 옛 성이니 이교도의 신전, 기타 귀금속이 나올 만한 장소를 꼽다가 천천히 진지한 얼굴을 했다.

"너무 오래 시간을 끌었어. 가급적 빨리, 그리고 철저하게 이겨서 이번 일을 끝낸다. 지금까지 잘해왔고 앞으로도 그럴 테지만 방심은 금물이야."

"물론입니다, 전하."

자리에 있던 사람들은 너나 할 것 없이 고개 숙이고 대답했다. 황도에서 여러 소식을 받고 있는 것은 엘리아스뿐만이 아니었고, 이미 아래 병사들도 반쯤은 빨리 황도로 돌아가야 하는 것이 아닌지 수군거리고 있었다.

"17번 지도 펴봐, 안네그레트."

테다인과 함께 이번 회의에서 루트비히의 손발이 되고 있었던 안네그레트는 모두의 주목을 받으며 지정된 지도를 펼쳤다. 지도의 크기가 작았기 때문에 뒷자리의 장수들은 일어서야 했다.

"카올라하 성 부근의 약도입니다."

테다인이 설명했다. 장수들 중 한 명이 실망한 얼굴로 투덜거렸다.

"너무 두루뭉술한데."

과연 그 말대로, '약도'라는 표현도 아까울 만큼 17번 지도가 주는 정보는 적었다. 북쪽에 숲, 서북쪽에 오래된 도로 하나, 동서남은 모두 황야로 표현되어 있었지만 여백에 '조사 부족'이라고 메모된 것을 보니 지도와 다른 지형이 있대도 이상할 것이 없었다. 게다가 성은 큰 문이 어디에 있는지 정도만 표시되어 있었다.

루트비히는 한쪽 입꼬리를 올렸다.

"하는 수 없어. 가는 길에 더 조사하는 수밖에. 옐반 경에게 자세한 지도를 달라고 했는데 그랬다가는 자기가 일족의 배신자로 몰려 다시는 돌아갈 수 없을 거라고 매달리더군."

"그래도 빼앗으셨어야 한다고 저는 조언을 드렸습니다만."

테다인이 한숨 섞인 목소리로 자신을 변호했다. 발트 이 레가 고개를 끄덕였다.

"먼저 성문을 열고 자발적으로 항복한 자이니 그에 맞는 존중을 해주신 태자 전하의 처신이 옳다고 생각합니다. 항복한 자가 돌아갈 곳을 없애 버리신다면 앞으로 누가 전하의 군대 앞에 스스로 고개 숙이겠습니까?"

"고마워, 발트 경."

구톤 성에 그렇게까지 뭐가 없을 줄 알았다면 성문에 백기가 걸렸을 때 좀 덜 기뻐했겠지만, 하고 루트비히는 속으로 생각했다. 옐반 폰 노드바르덴 같은 자를 성주로 둔 이유를 알만했다.

"문제는 코필라족 때문에 정찰병을 보내기가 꺼려진다는 거야. 지형도 모르고 공성전을 벌일 수는 없으니 정찰을 어떻게 보낼지 궁리해야 하는데, 좋은 생각 있나?"

"별다른 수가 있겠습니까? 잘 무장되고 날쌘 자 몇 명을 보내 성 근처를 그려오게 하시죠."

한 기사의 말에 다른 기사가 반박했다.

"그거야 누가 모릅니까. 문제는 그 몇 명의 수가 너무 적으면 코필라족의 먹이가 될 것이고, 너무 많으면 들킬 확률이 높아진다는 것 아닙니까."

"적도 카올라하 성에 병력을 집중시킬 테니 섣불리 움직였다가는 괜히 짐승의 아가리에 귀한 병력을 던져 주는 꼴이 될 수 있습니다."

"어차피 제일 빠른 기병을 바로 보낸다면 적이 병력을 집결시키기 전에 다녀오는 것은 문제가 아닐 것 같습니다. 카올라하 성에 당장 있을 농민병들이 훈련받은 기병에게 뭘 할 수 있겠습니까."

"유플리드도 카올라하 성에 사활을 걸 테니 그웨노프 성에 있다는 사병을 다 끌어 모으지 않겠습니까?"

몇 번이나 지루한 공방전이 되풀이되었다. 루트비히는 부하들 모두의 말을 잘 듣고 있다가, 잠시 아무도 입을 열지 않는 순간이 되자 팔짱을 꼈다.

"코필라족은 지금까지의 모든 경험으로 미루어보아 이제 약 170기. 전통에 따라 두꺼운 갑옷은 입지 않으니 접근만 할 수 있다면 우리 기병의 상대가 되지 않지만 문제는 그 접근이지."

그들은 이 지방에서만 나는 나무와 아교를 사용해 사정거리가 현저히 긴 활을 쓰고 있었다. 그 활에 당한 병사들이 많은 지휘관들은 입맛이 썼다.

"그놈들은 잡아야겠어. 지금까지 지도를 그려온 병사들 중 세 명을 뽑아. 제일 말 잘 타는 스무 명과 함께 최고 속도로 다녀오게 하지. 그리고 따로 삼백 명이 나가 코필라족의 뒤를 친다."

휘하에 삼백 명 정도를 데리고 있는 장수는 세 사람이 있었다. 루트비히는 적당한 장수를 지명했다.

엘리아스가 조심스럽게 물었다.

"전하, 그러면 말 잘 타는 스무 명은 누구의 병사들 중에서 뽑을 생각이신지. 그리고 지휘관은 누구로 하실 생각이신지."

각자 말타기에 자신이 있는 지역에서 온 장수들은 저마다 턱을 들었다. 그 모습이 재미있어서 테다인은 보이지 않게 슬며시 웃었다.

다음에 루트비히의 입에서 나온 것은 그 자리의 누구도 상상하지 못한 이름이었다.

"정찰의 직속 책임은 내가 지겠다. 그러므로 현장 지휘관은 내 종자인 안네그레트 유나 바이언트 폰 라이헤르타가 맡는다. 안네그레트, 이따 테다인이 네가 지휘할 병사들의 명단을 줄 테니 확인하고 내게 오도록."

천막 안이 단숨에 술렁거렸다. 몇몇 기사들은 서로를 어처구니 없어 하는 얼굴로 보았고 — 내가 잘못 들은 게 아니겠지? — 다른 기사들은 얼굴이 시뻘게졌다. 한 기사가 벌떡 일어났다.

"전하!"

"왜?"

루트비히는 그 기사에게 평이하게 되물었다. 벌떡 일어난 그는 얼굴이 붉으락푸르락해서 말까지 더듬었다.

"아, 아아아무리 전하의 조, 조조종자라 해도 어린 여자입니다!"

"어린 여자가 뭐?"

"병사들이 따따따따……!"

따르지 않을 거라고 말을 이으려던 기사는 자기 혀가 딱딱하게 굳는 것을 느끼고 분해서 가슴을 쳤다. 엘리아스가 쌀쌀맞게 그 뒤를 이었다.

"라이헤르타 남작이 말을 잘 타는 것도, 무예가 뛰어난 것도 압니다만 전장의 경험이 너무 적습니다. 남작님, 이런 일을 맡아 보신 적이 있습니까?"

본인도 당황하고 있던 안네그레트는 얌전히 대답했다.

"아닙니다, 경."

"그것 보십시오. 이런 일은 충분히 전쟁 경험이 있고 정찰에도 뛰어난 식견을 가진 정식 기사를 임명해야 합니다."

루트비히는 빙긋 웃었다. 그를 오래 모신 사람들은 그 단호한 눈빛에서 주군이 생각을 바꾸지 않으리라는 것을 예감하고 통탄했다.

"좋아, 엘리아스 경. 어린 여자라 안 된다는 것보다는 훨씬 설득력 있는 지적이야. 하지만 내가 안네그레트를 뽑은 이유도 자네들이 들어줘야겠어. 첫째, 안네그레트는 절대로 내 명을 어기고 공을 쫓지 않을 거야. 둘째, 안네그레트는 내가 지금까지 본 사람 중에 가장 말을 잘 타는 축에 들어가. 셋째, 전장에 나와서 윗사람이 어린 여자라고 말을 안 듣는 병사는 아무리 실력이 뛰어나도 나에게 충성한다고 보기 힘들 거야. 나한테는 저 앞의 둘이 가장 중요한데, 자네들은 어때?"

특히 세 번째 항목 때문에 여러 기사들이 입을 다물었다. 테다인이 부연했다.

"물론 지휘관이 초보라 하더라도 함께 무사히 임무를 수행할 수 있는 베테랑으로 스무 명을 구성할 테니 걱정하지 마십시오."

"그래."

루트비히는 다시 웃었다.

"나는 안네그레트를 믿어."

믿는다.

그 말에 안네그레트는 주먹을 꼭 쥐었다.

안네그레트는 조심스럽게 물었다.

"왜 그러셨습니까?"

루트비히는 녹색 눈을 장난스럽게 휘었다.

"큰 기회를 주셔서 감사합니다, 부터 해야 하지 않나?"

"큰 기회를 주셔서 감사합니다, 전하. 하오나 전하께서 어떤 의도로 저와 같이 미숙한 자에게 그런 막중한 책무를 맡기셨는지 짐작할 수가 없습니다."

안네그레트의 눈은 진지했다. 루트비히는 그 얼굴을 마주하고 있는 것이 약간 벅차다고 느껴질 때쯤 목을 뒤로 살짝 젖혀 그녀를 내려다보았다.

"기사가 주군의 의도를 알아야만 전장에 나간다는 말은 못 들었는데. 너는 들어봤나, 안네그레트?"

"아닙니다, 전하. 송구합니다."

억지로 입을 다물게 한 것이긴 하다. 루트비히는 잠시 후 웃었다.

"비밀스럽게 따로 수행해야 하는 임무 같은 건 없으니 안심하고 다녀오도록. 명단은 확인했어?"

"예, 전하."

"인선에 불만 있으면 빨리 말해. 내일 동 트기 전에 출발해야 하니까."

"아뢰옵기 황공하오나, 전하. 전하께서 친히 뽑아주신 이들이니 가장 임무 수행에 적합한 인선이리라고 믿습니다."

"그래, 그럼 됐어. 그중에서 리예스 피파일러와 이이몬트 쉴러는 누군지 알던가?"

"원래 아는 사이는 아닙니다만, 키르시가 대강 설명해 주었습니다."

"그래? 그 둘은 경험이 많으니까 모르는 게 있으면 그들에게 물어봐."

그쯤에서 안네그레트를 보내는 것도 좋았을 테지만, 루트비히는 묻고 싶은 것이 생겨 잠깐 멈칫했다. 그는 길게 고민하지 못하고 물었다.

"키르시와 많이 친해진 모양인데. 어때, 잘 가르쳐 줘?"

안네그레트는 눈을 약간 크게 떴다.

"예, 전하. 키르시에게는 많이 배우고 있습니다."

말투에서부터 키르시에 대한 신뢰가 느껴졌다. 루트비히는 괜히 속이 뒤틀리는 것을 느끼고 자기 자신을 향해 한숨을 쉬었다.

"잘됐네. 안나라는 애칭은 집에서 쓰던 거야?"

"아닙니다, 전하. 그가 멋대로 부르는 것입니다."

"그래, 내가 잘못 안 건 아니네. 네 고향 쪽에서 안네그레트의 애칭은 안니카잖아, 그렇지?"

안네그레트는 어설픈 미소 비슷한 것을 지었고 루트비히는 자신이 그녀의 애칭을 입으로 발음하자 가슴이 무슨 죄라도 짓는 것처럼 푹푹 찔리는 것을 느꼈다. 정말이지, 별일도 다 있었다. 그녀의 이름은 아무튼 부르면 모독이 되는 황제나 신, 천사의 이름은 아닌 것이다…….

"전하께선 정말 많은 것을 아십니다."

"궁정에는 온갖 지역 출신이 다 있으니까."

그러면 이제 걸리는 점은 그거다. 키르시는 대체 왜 안네그레트에게 자기 멋대로 애칭을 붙여 부르는 걸까. 지금까지는 신경 쓰인 적이 없었는데, 이제 와서 보니 수상했다. 루트비히는 그러나 그 이유를 안네그레트에게 물어봤자 그녀는 모를 거라는 합리적인 의심 또한 들었기 때문에 이번 질문은 하지 않았다.

대신 안네그레트가 잠시 후 조심스레 입을 열었다.

"전하, 외람되오나 한 가지 임무에 대해 여쭈어도 되겠습니까."

"뭔데? 뭐든지 물어봐야지."

안네그레트의 새까만 두 눈이 닿은 곳이 불처럼 뜨거웠다.

"오늘 회의에서 말씀하신 바대로라면 이번 임무의 인선은 지휘관이 초보여도 무리없이 임무를 수행할 수 있는 자들로 고르신 것입니다. 제가 맞게 이해한 것입니까?"

"그래."

"하오시면 제가 굳이 함께 갈 이유가 있습니까? 그런 베테랑으로 팀을 구성하셨다면……."

"안네그레트 바이언트."

루트비히는 이제 오로지 업무의 차원에서 진지하게 안네그레트를 바라보았다.

"안 그래도 편애네 뭐네 방금 한차례 다녀갔어. 네 결투 전적에 대한 소문을 들어 대충 돌려보냈지만 여전히 불만들이 있겠지. 그런데 너 본인까지 그런 식으로 꼬치꼬치 따지면 나는 어떤 기분일까?"

안네그레트는 당황해 입술을 깨물었다.

"실례했습니다, 전하. 결단코 전하의 의중을 판단하고 폄하하려는 것이 아니옵니다."

안네그레트가 그런 표정을 짓기를 원한 것은 아니었다. 루트비히는 잠시 한숨을 쉬고 천천히 설명했다.

"잘 들어. 저번 일로 네 역량에 대해 궁금증을 갖는 자들이 생겼어. 세 명의 기사를 동시에 상대해 이기는 건 말도 안 된다는 이유로 너에게 실력이랄 것이 아예 없을 거라고 비약하는 시기심 많은 놈들부터, 네가 검이 부러진 채로 세 기사의 창을 순식간에 동강 냈다며 떠들기 좋아하는 놈들까지 골고루 있다고. 이번에 네가 같이 가는 사람들 중에도 널 이미 싫어하는 놈부터 널 경외하는 놈까지 골고루 있겠지, 안 그래?"

안네그레트는 불편한 표정을 옅게 떠올렸다.

"······제가 경외받을 만한 행동을 한 것은 없사오나, 제가 아무 것도 하지 않아도 저를 싫어하는 사람은 어디에나 있지 않겠습니까."

"내 논점보다 조금 일반화된 경향은 있지만 정확해. 넌 누구나 똑같은 것처럼 말했지만, 네가 다른 사람보다 미움받기 좋은 것은 알고 있지?"

"율리아가 그렇게 말해준 적이 있습니다."

루트비히는 고개를 끄덕였다. 율리아 피츠콜은 역시 영리하다.

"신분 높고 부유하고 외모가 뛰어나고 예의 바르니 사교계에서 최고로 경외받는 여인이 되려면 너는 될 수 있었어. 하지만 너는 너와 같은 성별을 가진 사람들이 하지 않는, 너와 같은 신분을 가진 사람들이 하지 않는, 너와 같은 부를 가진 사람들이 하지 않는 선택을 너무 많이 하지. 그걸 고결하다고 부를 수도 있겠지만 많은 사람은 그걸 잘난 척이라고 불러."

루트비히는 안네그레트의 눈이 흔들리자 손을 들어 진정시켰다.

"내가 그렇게 부른다는 게 아니야. 다행히 네 친구들과 같이 일하는 선배들은 네가 그런 선택을 할 수 있는 사람이라는 것을 기뻐하고 좋아하지. 하지만 불특정 다수와 함께 전쟁에 나올 때도 다수가 네 친구들과 같은 입장이리라고 보장할 수는 없어."

안네그레트는 가슴이 아프고 불편해 안타까운 얼굴을 했다. 주군의 말이 옳았다. 그렇다면 주군은 어떻게 생각하고 있을까. 그 또한 그녀를······.

안네그레트가 생각지도 못한 순간에 루트비히는 씩 웃었다. 그의 눈이 야릇하게 가늘어졌다.

"그래서 네가 어떻게 해야 하는지 알아?"

"모르겠습니다, 전하."

"영웅이 돼. 좀 화려한 자리에서, 네 실력을 가차없이 보여줘. 키르시와 하일러는 내 종자로 들어온 것만으로도 기사들의 세계에서 이미 어느 정도 실력을 인정받은 거지만 너에 대해선 다른 억측이 가득하지. 그놈들의 콧대를 부러뜨려 줘. 네가 하는 선택이 부유한 귀족의 아슬아슬한 도박이 아니라 실력 있는 기사의 합리적인 선택이란 걸 보여주란 말이야. 알았어?"

루트비히는 마지막으로 으르렁거리듯 속삭였다.

"완벽하게 성공해서 와. 네 주군이 좋은 혈통의 귀족을 편애하는 자가 아니라, 이 나라의 미래의 통치자로서 인재를 알아보는 자라는 걸 네 몸으로 증명해. 나는 네가 그럴 수 있다고 믿고 있어."

열두 번째 노골적으로 뒤척였을 때, 테다인은 한숨처럼 말을 걸었다.

"전하, 잠이 안 오십니까?"

'또'가 생략된 그 물음을 루트비히는 완전히 이해했다. 그는 똑같이 한숨처럼 작게 투덜거렸다.

"자네야말로."

"저는 전하가 주무시기 전까지는 잠들 수 없습니다."

"그게 말이 돼? 자네는 딱히 몸을 단련한 적도 없잖아. 몸이 못 버티고 먼저 쓰러지기 전에 자."

깜박거리는 모닥불이 일렁거리는 천막 안에 잠시 침묵이 흘렀다. 루트비히는 충동을 참지 못하고 다시 뒤척였다. 그는 한참 동안 생각했다.

아까 저녁에 있었던 안네그레트와의 대화에서 루트비히가 일부러 지적하지 않은 점들이 있었다. 아마 그녀도 그것을 알 터였다. 아니, '아마'가 아니다. 그녀가 당사자이니 모를 수가 없었다.

아름다운 검은 머리 아가씨. 우직하다는 표현이 모자랄 정도의 충성.

가슴이 답답해졌다. 루트비히는 크게 숨을 들이마셨다. 그리고 어쩔 수 없이 물었다.

"내가 잘한 걸까?"

본인도 밑도 끝도 없는 물음이라는 것을 알고 있었다. 테다인은 한 번, 느리게 숨을 쉴 정도의 시간이 지나고 나서 반문했다.

"뭐가 말씀이십니까?"

"오늘 한 결정 말이야. 나는 안네그레트가 잘 다녀올 거라고는 생각해. 하지만 질투하는 사람들이 있어."

"바이언트 가문의 후계자가 태자 전하께 충성을 바쳐서 나쁠 것은 없습니다."

"알아. 다들 금방 이해하겠지. 지금 그러는 건 그냥."

"예. 전하께 자신도 잊지 말아달라고 어필하는 것이지요. 오래된 고정관념, 혹은 보다 개인적이고 인간적인 감정을 가진 사람들도 물론 있습니다만."

"시간이 지나면 알겠지? 안네그레트가 실력 있는 기사라는 걸 알겠지?"

테다인은 주인에게 보이지 않게 쓴웃음을 지었다.

"라이헤르타 남작을 전하의 수하로 받아들이기로 마음을 굳히신 겁니까?"

"내가 굳힐 거 있나? 어차피 안네그레트 같은 기사도의 화신은 황제에게 충성을 바칠 테고, 나는 차기 황제잖아. 안네그레트가 게오르츠 백작위까지 계승하면 내게 큰 힘이 될 거야."

그렇기 때문에 안네그레트가 다른 부하들 사이에서 능력을 인정받을 수 있도록 이번 기회를 준 것이다. 그것은 그와 그녀의 관계에 있어 큰 변화였다. 루트비히는 깊은 한숨을 쉬었다.

"옳은 말씀이시라고 생각합니다. 그런데 한숨이 느셨군요."

"내가 많이 걱정하나 봐. 뭘까? 내가 뭐가 걸려서 이렇게 잠 못 드는 걸까?"

"여러 가지 원인이 있을 수 있겠습니다만, 잠을 못 주무시는 이유가 반드시 내일 새벽 떠날 기사들이라고 생각하실 필요는 없지 않겠습니까? 영 마음이 쓰이신다면 지도를 꺼내서 작전을 다시 점검할까요? 아니면 보초들을 불러서 괴롭히실 수도 있고요."

"내가 자네를 괴롭힌다고 하는 거지, 지금?"

테다인의 목소리에는 아무 변화도 없었다.

"설마 제가 그런 불충한 생각을 할 리가 있겠습니까. 전하의 필요에 응답하는 것은 제게 있어 언제나 행복입니다."

"됐어. 자네의 봉사를 늘 높이 사고 있으니 그런 간지러운 말은 안 해도 돼."

루트비히는 문득 기지개를 쭉 켰다. 매끈했던 이마에 주름이 잡혔다.

"안네그레트의 말이 맞아. 정찰조의 대장을 꼭 안네그레트로 할 필요는 없었어. 그렇지?"

"세상 모든 일이 그렇지요. 하지만 모든 결정은 결국 전하께서 내리시는 겁니다."

그것은 지극히 맞는 말이었다. 지금은 이 나라의 태자로서, 그리고 미래에는 이 나라의 황제로서 루트비히는 많은 '그러지 않아도 되는 것'을 '그런 것'으로 만들어야 했다. 그리고 모든 책임 또한 질 것이다.

가슴이 더 답답해졌다. 루트비히는 천장을 보고 한동안 입을 다물었다. 테다인의 숨소리는 골랐지만 그가 잠들지 않았다는 것을 루트비히도 느낄 수 있었다. 그는 결국 툭 뱉었다.

"이상하지. 안네그레트는 지금까지 내게 놀라울 정도로 충실했고, 거짓말은 애초에 하지도 못해. 나는 안네그레트를 믿어. 대체 왜 내게 온 건지는 아직 수수께끼지만 내가 안네그레트를 인간적으로 믿는 것과 그건 상관없어. 내가 오늘 한 말은 그러니까 충분히 합리적이야. 그렇지?"

테다인은 바로 대답했다.

"예, 전하. 저도 그렇게 생각합니다."

"그런데 왜 이렇게 돌이킬 수 없는 길에 들어선 것 같은 기분이 들지?"

그녀를 믿는다는 말을 했다. 얼마 전에 그녀와 나누었던 대화는 거짓말이 아니었고, 그는 이왕 이렇게 된 이상 그녀에게 다른 부하들과 마찬가지로 자신의 모든 것을 알려주고 보여줄 생각이었다. 또한 그녀가 그의 모든 부하들 사이에서 자기의 자리를 잡을 수 있도록 전폭적으로 지지할 계획이기도 했다.

아무리 생각해도 틀린 것은 없었다. 그런데 왜 이렇게 마음이 쓰일까.

왜 정신을 차리고 보면 그녀에게 했던 말과, 그녀에게 하고 싶은 말만 생각하고 있는 것일까.

루트비히는 팔로 양쪽 눈을 조금 눌러보았다. 피곤해서 부어 있었는지 아찔한 기분이 들며 시원해졌다.

그 새까만 눈과 진지한 눈썹.

"안네그레트를 보고 있으면 정말 신기해. 그런 사람은 내 주변에 없었잖아. 가치관은 아주 구식의 기사 같은데 그걸 가지고 놀리기엔 예의범절과 행동거지 하나하나까지 또 예법 교과서처럼 똑같이 완벽하고 우아해. 이야기에서 나온 사람 같아. 그런데 살아 있는 사람이야."

가끔 상대방의 말을 이해하지 못해 곰곰이 생각에 빠질 때가 있다. 햇빛을 받아 불타는 눈이 흔들릴 때가 있다. 칠한 도자 그릇처럼 매끈한 뺨이 붉어질 때가 있다.

곧은 눈으로 상대를 노려보며 오직 검에 집중할 때가 있다.

"안네그레트하고 같이 있으면 답답할 때도 물론 있지만, 옳은 말만 해도 돼서 편안할 때도 있어. 안네그레트가 말 목을 안고 진정시키는 거 본 적 있어? 동생이 많으니 어린애도 잘 어를 거 같아. 대련하면서 키르시를 두드려 팰 때는 상상도 못 할 모습인데 말이야. 그런데 그럴 때도 꽤 귀여워."

귀…… 루트비히는 저도 모르게 푹 빠져서 털어놓다가 혀를 깨물 뻔했다. 자신이 한 말을 자각하자마자 얼굴이 새빨갛게 달아올랐다. 전에도 이런 단어를 쓰지 않았던가?

"……내가 뭐라고 했지?"

"뜬금없이 라이헤르타 남작이 아름답고 사랑스러우며 대단히 매력적인 숙녀라고 고백하셨습니다."

"그렇게까지는 말 안 한 거 나도 알아."

"그렇게 말씀하신 것이나 다름없다고 생각합니다."

루트비히는 벌떡 일어나 본인의 귀를 막았다. 테다인은 이미 할 말을 다 한 다음이었기 때문에 별로 의미는 없는 행동이었다. 불안? 초조? 뭐가 걸리느냐고? 이제야 깨달은 것이 어이가 없을 만큼, 그 모든 이상한 마음들은.

한 가지 감정을 가리키고 있었다.

"아냐, 아니라고!"

정신이 번쩍 든다. 귀엽다고? 아름답고 사랑스러우며 대단히 매력적이라고? 물론 그 말은 모두 사실이었지만.

루트비히는 자신이 누군가에 대해 이런 식으로 느끼는 날이 올 거라고는 상상도 해본 적이 없었다.

새벽의 바람은 밀도가 낮은 하늘색이었다.

완연히 차가워져 폐부를 얼얼하게 식히는 바람이 머리칼과 말 갈기를 스치고 지나갔다. 숲속이라 바람이 강하지는 않았다. 차려입은 갑옷이 싸늘하게 식어 냉기를 뿜었다. 배틀 셔츠는 이제 덥게 느껴지지 않았다.

이 세상을 창조하신 나의 주여, 모든 자녀를 사랑하시는 주여. 사랑하는 모든 이가 오늘도 힘을 잃지 않고 싸우게 하소서. 우리 주군, 친절하신 태자 전하를 강건하게 하소서. 이번 임무를 잘 마치게 하소서.

짧게 기도를 마친 안네그레트는 서릿발 같은 눈으로 주위를 둘러보았다. 루트비히의 명을 전달받은 스무 명의 말 타는 이가 천천히 모여들었다. 개중에는 그녀를 동경 어린 뜨거운 눈으로 보는 사람도 있었고, 낯설게 보는 사람도 있었다. 적의를 가지고 평가하듯 위아래로 훑어보는 사람도, 있었다.

"이렇게 귀관들을 지휘하게 되어 기쁘다."

안네그레트는 머릿수를 세어보고 고개 숙여 인사했다. 이 자리에 모인 사람들 중 그녀보다 좋은 혈통을 가진 사람은 없었다. 단순한 병사 신분인 사람은 물론, 정식 임명을 받은 기사들까지도 오래된 법도에 따라 그녀에게 똑같이 고개 숙여 인사했다. 말은 없었다.

이번에 함께 가는 사람들 중 여자는 없었다. 안네그레트는 시피에트를 떠올리고 그것이 조금 아쉽다고 생각했다. 어릴 적에 시피에트는 말을 잘 탔다. 물론 특출 난 것은 아니었지만, 기마란 마음이 잘 맞는 말을 만나면 얼마든지 늘 수 있는 것이다. 어릴 때는 시피에트보다 훨씬 실력이 떨어졌던 남자들이 자라서 기사 임명을 받을 때가 되었을 때는 얼마나 말을 능숙하게 몰았는지 그녀는 기억하고 있었다.

그녀의 새까만 눈은 새벽안개가 여전히 낀 숲에서 마치 젖은 까마귀처럼 모두의 뇌리에 남았다. 안네그레트는 예의 바르게 물었다.

"여러분, 출발할 준비는 모두 마쳤나? 어젯밤에 일러둔 대로의 채비를 했다고 생각하고 이만 길을 떠나도 되겠나?"

필요한 식량, 물, 무기, 침낭, 그 외에도 챙길 것은 많았다. 스무 명의 병사들은 예, 하고 대답했다.

"우리가 할 일을 전달받지 못한 사람 있나?"

병사들은 아닙니다, 하고 대답했다. 안네그레트는 말에 훌쩍 올라탔다.

여러 사람이 말에 올라타고, 긴장한 말들을 달래며 마지막으로 모든 것을 점검하느라 잠시 주위가 부산해졌다. 안네그레트는 엷은 안개 너머로 진홍색의 옷을 걸친 누군가가 다가오고 있다는 것을 깨달았다.

그리고 안네그레트는 그가 누구인지 얼굴을 보기 전에도 알 수 있었다.

"전하."

안개 너머로 다가온 루트비히가 모습을 드러내자 병사들은 깜짝 놀라 땅에 내려서고 무릎을 꿇었다. 루트비히는 그들에게 대강 일어나라고 손짓하며 안네그레트에게 거침없이 다가갔다. 그녀는 말에서 훌쩍 뛰어내렸다.

사삭, 하고 풀 밟는 소리가 들렸다. 루트비히는 조금 피곤해 보이는 얼굴로 안네그레트에게 물었다.

"지장 없겠지?"

"예, 전하."

안네그레트는 허리를 숙이고 정중하게 대답했다. 루트비히는 살짝 웃었다.

"자네들 모두 무사히 임무를 완수하고 돌아오길 신께 기도하고 있겠어. 모든 축복이 함께하길."

태자가 그런 말까지 하면서 배웅해야 할 길은 아니었다. 몇몇 병사들은 감동했지만 안네그레트는 그저 미소를 지었다.

"몸 둘 바를 모르겠습니다, 전하."

안네그레트는 이윽고 루트비히의 오른손을 들어 그 손가락에 끼인 반지에 입을 맞췄다. 실제 인장으로 쓰이지는 않지만 약식으로 황족의 권위를 나타내는 그 정교한 반지는 얼음처럼 차갑게 식어 있었다. 그래서일까, 반지 주변의 손이 오히려 불처럼 뜨겁게 느껴졌다.

루트비히는 안네그레트의 눈을 보고 다시 씩 웃었다.

"다녀와."

손이 금세 빠져나갔다. 안네그레트는 어쩐지 그 온기가 계속 느껴지는 것 같아 잠시 이상하게 생각하다가 주군에게 당부했다.

"모쪼록 제가 없는 동안에 옥체 보전하소서."

"걱정 마. 네가 없어도 내 몸 정도는 지킬 수 있어."

안네그레트는 한 번 더 당부하고 싶었지만 루트비히의 표정이 너무나 당연해 보여 어쩔 수 없었다. 루트비히가 손짓했다.

"안개가 걷히기 전에 가."

"예, 전하."

전원이 다시 말에 탑승했다. 안네그레트는 루트비히에게 다시 한 번 인사하고 말을 몰았다.

"다녀오겠습니다, 전하. 이랴!"

훌륭한 말 여러 마리가 안네그레트의 뒤를 따라 차례로 자리를 떠났다.

루트비히는 그 뒷모습을 보다가 마지막 말까지도 떠나가자 팔짱을 꼈다. 그의 이마에 주름이 졌다.

자라면서 루트비히 역시 어렴풋이 상상해 본 적이 있었다. 언젠가 사랑에 빠지게 될까, 그 상대는 어떤 사람일까, 그 역시 사랑하는 사람을 궁 밖의 작은 저택에 살게 하는 걸까, 하고. 결론은 늘, 역시.

그런 방식엔 의미가 없다는 것.

귀여운 것도 사실이고, 아름다운 것도 사실이며, 매력적인 것도 사실이지만.

사랑? 웃기는 소리였다. '믿음'은 그것과는 다르다.

루트비히는 망토 자락을 휘날리며 돌아섰다.

태자가 부재한 황궁에서 요즘 열리는 회의는 황제를 포함한 공식적인 것 외에는 모두 슈빔마렌 후작을 중심으로 이루어졌다. 궁정인 다수는 그 사실을 못마땅해했지만 소수 기쁘게 반기는 사람도 있었다. 그들은 로세드 슈빔마렌이 추천하는 인사를 마음에 들어 했고, 그가 이렇게 각 가문의 역사에 밝은 줄 몰랐다고 칭찬하곤 했다.

"그래, 이제는 정식으로 법정에 의석을 받았다고요? 축하해요."

황녀 드란힐트의 말에 모 유서 깊은 가문 출신의 젊은이는 기쁘게 고개를 숙였다.

"다른 분도 아니고 백작 부인께서 축하의 말을 해주시니 기쁘기 한량없습니다."

"아니, 그대는 훌륭한 혈통의 젊은이잖아요. 오히려 더 빨리 자리를 받았어야 했어요."

"이게 다 슈빔마렌 후작님 덕택이지요. 저를 적극적으로 천거해 주셨답니다."

젊은이는 드란힐트의 손등에 키스한 뒤 근처에서 청년들과 대화를 나누는 로세드를 뜨거운 눈으로 보았다.

"인두세를 폐지한다는 이야기는 말도 안 되는 소리라고 생각했는데……."

"아니, 오래 못 갈 겁니다. 오히려 영주가 써야 할 돈은……."

"자유민이 많아져서 이제 그런 방식으로는……."

여러 청년에게 둘러싸인 로세드는 아무래도 최근의 세금 동향에 대한 이야기를 나누고 있는 모양이었다. 드란힐트는 고양이 같은 눈을 슬쩍 들어 로세드를 보고 피식 웃었다.

"사람이 제 피붙이를 믿지 않으면 누굴 믿겠어요? 같은 의미에서, 통치 가문끼리는 서로 챙겨야 하지 않겠어요? 이 제국이 만들어질 때의 정신을 생각한다면 그대의 계파가 오히려 궁정에 더 있어야 해요."

"아, 슈빔마렌 후작님도 같은 말씀을 해주셨습니다!"

"역시 로세드네요. 오래된 혈통의 훌륭한 분들이 신흥 가문의 부에 밀려나는 일이 많아, 이제는 역사와 전통을 지키기도 힘들어졌지요. 이런 와중에 그대가 법정이라는 중요한 공간에서 우리 아버님, 위대하신 황제 폐하의 일을 한다니 마음이 든든해요."

젊은이는 감동했다. 역시 혈통 중의 혈통, 황가의 직계 따님다운 말이었다. 하슐레타 백작 부인의 성격이 까다롭다는 소문은 누가 만들어낸 걸까.

"어머나, 피츠콜 양."

사랑스러운 향기와 함께 율리아 피츠콜이 다가와 하슐레타 백작 부인에게 인사했다. 예전만큼은 아니지만, 오늘도 역시 자신의 추종자들에게 둘러싸여 있다. 젊은이는 율리아의 새침한 얼굴을 보고 약간 수줍어하며 옆으로 물러났다. 신흥 가문의 부보다 오래된 혈통이 중요하다는 것을 보여주는 중요한 인물 중 하나는 그녀였다. 피츠콜 가가 갚아야 하는 빚이 얼마라고 하더라.

"여기서 뵙네요, 백작 부인."

드란힐트는 씩 웃었다.

"나는 피츠콜 양이 올 줄 알았죠. 인기가 많아 좋겠어요."

"별말씀을. 설마 백작 부인께 그런 말씀을 듣게 될 줄은 몰랐어요. 과분한 영광이네요."

"오늘 파티에는 훌륭한 젊은이들이 많으니 피츠콜 양도 즐거우
면 좋겠네요. 아, 소개가 늦었지요? 이쪽은 가니메데 쉴러 경이에
요. 외스타슈 쉴러 경의 아드님이죠."

젊은이는 율리아에게 정중하게 인사했다.

"이렇게 인사를 나누게 되니 분에 넘치는 영광입니다."

"인사드리게 되어 저도 기뻐요, 가니메데 경. 율리아 피츠콜이
에요."

율리아는 아름다운 손을 내밀었다. 젊은이는 그 손등에 키스하
고 물러났다.

드란힐트는 적당히 빈자리를 가리켰다.

"앉지 그래요? 피츠콜 양."

율리아는 그 제안에 생긋 웃었다. 주변에 있던 사람들 중 일부
는 불안한 얼굴을 했고, 더 많은 사람은 흥미로워하는 눈치로 이
쪽에 귀를 기울였다.

"제가 감히 하슐레타 백작 부인과 같은 자리에 앉는다니, 실례
가 되지 않을지 모르겠어요."

이미 드란힐트의 옆자리에 앉아 있던 레이디 투셀린은 바로 자
신도 그렇게 생각한다는 표정을 지었지만 말로 꺼내지는 않았다.
드란힐트는 빙글빙글 웃는 채 반복했다.

"앉아요, 피츠콜 양."

"예, 백작 부인."

그 말에는 황족의 권위가 담겨 있었다. 율리아는 복종했다.

이 저택에서 일하는 시녀가 다가와 와인잔을 내놓았다. 율리아
는 와인 한 모금을 마시고 부드럽게 말을 꺼냈다.

"오늘은 참 날씨가 좋지요? 하슐레타 백작 부인, 레이디 투셀린."

"그렇군요."

레이디 투셀린은 떨떠름하게 대답했다. 드란힐트는 쿡쿡 웃었다.

"무더위가 가시니 요즘은 좀 살겠어요. 황도는 이 시기가 가장 아름답다고 생각하지 않나요?"

"백작 부인께선 참으로 근사한 취향을 가지고 계시네요. 아쉽게도 저는 조금 더 파티가 많은 시기를 좋아한답니다."

아무래도 이렇게 날씨가 차가워지면 사교의 장은 줄어든다. 이 시기에 영지를 비울 수 없다고 고향으로 돌아가는 귀족들이 점점 늘고 있었다. 드란힐트는 부채를 탁 접었다.

"어머, 그런가요. 피츠콜 양이라면 그럴 수도 있겠네요."

율리아는 쓴웃음을 지었다. 드란힐트는 짧은 침묵 후 눈썹을 올리며 물었다.

"어떤 뜻인지 안 물어보나요?"

"아이, 저를 놀리실 것 같아 여쭙지 않았는데. 하지만 백작 부인께서 말씀하시고 싶으시다면 저는 그저 듣겠어요."

이번에는 율리아의 뒤에 서서 이야기를 듣고 있던 어린 남작 부인이 입을 가리고 쓴웃음을 지었다. 드란힐트는 희고 매끈한 목을 옆으로 움직여 고개를 갸웃했다.

"맞아요. 결혼 생활을 하다 보면 사교 활동이 한없이 지루해질 때가 있는 법이랍니다. 오늘은 어떤 멋진 청년이 있을까, 그리고 그 청년은 어떻게 말을 걸어올까? 그런 상상은 미혼일 때에는 비밀스럽게 해야 하고 기혼일 때에는 더 비밀스럽게 해야 하지 않겠어요? 그러니 지루한 내가 아름다운 피츠콜 양을 좀 부러워하면서 놀린다고 해도 너무 언짢게 생각하지 말아요."

"언짢긴요, 백작 부인. 하지만 백작 부인과 같이 남을 즐겁게 하시는 분이 설마 사교 활동에서 지루함을 느끼신다고는 생각한 적이 없었는데, 놀라워요."

드란힐트와 율리아는 서로의 눈을 보고 한 번씩 사교적으로 호호 웃었다. 어린 남작 부인과 레이디 투셀린은 불편한 표정을 각자의 부채 뒤로 감추었다. '연애를 너무 당당하게 하고 다니는 것 아니냐'와 '그쪽도 남 말 할 처지가 아닌 걸로 아는데'란 말이지.

"피츠콜 양만큼은 아니죠. 어때요, 올해의 사교 시즌도 얼마 남지 않았는데, 피츠콜 가에서는 귀한 따님에게 어울리는 결혼 상대를 찾고 계신지? 언제까지나 친구들하고만 놀 수는 없잖아요. 무도회에서 함께 춤을 추자고 하는 청년들은 끊이지 않는다고 들었어요."

"마음 써주시니 감사할 따름이어요. 하지만 결혼이란 인륜지대사인데 함부로 결정할 수는 없지 않겠어요?"

"어머나, 고민할 게 뭐 있어요."

드란힐트의 눈빛을 받은 레이디 투셀린이 최선을 다해 끼었다.

"적절한 곳에서 청혼이 들어오기만 하면 바로 승낙하는 게 좋아요. 내 딸 빅토리아도 얼마 전에 유리디스의 친척과 정식으로 약혼을 맺었죠. 내년에 예물이 준비되면 바로 보낼 거예요."

"그건 몰랐네요. 축하드려요, 레이디 투셀린."

주위의 그 소식을 몰랐던 사람들이 저마다 축하의 말을 하면서 분위기가 부드러워졌다. 드란힐트는 레이디 투셀린을 곁눈질로 보고 속으로 '자랑을 하라는 뜻은 아니었는데' 하고 생각했다.

기분이 좋아진 레이디 투셀린은 드란힐트에게 질문했다.

"그러고 보니 백작 부인, 제카트리테의 왕비 전하께서는 가끔 소식을 전하시나요?"

"내 여동생 로타니아 말인가요? 삼 년 전에 사자가 왔을 때 친서를 받긴 했어요."

황녀 로타니아도 어릴 때 약혼과 동시에 제카트리테로 갔으니, 부신의 친정 식구들을 살뜰하게 챙길 만큼 기억나는 추억도 없을 터였다. 드란힐트는 국내에서 결혼해 지금도 자주 어머니를 만나는 자신과 여동생의 처지를 비교할 때가 가끔 있었다.

하지만 어느 쪽이 나은지 결론이 나온 적이 없었다.

"워낙 먼 곳이니까요. 급히 연락할 일이 없으시다는 건 좋은 일이 아니겠어요? 틀림없이 행복한 생활을 하고 계실 테지요."

율리아가 화사하게 웃으며 맞장구를 쳤다. 드란힐트는 부채를 펴고 뺨을 살짝 가리며 미소 지었다.

"글쎄요, 행복할지 아닐지 짐작하기에 왕비라는 자리는 너무 무겁지요. 피츠콜 양, 당신 생각을 말해줘요. 신분이 높은 남자와 결혼하는 것과 신분이 낮은 남자와 결혼하는 것 중, 선택할 수 있다면 당신은 뭘 고를 건가요?"

어린 남작 부인과 레이디 투셀린은 비슷한 순간에 비슷하게 이상한 표정을 지었다. 레이디 투셀린은 그 질문이 처음부터 말이 되지 않는다고 생각했고 어린 남작 부인은 드란힐트가 일부러 율리아를 난처하게 하기 위해 그런 질문을 꺼냈다고 생각했다. 물론 상식적으로 봤을 때 누구나 전자라고 대답하는 것이 맞다. 그러나 율리아 피츠콜이 지금까지 만나 온 남자 중에는 혈통이 아주 좋지는 않은 자들도 있었다.

율리아는 매끈하게 웃었다.

"재미있는 질문을 하시네요, 백작 부인. 저는 저를 즐겁게 해주는 남자인지 아닌지가 가장 중요하다고 생각하기 때문에 신분의 고저는 선택하기 힘들답니다."

"그렇다면 신분이 낮은 사람을 선택하게 되겠군요. 신분이 높은 남자들이 젠체하느라 따분해진다는 것은 예부터 전해 내려온 통설이 아닌가요?"

율리아는 드란힐트의 표정을 살폈다. 드란힐트는 짐짓 놀리듯 말하긴 했지만 딱히 즐거워하는 표정은 아니었다. 무슨 말이 하고 싶은 걸까. 그저 평소와 같은 심술일까? 단순히 분위기를 망치고 싶은 것뿐일까?

"어머나, 백작 부인. 다른 분도 아니고 백작 부인께서 그렇게 말씀하시니 정말 재미있네요."

물론 하슐레타 백작은 부신에서 내로라하는 높은 신분의 소유자였고, 자리에 있던 네 여성은 부채로 입을 가리고 동시에 사교적으로 웃었다.

웃음을 멈춘 드란힐트가 부채를 접어 손바닥을 치며 유들유들하게 말했다.

"재미있는 남자를 고를 거라면 남쪽으로 가요, 피츠콜 양. 그곳 남자들은 아직 기사도를 단어 그대로 신봉해 걸핏하면 결투한다더군요. 적어도 싸움 구경은 실컷 할 수 있지 않겠어요? 물론 여기서 싸움 구경을 못 한다는 건 아니지만요."

이 말은 율리아에게는 정말로 우습게 느껴졌다. 율리아는 사랑스럽게 빙긋 웃었다.

"백작 부인께서는 싸움 구경을 좋아하시나요?"

"적어도 보는 사람은 모를 작은 기술적 차이로 승패를 가리는 시시해진 마상 창 시합보다는 진짜 싸움이 백배는 재미있는 게 당연하지 않겠어요?"

"진짜 싸움을 하면 다치는 사람이 나오잖아요."

"다치면 어때요? 자기 몸에게 못되게 구는 것도 살아 있기 때문에 가능한 것 아니겠어요? 나는 싸우고 으르렁거리는 사람에게서 훨씬 인간적인 매력을 느낀답니다."

드란힐트의 눈길은 아주 짧은 시간 로세드에게 향했고, 율리아는 그것을 놓치지 않았다.

"백작 부인의 말씀 잘 새겨듣겠어요. 살아 있기 때문에 자신에게 못되게 굴 수 있다는 말씀은 철학자들에게 던져 주면 석 달 열흘도 토론하겠는걸요."

율리아의 얌전한 말은 이 대화를 이만 끝내고 싶어 하는 어조를 분명히 담고 있었다. 드란힐트는 율리아의 눈을 보고 차가운 눈웃음을 지었다.

"별 뜻 없이 한 말이니 새겨들을 것 없어요. 아, 닐라 헤이라가 클라비어 앞으로 가네요. 자기 실력에 매번 노래를 부르려고 드니 정말이지 참아주기 힘든 일이에요. 그런데도 저런 여자를 정부로 삼겠다고 온갖 남자들이 달려드니……."

세 여자는 드란힐트의 마지막 말을 못 들은 척했다.

게르하르트 유플리드는 씁쓸한 눈으로 성벽 아래를 내려다보았다.

그웨노프 성은 작고 오래된 요새로, 교역이 많은 리클라이젠스

땅 출신인 데다 중앙 귀족인 유플리드의 기준으로는 아직 대단히 야만적인 옛 규범을 따르고 있는 사람들이 살고 있었다. 그러나 그들은 옛 규범을 따르는 만큼 친족을 살갑게 맞아들여 유플리드의 식솔을 데리고 있었다. 정과 같은 한가한 감상을 느낄 여유가 없는 상황만 아니었다면 제법 감동할 만도 했다.

그러나 이렇게 이 성을 떠나는 지금도 더 머무르고 싶다는 마음은 들지 않았다.

유플리드의 친척 조카뻘 되는 청년이 성벽으로 올라왔다. 청년은 먼저 공손하게 절하고 입을 열었지만 유플리드는 그가 자신을 속으로 경멸하고 있다는 것을 알았다. 아무리 숨기려 해도 젊은이의 그런 마음은 표가 나는 법이었다.

"공, 정리가 모두 끝났습니다."

"알았다."

몇 달을 머무르며 풀었던 짐은 다시 들고 나서려니 상당히 많았다. 그 짐 때문에, 징발해서 추가로 가져가는 물품 때문에, 그리고 징병 때문에 성 전체가 시끌시끌하고 우울했다. 청년은 성벽에서 보이는 한 가장 먼 곳에서 지평선을 그리고 있는 빽빽한 숲을 내다보았다.

"카올라하 성은 삼나무 숲을 지나서 동쪽으로 닷새 거리입니다."

"가깝구나."

"하지만 숲은 험합니다."

이곳으로 올 때 이미 한 번 저 숲을 겪은 적이 있었던 유플리드는 예상되는 끔찍한 여정에 인상을 썼다.

"태자는 어떻게 하고 있다더냐?"

청년은 투지가 엿보이는 눈으로 보고했다.

"태자도 우리와 같은 생각인 모양입니다. 카올라하 성으로 가는 길을 물었다고 옐반이 보고했습니다."

"옐반이 보고를 올렸다고? 태자가 그러게 뒀다더냐?"

"감시 하나 안 남기고 떠났답니다. 어지간히 얕보인 모양입니다만, 하긴 그 옐반이라면 이제 와서 태자의 뒤통수를 치라고 해도 무서워서 못 하겠다고 할 테지요."

"한심한 녀석 같으니."

청년은 뭔가 하고 싶은 말이 있는 듯 입을 열었지만 금세 닫고 불만스러운 표정을 지었다. 유플리드는 청년이 제 '보다 가까운' 혈족에 대한 박한 평가에 분노했음을 알았다.

하지만 취소할 생각은 없었다.

"네 준비는 어떠냐."

청년의 눈빛이 바뀌었다. 그는 자신감 있게 말했다.

"언제라도 전투에 나설 수 있습니다. 싸움에 익숙한 병사가 삼백입니다. 이 땅에 들어오는 침입자를 쫓아내는 데에는 이골이 나 있으니, 그 두 배의 병력으로도 제 부하들을 함부로 할 수는 없을 겁니다."

"믿음직하다만, 태자가 데려온 병력은 육백이 아니라 삼천이다."

유플리드의 지적에 청년은 콧방귀를 뀌었다.

"코필라족이 잘해주고 있고, 낯선 땅에서는 제아무리 대단한 자라도 세울 수 있는 책략에 한계가 있는 법입니다. 두고 보라지요."

"주인님!"

성벽 아래쪽에서 청년의 시종이 주인을 부르며 급히 뛰어왔다.

청년은 인상을 쓰고 시종을 보았다.

"뭐냐? 떠날 준비에 차질이라도 생겼느냐?"

"그것이 아니고, 남쪽 탑의 전언입니다!"

유플리드와 청년, 둘 모두가 진지한 얼굴로 시종을 보았다. 유플리드가 먼저 물었다.

"뭐라고 하더냐?"

시종은 유플리드에게 고개를 한 번 숙인 다음 소리쳤다.

"태자가 소수의 정찰조를 파견, 해당 부대는 카올라하 방향으로 이틀 전 출발했다고 합니다! 직후 삼백 명 가량의 별동대를 편성, 남쪽 탑은 추가 지시를 기다리겠답니다!"

"그래, 지금 정리하고 싶겠지."

청년은 주먹을 꽉 쥐었다.

"매를 띄워 전해라. 내가 직접 간다."

기다려서 맞이할 이유는 이쪽에도 없었다.

바람이 많이 들이치지 않고 적의 눈에도 잘 띄지 않을 자리를 잘 찾아 구축한 진지의 만듦새를 단단히 점검한 뒤 안네그레트는 만족스럽게 고개를 끄덕였다.

"수고했다, 여러분. 내일 아침에도 오늘과 같은 시각에 출발할 예정이니 쉬어라. 당번의 순서는 오늘 낮에 전달한 그대로다. 리예스 피파일러 경, 남부의 한스, 부탁한다."

"예!"

정찰조의 병사들은 얌전히 대답하고 각자의 위치로 향했다. 안네그레트가 호명한 리예스 피파일러와 남부의 한스는 오늘 밤의 1차 당번이었다.

작게 쳐 놓은 지휘관의 천막에 들어간 안네그레트는 바닥에 앉아 자신의 짐에서 종이와 잉크, 그리고 구리로 만든 펜을 꺼냈다. 아버지에게 올라오는 일지를 읽어본 적은 있었지만 자신이 직접 이런 종류의 보고서를 쓰는 것은 처음이라 한동안 펜이 움직이지 않았다.

"……첫째 날, 벨룽이 둥글게 찬 밤. 아카르타 대로를 벗어나 반나절을 달리니 지평선의 절반 가량을 산이 차지하게 되었습니다."

원래 이 지역은 그렇다. 눈으로 보는 것은 처음이었지만. 그런 지형상의 특징 때문에, 옛 자스라 제국에게 점령당했을 때도 이 지역의 풍습은 크게 바뀌지 않은 것이다.

"길은 없습니다. 노드바르덴 대로와 아카르타 대로가 가까이 있고 가장 가까운 취락도 이곳에서는 어느 정도 떨어져 있기 때문에, 다른 길이 만들어질 필요가 없었으리라 추정됩니다. 땅에 큰 굴곡이 없고 단단합니다."

진군하는 데에 무리가 없을 것이다. 멀리서 데려온 병사에게 피로한 행군을 강요하는 것은 패배의 원인이 된다고 아버지에게 들은 적이 있었다. 안네그레트는 자신의 의견을 더 적어 넣을까 하다가 그만두기로 했다. 그것도 주제넘은 일일지 모른다.

"서쪽에는 황야가 펼쳐져 있습니다. 동쪽으로 펼쳐진 평야에는 드문드문 숲이 보이고 빵 굽는 연기도 멀리 보였습니다만 서쪽은 그렇지 않았습니다. 만약에 우리 군이 너무 서쪽으로 행군하게 될 경우, 물을 얻는 데에 난항에 처할 수 있습니다."

이래서 코필라족과 같이 말타기와 싸움에 익숙한 족속이 아직 옛 습속을 지키며 살고 있는 모양이었다. 용병으로 돈을 벌어오지 않으면 취락의 존속을 지탱하기 힘들 것이다.

게오르츠 백작령에서도 어떤 가신들의 봉토는 자체적으로 생산되는 식량이 적어 영지민들을 용병으로 돌리곤 했다. 안네그레트는 쓰던 글을 멈추고 이맛살을 찌푸렸다. 남는 손이 있다면 용병으로 보내 돈을 벌어오는 것이 나쁘다고는 생각할 수 없었지만, 봉토 내의 생산성이 식량의 자체 수급이 불가능할 정도로 떨어지는 것은 문제였다. 그러면 그 지역은 점점 더 가난해지다가 결국은 싸움이 생긴다고 배웠다.

아니, 하지만 지금 안네그레트가 쓰는 것은 게오르츠 백작령에 대한 보고서가 아니었다. 남의 땅의 일이니 참견할 수 없다. 그녀는 고개를 혼자 휘휘 저어 딴생각을 떨쳐 버리고 더 보고해야 할 것에 대해 생각했다.

"……취락에 너무 접근하지 않기 위해 한동안은 빵 굽는 연기를 표식으로 삼아 평야를 달려갈까 합니다. 우리 지고하신 태자 전하가 지니고 계신 지도에 따르면 이대로 하루 동안 말을 한 방향으로 달릴 수 있습니다. 오는 길에 여울을 여러 번 건넜고 눈 좋은 병사의 말에 따르면 앞으로도 한동안은 그럴 것입니다. 계절을 감안하면 점점 수량이 줄어 우리 군의 행군에 방해가 되기보다는 오히려 물을 보충하기에 적당하리라 예상됩니다."

갑자기 큰 비가 오거나 하지 않는 이상 그럴 것이다. 낮에 달릴 때 보니 하늘은 새파랗게 맑았다. 식량은 되도록 적의 땅에서 빼앗는 것이 병법의 기본이라고 배웠지만 정찰을 위해 고작 스무 명이 움직이면서 이 땅의 영지민들과 접촉하면 괜한 분란의 씨앗만 만들게 될 테고. 충분한 양을 가져왔으니 계속 이대로 정찰하는 데에 무리가 없을 터였다.

무리가 있으면 곤란하다.

안네그레트는 그녀를 잘 아는 사람만이 알아볼 수 있는 옅은 쓴웃음을 지었다. 오늘 이렇게 달려오면서 지도 담당 병사에게 틈틈이 지형을 표시하라고 했고, 보고서도 기억할 수 있는 모든 정보를 써넣을 것이다.

'믿는다.'

주군의 그 선언을 부끄럽게 할 수는 없었다. 실은 이 정찰조의 대장으로 임명을 받은 그날 밤, 그러니까 어젯밤, 태자의 천막에서 안네그레트는 진심으로 이 역할을 고사할 생각이었다. 그러나 너무도 진지한 그 표정과 말에 도저히 거절할 수가 없었다.

그러니 최대한 빨리, 성공적으로 이 임무를 수행하고 돌아가는 것이 좋았다.

"남작님."

천막 밖에서 남부의 한스의 목소리가 들려왔다. 그는 지금 함께하고 있는 또 다른 한스, 그러니까 동부 출신의 한스와 구별하기 위해 남부의 한스로 통용되는 평민 출신 병사였다. 안네그레트는 펜을 내려놓고 대답했다.

"들어와라."

남부의 한스가 천막을 걷고 약간 불편한 표정으로 들어왔다. 안네그레트는 자리에서 일어서 그에게 물었다.

"무슨 일이냐?"

"멀리서 불빛이 보이고 소음이 들립니다."

그것은 그냥 들어 넘길 수 없는 말이었다. 안네그레트는 바로 옆에 풀어두었던 검을 주워 들고 천막 밖으로 나섰다.

"저쪽입니다."

주위는 가을 풀벌레 소리조차 그다지 들리지 않을 정도로 조용했다. 안네그레트는 남부의 한스가 가리키는 쪽을 한참 보다가 겨우 어렴풋한 불빛을 찾아냈다. 처음에는 그냥 일렁이는 별 같았던 그 불빛은 자세히 볼수록 커졌고 수가 늘어났다. 희미하게 바람의 진동이 전해졌다.

머릿속이 차갑게 식었다. 안네그레트는 인상을 쓰고 툭 중얼거렸다.

"적이로군."

"예, 방향으로 보아 노드바르덴 일족이 이끄는 부대가 아닐까 합니다."

리예스 피파일러도 어느새 다가와 그렇게 속삭였다. 안네그레트는 모닥불을 힐끔 보았다. 이미 불은 아주 작게 줄어들어 있었다.

믿을 수 있는 동료들이다. 안네그레트는 고무되어 그렇게 생각했다.

"자기들 땅에서 이 밤에 행군하다니, 어디 자기편을 야습이라도 할 생각일까요?"

남부의 한스는 석연치 않아 하는 얼굴로 말했다. 리예스 피파일러도 영 이상하다는 얼굴로 한숨을 쉬고 음, 소리를 냈다. 안네그레트는 번쩍이는 불빛과 수많은 말이 멀리서 만드는 존재감을 한참 보며 생각하다가 대답했다.

"그럴 수도 있고, 우리를 찾는 걸 수도 있겠지."

남부의 한스와 리예스 피파일러, 두 사람 모두 입을 꾹 다물었다. 그들 사이에 흐르는 날카로운 긴장을 기분 좋게 느끼며 안네그레트는 부하들을 안심시켰다.

"가능성의 하나다. 속도로 보아 우리가 목적일 가능성은 낮다고 생각된다. 어쩌면 카올라하 성으로 급히 보내는 원군일 수도 있지."

말하고 나니 그것이 가장 가능성이 높게 느껴졌다. 리예스 피파일러도 고개를 끄덕였다.

"그렇겠군요. 남작님, 카올라하 성에 사람이 늘면 우리에게 좋지 않습니다."

성을 먼발치에서 구경하고 돌아가려고 여기까지 파견된 것이 아니다. 카올라하 성이 얼마나 큰 곳인지는 모르지만, 벌써부터 성 밖에 주둔하는 병사들이 생길 가능성은 기분 좋은 것이 아니었다. 안네그레트는 부하의 말에 동의했다.

"우리도 발걸음을 재촉하는 것이 좋겠군. 하지만 속도에 집착하다가 본 임무를 게을리해서는 안 될 터. 또한 원군의 움직임이 저것 하나라는 보장이 없으니 앞으로 밤에는 각별히 조심하도록 내일 전원에게 일러두어야겠다."

리예스 피파일러는 문득 씩 웃었다. 달빛만을 받은 그 얼굴은 어두워 잘 보이지 않았지만 흰 이가 드러나 잠시 반짝인 것이 선명하게 인상에 남았다.

"……침착하시군요."

"그렇게 보이나?"

"예. 저는 여러 대장님과 함께 임무를 수행해 봤습니다만, 이런 상황에 남작님만큼 차분한 분은 의외로 없습니다."

"그런가?"

안네그레트는 진지하게 놀라고, 리예스 피파일러의 말에 대해 깊이 생각해 보았다.

결론은 금방 나왔다.

"이 상황에 내가 당황해하고 화를 내서 좋을 것이 뭐가 있지?"

"긴장이 조금 풀리지요."

"그런 것인가?"

안네그레트는 고개를 살짝 갸웃했다. 리예스 피파일러는 킥킥 웃었다.

"저는 남작님이 알고 계신 키르시 헤크볼트와 친구라 남작님에 대한 말씀을 많이 들었지요. 말씀대로의 분이신 것 같아 조금 안심했습니다."

그러고 보니 키르시와 분위기가 조금 닮았다. 안네그레트는 그가 왜 안심해야 하는지 알 수 없었지만, 안심은 적어도 공포와 불안보다는 임무 수행에 도움이 되는 감정일 터였다.

안네그레트는 고개를 끄덕였다.

"그러면 그렇다고 해두지. ……오늘 밤엔 불을 크게 피우지 말고 상황을 본다. 각자 위치를 지키도록."

"예, 남작님."

남부의 한스와 리예스 피파일러는 자리로 돌아갔다. 안네그레트는 잠시 그 자리에 그대로 서 먼 행군을 관찰하다가, 불빛이 이쪽과 다른 방향으로 한참을 나아간 다음에야 천막으로 다시 들어갔다.

하루를 꼬박 달려가는 동안, 정찰 부대는 멀리서 적어도 두 개의 부대가 같은 방향으로 가는 것을 목격했다. 낮에 보인 연기의 수 등을 고려해 파악했을 때 수는 그리 많지 않았지만 좋지 않은 소식이었다.

그리고 네 번째 적군과의 조우 또한 좋은 소식이라고 할 수는 없었다.

"후방에 적군입니다! 이쪽으로 달려오고 있습니다!"

말을 달리던 안네그레트는 이이몬트 쉴러의 말에 속도를 줄이고 뒤를 보았다. 과연 말발굽 소리와 새까맣게 움직이는 무언가가 어렴풋하지만 확실하게 커지고 있었다.

"아군이 아닌 것이 확실한가?"

아군 삼백 명 또한 분명히 같은 방향으로 이동하고 있을 터였다. 안네그레트의 질문에 눈이 좋은 남부의 한스가 한참 인상을 쓰고 있다가 확인해 주었다.

"전원 기병, 군기가 없습니다!"

"코필라족이다!"

"후방 부대는 뭘 하고 있는 거야! 따라오는 거 아니었어?"

병사들 사이에 소요가 퍼졌다. 안네그레트는 손을 들어 부하들을 진정시켰다.

"진정해라! 적이 우리를 발견했다고 단정할 수 없다!"

이런 상태로 계속 달려갈 수는 없었다. 스무 마리의 말이 자리에 멈추어 서서 히힝, 하고 울어댔다. 안네그레트는 급히 주변을 살폈다.

아쉬운 일이었다. 오래된 자스라 풍 대로大路라면 정기적으로 오래된 탑의 유적이 서 있지만, 이곳은 사람의 흔적이 없는 평원이었다. 안네그레트는 잠시 고민한 뒤 서편 황야 저 멀리 서 있는 거대한 바위를 가리켰다.

"바위 옆에 몸을 숨겨라! 적이 우리를 발견하지 못하고 지나갈지도 모른다!"

방향으로 보았을 때, 본대 근처에 있던 코필라족이 이제 카올라하 성 쪽으로 오라는 명령을 받아 이동하고 있는 것뿐일 가능성도 있었다. 병사들은 신속하게 명령에 따라 움직였다.

쿠구구구궁. 말이 땅을 박차는 진동은 타고 있는 말에서 나오는 것일까, 멀리서 전해져 오는 것일까. 이쪽도 분명히 말을 잘 타는 정예만으로 구성되어 있기는 하지만 코필라족의 기마술은 지금까지 충분히 봐왔다. 마주친다면 어느 정도까지 도망칠 수 있을까.

정찰 부대가 바위 뒤에 숨었을 즈음 코필라족은 눈이 아주 좋지만은 않은 병사에게까지 모습이 보일 정도로 가까이 다가와 있었다. 안네그레트는 침을 삼키고 날카롭게 적의 모습을 살폈다. 바위는 충분히 컸지만, 글쎄, 저들이 너무 가까운 것이 신경 쓰였다…….

손끝이 차가워졌다. 안네그레트는 부하들에게 긴장을 들키지 않기 위해 소리 없이 심호흡했다. 새까만 눈이 가늘어졌다.

"이쪽으로 다가오고 있습니다."

부하 한 명이 절망적으로 속삭였다. 확실히, 코필라족의 말은 이쪽을 정면으로 향하고 있었다. 몇 명은 혀를 찼고 안네그레트는 손으로 신호했다.

"……맞붙어 좋을 것이 없으니 후퇴한다."

"맞붙으면 고슴도치가 되겠지요."

방패는 있지만, 전체적으로 마갑은 물론이고 방어구가 빈약했다. 화살 세례를 버텨낼 만한 것이 아니다. 안네그레트는 고개를 끄덕여 부하의 말에 동의했다.

"태자 전하의 지도에 따르면 앞으로 반나절을 더 달리면 숲이 나온다. 숲이라면 몸을 숨기는 데 용이할 테지. 그때까지 따라잡히지 않는 것을 제일 목표로 삼는다. 할 수 있겠나?"

정찰 부대는 각자의 방식으로 얼굴을 찌푸렸지만 다른 선택은 없었다.

"해야지요."

"잡히지 않으면 죽는 것밖에 없지 않습니까?"

"그렇다."

안네그레트는 고개를 끄덕이고 부하들의 머릿수를 셌다. 일곱, 열둘, 열아홉. 자신까지 정확히 스물이다.

"지금 서 있는 순서대로 뒤에서부터 세 명씩 조를 지어 후퇴한다. 동부의 한스, 토마스, 자리를 바꿔라. 지도를 그릴 줄 아는 자는 모두 다른 조에 있어야 한다. 만약의 경우 가급적 투항해 목숨을 지키고, 결사 항전할 필요는 없다. 태자 전하께서 몸값을 지불하실 것이다. 당장 쓰지 않을 짐은 두고 가라. 천막도 내려라."

일반적으로 기사 자격이 없는 포로는 몸값을 비싸게 받지도 않는다. 리예스 피파일러가 인상을 쓴 채 물었다.

"그러면 언제 어디서 합류합니까?"

"카올라하 성도 오래된 곳이니 북동쪽에 감시탑이 있을 테지. 남서 방향에서 가장 높은 삼나무를 표식으로 하고, 이틀 후 해질 녘까지 내가 오지 않으면 모인 사람들 중 가장 지위가 높은 자가 지휘를 맡아 태자 전하께 돌아가라. ……어서 가라."

안네그레트가 다시 한 번 손짓하자 부하들은 세 명씩 조를 지어 말을 달렸다. 경험이 많은 자들이 모인 자리라, 구체적으로 지시하지 않아도 각자가 향하는 방향은 자연스레 모두 달랐다. 여

덟 명이 남았을 때, 그녀는 순서대로라면 자신과 둘이 남을 이이
몬트 쉴러의 어깨를 쳤다.

"경도 지금 떠나십시오."

이이몬트 쉴러는 기사였으므로, 몇 명 남지 않은 지금, 안네그
레트는 더 겸손한 말투로 종용했다. 그는 말도 안 된다는 표정을
지었다.

"남작님 혼자 가시겠다는 겁니까?"

"저는 잠시 남아서 할 일이 있습니다."

"항복할 생각은 아니실 것 아닙니까."

"태자 전하를 모시는 몸으로서, 기사도를 지키기로 맹세한 몸
으로서, 당연히 싸워보지도 않고 그런 추태를 보일 수는 없지요.
어서 가십시오. 저는 천막에 불을 피워 두고 조금 늦게 출발할 생
각입니다."

부하들이 도망칠 시간을 아주 조금이라도 더 벌 수는 있을 것
이다. 떠날 준비를 하던 다른 부하들이 기겁을 했다.

"그러시다면 저희도 도울 테니 지금 함께 불을 피우지요, 남작
님."

"너희는 어서 떠나라. 블리츠는 특히 혈통 좋은 준마이니 내
몸 혼자 건사하는 것 정도는 어렵지 않다."

이 안에서 가장 좋은 말을 가지고 있는 것은 안네그레트였다.
부하들은 그래도 물러서지 않았다.

"전장에서 병사가 혼자 행동하는 경우는 없는 법입니다."

"맞습니다. 적어도 쉴러 경과 함께 계십시오."

그들의 말이 옳았다. 그러나 안네그레트는 고개를 저었다.

"독단적인 행동에 대해서는 이후 태자 전하께 질책을 듣겠다.

그러나 지금은 내가 명령권자이니 너희는 떠나라."

"남작님……!"

쿠구구궁, 하고 멀리서 울린 땅의 진동이 문득 머리칼에 전달되었다. 안네그레트는 눈을 부릅떴다.

"떠나라 했다. 군율을 잊은 것은 아닐 테지."

낭비할 시간이 없었다. 안네그레트를 제외한 일곱 명이 각각세 명과 네 명으로 나뉘어 자리를 떴다. 마지막 조는 안네그레트를 두고 가는 것이 영 마음에 걸려 몇 번이나 호소했지만 그녀는 듣지 않았다.

혼자 거대한 바위 그림자 안에 남겨지자 안네그레트는 눈을 감았다. 찬바람이 불어왔다. 블리츠가 옆에서 코를 울렸다. 히힝.

"잠시만 기다려, 블리츠. 풀이라도 먹고 있어."

심호흡 속에 가을 들판의 냄새가 가득 섞여 들어왔다. 안네그레트는 잠시 후 눈을 뜨고 천막을 설치하기 시작했다.

"저게 끝인 모양이군."

코필라족의 전사는 눈이 좋았다. 눈이 좋지 않다면 전사가 되는 것은 물론이고, 부족 내에서 높은 자리에 오를 수도 없었다. 날씨와 이웃 부족의 동향을 늘 살펴야 하는 생활을 영위하니 당연한 일이었다.

멀리 달아나는 적의 알량한 척후부대를 보고 있던 사관의 말에 그의 부관은 고개를 끄덕였다.

"예, 세 명씩 여섯 조가 전부인 모양입니다."

"어디부터 잡아야 하나?"

"뭐 상관이 있겠습니까? 영주에게 가져다줄 목의 숫자만 채운다면."

코필라족의 입장에서, 이번 분쟁에 승리하는 것이 누구든 큰 변화는 없었다. 중요한 것은 돈을 받은 만큼 일하는 것이다.

사관은 고개를 끄덕였다.

"삼백 명이라는 보고는 아무래도 과장이었던 모양이군."

"그러게나 말입니다."

주변에 있던 전사들이 킬킬 웃었다. 전통을 버리고 저 남쪽의 얼간이들처럼 유약하게 살아가는 이웃들을 그들은 내심 우습게 생각하고 있었다. 그렇게 겁이 많으니 스무 명도 안 되는 적을 조심하라느니, 본대가 갈 때까지 기다리라느니 따위의 전언이나 보내고 있는 것이 아닌가?

코필라족 용병 부대의 대장은 고개를 저었다.

"더 생각할 것도 없다. 식전 운동거리도 안 되겠다만, 몇 놈 잡아두면 입맛은 좋아지겠지. 가주 할망에게도 면이 선다. 유리겐, 바탈, 힐탈라! 애들 데려가서……."

기세 좋게 나오던 그의 말이 문득 멎었다.

웃으며 달리던 다른 전사들도 천천히 의문에 찬 표정을 지었다. 대장은 인상을 썼다.

그들이 아까까지 목표로 하고 있었지만 지금은 비었을, 이 근방 사람들은 왕의 바위라고 부르는 거석 옆에서 연기가 피어오르고 있었다.

불을 피운다는 것은 진지를 쳤다는 것이다. 진지를 쳤다는 것은 그만큼의 사람이 남아 있다는 뜻이다. 대장은 주위를 둘러보았다. 어딘가에 대군이 숨어 있을 만한 자리는 없었다. 덧붙여, 태자 루트비히의 본대가 그들을 제치고 벌써 저기까지 갔을 리 또한 없지 않은가.

"삼백 명은 안 돼도…… 복병은 있는 거 아닙니까?"

아까의 부관이 진지하게 상사에게 물었다. 코필라족의 용병 부대 이곳저곳에서 비슷한 의문이 되풀이되었다.

지금까지 코필라족에게 매번 발길을 잡힌 태자이니만큼, 어떤 수를 강구했으리라는 추측은 당연한 것이었다. 그래서 삼백 명으로 편성된 척후 부대를 파견했다는 소식을 들었을 때는 상당히 긴장했다. 가진 짐도 별로 없는 스무 명의 무리를 봤을 때는 어이가 없었다. 일단 잡아두면 돈이 될 테니 쫓고는 있었지만.

그런데 전언에 틀림이 없었다면?

주위에 '대군'이 숨어 있을 만한 자리는 없어도, 몇 백 명 정도가 나뉘어서 몸을 숨길 만한 자리는 코필라족이 아는 한 분명히 있었다. 어지간히 주변 지리를 잘 알지 않으면 생각할 수 없는 일이지만, 그들이 듣기로 가주 할망의 조카손주 중 하나인 어리숙한 옐반은 태자에게 항복한 바였다. 만약 그 옐반이 항복 이상으로 적극적인 행동을 했다면?

어리숙한 옐반이 태자에게 협력하는 것으로 이 땅을 배반했다면?

어차피 이 땅에 사는 사람들은 모두 옛날에는 서로에게 적대적인 소부락이었다. 이제 와서 모두가 사이좋은 척, 하나의 영지로 편성되고 하나의 영주 아래 세금을 내고 살아가고 있다고 해봤자 해묵은 앙금이 아주 사라지는 것은 아니었다. 어리숙한 옐반이 부신족 전통의 피의 법칙을 두려워한다는 것은 유명한 이야기였다. 자기 가족들에게도 무시당하는 옐반이 저 남부의 얼간이들에게 붙는다고 한들, 붙어서 코필라족에게 큰 손실을 끼치고 그 대가로 지위와 돈을 약속받는다고 한들, 무엇이 이상하단 말인가.

대장은 아주 기분이 나빠졌다. 그는 손을 들어 속도를 줄이라는 신호를 보냈고 천천히 부대가 만드는 소음과 먼지가 줄어들었다.

대장은 자신의 부관에게 물었다.

"연기는 하나지?"

"셋입니다."

뭐? 대장은 자신의 부관이 한 말에 놀라 하늘을 보았다. 과연 연기는 셋이었다. 아까까지만 해도 왕의 바위 뒤에서 하나 올랐을 뿐이었던 연기는 저 멀리, '낙타의 바위'와 '통곡의 바위'가 있을 즈음해서 또 하나씩 오르고 있었다.

복병이 있는 것이 분명했다. 따라온 스무 명은 확실히 미끼였다. 대장은 입맛이 썼다.

"몇 놈이나 있을까?"

"아까 보낸 게 탈출조가 아니라 유인 계획이 성공했다는 것을 알리는 사자였다면, 규모는 몰라도 최소 여섯 부대가 몸을 숨기고 있다는 것이 되겠군요."

부대가 여섯 개라면, 아무리 각 부대가 작아도 모이면 상당한 숫자가 될 것이었다. 그리고 만약 오늘의 이 추격이 계획된 유인이라면 상대방은 준비가 되어 있을 터.

"일단 멈춰서 기다린다."

대장의 명령에 코필라족은 이동을 완전히 멈췄다. 잠시 후 저 멀리서 다시 연기 하나가 올랐다.

확실했다. 저건 옛날에 쓰던 봉화 같은 것이었다. 적군이 각 부대에게 자신의 위치와 준비되었음을 알리는.

"……조심해서 나쁠 건 없겠지."

코필라족은 건강이 아주 나쁜 자를 제외하고는 모두 전사이므로, 지금 함께하는 전사들을 잃는 것은 고스란히 부족의 흥망에 연결되었다. 대장은 해질녘이 되어 모두 여섯 개의 연기가 오르는 것을 보고 역시 예상이 맞았구나 싶어 분통을 터뜨렸다.

그날 코필라족의 용병들은 멈춘 자리에서 야영을 했다. 그리고 다음 날 조심스레 적의 동향을 살피고 온 척후병의 보고를 들은 대장은, 왕의 바위 뒤에 덩그러니 남겨진 반쯤 탄 천막 하나를 보고 화가 나서 땅을 몇 번이나 굴렀다.

이 땅의 바람에서는 낯선 향기가 났다.

같은 부신 땅이어도, 다른 사람들이 사는 땅에서는 다른 향기가 나니 신기한 일이었다. 안네그레트는 말을 달리며 그렇게 생각했다. 어머니인 게오르츠 백작 부인은 딸이 그런 감상을 말했을 때 기뻐하며 본인의 고향에서도 아주 다른 향기가 났었노라고 말해주었었다.

낯선 꽃, 낯선 나무, 낯선 색의 흙.

블리츠는 천지를 울리며 씩씩하게 달려 나갔다. 어제도 한참 달려 지쳤을 텐데, 기특하고 고마운 일이었다.

"쉿!"

슬슬 블리츠가 흘리는 땀의 양이 좋지 않을 정도로 많았다. 안네그레트는 제 몸처럼 생각대로 행동해 주는 오랜 친구에게 가볍게 속삭였다. 블리츠는 주인의 짧은 신호를 알아듣고 속도를 줄였다. 머리칼을 스치던 바람이 가볍게 잦아든 순간.

후욱. 탕.

땅에 화살이 꽂혔다. 블리츠는 깜짝 놀라 히힝, 하고 앞발을 들었다. 안네그레트는 깜짝 놀랐지만 몸에 익은 대로 몸을 낮추고 낙마를 면했다. 뒤에서 다시 화살이 날아왔다. 후우욱. 탕. 후우욱. 후욱. 혹.

아무래도 오늘 새벽에 이쪽이 여울에 막혀 있는 동안 저쪽은 지름길을 이용한 모양이었다. 주위에 매복이라도 해 있던 걸까.

"멍청아! 더 가까이 가서 쏘라고 했잖나!"

"확실히 맞을 거리에서 쏘란 말이야!"

"갑옷을 봐! 남부 겁쟁이들의 기사를 잡아서 진상하면 얼마일 줄 아나!"

주군이 보내준 사람들은 정말로 영리하고, 자신보다 훨씬 판단력이 좋은 사람들이었다. 안네그레트 자신이 지푸라기라도 잡는 기분으로 떠올린 조악한 발상을, 따로 의견을 나누지도 않았는데 효과적인 작전으로 바꿔주었다. 차례로 오르던 어제의 연기는 참으로 훌륭했다. 코필라족도 거기에 속아 한참을 경계했더랬다.

지금은 이렇게, 자칫하면 화살이 닿을 거리에서 쫓고 쫓기게 되었지만 그것은 지리상 어쩔 수 없는 일이었다. 안네그레트는 블리츠에게 미안한 마음을 느끼며 박차를 가했다.

"미안하다, 블리츠. 쉴 틈은 없겠구나!"

블리츠의 체력만을 너무 믿었던 건지도 모른다. 적을 유인하면서 달린다는 것은 말 한 필과 기수 한 명에게는 상당히 부담스러운 일이라는 것을, 안네그레트는 이번에 직접 하면서 몸으로 느꼈다. 블리츠는 그러나 기특하게도 저 화살처럼 빠르게 달려 나갔다.

위아래로 몸이 흔들리며 황토색 세계가 양쪽으로 뻗어나갔다.

안네그레트는 눈을 슬쩍 들어 태양을 확인했다. 부하들은 제대로 숲을 찾아갔을까. 이쪽이 이러고 있는데 적에게 모두 잡히기라도 했다면 억울할 테지만, 그녀는 그런 생각은 들지 않았다. 아마 자신보다 훨씬 요령 있게, 알아서 행동하고 있을 터였다.

다시 한동안 화살 소리는 들리지 않았다. 태양은 높이 올라가 있었고, 어디든 숨을 돌릴 만한 곳을 찾아 블리츠에게 물과 풀을 먹이는 것이 좋을 듯싶었다. 안네그레트는 뒤를 돌아보고 적의 모습이 어느새 사라진 것을 확인했다. 적이 몸을 숨겼다는 것은 언제나 좋지 않은 일이었다. 아군은 적이 어디에 있는지 알되, 적은 아군이 어디에 있는지 모르게 해야 한다고 아버지에게 늘 배웠다.

금방 안네그레트는 적이 왜 모습을 감췄는지 짐작할 수 있게 되었다. 바로 건너기에는 조금 깊어 보이는 여울이 저 멀리서 눈부시게 반짝였다. 아마 먼저 다리를 점거하러 갔을 것이다.

안네그레트는 잠시 난처해하다가 일단 그보다 가까운, 훨씬 가늘고 멀리서는 잘 보이지도 않는 물길 앞에서 말을 세웠다. 블리츠는 게걸스럽게 물을 마셨다. 안네그레트는 본인의 수통을 확인하고 자신도 잠시 내려 물을 채웠다. 이 땅의 물은 보다 남쪽의 물에 비교하면 살짝 비리고 흙먼지 맛이 강했지만, 먹은 병사들이 탈이 날 것을 걱정해야 할 만큼은 아니었다. 흙은 붉고 풀은 노랬다.

외롭지만 자유로운 땅이다. 그런 생각이 드는 풍경이었다. 아마 이런 곳에서라면 속이 시원해질 때까지 며칠이고 말을 달릴 수 있을 것이다. 그러면 알브레히트는 금세 악상을 떠올려, 클라비어가 있는 곳으로 돌아가자마자 틀어박혀 아름다운 음악을 몇 곡이

나 만들어낼 테지.

방위를 재보니 그녀는 지금까지 상당히 서쪽으로 달려오고 있었다. 이제 슬슬 다시 말머리를 돌려 부하들과 만나기로 한 숲을 찾아보는 것이 좋을 것 같았다. 저 멀리 보이는 바위산은…… 자신이 기억하는 것이 맞다면 그웨노프 성 방향이고, 유플리드의 본대와 마주치는 것은 자신도 원하는 바가 아니었다.

블리츠의 몸에서 후끈후끈 열기가 났다. 안네그레트는 그 갈기를 살짝 빗어준 다음 말에 올랐다.

부우우…… 부우…… 부부우.

멀리서 나팔 소리가 들렸다. 안네그레트는 속으로 혀를 차고 말머리를 돌렸다. 블리츠는 불평하듯 투레질했지만 언제나 그래 왔듯 든든하게 다리를 움직였다.

부우우. 머리가 쩌질 것 같아 견디지 못하고 벗은 투구 아래로 검은 머리칼이 드러났다. 이 땅의 바람은 그 머리칼을 온통 하늘로 가져갈 듯 세차게 불어 귀를 울리고 지나갔지만 나팔 소리는 어지간히 달려도 계속 뒤를 따라왔다. 아마 같은 방향으로 가는 모양이었다. 그렇다면 보는 곳이 같을 테니 안네그레트의 존재도 금방 눈치챌 터였다.

심장이 세차게 뛰었다. 안네그레트는 땀이 살짝 식자 얼른 다시 투구를 쓰고 있는 힘껏 말을 몰았다. 나팔 소리는 별똥별 꼬리처럼 끊임없이 그녀를 따라오며 커졌다가 작아졌다가 했다.

후웅! 탁. 왼쪽 어깨에 강한 충격이 느껴졌다. 안네그레트는 자신의 갑옷이 간신히 화살을 막아냈다는 것을 알았다. 왼쪽에서 몇 개나 되는 화살이 다시 날아들었다. 등골이 서늘해졌다. 후웅, 홍! 홍! 쐐액!

"죽어라!"

"멍청아, 죽이지 말고 산 채로 잡아!"

아무래도 다리도 이 방향에 있었던 모양이었다. 안네그레트는 급히 방패를 들어 블리츠와 자신의 몸 일부를 보호했다. 자신은 화살에 맞아도 도망칠 수 있었지만 블리츠가 부상을 입는다면 끝이었다.

"말을 노려!"

그리고 그 사실은 적들도 알고 있었다. 화살이 다시 후우웅, 홍! 하고 무시무시한 소리를 내며 날아들었다. 그들 대부분은 판금갑옷을 뚫을 수 없었고 서로가 그 사실을 알고 있었지만 맞아도 아프지 않은 것은 아니었다. 안네그레트는 가끔 맞은 화살 때문에 몸이 얼얼해 투구 안에서 인상을 썼다. 다행히 블리츠는 화살을 맞지 않았다.

"침입자 놈아!"

다행한 것은 이 화살을 쏘는 자들은 아까까지 안네그레트를 추격하던 바로 그 조라는 사실이었다. 그녀는 적의 수를 알고 있었고 때문에 화살이 날아오는 간격을 대강 예상하며 자신을 어떻게든 지켜냈다. 블리츠의 다리에 화살이 맞지 않은 것은 대단히 감사한 천운이었다.

"제기랄, 여우처럼 빠져나가는군!"

추적자들도 짜증이 나는지 이곳 방언을 섞어 욕설을 고래고래 던졌다. 안네그레트는 신경 쓰지 않고 방향을 틀어 거리를 벌렸다. 블리츠도 주인에게 불평할 때가 아니라는 것을 알고 묵묵히 온 힘을 짜내 달렸다.

멀리 먹구름이 보였다. 어쩌면 오늘 밤에는 비를 만날지도 모를 일이었다.

　여러 번 방향을 바꿨기 때문에, 멀리서 보인 숲이 목적하던 바로 그곳인지 판단하는 데에는 잠시 시간이 필요했다. 분명히 이쪽 방향으로 노드바르덴족의 병사들이 이동하는 것을 본 것도 같지만, 그렇다고 해서 확신하기에는 근거가 부족했다.

　안네그레트는 지친 블리츠가 땅에서 고개를 들지 않고 풀만 뜯어먹는 것을 용인하고 말에서 내렸다. 오랫동안 달리고 고생했으니 기운을 회복해야만 했다. 태양의 각도를 재보니 그녀가 달려온 방향은 지도상으로 옳은 것 같기는 했다.

　하지만 아주 약간만 틀어진 방향으로 인해서도 결국은 완전히 다른 곳에 도달할 수도 있는 것이 길이다. 안네그레트는 그나마 풀이 조금 나 있는 이 근처의 땅에게 축복을 보내며 땅에 주저앉았다. 오늘 새벽에 해가 뜨자마자 블리츠를 채근하며 말을 달려 왔는데, 전날 밤에도 제대로 잔 것이 아니다 보니 온몸이 아팠다. 게다가 어제 저녁의 추격전에서 결국은 화살 한 대를 제대로 맞아 왼쪽 허벅지가 아팠다.

　갑옷을 벗고 입을 만한 상황이 아니다 보니 상처는 그냥 시간이 지나면서 알아서 출혈을 멈춘 상황이었다. 하지만 이 임무를 끝내고 돌아가면 제대로 군의에게 보이는 것이 좋을 것 같았다. 코필라족의 화살에는 독이 없는 걸로 알고 있지만 어젯밤에 비를 맞아서 그런지 몸에 오한이 들고 상처 쪽이 화끈거렸다.

　땅에 일단 한 번 엉덩이를 대니 다시는 일어나고 싶지 않아졌다. 안네그레트는 새파랗고 구름 한 점 없는 하늘을 올려다보며 눈부셔 손으로 그늘을 만들었다. 어디선가 푹 자고 싶었다.

건조식과 물만으로는 아무래도 허기가 졌다. 끼니를 거르지 않고 식사하고 있기는 했지만, 그녀는 고민하다가 육포를 한 조각 꺼내 입에 넣고 씹었다. 먼지 맛이 나는 것 따위는 아무렇지도 않았다. 먹을 것이 입에 들어오니 침이 잔뜩 나오며 그저 달게 느껴졌다.

푸르릉.

블리츠는 맑은 눈으로 주인을 보며 크게 콧바람을 내뿜었다. 안네그레트는 옅게 웃고 사과했다.

"이틀째 제대로 쉬지도 못하고 달리는구나. 미안하다. 그래도 숲에 들어가면 많이 뛰지는 않을 거야."

뛸 수가 없으니까. 표식으로 삼은 나무를 빨리 찾는다면 그 주변에서 적당히 몸을 숨기고 약속 시각까지 쉴 생각이었다. 안네그레트는 투구를 벗고 망토로 겉의 흙비 자국을 문질러 닦았다. 그 화살 세례에도 운 좋게 크게 다치지 않은 몸과 달리 망토는 너덜너덜했다.

망토도 더러웠기 때문에 딱히 투구가 반짝반짝하게 되지는 않았지만, 그래도 전보다는 단정해졌다. 안네그레트는 머리칼 틈새로 들어오는 산들바람을 기분 좋게 느끼다가 투구를 다시 쓰고 자리에서 천천히 일어섰다. 허벅지가 쑤셨다.

"윽!"

한심한 노릇이었다. 안네그레트는 오른발에 힘을 주고 블리츠에게 절뚝절뚝 다가갔다. 그리고 용을 써서 안장에 올랐다. 혹시 이곳이 목적한 숲이 아니면 굉장히 난처할 것 같았다. 혹시 해질 녘까지 부하들을 찾지 못한다면 원하건 원치 않건 적의 포로 신세가 될 모양이었다. 그러면 치료야 제대로 받을 수 있을 테지만,

앞으로 태자 전하의 얼굴을 어찌 볼까.

"나는 안네그레트를 믿어."

주군의 그 말씀은 참으로 감사하고도 과분했다. 안네그레트는 다시 떠올리며 어쩐지 부끄러워 숨을 들이켰다. 물론 그 믿음은 이번 임무를 성공적으로 완수할 거라는 '믿음'이었지만, 어쩐지 그 이상의 의미도 있는 것처럼 느껴졌다. 그 이상의 무언가.

주군이 이전에 말했던, 주군이 마음을 연 사람들.

그 안에 들여놓아 준다는 의미일까?

거기까지 생각하자 가슴이 어쩐지 무척 아렸다. 아무도 보는 사람은 없었지만 안네그레트는 고개를 세게 젓고 블리츠에게 속삭였다.

"자, 저 숲까지만 다시 달려가자꾸나. 저 안에서 제일 높은 삼나무를 찾으면 그 옆에서 쉴 수 있을 거야."

그래도 기수를 내려놓고 잠시 바람을 쐬자 기분이 나아진 모양이었다. 블리츠는 기운차게 달려 숲으로 나아가 주었다.

숲에 도달했을 즈음엔 해가 붉어져 주변이 온통 주황색으로 물들기 시작했다. 노랗고 붉게 단풍 든 나무들이 하늘을 찌를 듯 솟아오르며 마른 잎사귀를 흔들었다. 밤과 개암 열매 떨어진 것이 땅에 굴러다녔고 도토리 깍지는 수십 개가 한 자리에 모여 있기도 했다.

적을 따돌리는 데 시간을 너무 많이 쓴 건지도 모른다. 안네그레트는 약간 초조해져 눈을 가늘게 떴다. 제일 높은 삼나무를 확인하는 방법은 하나밖에 없었다. 하필 다리가 이런 상황에 써야 하는 방법이라는 점이 아쉬웠지만.

"블리츠, 잠시 여기 있어라."

안네그레트는 다시 용을 쓰며 말에서 내려섰다. 힘을 쥐보니 허벅지는 여전히 욱신거렸지만 어떻게든 쓸 수는 있을 것 같았다.

근처에서 제일 키가 커 보이는 나무를 골라 안네그레트는 재빠르게 가지를 디뎠다. 귀찮은 망토를 소드 벨트에 찔러넣기는 했지만 몸이 피로 때문에 무거웠다. 갑옷을 벗어버리고는 싶었지만 그랬다가는 돌이킬 수 없을 것이다.

통통하게 살찐 다람쥐와 기어 다니는 벌레가 몇 마리나 앞에서 흩어져 도망쳤다. 안네그레트는 이내 어릴 적 자주 했던 나무타기의 요령을 기억해 내고 나무를 탔다. 하늘이 점점 더 붉게 타올랐다.

땀이 이마와 등을 타고 흘러내렸다. 이 지역에는 벌써 단풍이 짙게 들어 있었다. 옆 밤나무에서 뻗어온 가지에는 토실토실한 밤이 든 밤송이가 잔뜩 달려 있었다. 안네그레트가 팔로 밤송이를 칠 때마다 밤송이는 밤을 뱉어내거나 자기도 함께 가지에서 떨어졌다. 그런 낙하물은 무성한 잎사귀 때문에 한참이나 시끄러운 소리를 내며 땅으로 천천히 내려갔다. 그녀는 곧 밤송이를 건드리지 않도록 조심하기 시작했다. 어차피 겨울을 대비하는 동물들이 밤을 모으느라 시끄럽게 하는 시기이긴 하지만 자신은 조심할수록 좋았다.

안정적으로 탈 수 있는 두께의 가지 중 가장 높은 곳에 이르자 시야가 탁 트였다. 하늘의 절반은 푸르렀고 절반은 새빨갰다. 조금만 더 있으면 샛별이 뜰 것 같아 더 초조해졌다.

카올라하 성은 그렇게 멀지 않은 곳에서 예스러운 깃발을 날리며 차갑게 서 있었다.

안네그레트는 그 위에서 잠시 주변의 지형을 눈에 담았다. 그리고 제일 큰 삼나무가 생각보다 약간 먼 것 같아 걱정하며 나무에서 내려오기 시작했다. 기분 탓인지 올라갈 때보다 내려올 때 시간이 더 걸린 것 같았다.

휘이익!

안네그레트가 바닥을 볼 수 있을 만큼 내려왔을 즈음 휘파람 소리가 들려왔다. 그녀는 바로 긴장하며 더 빠르게 내려왔다. 추적자들일까? 하지만 그렇다면 소리를 들었을 것이다. 아무리 자신이 내는 소리가 있었다고는 해도…….

휘익!

아까보다 더 가까운 곳에서, 이번에는 다른 사람의 휘파람 소리가 들렸다. 안네그레트는 자신의 부하들 중 최소한 일부가 붙잡혀 이번 약속 장소에 대해 말했을 가능성이 낮지 않다는 것을 인정했다. 나무 위에서는 검을 뽑기 쉽지 않았고 나무를 내려가는 데에도 도움이 되지 않았으므로, 그녀는 일단은 맨손으로 거의 미끄러지듯 나무에서 내려갔다. 잎과 가지가 멋대로 부러지는 소리가 시끄럽게 숲을 울렸다. 휘이익! 휘익! 휘파람 소리가 몇 개나 서로 다른 방향에서 겹쳐졌다.

그리고 안네그레트가 마침내 땅에 내려섰을 때, 블리츠의 고삐를 잡고 있던 자는 씩 웃으며 고개를 숙였다.

"기다리다 지쳐 그냥 갈까도 했습니다, 남작님."

"리예스 피파일러."

한숨처럼 웃음이 나왔다.

안네그레트는 깊게 심호흡했다. 당장은 무슨 말을 해야 할지 생각나지 않았던 것이다.

"지금 뭐라고 했지?"

루트비히는 핏발이 선 눈으로 되물었다. 안 그래도 불편한 얼굴로 보고하고 있던 기사는 주춤했다. 그래, 이럴 줄 알았다. 정식 기사도 아닌 어린 종자에게 통 크게 임무를 맡기더니, 그 실패에 대한 화풀이는 자신이 뒤집어쓸 줄 알았다.

그는 최대한 아무렇지도 않게 가슴을 펴고 반복했다.

"라이헤르타 남작이 이끄는 정찰 부대는 현재 시신이 확인된 사망자가 두 명, 나머지는 전원 행방불명! 코필라족의 추격을 피해 도망치는 과정에서 뿔뿔이 흩어져, 마지막에 책임자인 바이언트 남작이 목격되었을 때는 혼자였고 부상을 입은 상태였다고 합니다!"

루트비히는 결국 들고 있던 도장을 쾅 소리 내어 내려놓았다. 보고한 기사는 저도 모르게 움찔했고, 테다인은 도장이 잘못 찍힌 편지를 얼른 챙겨 파기했다.

"내가 코필라족을 치라고 했지, 졸레졸레 뒤를 따라다니며 구경하라고 했나? 정찰조가 그렇게 될 동안 너희는 뭘 했지?"

우연히 같은 자리에서 보고를 듣고 있던 엘리아스는 하고 싶은 말이 많았지만 발트 이 레가 팔꿈치로 옆구리를 쳤기 때문에 입을 다물고 있을 수 있었다.

테다인은 주인의 얼굴이 시간에 따라 어떻게 변화하는지 살폈다. 다행히 루트비히가 체통을 잃을 만큼 창백해지는 일은 없었다.

"시신이 확인된 건 어디의 누구더냐?"

발트 이 레가 슬쩍 묻자 기사는 화제가 바뀐 것을 다행으로 여기며 보고했다.

"예, 경! 남부의 한스와 이이몬트 쉴러 경입니다!"

둘 다 각자의 부대 내에서는 물론이고 전군에서 이름 있는 자들이었다. 그들의 주군이었던 이들은 아끼는 부하를 잃은 것에 속 쓰려 했고 옆의 다른 지휘관들은 동료를 애도했다.

한숨을 쉰 루트비히가 물었다.

"시신이 확인된 게 둘이면, 행방불명된 자들 중에도 사망자가 있을 수 있다는 거 아냐?"

물론 그렇다. 기사는 이런 질문에도 대답해야 하는 자신의 입장을 애도했다.

"예, 그럴 가능성은 충분하다고 생각됩니다!"

"일단 투항하면 될 텐데 어째서 죽을 때까지 저항했지?"

발트 이 레의 질문에 엘리아스는 다시 하고 싶은 말이 생겼고, 그는 이번에는 참지 않았다.

"기사 된 자가 어찌 북부 야만인 따위에게 항복한다는 말인가!"

"코필라족과 딱히 원수 진 것도 없으니, 항복했다가 몸값을 받고 풀려나는 편이 태자 전하를 계속 모실 수 있는 방법 아닙니까? 게다가 이 경우 후속 부대가 있다는 사실을 알고들 있었으니 오래 붙잡혀 있을 것을 두려워할 필요도 없고요."

보고하던 기사는 그 말에 내심 동의했다. 자신도 설마 이렇게까지 좋지 않은 소식을 전하는 역할을 맡을 줄 몰랐다. 코필라족 전사 마흔 명을 포로로 잡고 스무 명을 죽이는 큰 성과를 냈는데도, 그 때문에 총사령관의 얼굴이 저렇게 죽상이지 않은가.

"항복한 코필라족의 증언에 따르면, 이이몬트 쉴러 경은 화살이 말의 목을 관통하면서 낙마해 큰 부상을 입었는데, 포로로 잡혀 있는 동안 그것이 순식간에 악화되어 사망했다고 합니다! 남부의 한스는 화살을 치명적인 부위에 맞아 즉사한 것으로 알고 있습니다!"

루트비히가 이를 갈며 낮게 말했다.

"예정대로라면 이미 돌아왔어야 해."

다시 그 이야기로 돌아가 버렸다. 루트비히의 말은 사실이었다. 코필라족을 잡으라고 보낸 후속 부대가 싸움 끝에 크게 승리해서 돌아왔으니, 말을 잘 모는 소수로 구성된 정찰 부대도 슬슬 왔어야 했다.

크게 부상을 입거나 죽어서 올 수 없는 상황이 아니라면.

천막 안에 있던 모두의 시선이 보고하던 후속 부대 지휘자에게 쏠렸다. 기사는 조금 억울했지만 이 무겁고 불편한 침묵을 깨고 보다 긍정적인 의견을 밝혔다.

"황공합니다, 전하! 포로로 잡은 자들의 증언에 따르면 흩어진 정찰 부대는 각자 적을 유인하며 달렸다고 합니다! 약간의 지체는 충분히 있을 수 있는 일입니다!"

테다인은 일단 주군의 얼굴에 낀 먹구름을 걷어내는 방향으로 말을 얹었다.

"합리적인 생각입니다, 전하. 라이헤르타 남작의 성격에 적을 유인할 거라면 철저히 하려고 들었을 겁니다. 그리고 혹시 무슨 일이 생겨서 움직이지 못하게 되었다면 한스의 경우처럼 적이 이미 발견하지 않았겠습니까?"

"……그래, 그렇겠지."

다행히 루트비히는 약간 진정했다. 기사는 자신이 거둔 전승보다 어울리는 표정을 힘써 지어 보였다. 주군은 그 신호를 알아들었고 테다인에게 눈길을 주었다.

"적의 땅에서 승리를 거뒀으니 큰 명예입니다, 경. 축하드리고, 편안히 쉬고 계시면 전하께서 곧 어울리는 상급을 내리실 겁니다."

"예!"

기사는 씩씩하게 대답하고 얼른 천막을 나갔다.

자리에 남은 엘리아스와 발트 이 레는 원래 하던 논의를 계속해야 하는지 아닌지 알 수 없게 되어버렸다. 루트비히가 하얘진 손으로 곧장 책상을 내려쳤던 것이다.

"제기랄!"

책상 위에 있던 물건들 중에 가장 가볍고 가장자리에 가까웠던 종이 몇 장이 바닥에 하릴없이 내려앉았다. 테다인은 표정 변화없이 바닥을 정리하고 다시 한번 루트비히를 위로했다.

"지금쯤 무사히 임무를 수행하고 돌아오고 있을지도 모릅니다."

"어디 가서……."

죽었을지도 모르잖아, 라는 말은 차마 할 수 없었다. 루트비히는 사정없이 뛰는 심장 때문에 오히려 본인이 더 당황하고 있었다. 이렇게.

속절없이 불안한 가슴, 이해할 수 없는 고통.

"생각보다 수가 적군요."

카올라하 성에 꽂힌 깃발과 성벽 위를 돌아다니는 병사들을 보며 리예스 피파일러는 그렇게 평가했다. 안네그레트는 동의했다.

"확실히 그렇군. 코필라족이 빠져서 그런 것일까?"

"그렇다 쳐도 계산보다 적습니다. 어쩌면 유플리드 공은 외가에서 별로 인망이 좋지 않은 걸지도 모르겠군요."

"아직 속단은 이르다. 먼 데서 오는 병력이 더 있을지도 모르니까."

"그래봐야 백여 명에서 이백여 명이나 될 테니 큰 차이는 없을 겁니다."

그 지적은 사실이었다.

지도를 담당했던 병사는 모두 살아 있었고 손에 부상을 입은 사람은 한 명뿐이었기 때문에, 주변 지형은 이미 충분히 기록되어 있었다. 조금 아쉬운 것은 성내의 지리였는데 이 근방의 지형을 고려하면 성내가 밖에서 보이지 않는 것은 어쩔 수 없는 일이었다. 애초에, 성이란 원래 그렇게 만들어지는 것이다.

"코필라족은 결국 어떻게 된 걸까요?"

멀리, 저 멀리 아군의 진지가 있을 방향을 힐끔 보다가 리예스 피파일러는 속삭여 물었다. 그것은 계속 살아남은 정찰 부대원 모두의 의문이기도 했다.

어제 새벽, 남서 방향에서 연기가 올랐다. 그것은 일반적인 모닥불의 연기가 아니라 분명히 무언가를 대량으로 태우는 연기였다.

전투가 있었던 것이다. 그것도 상당한 수의 사람이 죽은.

"역시 태자 전하께서 보내신 후속 부대가 임무에 성공한 것이 아니겠습니까?"

옆에 있던 다른 부대원이 의견을 말했다. 안네그레트는 고개를 끄덕였다.

"나도 그렇게 생각한다. 정면으로 싸운다면 코필라족은 수로도 무장으로도 후속 부대에 밀린다."

다만 후속 부대의 움직임이 더 빨랐다면 좋았을 것이다.

이 숲에 도착해 이미 은신처를 대강 확보해 두었던 부하들과 대화를 나누었을 때 안네그레트는 두 명의 좋은 동료와 영원히 헤어졌다는 것을 알았다. 여기까지 무사히 온 사람들은 천운으로 중상이 없었지만 이이몬트 쉴러와 남부의 한스는 같은 조 사람들의 증언으로 미루어보아 죽었을 확률이 너무 높았다.

여기서는 할 수 있는 일이 없었다. 그나마 이이몬트 쉴러는 두고 올 때 의식이 있었다니, 그가 하늘의 돌보심으로 살아남아 적에게 차라리 포로로 잡히기라도 했기를 바라며 그들은 남부의 한스의 죽음을 애도했다. 이 먼 땅의 숲에는 한스라는 이름이 쓰인 헝겊이 매인 나뭇가지가 생겼다.

"대장님의 부상은 어떠십니까?"

다른 부하가 걱정스럽게 물었다. 안네그레트는 의젓하게 고개를 저었다.

"아무렇지도 않네, 경. 귀환할 때는 추적자도 없을 테고, 오래 걸리지 않을 테니 문제가 되지 않을 걸세."

"대단하십니다."

리예스 피파일러는 혀를 내둘렀다.

"혼자 남아 적들을 유인한다고 하셨을 때는 솔직히 반신반의했습니다."

"부족한 솜씨나마 기마술에는 어느 정도 재주가 있으니, 그것을 믿어보았을 뿐이다."

"뭐, 쫓겨보니 알겠더군요. 그때 대장님의 발상이 아니었으면 금방 다 잡혔을 겁니다. 코필라족의 말은 우습게 볼 게 아니더군요."

"나보다는 귀관들의 기지가 효과를 발휘했지. 생각지도 못했는데, 여러분이 각자 동시에 연기를 피워준 덕분에 적을 생각보다 오랫동안 잡아놓을 수 있었다."

"동시에 연기가 올라간 건 그냥 우연입니다. 저희 조는 다른 조가 연기를 피우는 걸 보고 그냥 따라한 것뿐이니까요."

"그래도 덕분에 살았다."

'살았다'는 말은 이 대장에게 있어서는 과장도 겉치레도 아니라는 것을 부하들은 이제 알고 있었다. 아마 안네그레트는 정말로 혼자 코필라족 전체를 유인하다가 화살받이가 될 각오까지도 하고 있었을 것이다. 부하들에게는 목숨을 먼저 생각하라고 해놓고서.

그들은 각자의 방식으로 쓴웃음을 지으며 이 대담한 대장을 눈부시게 보았다. 혼자 기사 세 명을 상대했네 어쩌네 하는 소문만 들었을 때는 말도 안 된다고 생각하기도 했었는데.

이제는 안다. 그것은 대장의 솜씨에 대한 말이기도 하지만, 필요하다면 그런 상황도 꺼리지 않는 안네그레트의 용기에 대한 말이기도 했다.

뿌부부부…….

성문이 열릴 때 나는 나팔 소리가 들려왔다. 정찰 부대는 입을 다물고 날카로운 눈으로 카올라하 성의 도개교가 천천히 내려오는 것을 보았다. 온 숲이 울릴 만큼 시끄러운 끼이이이 소리를 내며 카올라하 성 안과 밖이 연결되었다. 새카맣고 어두운 짐승의 아가리 같은 것이 다시 나팔 소리를 냈다.

부부…… 부부부부…… 부우우…….

이것은 진군의 나팔 소리였다. 아군에서 쓰는 것과는 달라도 저 힘찬 멜로디가 주는 인상은 분명했다.

모두의 표정이 딱딱하게 굳어졌다.

"어디로 나가는 걸까요?"

"단순히 자리를 옮길 때 저런 나팔을 불지는 않지."

비교적 어린 부하의 질문에 그 옆에 있던 다른 병사가 바로 대답해 주었다. 리예스 피파일러도 동의했다.

"저건 사기를 독려하는 나팔이니, 어디든 전투를 하러 나간다는 것만큼은 확실하다."

"하지만 경, 저놈들이 전투를 생각한다면……."

"우리 본대밖에 없지."

부하들이 한 마디씩 주고받는 것을 들으며 안네그레트는 마침내 성문 밖으로 나온 적의 첫 깃발을 보았다.

노드바르덴 일족 전체를 상징하는 문장을 높이 든 어리고 잘생긴 종자 옆에서 멋진 갑옷을 차려입고 투구에는 금빛으로 곰을 조각한 장수가 갈색 준마를 달렸다. 그 뒤로도 줄지어 나온 깃발에는 첫 깃발과 같은 문장과 그렇지 않은 문장이 번갈아 가며 그려져 있었다. 흰 말, 점박이 말, 밤색 말, 검은 말이 무거운 마갑을 걸치고 현명한 눈을 반짝이며 씩씩하게 달려 나갔다.

정찰 부대는 적이 향하는 방향과 그 수를 헤아리며 한동안 숨을 죽였다. 화려하게 나선 선두와 달리 뒤따르는 병사들은 다수가 보병이었고 무장도 제각각이라 장수의 땅에서 징병한 농민병임을 알 수 있었다.

안네그레트는 부하들에게 속삭여 물었다.

"저 노란 바탕에 검은 곰을 그린 문장이 지휘관의 가문의 문장인 것 같은데, 어느 가문의 누구인지 아는 사람 있나?"

가까이에 있던 부하들은 모두 고개를 저었다. 그러나 부대 가장자리에서 뭔가를 한참 생각하던 어느 기사는 뭔가가 떠오른 듯 인상을 썼다.

"그랄리에 관문의 갤러리와 구톤 성에서 저 문장을 본 것 같습니다, 남작님. 제 기억이 맞다면 노드바르덴 일족을 다스리는 영주 가문의 일원이 쓰는 문장으로 꽤 격이 높았을 겁니다."

"그러면 옐반 경과 같은 반열일까?"

안네그레트는 크게 놀라지 않았다. 이렇게 중요한 시기와, 중요한 장소다. 아무나 깃발을 올리고 출정하지는 않을 것이다.

문장을 기억해 낸 기사가 고개를 저었다.

"옐반 경의 문장보다는 아래에 있었던 걸로 기억합니다. 아마 중요한 가신 중 하나겠지요."

"수가 오백에 달하니 상당한데."

"한 가문에서 나온 것 같지는 않았습니다. 문장이 그것 외에도 여러 가지 있지 않았습니까?"

"노드바르덴 영주 가문의 직계에게 명령을 받고 움직인 걸지도 모릅니다. 달려간 방향이 남쪽이니 우리 본대가 있는 방향과는 약간 다르지 않습니까? 저대로 나가 다른 부대와 합류할 생각이 아닐까요? 영주 가문 직계의 기사가 이끄는 부대는 아직 카올라하 성에 도착하지 않았잖습니까."

그것은 아주 가능성이 높은 추측이었다.

안네그레트는 고개를 끄덕였다.

"그렇다면 더 지체할 시간이 없다. 임무는 완수했으니, 이대로 최고 속도로 달려 태자 전하께 돌아간다."

청년은 말 위에서 땅을 내려다보았다.

시커멓게 타들어간 흔적과 자신이 받은 보고는 일치했다. 스무 명이 전사했고, 스무 명 정도는 귀환 도중에 죽었다. 그리고 지금 서른 명 정도는 중상을 입어 앓고 있었다. 노드바르덴이 자랑하는 사수들이 이번 싸움으로 거의 괴멸된 것이나 마찬가지다.

조금만 일찍 왔었어도.

보고를 받고 바로 출발한 것이었는데도 때를 맞추지 못했다. 입맛이 썼다. 코필라족의 전사가 많이 죽었고 포로로 잡힌 수도 적지 않으니 그들과의 오래된 몸값 싸움에서 향후 유리한 고지를 점할 수 있으리라는 희망—태자에게서 포로를 찾아오는 데 드는 몸값을 들먹이면 좋은 카드가 될 것이다—정도가 그나마 이번 일의 유일한 장점이었다.

하지만 몸값을 좀 내려 부를 수 있게 되었다고 해서 뭐가 좋단 말인가? 이제 코필라족은 노드바르덴 땅을 지키는 힘으로 쓰기엔 너무 작은 존재가 되었다.

"철저하게 당했군요."

태자의 병사들의 흔적은 거의 보이지 않았다. 남쪽의 병사들이 쓰기엔 너무 특수한 형태로 만들어진 노드바르덴족의 물건들이 대강 내버려진 것과는 대조적이었다. 유족들을 위해 거두어 간 것도 물론 있겠지만…….

"젠장."

어려서부터 함께 자란 부하 기사의 말에 청년은 동의하는 의미로 욕설을 중얼거렸다. 이 땅의 자존심도, 힘도 있는 대로 베여 나갔다.

"경."

한껏 풀이 죽은 얼굴이었던 코필라족의 전 족장이 청년에게 말을 걸었다. 그는 이번 싸움에서 왼팔을 다쳤지만 오른팔만으로도 싸울 수 있다고 박박 우겨 동행했다. 아마 패전의 책임을 지고 자신이 물러난 자리에 새로 오른 족장의 얼굴을 보기가 민망하기도 했을 것이라고, 많은 사람이 짐작하고 있었다.

"무슨 일이냐."

"원수를 갚고 싶습니다."

청년은 기가 찼다.

"코필라족은 이제 단독으로 행동해선 안 된다는 건 자네도 알 텐데."

"예. 이건 저 개인의 소망입니다. 저 금발 꼬마에게 원수를 갚고 싶습니다."

이 땅의 황야를 가로지르는 가을바람이 문득 회오리를 만들며 청년의 머리칼을 쓸어 올렸다.

"태자는 신이 났겠군. ……자네가 말하지 않아도, 당연히 원수는 갚을 거야. 목숨값은 받아야지."

남의 땅에서 언제까지 신바람을 낼 수 있는지는 두고 보아야 알 것이다.

안네그레트 바이언트가 지휘하는 정찰 부대의 소식이 끊긴 지 다시 며칠이 지났다.

총사령관 루트비히는 이대로 정찰 부대가 돌아오지 않을 가능성을 고려해야 한다는 가신들의 진언을 받아들여 단독으로 카올라하 성을 공격할 계획을 세웠고, 전군은 다시 이동하기 시작했다. 그 이동 중 잠깐씩 앞을 확인하러 나갔던 척후병들도 딱히 새로운 소식은 가져오지 않았다.

몇 차례 비가 지나간 가을의 노드바르덴 평야는 대단히 하늘이 푸르렀다. 몇 차례 여울을 만난 루트비히의 군은 좋은 날씨와 충분한 물에 힘입어 무리 없이 전진했다. 슬슬 식량의 잔고를 생각해야 할 시기라 민간 취락에서 음식을 징발했지만 충돌은 없었다.

아직 튼튼하게 휘날리는 깃발을 뒤에 끝없이 세우고 루트비히는 묵묵히 말을 탔다. 그 뒷모습은 더할 나위 없이 당당하고 사나웠지만 어쩐지 말을 걸 수 없는 분위기가 있었다.

발트 이 레는 테다인에게 손짓했다. 주군의 바로 뒤에서 언제든 그 명을 들을 수 있게 따라가고 있었던 테다인은 말의 속도를 늦췄다.

"예, 이 레 경."

"전하께선 좀 어떠신가?"

테다인은 그게 무슨 말이냐고 되묻기에는 눈치가 너무 빠른 시종이었다. 그는 고개를 저었다.

"전하께선 무탈하시니 괘념치 않으셔도 될 것 같습니다, 경."

그렇지 않다면 오히려 곤란했다. 그 누구에게든. 발트는 입을 달싹이려다 그냥 물러났다. 테다인은 일부러 발트가 뭔가 말하려 했다는 사실을 모른 척했다. 발트 이 레는 현명한 자였다.

뒤에서 속닥이는 소리를 모두 듣고 있었지만, 루트비히는 아랫

사람들의 대화를 모른 체하고 계속 말을 몰았다. 슈발츠는 시원한 바람을 받으며 다리를 쭉쭉 뻗었다.

안네그레트.

출발하던 날의 그녀는 참으로 평소와 같았다. 두려움을 모르는 당당한 얼굴과 침착하게 숲 너머를 응시하던 검은 눈. 차갑고 푸른 새벽 공기 속에서 조금은 창백했던, 매끈한 뺨.

안네그레트에게 무슨 일이 있다고는 상상할 수 없었다. 아니, 상상하고 싶지 않았다.

안네그레트에게 정찰의 임무를 맡긴 것 자체가 잘못이라는 말도 나오고 있다는 사실을 그 또한 알았다. 그러나 루트비히는 자신이 맡긴 임무가 그녀에게 벅찼을 거라고는 생각하지 않았다. 충분히 능력을 알고 했던 인선이다.

하지만 그것은 자신만의 생각이었을까.

아침마다, 밤마다 안네그레트가 종자로서 들었던 시중은 정말로 별것이 아니었지만 생각해 보니 그녀가 황도로 처음 올라와 기사와 종자의 맹세를 나눈 이후로는 하루도 빠짐없이 수행되고 있었다. 그래서인지 요 며칠은 괜히 더 불안했다. 루트비히는 자신이 느끼는 감정이 '불안'임을 부정할 수 없었으므로, 그 단어를 그냥 계속 쓰기로 했다.

안네그레트는 지금 어디에 있을까. 사랑이 아니라도, 사랑이라도, 아니, 사랑이 아니라도 이런 걱정 정도는 할 수 있다.

루트비히는 미칠 것 같은 기분으로 그 생각을 되풀이했다. 포로로 잡혔다면 몸값 협상을 하자는 누군가가 분명히 있었을 것이다. 그러므로 그녀는 어딘가에 포로로 잡혀 있는 것은 확실히 아니었다. 그리고, 혹 포로로 잡힌 뒤에 곧 무슨 일이 생겨 몸값 협상을 못 하게 되었다면 그땐 그때대로 소식이 있었을 것이다. 노드바르덴 일족에서도 바이언트 가와 척을 지고 싶지는 않을 테니 조의를 표하고 유품을 보냈을 터이므로.

그러니 안네그레트는 무사해야 했다. 무사해야만 했다. 자유의 몸으로. 이만큼 다른 소식이 없다면 임무를 계속 수행하는 것일 확률이 높다고 테다인은 말해주었고 루트비히는 그 판단을 신뢰했다. 그러니 가는 길에 만날 수 있을 것이다. 이리 달려오고 있을 것이다.

하지만 만약 아니라면.

루트비히는 그 생각이 들 때마다 해왔던 대로 깊은 한숨을 쉬었다. 투구에서 나는 비린내 때문에 정신이 조금 들었다.

"전하!"

그렇기 때문에 그는 갑자기 들려온 외침에도 금세 반응할 수 있었다.

부우우…… 부부부…… 부.

멀리서 맑고 낯선 나팔 소리가 힘차게 울렸다. 방향은 금세 명확해졌다. 루트비히는 손을 들었다.

"전군 정지!"

"멈춰라!"

"정지!"

각 가신들의 날카로운 목소리가 병사들 모두에게 퍼져 나갔다. 나팔 소리를 듣지 못한 자는 없었기 때문에, 정지에는 오랜 시간이 걸리지 않았다.

부부…… 부부부…… 부우우우…… 부우.

나팔 소리가 점점 가까워졌다. 이쪽의 나팔수도 지지 않게 힘

찬 소리를 냈다. 브으으으으으으으. 루트비히는 엘리아스를 돌아
보았고, 눈이 좋은 엘리아스의 부관은 한참 인상을 쓰고 저쪽을
보다가 보고했다.

"전방에 노드바르덴 일족의 깃발과 본가의 깃발이 보입니다! 적
의 규모는 최소한 오백 이상!"

흙먼지가 가볍게 일어났다. 점점 적이 다가올수록 적의 깃발과
무기와 갑옷이 번쩍거리며 화살처럼 가까워졌다. 쿵, 쿵, 쿵. 땅이
울리면서 병사들의 심장이 함께 울렸다. 루트비히는 혀를 찼다.

"본가에서 드디어 납셨군."

"보고! 노드바르덴 본가의 깃발에 푸른 술이 달려 있습니다! 본
가 직계의 기사가 이끄는 것으로 추정됩니다!"

엘리아스의 부관이 아니라도 이제 깃발의 색이 보일 정도로 적
은 가까이 달려온 뒤였다. 발트 이 레가 이를 드러냈다.

"깃발에 여러 유력 가신의 문장이 있습니다. 카올라하 성에서
나온 모양이군요. 수성전을 하기 전에 간을 보려는 걸까요?"

루트비히도 같은 생각이었다. 그는 고개를 끄덕이고 손을 들었
다.

"옐반 경의 말에 의하면 본가의 젊은 울리히 경은 성격이 불같
은 모양이니까. ······그자겠지?"

"현재 그 가문에서 본가의 깃발에 푸른 술을 달아 쓸 수 있고
이 자리에 나올 법한 기사는 울리히 경밖에 없을 겁니다, 전하."

테다인이 확인해 주었다.

사이에 아무것도 걸리는 것이 없어 가까워 보이지만 실은 어느
정도 상대를 관찰할 수 있을 뿐일 정도의 거리를 두고 노드바르
덴 일족의 군은 멈추어 섰다. 그 중앙에 선 기병의 대오가 정연해

우습게 볼 수 없었다. 수에는 차이가 있다 해도, 이쪽은 멀리 행군해 온 군이고 저쪽은 자기들의 성에서 출발한 지 얼마 되지 않았을 것이다.

"엘리아스, 자카리, 양쪽 끝으로 이동. 발트, 가운데를 굳건히 지켜라."

우선 실력 확실한 기병들을 적절한 자리에 배치하고, 루트비히는 적을 쏘아보았다. 노드바르덴 일족을 다스리는 가주의 조카 손주라는 울리히는 차가운 얼굴로 이쪽을 보고 있었다.

다행히 이동이 끝날 때까지 적은 공격해 오지 않았다. 애초부터 적이 여기로 오기 전 배치를 끝낼 수 있을 거라고 계산해 처리한 이동이기는 했지만 의외였다. 루트비히는 테다인에게 물었다.

"대화를 시도할까?"

"항복할 생각은 없는 것 같긴 합니다만."

항복하려고 이렇게 깃발을 휘날리며 군대를 이끌고 오지는 않았을 것이다. 그러나 상례에 따라 울리히는 신분 높은 기사 한 명을 그 종자와 함께 앞으로 내보냈다. 덩그러니 나오는 그 모습에 루트비히는 테다인에게 손짓했다.

"자네가 나가봐. 하일러, 같이 가봐."

하일러는 묵묵히 테다인을 호종했다. 상대방의 전령과 스무 보 정도로 가까운 거리가 되었을 때 양측은 말을 멈춰 세웠다. 히히힝. 이 자리에 흐르는 싸늘한 공기를 주인만큼이나 분명하게 읽은 말들은 콧김을 뿜으며 땅을 팠다.

"좋은 날씨입니다!"

테다인은 상대방이 이쪽을 눈으로 탐색하는 사이 한가한 투로 선수를 쳤다. 노드바르덴의 기사는 엄정하게 받아쳤다.

"예, 그렇군요. 이런 날씨에 귀하와 이런 자리에서 대화를 나누게 된 것을 아쉽게 생각합니다!"

어라, 짐작보다 사교적인 대답이 날아왔다. 루트비히는 울리히의 얼굴을 살폈지만 아쉽게도 바이저를 착용한 울리히의 표정 변화는 거의 보이지 않았다. 테다인은 예의 바르게 고개를 숙였다.

"테다인 하쉬겐스타트입니다."

"일카이 폰 말비논입니다. 귀공의 말씀 많이 들었습니다."

"말비논 영주님의 아드님이셨군요. 몰라 뵈어 죄송합니다."

"태자 전하를 모시며 제국을 위해 일하시는 귀공에 비하면 저 따위는 하잘 것이 없습니다."

이런 분위기로 모든 싸움이 빨리 정리된다면 얼마나 좋을까. 테다인은 약간 불편했지만 그답게 목적에 맞는 말을 했다.

"겸손하십니다. 이렇게 훌륭한 기사를 뵈니 먼 땅까지 온 보람이 있군요."

"그렇게 말씀하시니 저 또한 기쁩니다. 이제 보람을 느끼셨으니 유람은 적당히 하시고, 병사들에게도 고향에서 겨울을 맞는 평안을 누리게 해주심이 어떻습니까?"

먼저 공격할 생각이었는데 이쪽이 당했다. 테다인은 싱긋 웃었다.

"그거야말로 자비로우신 태자 전하께서 무엇보다 원하시는 일입니다."

"그러시다면 이야기가 쉽겠군요. 저희 노드바르덴 일족은 태자 전하께서 나오신 유람이 저희 일족에게 있어 오랫동안 전통을 지켜온 땅 및 족속들에게 위협이 되었음을 호소합니다. 또한 이 땅을 계속해서 몸 바쳐 지켜온 전통 깊은 부족이 태자 전하의 사람들에 의해 큰 피해를 입었음을 유감으로 생각합니다."

"그런 사실이 있음을 위대하신 태자 전하께서도 물론 알고 계십니다. 그런데 귀공께서는 아직 못 들으신 모양입니다. 얼마 전 황도에서 참람하게도 황제 폐하의 백성들을 무자비하게 살해하고 제 친척들에게 도망친 뒤, 태자 전하께서 경위를 물으려 부르셨는데도 불구하고 답하지 않은 자가 있습니다. 그자를 쫓다 보니 황공하게도 귀공의 땅과 가까운 곳에 오게 되었군요."

카올라하의 기사의 눈썹이 꿈틀거렸다. 물론 못 들었을 리가 없었다.

"그런 이야기는 잘 모르겠습니다만, 저희 일족의 가까운 일가붙이가 얼마 전 당신에게서 도망친 농노들을 처벌한 뒤 정양 겸 가주님 곁에 와 있기는 합니다."

"아! 재미있는 우연이로군요. 어쩌면 동일 인물이 아닐까요?"

아무렇지도 않은 한 방에 카올라하의 기사의 눈썹이 다시 꿈틀거렸다. 루트비히는 씩 웃어 보였고 엘리아스는 속으로 쾌재를 불렀다. 루트비히의 가신들은 모두 최소한 한 번은 테다인보다 남을 화나게 할 수 있는 사람은 별로 없을 거라고 생각한 적이 있었던 것이다.

잠시 후 카올라하의 기사는 씹어뱉듯 말했다.

"……그럴지도 모르지요."

"태자 전하께서는 감히 황도에서 황제 폐하의 백성들을 무차별 살해한 범인을 찾아 재판하시려는 마음이실 뿐, 노드바르덴 일족과 귀하의 땅을 누구보다 존중하고 계십니다."

"저희는 존중받지 못할 만한 행동을 한 적이 없습니다."

"그렇다면 걱정하실 것도, 유감이실 것도 없겠군요. 저희 태자 전하께서도 적절하지 못한 행동을 하신 일이 없으니까요."

"설령 도망 농노들을 색출하는 과정에서 관련 없는 자 몇이 말려들었다 해도, 그것이 군사를 이끌고 오래된 충신의 땅을 짓밟을 이유까지는 되지 못합니다."

"놀랍군요. 저희도 같은 생각입니다. 저희가 찾는 범인이 스스로 나와 정당한 재판을 받기만 한다면야, 태자 전하께서도 황도로 곧장 돌아가 황제 폐하를 수행하는 데 다시 전념하실 생각이랍니다."

"……끝이 없겠군요."

"바로 그렇지요."

어차피 대화는 서로에게 들려주려는 것이 아닌, 각자의 병사들에게 하는 말을 적당히 모아 읊은 것이나 다름없었다. 일카이는 고개를 까딱한 뒤 본인의 진영으로 돌아갔다.

루트비히는 적의 선두가 움직이는 것을 기다렸다. 누구나 짐작한 대로 중앙의 기병이 쐐기처럼 뾰족하게 달려왔다. 루트비히의 손짓과 함께 깃발이 움직였다.

"엘리아스, 자카리! 앞으로!"

"전투가 시작되었습니다."

안네그레트는 언덕 위에서 전황을 내려다보고 있었다. 리예스 피파일러의 말에 그녀는 고개를 끄덕였다.

"최대한 빨리 왔다고 생각했는데, 합류하기엔 한 발 늦었군."

"본대를 찾는 데에 시간이 걸렸으니 하는 수 없지요."

본대가 이쪽의 귀환을 기다리며 언제까지나 그 자리에 있어 줄 거라고 생각한 것은 아니었기 때문에, 어느 정도의 추적은 예상한 바였다. 그러나 생각보다 그 시간이 더 걸린 모양이었다. 안네그레트는 입맛이 조금 썼다.

"다행히 별문제 없이 끝날 것 같지 않습니까?"

양쪽 날개를 펼친 본대는 상대방보다 두 배 이상 숫자가 많았다. 그러나 안네그레트는 부하의 말에 고개를 저었다.

"적군도 수성전을 기본으로 해야 한다는 사실을 모르지 않을 것이다. 그런데도 불리한 숫자로 나섰으니 뭔가 생각하는 게 있을 테지."

"저도 대장님 말씀이 옳다고 생각합니다. 적이 항복하려는 게 아닌 이상에야."

"항복할 거면 전투를 시작하지도 않았겠지. 저렇게 가신들을 있는 대로 모아 오지도 않았을 테고."

"아군이 적을 포위하려는 것 같습니다!"

또 다른 부하가 급히 속삭였다. 진형을 보았을 때 대강 짐작했던 대로, 적의 기병이 중앙을 향해 돌격하자 아군의 양쪽 날개가 앞으로 뻗어 나갔다. 적을 관찰하던 부하가 인상을 썼다.

"곰 투구를 썼던 기사가 어디에 있는지 보이시는 분 계십니까?"

"곰 투구를 썼던 기사 말씀이십니까?"

자리에 있던 사람들은 순간 일제히 전장을 훑어보았다. 카올라하 성에서 나왔던 곰 깃발은 전장에 있었지만, 그러고 보니 그 인상적인 곰 투구를 쓴 기사는 눈에 잘 띄지 않았다. 안네그레트는 그 사실에 신경이 쓰여 인상을 약간 썼다.

"귀관들에게도 안 보이나?"

"예. 분명히 우리가 그때 본 카올라하 성의 병사들이 여기 합류한 건 깃발의 문장으로 보아 맞는 것 같습니다만."

이게 어떻게 된 일일까. 카올라하 성에서 많은 병력을 이끌고 나온 기사의 모습이 보이지 않는다고? 적어도 적의 총지휘관과 가까운 곳에, 혹은 병사들을 이끌며 독려하는 자리에라도 있어야 할 것이다.

"코필라족은 전멸한 걸까요? 전장에서 보이지 않는군요."

또 다른 부하가 고개를 갸웃했다. 불확실한 것이 너무 많았다. 안네그레트는 조금 더 깊이 인상을 썼다. 적에 대해 모르는 사항이 많으면 그 전투는 진 거라고, 아버지가 말하는 것을 들은 기억이 있었다.

함성을 지르며 적의 기병이 돌진했다.

"전하, 코필라족이 보이지 않습니다."

발트 이 레가 지적하기 전에 루트비히도 그 점을 깨닫고 있었다. 그는 녹색 눈을 날카롭게 번쩍였다.

"전멸은 아니었잖아."

"예. 코필라족이 적의 후방을 지키는 역할을 맡았다고는……."

"생각하기 어렵겠지. 제길."

시대착오적이라고 할 만큼 완전한 경기병이다. 그런 그들을 일부러 후방에 끼워 넣는 전술은 들어본 적도 없었다.

파이크와 랜스가 부딪치는 금속음, 그리고 그 뒤를 바로 잇듯이 세계를 채운 비명.

전투가 시작되자 오히려 머리는 차가워졌다. 발트는 자신의 부하들을 지휘하러 움직였고 루트비히는 보다 상황이 잘 보이는 곳으로 자리를 옮겼다. 멀리 아군의 양 날개가 뻗어 나가는 것이 보였다.

죽음.

번쩍이는 비린내.

"으아—아아아아아아아아악!"

비명은 듣지 않는 것이 좋았다. 하나씩 듣고 있다가는 끝이 없는 것은 물론, 더 많은 사람의 목숨이 위험해진다. 루트비히는 차갑게 가라앉은 눈으로 전황을 살폈다. 적은 계속해서 쐐기 형태로 밀려왔고 끝이 없는 것처럼 느껴졌다. 중앙이 그렇게 얇지는 않으니 뚫고 지나가지는 못할 것임을 알고 있었지만, 어딘가 신경이 쓰였다.

물론 그러는 사이에 양익이…….

"……너무 긴데?"

무심코 그런 말이 나왔다. 가슴이 철렁했다. 기병은 한번 진격하면 멈춰서는 안 된다. 멈추는 순간 당하는 것이다. 그러므로 엘리아스와 자카리는 기세를 올리며 적군의 양쪽을 달리고 있었지만…….

적의 끝이 보이지 않는다.

이유는 어렵지 않았다. 적이 너무 '가늘기' 때문이었다. 뭉쳤던 실을 푸는 것처럼 끝없이 달려와 이쪽에 부딪친다. 그리고 이쪽의 날개도 그 길이에 맞춰 한없이 늘어나고 있었다.

"엘리아스와 자카리를 불러들여! 너무 멀리 나갔어! 이러다 날개가 끊기면 고립될 거야!"

그러나 이미 적의 머리는 세 개로 늘어나 있었다.

"적의 머리가 산개합니다."

적군은 처음부터 날개를 자를 생각이었던 모양이었다. 안네그레트는 선배 기사들의 기병 부대가 뒤에서 뚝 잘려 나가는 것을 보고 혀를 찼다. 적은 대부분 농민병일 거라고 들었는데, 아무리 그래도 이 땅에서 오랫동안 함께 살아온 자들이 길러낸 기병은 보기 좋게 작전을 성공시켰다.

"양쪽 기병은 잘라냈으니 옆에서 칠 생각일까요."

"아마도 그렇겠지요, 대장님. 하지만 적의 수는 여전히 열세입니다. 크게 걱정하실 일은 없지 않을까요."

"저건 엘리아스 경과 자카리 경의 부대지요?"

"예, 대장님."

이대로 여기 언덕 위에서 지켜보기만 할 수도 없었다. 큰 도움이 되지는 않는다 하더라도, 어느 쪽이든 지원하러 가야 할 것이다.

그러나 선뜻 발이 움직이지 않았다.

안네그레트는 그 원인이 뭔지 고민했다. 한참 동안 생각하고 또 생각했다. 그리고 천천히 아군의 후방을 보았다.

"전하!"

키르시가 비명처럼 부르는 목소리에 루트비히는 당황해 눈을 들었다.

"왜 그러지, 키르시?"

"저쪽을 보십시오!"

종자가 가리키는 곳을 본 루트비히는 눈을 크게 떴다. 연기가 오르고 있었다. 어디인지는 물을 것도 없었다.

"병참이다! 어느 틈에!"

하일러가 이를 갈았다. 루트비히는 주위를 살폈다. 병참을 지키는 병사들은 당연히 있었지만, 전방에서 오는 적을 신경 쓰느라 확실히 전군의 주의가 흐트러져 있었다. 그 틈을 노린 것인지도 모른다.

"이게 노림수였군."

농민병이 많고 수가 절대적으로 열세인 적의 입장에서, 어째서 수성전으로 버티지 않고 거대한 적을 치러 나온 것인지 이제야 알았다. 며칠 거리에는 황야뿐이었고 말비논의 곡창지대는 카올라하 성을 손에 넣기 전에는 가질 수 없었다. 루트비히는 이를 갈며 말머리를 돌렸다.

"하일러, 키르시, 병참을 지키러 간다. 제기랄 놈들, 불을 붙였나 보군. 날이 좋으니 내버려 뒀다간 몽땅 타버리겠어."

"전하가 직접 가십니까?"

키르시는 묻는 자신이 멍청하게 느껴졌다. 젠장할, 젠장할. 태자를 따르는 종자가 둘뿐이니 어쩐지 사람이 굉장히 부족한 것 같다. 안네그레트가 있었다면 좋았을 것이다. 저 불을 대체 어떻게 끄지? 그녀라면 뭔가 알 것도 같은데.

"지금 따로 보낼 사람이 누가 있어? 당장 움직여."

맞는 말이었다. 키르시와 하일러는 루트비히를 따라 말을 달렸고 주위의 병사들은 당황한 얼굴로 서로를 보았다. 테다인이 자리에 남아 그들을 대신 독려했다.

"전하께선 잠시 후위를 정리하고 오실 테니 놀라지 마라! 자리를 지켜라! 제국의 영광을 위해!"

병사들은 테다인이 적의 전령과 어떤 대화를 나눴는지 기억하고 있었다. 그렇다. 그들은 감히 황제 폐하가 직접 다스리시는 황도에서 죄 없고 병든 백성들을 학살한 것도 모자라 태자 전하 앞에 나아와 정당한 재판을 받는 것조차 거부하고 있는 자를 단죄하러 온 것이었다. 올해 돈 전염병으로 소중한 사람을 잃은 병사는 한둘이 아니었다.

"제국의 영광을 위해!"

병참이 있는 수레에서 첫 번째 연기가 피어오를 즈음, 정찰 부대는 이미 적과 맞닥뜨리고 있었다.

"이게 누구신가."

이 지방의 억양이 섞인 거친 목소리로, 코필라족의 대장은 비꼬았다. 안네그레트는 그의 얼굴을 기억했으므로 그가 자신을 알아본 것에 놀라지 않았다.

"그때 그 쥐새끼들 아닌가."

"안 죽고 다시 만나니 반가운데."

리예스 피파일러가 응수했다. 안네그레트는 코필라족의 대장의 옆에 서 있는 곰 투구를 쓴 남자에게 고개를 까딱해 인사했다.

"안네그레트 바이언트입니다."

"……게오르츠 백작님의 따님이시군요. 말씀은 많이 들었습니다."

곰 투구를 쓴 남자는 약간 놀란 것 같았다. 설마 태자가 보낸 정찰 부대에 저 귀한 아가씨가 끼어 있었을 줄은 몰랐다. 포로로 잡았다면 상당한 몸값이 되었을 텐데, 아쉬운 일이었다.

"당황하지 말고 불을 꺼라! 있는 대로 물을 가져와! 가죽을 덮어라!"

주변에서 뛰어다니는 병사들과 그들을 지휘하는 자들의 목소리가 시끄럽게 들려왔다. 곰 투구를 쓴 남자는 잠시 생각하다가 랜스를 들었다.

"바이언트 가문과 척을 지고 싶지는 않습니다."

"저 또한 그 누구와도 척을 질 생각은 없습니다. 저는 다만 제 주군의 명에 따라 행동하고 있을 뿐입니다."

"지금 본인이 얼마나 불리한 상황인지는 알고 계실 테지요."

그것은 옳은 지적이었다. 곰 투구를 쓴 남자와 코필라족의 대장은 백 명 가량의 부하를 데리고 있었다. 그리고 안네그레트가 지금 쓸 수 있는 열일곱 명의 부하는 가능하다면 모두 불을 끄는 데 조금이라도 도움을 주어야 할 처지였다.

곰 투구를 쓴 남자는 울적하게 물었다.

"그냥 돌아가 달라고 하면 뭐라고 답하시겠습니까."

안네그레트는 고개를 저었다.

"공교롭게도 주군의 명을 받은 몸이니 그것은 어렵겠습니다. 죄송합니다."

"말로 하자고 하면?"

"아쉽게도 저는 말재주가 없습니다. 할 줄 아는 것이라고는 검을 휘두르는 일뿐이니 그것으로 대신하게 해주십시오."

"큰따님을 죽였다고 게오르츠 백작님이 당장 쳐들어오시는 것은 가급적 피하고 싶었습니다만, 저희도 명령이니 하는 수 없지요. 게오르츠 백작님도 군인이시니 이해하실 터."

곰 투구를 쓴 남자는 말에 박차를 가했다.

"하!"

짐을 다 버렸던 것이 아쉬웠다. 안네그레트는 몸을 낮추고 검을 들었다.

투르르, 투르르, 투르르.

말발굽 소리가 정수리를 울렸다. 스파이크를 단 랜스의 끄트머리가 순식간에 가까워졌다. 안네그레트는 몸을 틀어 힘껏 창날을 쳐 냈다. 쩽! 손끝에서 좋은 예감이 주르륵 타고 올라왔다. 성공이다!

채애앵, 챙 하며 랜스가 굴러떨어졌다. 곰 투구를 쓴 기사의 말은 블리츠 옆을 빠르게 스쳐 지나갔다. 안네그레트는 몸을 다시 세우고 블리츠의 방향을 바꿨다. 곰 투구를 쓴 기사 또한 말 머리를 뒤로 돌리고 자기 손을 만지작거렸다. 상당히 아픈 것 같았다.

"……대단한 솜씨로군요. 마상 창 시합에서 만나볼 수 있었다면 좋았을 텐데."

"언젠가 제가 정식으로 기사 서임을 받는다면 그때는 잘 부탁드리겠습니다."

"오늘 우리 둘 다 살아남는다면 말입니다만."

"예, 그러기를 진심으로 바랍니다."

곰 투구를 쓴 기사는 리치가 긴 도끼를 꺼내 들었다. 안네그레트는 파고들 틈을 찾았다.

"불을 꺼라! 있는 대로 가죽을 가져와! 물을 전부 부어라!"

정신을 못차리는 병사의 보고에 따르면 코필라족의 패잔병들이 불화살을 쏜 모양이었다. 루트비히는 이를 갈며 주변을 뛰어다녔다. 병참을 지키는 책임을 맡고 있던 기사는 루트비히가 직접 온 것을 보자 얼굴이 파래졌다.

"전하, 이쪽은 위험합니다!"

"길에서 다 같이 굶어 죽는 것보다는 이게 낫잖나!"

루트비히를 보자마자 달려들기 시작한 코필라족의 잔당을 키르시와 하일러가 바쁘게 막아냈다. 테다인이 조금 늦게 딸려 보낸 기사들도 합류해 주군의 안전을 지키며 불을 끄는 데 협조했다. 저쪽에서 무기가 부딪치는 소리가 들렸다.

"병사들이 싸우고 있나?"

하일러는 가죽을 잔뜩 들고 달려온 병사에게 물었다. 병사는 몇 개의 수레 너머, 무기가 부딪치는 소리가 시끄럽게 들려오는 쪽을 가리키며 소리쳤다.

"라이헤르타 남작님이 오셨습니다! 적의 기사와 싸우고 계십니다!"

"뭣?!"

루트비히는 그 말을 듣자마자 병사가 가리킨 쪽을 향해 달려갔다. 테다인이 보낸 기사들이 이윽고 현장을 정리하기 시작했다. 키르시는 그 상황을 곁눈질하고 얼른 주군을 따라갔다.

키르시의 얼굴에 웃음이 치밀어 올라왔다.

살아 있을 줄 알았지. 그럴 줄 알았지, 우리 안나!

몇 개나 피어오르던 연기가 점점 잦아들고 있었다. 안네그레트는 이 습격이 미수로 끝날 것임을 예감하고 여유를 찾았다. 곰 투구를 쓴 기사도 같은 생각을 한 듯 인상을 썼다.

"아버님께 잘 배우신 것 같군요."

"아직 한참 부족한 솜씨입니다. 감사합니다."

이미 무기를 두 개 잃은 기사에게 그런 말은 심술로 느껴지기도 했다. 곰 투구를 쓴 기사는 쓴웃음을 지을 여유가 없어 눈썹을 꿈틀거렸다. 멀리서 안나! 하고 부르는 목소리가 들려왔다.

오랜만에 듣는 동료의 목소리였다. 안네그레트는 상대에게 검을 겨누고 냉정하게 물었다.

"아까 하신 질문을 제가 다시 하지요. 돌아가 달라고 말씀드린다면 어떻게 하시겠습니까?"

"……한 방 먹었습니다. 하는 수 없지요."

코필라족의 대장은 리예스 피파일러와 싸우다가 침을 땅에 탁 뱉으며 물러났다. 누군가가 휘파람을 삑 불자 적이 순식간에 빠져나가기 시작했다.

"다음에 또 뵙겠습니다."

안네그레트는 예의 바르게 인사를 잊지 않았다. 곰 투구를 쓴 기사는 고개를 슬쩍 까딱하고 자리를 떠났다.

주위의 탄 냄새가 코를 찔렀다. 하늘이 노랗게 보였다. 아무래도 피곤한 모양이었다. 안네그레트는 말에서 내려 주위를 살폈다. 불이 다 꺼지지 않았다면 자신도 진화를 거드는 것이 좋을 터였다.

아.

……아.

초록색 눈과 시선이 마주쳤다.

오랜만에 마주한 주군은 이 수많은 수레와, 병사들과, 기사들 틈에서도 가장 빛이 나는 것처럼 보였다. 안네그레트는 그 얼굴이 약간 야윈 것 같아 가슴이 아프다고 생각했다. 그녀는 그러나 다른 말보다 제일 먼저, 해야 할 말을, 천천히 입으로 발음했다.

"안네그레트 바이언트, 지금 돌아왔습니다."

루트비히는 말에서 내렸다.

안네그레트는 조금은 초조함을 느꼈다. 아직 그들은 전투 중이었다. 다행히 당장은 급박할 것이 없어 보였지만 그렇다 해서 안심할 수는 없는 것이다.

루트비히는 성큼 한 걸음을 내디뎠다.

어째서일까, 주군을 보니 이렇게나 가슴 속이 부드럽게 풀어진다. 이제 '돌아왔기' 때문일까. 아마 그런가 보다 하고, 그녀는 납득하며 심지어는 옅은 미소까지 지었다.

두 걸음.

세 걸음.

루트비히는 계속해서 안네그레트에게 다가왔다. 그 걸음은 힘있고 분명한 것이었지만 또한 어딘가 휘청거리는 것처럼도 보였다. 걱정이 되어 그녀 역시 주군에게 천천히 다가갔다.

"전하, 그간 무탈하셨습니까?"

"안네그레트."

그리고 마침내 같은 자리에 섰을 때.

루트비히는 안네그레트를 꼭 끌어안았다.

그것은 주군이 신하에게 하는 포옹이라기에는 너무 힘이 들어가 있었다. 안네그레트는 조금 놀라 주군을 불러보았다. 혹시 다치기라도 하신 것일까. 하지만 그래 보이지는 않았다. 주군의 갑옷은 전반적으로 깨끗했다…….

"……전하?"

팔은 떨어지지 않았다.

안네그레트는 한참을 고민하다가, 어쩐지 그래야 할 것 같아 자신의 두 팔을 주군의 등에 둘렀다.

"내가 얼마나 걱정을 했는지 알아?"

키르시의 히스테릭하고 울음 섞인 웃음에 안네그레트는 어쩔 줄 몰라 하다 진지하게 사과했다.

"미안하다."

"아니, 사과하지 마. 사과할 거 없어! 이렇게 무사히 돌아와 줘서 너무너무 고마워. 젠장, 행방불명이라는 말 듣고 울 뻔했다고."

"과장하지 마라, 키르시."

하일러는 키르시를 구박했지만, 그 역시 안네그레트를 보는 눈이 감동에 차 있었다. 다른 종자들도 한 마디씩 했다. 안네그레트는 그것이 무척 부담스러웠다.

"아니, 정말 멋진 귀환이었습니다."

"태자 전하께서도 얼마나 감동하셨으면 사람들 앞에서 말에서 내리셨겠습니까."

"고작 스무 명으로 적에게 쫓기면서도 척후 활동을 성공적으로 수행하고 돌아오셨는데, 심지어 병참이 불타기 전 적을 물리치셨으니 이거 보통 공이 아닙니다."

"이쯤 되면 기사 서임은 충분히 받으실 만한 공적 아닙니까?"

역시 부담스럽다. 안네그레트는 진지하게 눈을 깜박였다.

"제 힘이 아니라, 태자 전하께서 워낙 훌륭한 분들과 함께 활동하게 해주셔서 성공한 것이지요. 오히려 귀환이 늦어져 심려를 끼쳤으니 참으로 면목이 없습니다."

"또, 또 그러십니다. 남작님의 반의반만 공을 세웠어도 저희는 소원이 없을 겁니다."

"여러분은 각자 주군을 가까이서 모시고 계셨던 것 아닙니까."

안네그레트가 이런 말을 할 줄 알았던 다른 종자들은 웃으며 서로 눈길을 교환했다. 그녀는 식사를 마치고 일어섰다. 오늘의 승리를 기념해 평소보다 많은 음식 소비가 허가되었고, 여유가 있는 지휘관들은 고기를 풀었기 때문에 모두가 기분 좋은 식사를 즐기고 있었다.

"전하께 가려고?"

하지만 안네그레트가 이렇게 일찍 일어나리라는 사실 또한 그들은 대강 짐작하고 있었다. 키르시의 질문에 그녀는 고개를 끄덕였다.

"그래. 이제 돌아왔으니 종자로서의 임무를 수행해야지."

"어서 가라."

하일러가 고개를 끄덕이고 손짓했다.

"전하께서 많이 걱정하셨다."

"뭐야."

키르시는 그 말에 낄낄 웃었다.

"자긴 걱정 안 한 것처럼 말하네. 섭섭해하지 마, 안나. 이렇게 말은 해도 하일러 형님도 소식 듣고 많이 걱정했어."

그리고 하일러에게 옆구리를 맞았다. 안네그레트는 설핏 웃었다.

"감사합니다, 하일러. 심려 끼쳐 죄송합니다. ……그럼 다녀오겠습니다."

안네그레트가 일어나 몇 걸음 떼는 새에 뒤에서는 내가 언제, 악, 아팟! 같은 대화가 빠르게 오갔다. 다른 종자들은 킥킥 웃으며 자기들끼리 또 다른 대화를 나눴다.

총지휘관의 천막은 평소처럼 안에 불이 피워져 있어 밝았고 두

런두런 대화 나누는 소리가 들렸다. 그러나 마침 그 대화가 끝이 난 듯, 안네그레트가 천막 앞에 다다를 즈음 휘장을 걷고 기사 몇 명이 줄을 지어 나왔다. 기사들은 모두 기분이 좋아 보였고 안네그레트를 발견하자 각자 눈인사를 했다.

"라이헤르타 남작."

발트 이 레는 멈춰 서서 말을 걸었다. 안네그레트는 예의 바르게 허리를 숙였다.

"경."

"이번에 남작의 기지가 아주 훌륭했다고 들었습니다. 아버님께서도 자랑스럽게 생각하실 겁니다."

"저는 한 일이 없는데, 운이 좋아 그리 여겨주시는 분이 많으십니다. 감사합니다."

"남작이라 불리는 걸 싫어한다고 들었는데, 금방 경이라 부를 수 있겠습니다. 하하!"

안네그레트는 쓴웃음을 지었다.

"분에 넘치는 말씀입니다."

"너무 겸손하십니다. 아, 태자 전하를 뵈러 온 거지요?"

"예."

딱 그때 테다인이 휘장 밖으로 얼굴을 내밀었다.

"들어오십시오. 태자 전하께서 기다리고 계십니다."

"어이구, 전하를 기다리시게 할 수는 없지요. 어서 들어가십시오."

"살펴 들어가십시오, 경."

발트 이 레는 다른 동료 기사들과 함께 즐겁게 대화를 나누며 멀어졌고 안네그레트는 테다인을 따라 총지휘관의 천막 안으로 들어갔다. 막 회의가 끝난 것인지 책상에는 이번에 그녀가 그려온 지도가 펼쳐져 있었다.

"전하."

투구와 판금갑옷을 모두 벗은 루트비히는 정말로 수척해져 있었다. 안네그레트는 가슴 속이 욱신거려 이상하게 생각했다. 아까 주군을 오랜만에 보았을 때와 비슷한 기분이었다. 전장에서 사지가 건강한 것을 본 것만으로도 그저 기뻐야 하는데.

왜 이렇게, 누군가 목을 누르는 것처럼.

책상 앞에 서 있던 루트비히는 안네그레트를 보고 소리 내어 한숨 쉬었다.

"좀 쉬었어?"

"예, 전하. 전하의 은덕입니다."

"돌아오자마자 싸웠는데 쉬어야지."

루트비히는 손을 내밀었다. 안네그레트는 그의 손을 들어 반지가 있는 손가락에 키스했다. 그 손은 무척 따뜻했다.

"군의에게는 다녀왔어?"

"예, 전하."

"다리는 어떻대?"

"다행히 잘 아물고 있다 합니다. 심려를 끼쳐 송구하기 그지없습니다."

"그래……."

루트비히는 한숨처럼 대답했다. 안네그레트는 그만 걱정이 되고 말았다.

"전하, 혹 심려하시는 일이 따로 있으십니까?"

"왜?"

루트비히는 침대로 가 앉았다. 안네그레트는 그 뒤를 따라가 침대 앞에 섰다.

"한숨을 쉬시기에."

"아냐. 그냥, 오늘 좀 피곤했어."

물론 그랬을 것이다. 안네그레트의 표정을 본 루트비히는 쓴웃음을 지었다.

"나는 됐어. 안네그레트, 너야말로 오늘은 무리하지 말고 일찍 쉬어. 바로 보고까지 하느라 수고했어."

"당연히 해야 할 일입니다. 오히려 임무 수행이 늦어져 참으로 면목이 없습니다."

루트비히의 쓴웃음이 짙어졌다.

"늘 의무와 도리에 대해서만 말하는구나."

그 말은 비난으로 들리지는 않았으나, 안네그레트는 뭐라고 대답해야 할지 알 수 없었다. 그녀는 잠시 생각하다가 물었다.

"제가 그렇습니까?"

"그래. 네가 행방불명되었다고 들었을 때도, 네가 오늘 갑자기 병참 수레 한가운데 서서 적과 싸우고 있었을 때도, 나는 네가 네 의무를 다하지 못할까 봐 걱정하지는 않았는데."

물론 안네그레트에게 임무를 맡긴 상사로서 그 임무의 성공 여부는 중요했지만, 루트비히에게는 그보다 중요한 것이 있었다. 어쩌면 그것은 군을 이끄는 자로서 좋지 않은 사고방식일지도 모르지만.

'그래야만 하는' 것이 있고, '실제로 그런' 것이 있다. 도의와 실재의 차이가 있다. 루트비히는 자신이 안네그레트의 무사 여부에 정신이 더 많이 팔려 있었다는 사실을 깨끗하게 인정했다. 인정하지 못하고 어물거린 것은 지난 며칠로 충분했다.

그리고 다시 안네그레트의 얼굴을 본 순간, 결론은 나와 버렸다.

불가항력이었다.

안네그레트는 역시나 이해하지 못하겠다는 얼굴을 했다.

"전하께서 다른 가신들 앞에서 저를 믿는다고 말씀하시고 내리신 임무이니, 제가 성공하지 못한다면 전하께서 비난을 받으시지 않았겠습니까. 제게 내리신 유능한 부하들이 낭비되는 것은 물론이고요."

"그래, 알아. 너는 계속 그 생각만 했겠지."

낮의 전투가 승리로 끝났을 때 안네그레트의 귀환을 본 여러 장수들의 반응은 다시 생각하기에도 우스웠다. 그녀가 정찰 활동을 성공적으로 수행하고 왔다는 사실도 꼼꼼한 기록과 보고에서 증명되었다. 그녀를 보내기 전 루트비히가 했던 말은 다 이루어진 셈이다.

하지만 안네그레트는 기쁜 얼굴을 하고 있지 않았다. 루트비히는 그것이 조금 걸렸다.

"안네그레트, 너는 네가 해낸 일이 자랑스럽지 않아? 큰 공을 세운 거야. 잘하면 너는 기사도 사상 최단 기간에 종자 수련을 마친 사람으로 기록될지도 몰라."

안네그레트는 검은 눈으로 주군을 바라보았다.

역시 그 눈 안에는 다른 것은 없었다.

"전하의 곁으로 무사히 돌아올 수 있었던 것에 대해 신께 감사드립니다. 하지만 자랑스러울 일인지는 모르겠습니다. 부하 둘을 잃었고, 임무 수행은 늦어졌습니다. 전하의 곁을 오랫동안 떠나 있었다는 것이 뼈아픕니다."

"너무 부정적인데."

"그렇습니까?"

"응."

루트비히는 그녀의 눈을 마주 바라보았다. 속이 보이지 않는 그 새까만 눈은 마치 물로 씻은 흑요석 같았다.

밤처럼 빨려 들어간다.

안네그레트는 역시 검은 속눈썹을 내리깔고 한참을 생각한 뒤 천천히 진심을 말했다.

"그렇게 말씀하시니, 저도…… 이상하다는 생각이 드는 것 같습니다."

"너 자신이?"

"예. 분명히 성공적으로 전하의 곁에 돌아왔고, 이렇게 건강하게 살아 있습니다. 사람들은 제게 공을 세웠다고 말해주고 있습니다. 저도 아주 기쁘지 않은 것은 아닙니다. 신께 감사드리고, 전하의 은덕에 감사드립니다. 그런데도."

말이 잠시 끊겼다.

"……그런데도?"

안네그레트는 침을 삼키고 인상을 썼다. 이렇게 길게 말하는 것은 그녀에게 힘든 일이었다.

"……그런데도, 기분이 이상합니다."

"이상해?"

아마 그녀와는 다른 방향일 테지만, '이상한' 기분이라면 이쪽은 전부터 느끼고 있었다. 루트비히는 그만 가볍게 소리 내어 웃고 말았다.

"어떻게 이상한데?"

"더 좋은 판단을 내릴 수 있지 않았을까, 더 잘할 수 있지 않았을까…… 그런 생각은 이미 많이 했습니다. 그러니 이제 와서 아쉬움을 느끼지는 않습니다."

안네그레트는 거기서 한 번 쉬었다. 루트비히는 그녀의 얼굴을 보며 눈을 가늘게 떴다.

"그러면?"

"그냥……."

'그냥'이라는 표현은 평소에 거의 쓰지 않았다. 안네그레트는 자신이 한 말인데도 기묘하게 느껴져 문득 고개를 갸웃했다.

"저도 잘 모르겠습니다. 속이 이상합니다. 전하께서 저를 믿어 주셨다는 생각을 할수록 더 그렇습니다."

믿어줬다는 생각을 할수록 그렇다?

정말로 이상한 말이었다. 루트비히는 자신의 뺨이 약간 뜨거워지는 것을 느꼈다. 그 자신도 물론, 자신이 어째서 그때 그런 말을 했는지 수백 번도 더 생각했다. 혹시 자신이 그녀에게 여성으로서 호감을 느껴 기회를 더 주고 싶었던 것은 아닌지도.

결론은 늘 '아니다'로 나왔다. 그렇지 않다면 그녀에게 미안한 일이었다. 여전히 생각이 복잡하고 결론이 나오지 않는 것이 많았지만, 그것만은 확실했다…….

"부담스러웠어?"

"아닙니다. 감사하게 느꼈습니다."

"감사하다고 부담스럽지 않은 건 아니잖아. 내가 널 믿은 건 충분히 근거가 있는 일이었어. 실제로 너는 이렇게, 내가 명령한 일은 물론이고 그렇지 않은 부분에 있어서도 분명한 공을 세웠어.

네가 실종되었을 때 내 인선을 두고 찧고 까불던 놈들도 입을 완전히 다물었지."

이것 또한 진심이었다. 어린 여자 어쩌고 하는 말은 이제 나오지 않을 것이다. 아끼던 부하를 잃은 두 가신에게는 미안한 일이지만, 안네그레트가 맡았던 다른 부하들은 모두 살아 돌아와 그녀를 칭찬하고 있다는 모양이었다. 키르시는 그녀가 이번 전쟁이 끝나기 전에 결투를 오백 번쯤 해야 할지도 모른다는 재미없는 농담을 했다.

"안네그레트."

그녀의 이름을 이렇게 부를 수 있다는 것에 루트비히는 뒤늦게 아픔처럼 자극적인 기쁨을 느꼈다.

"네가 돌아와서 나는 기뻐. 그걸로는 부족해?"

안네그레트는 한동안 루트비히를 바라보았다.

그녀의 그 시선이 어떤 의미인지 그는 알 수 없었다. 그러나 그 눈이 살아 움직이고 꽃잎 같은 뺨에 핏기가 있다는 것이 어쩐지, 누가 그 사실을 속삭여 주기라도 하고 있는 것처럼 이제 와서 생생하게 느껴졌다.

안네그레트의 입술이 잠시 후 슬쩍 올라갔다.

그 서툰 미소가 다시 가슴을 후벼 팠다. 루트비히는 손짓했다.

"가서 쉬어, 안네그레트."

아아, 할 수만 있다면.

이런 감정을 평생 느끼지 않기를 바랐는데도.

카올라하 성으로 다가가는 동안에는 더 이상의 습격이 없었다. 적의 저번 기습이 실패했고, 수적 우열이 확실하니 어쩌면 당연한 일이었다. 루트비히는 먼저 적에게 점잖게 항복을 권유하는 편지를 보냈고 곧 짧게 거절하는 답장을 받았다. 전투가 준비되었다.

"탑의 건설에 차질 없도록! 적은 독 안에 든 쥐다! 다음 벨룽이 차기 전에 집으로 돌아가는 길에 오르는 거다!"

성벽에 걸린 기를 보면 유플리드 본인도 카올라하 성에 합류한 것이 틀림없었다. 그러니 이곳에서 이기면 정말로, 더는 싸움이 없을 것이다.

그것을 아는 병사들은 기운차게 움직였고 공성탑의 조립을 비롯한 여러 준비가 빠르게 완비되었다.

안네그레트가 지휘한 정찰조의 조사에 따르면 해당 성에는 남쪽으로 낸 정문 하나와 북서쪽, 동쪽으로 낸 작은 문 하나씩이 있었고 전통에 따라 북동쪽에 높은 감시탑이 있었다. 루트비히는 엘리아스와 발트 이 레에게 각각 북서쪽 문과 동쪽 문을 맡게 하고 자신은 정문을 담당하기로 했다.

"공성퇴, 전진!"

안네그레트의 높고 정확한 목소리에 따라 공성퇴가 우레 같은 소리를 내며 나아갔다. 오래된 돌성에서 화살이 쏟아졌다. 공성퇴 위에 타고 있던 병사들은 역할을 나누어 반은 방패를 들어 아군을 가렸고 반은 저도 화살을 쏘아붙였다.

후후훅, 하는 빠르고 무거운 소리를 내며 끔찍한 무기가 오갔다. 루트비히는 차갑고 불쾌한 얼굴로 말했다.

"적당히 항복했으면 서로 좋았을 것을."

키르시가 거들었다.

"그러게나 말입니다, 전하."

"저쪽도 싸우기는 싫을 텐데 말이야."

파성추가 콰아아아앙, 하고 긴 메아리를 남기며 성문에 한 번 부딪쳤다. 숲에서 새들이 한 번에 날아오르고 낙엽이 우수수 잔뜩 떨어졌다. 하일러는 귀를 막고 인상을 썼고 안네그레트는 눈을 가늘게 떴다. 성문은 전략적 요충지를 지키는 물건답게 튼튼했다.

"믿는 것이 있으니 그럴 테지요."

안네그레트는 그녀가 할 수 있는 최대한 부드럽게 표현했다. 루트비히는 혀를 찼다.

"믿는 게 있다면 헛된 자존심이겠지. 아프고 다치고 죽어도 황가에 고개를 숙일 생각은 없는 거야."

정말로 그럴까. 안네그레트는 자신도 확고한 정의를 위해서라면 끝까지 싸우리라는 점을 의심치 않았지만, 확실히 노드바르덴 족의 행동은 도를 넘어섰다는 생각이 들었다.

"그렇게……."

"우리 황가의 시조 되시는 대왕께서 부신 족 모두를 굴복시키셨다고는 해도, 그 후로 황가와 가까이 지내며 계속 변해온 우리 궁정 귀족들과 달리 이런 변방 놈들은 호시탐탐 황가의 권위를 시험하려 드니까. 제위라는 것도 참 귀찮은 거지."

루트비히는 그렇게 말하고 킥킥 웃었다. 안네그레트는 어떻게 대답해야 하는지 알 수 없어 눈을 동그랗게 떴고 테다인은 쓴웃음을 지었다.

콰아아아아아앙. 파성추가 다시 한 번 성문에 부딪쳤다. 성벽에서 끓는 기름과 돌이 미친 듯이 쏟아졌기 때문에 잠시 공성퇴 주변의 병사들은 물러나야 했다. 루트비히는 하일러에게 턱짓했다.

"하일러! 가서 이 레 경과 엘리아스 경이 어떻게 하고 있는지 보고 와."

"예, 전하!"

하일러는 말을 몰아 진지를 빠져나갔다. 루트비히는 안네그레트의 표정을 보고 한쪽 눈썹을 들었다.

"네가 가고 싶었어?"

"아닙니다, 전하."

"저번처럼 싸우고 싶으면 가도 돼. 저쪽은 탑을 올라가서 성 안으로 진입하는 게 목적이니까 검으로 싸울 수 있을 거야. 네가 원하는 쪽으로 행동해."

안네그레트는 이번에는 쓴웃음을 지었다. 저번처럼, 조금 흥분해 있다는 것은 사실이었다. 그러나 그녀가 원하는 것은 정말로 여기에 있었다.

"제 선호를 여쭈신다면, 저는 전하 곁을 지키는 것을 원합니다."

그러니 부디 옆에 있게 해달라고.

그런 말까지는 하지 않았지만, 안네그레트는 자신이 그렇게 말한 것이나 다름없다고 생각했다. 그리고 루트비히 또한 거의 그런 말을 들은 기분이 들었다.

루트비히는 자신의 표정이 이상해지는 것이 싫어 일부러 공성퇴를 노려보며 인상을 썼다.

"발악하는군. 귀찮은 놈들."

콰―아아아앙. 콰아앙. 콰―아아아아아아직.

한참 동안이나 화살과 돌 세례에서 몸을 피했다가 다시 파성추를 치는 것을 거듭한 병사들은 겨우 성문에서 다른 소리가 나게 만드는 데 성공했다. 눈으로 보기에도 명백하게 찌그러진 문을 보고 병사들은 환호성을 질렀다.

"으아—아아아아!"

"다시 한 번!"

안네그레트는 루트비히의 손짓에 따라 소리쳤다. 병사들은 화제의 영웅 목소리에 머리끝까지 흥분했다. 먼 바다의 고래를 닮은 파성추가 무시무시한 위력을 담아 문을 들이받았다. 콰아아직.

"문이 부서졌다!"

"돌격!"

성벽 위에 있던 자들 중에 상당수는 급히 성문을 지키러 내려갔고 공성퇴 위에 있던 아군 병사들은 그대로 성벽에 줄을 걸었다. 루트비히는 싸움이 시작될 때부터 뽑았던 검을 높이 들고 외쳤다.

"황제 폐하를 위해!"

"황제 폐하를 위해!"

처음에는 가장 가까이에 있던 기사들이, 그리고 빠르게 가장 아래의 병사까지도 그 말을 따라했다. 저쪽에서도 진입에 성공했는지 와—아아아 하는 소리가 어렴풋이 들려왔다. 본대에 있던 가신들이 미리 정한 순서에 따라 돌격하며 부하들을 독려했다.

"콧대 높은 북부 놈들의 오만함 때문에 많은 백성들이 굶어 죽었다! 본때를 보여주고 정의를 실현하자!"

"이이몬트 쉴러의 복수다!"

카올라하 성은 물론이고, 그 주변의 온 숲에도 메아리가 쳤다. 적은 언뜻 보기에도 싸울 의지를 잃은 것 같았다. 안네그레트는 성벽을 뛰어다니며 부하들을 독려하던 곰 투구의 기사가 어느새 거기까지 올라간 아군 기사를 베어 넘기는 것을 보았다.

"전하!"

하일러가 말을 달려 돌아왔다. 그는 루트비히 주변의 병사들이 바쁘게 움직이고 있었기 때문에 그 사이를 비집고 들어오는 데 잠시 애를 써야 했다. 루트비히는 하일러의 표정을 보고 그가 가져온 소식을 대강 짐작했다.

"어떻게 됐지?"

"북서쪽은 공성탑을 통한 진입에 성공! 이 레 경이 확실히 우세합니다! 엘리아스 경은 동쪽 문을 여는 데 완전히 성공했습니다!"

"좋아."

세 방향으로 공격하고 성문이 열렸는데, 적이 아무리 고집이 세다고 해도 얼마 못 버틸 것이다. 루트비히는 배부른 미소를 지었다.

과연 그날 점심나절이 지나지 않아 카올라하 성에는 백기가 걸렸다.

포박당한 유플리드는 아무 말도 하지 않았다. 그 옆에 서 있는 올리히 폰 노드바르덴 또한 몸은 자유로웠지만 마찬가지였다.

카올라하 성은 겉보기뿐 아니라 내부도 오래되어 투박했고 한기가 들어왔다. 루트비히는 홀에 있는 성주의 자리에 앉아 느긋하게 다리를 꼬았다.

"자네 덕분에 내가 여기까지 다 와보았지 뭐야."

올리히 폰 노드바르덴은 기분이 몹시 나쁜 표정 그대로 반응을 보이지 않았지만 유플리드는 분한 듯 눈썹을 꿈틀거렸다. 그는 무척 풀이 죽어 있었다. 이미 패배를 통감하는 자의 앞에서 승리를 오랫동안 자랑하는 것은 취향이 아니었다. 루트비히는 금방 엄격한 얼굴을 했다.

"노드바르덴 일족은 자의로 길을 폐쇄해 황제 폐하의 신민의 삶을 곤궁하게 하였으며 봉쇄 해제령에도 응하지 않았다. 배상금으로 오만 길다르를 내라. 그리고 지금 이 시각 이후로 일체의 통행 방해 행위를 엄금한다. 이상을 네 일족을 다스리는 이에게 전하도록."

"……이미 도로는 해제령을 내렸습니다."

울리히는 쌀쌀맞게 말했다. 루트비히는 고개를 끄덕였다.

"알고 있다. 잘한 일이다."

명목상으로는 칭찬이었지만 울리히는 더 기분이 나빠진 것 같았다. 테다인은 속으로 웃었다. 저 청년은 테다인과 나이 차가 많이 나지 않는 것 같았는데도 저렇게 감정이 노골적으로 드러난다. 이 지역에 사는 사람들의 특성이기도 할 테지만, 자라난 환경의 차이도 클 것이다.

"게르하르트 파르칸수스 유플리드."

유플리드의 이름을 부르는 목소리는 대단히 차가웠다. 유플리드는 움찔하였지만 눈을 들지 않았다. 그가 이렇게 무릎 꿇고 있는 모습과 그의 혈통을 한꺼번에 떠올리며 속으로 심술궂은 즐거움을 느끼는 자가 없다고는 할 수 없을 것이다.

"네 죄는 네가 잘 알 테지. 내가 이미 서신으로 친절하게 말해 줬으니까."

유플리드는 아무 말도 하지 않았다. 루트비히는 손으로 의자 손잡이를 내려쳤다. 쇠로 된 건틀릿이 돌 손잡이에 부딪혀 난 소리는 그 자리에 있는 사람 모두를 긴장하게 만들었다.

"네놈에게는 대답하지 않을 권리가 없다. 대답해라."

그 말에는 복종하지 않을 수 없었다. 유플리드는 간신히 떨리지 않는 목소리로 대답했다.

"……억울합니다."

"네놈이 아직도 상황을 이해하지 못한 모양이로구나."

안네그레트는 이 자리에서 루트비히의 바로 옆에 서 있을 입장이 아니었기 때문에, 문 가까운 곳에서 유플리드의 뒷모습을 보았다. 그녀의 뺨이 창백해졌다.

"햐, 질기다."

키르시가 하일러와 안네그레트 모두가 들을 수 있도록 중얼거렸다. 하일러는 큼, 하고 헛기침을 했고 안네그레트는 속으로 동의했다. 루트비히는 분노를 담은 눈빛으로 유플리드를 쏘아보았다.

"감히 황제 폐하가 계신 땅에서 함부로 사병을 움직인 것부터가 당장 어전에 나아와 무릎 꿇고 사죄해야 마땅한 죄다. 그런데 심지어 그 결과 많은 백성의 목숨을 빼앗고 나아가 아카르타 대로가 봉쇄된 상황에서는 황도의 젖줄인 노드바르덴 대로를 자의로 폐쇄했다. 황실의 소환령에 응하지 않고, 최종적으로는 이 나에게 해를 끼치려 혈족을 사주한 것까지 합하면 중형이 가하지 않겠냐? 네가 뭘 했기에 억울하다는 말이 나오느냐."

유플리드는 입술을 깨물었다. 그는 이윽고 눈길을 들어 루트비히를 쏘아보았다.

"저는…… 저는 제 땅을 지키려 한 것뿐입니다. 전하도 아시다시피 요즘 농노들은 주인의 은덕을 모르고 헛된 꿈에 젖어 영지를 버리는 일이 부지기수입니다. 그런 자들의 말로란 결국 전하도 아시는 대로 도시의 빈민가에서 매일 일하다 쓰러져 죽고, 땅이 모자라 장례조차 제대로 치르지 못하는 것이 아닙니까? 저는 정의를 바로 세우기 위해 본을 보였을 뿐, 결코 다른 뜻은 없었습니다."

루트비히는 다시 주먹으로 의자손잡이를 쳤다. 손이 조금 아팠지만 어쩔 수 없었다. 그는 정말로 화가 나 있었던 것이다.

"아직도 요설로 내 귀를 어지럽히려고 드는구나. 네가 정말로 억울했다면 황제 폐하 앞에서 그 뜻을 설명하고 정당한 재판을 받았어야 할 것 아니냐?"

"재판은…… 재판은 공정하지 못할 때가 있습니다."

"공!"

듣다 못한 엘리아스가 불처럼 화를 냈다.

"지금 황제 폐하의 법정을 모독하시는 겁니까!"

루트비히도 고개를 끄덕였다.

"게르하르트, 자네가 황제 폐하의 법정을 모독한 것도 억울하다고 하겠지?"

"……억울합니다. 저는 황제 폐하의 공정함을 의심하지 않습니다."

"그래, 그러면 내 공정함을 의심한다고? 아니면 우리 폐하의 똑똑한 법관들을 의심하는 건가?"

유플리드는 입을 다물었다. 그리고 루트비히의 눈치를 살피다가 부루퉁하게 내뱉었다.

"태자 전하께서 불같이 화가 나셨으니, 아무리 공정한 법관들이라 해도 전하의 의견에 영향을 받지 않을 수는 없는 것 아닙니까?"

"무례하십니다!"

이번에는 자카리가 화를 냈다. 엘리아스는 이미 얼굴이 시뻘게져서 어쩔 줄을 몰라하고 있었고, 안네그레트는 주먹을 꽉 쥐었다.

적 앞에서 두려워하지 않는 것은 기사의 본분이다. 그리고 그것은 거짓을 말하지 않고 자신의 신념을 바른 대로 고하는 것과도 연결되어 있었다. 하지만 그 신념은 약한 자를 지킬 때에 빛나는 것이 아닌가.

루트비히는 한숨을 쉬고 비죽 웃었다.

"내 분노가 정당치 않아서, 법관들에게 영향을 끼치면 그 재판 또한 정당하지 않을 거라 생각해 도망쳤다고?"

그 말은 너무나도 노골적이었으므로, 어지간한 유플리드도 대답을 찾지 못했다. 루트비히는 일어서 죄인을 내려다보았다.

"나는 자네를 알아. 내가 어릴 때 이미 궁에 있었으니까. 그래서 자네가 혼자 그런 피해망상에 빠질 만큼의 바보는 아니라는 것 정도는 짐작하지."

울리히 폰 노드바르덴과 테다인은 거의 동시에 눈살을 찌푸렸다. 루트비히는 달콤하고 잔인하게 속삭였다.

"게르하르트, 게르하르트. 자네 말대로 법관들은 내 말을 무시할 수 없지. 그래서 말인데, 나도 자네의 말을 좀 더 자세하게 들어봤으면 하는 생각을 해왔거든. 자네가 사병들을 움직일 때 아이디어를 제공한 사람이 있지 않나? 지금부터 어디 한번 자세히, 자네가 어디가 얼마나 억울한지 들어보자고."

"태자 전하께서 유플리드 공을 결국은 체포해 돌아오신다는군요."

로세드의 말에 드란힐트는 부채로 얼굴을 가리고 하품했다.

"당신이 짐작한 대로군요, 로세드."

만추를 맞이한 황도에는 붉고 노란 단풍이 한껏 들어 있었다. 새빨간 자작나무 잎사귀가 속살대는 창으로 햇살이 쏟아져 들어왔다. 그 햇살이 닿은 소파는 이제 새 붉은 벨벳을 씌우고 금란으로 장식해 황도의 유행을 따르는 모양이었다.

로세드는 드란힐트의 옆에 바싹 앉아 싱긋 웃었다. 그 모습을 보고 비난하거나 소문을 낼 사람은 주위에 아무도 없었다. 아무튼, 이곳은 로세드의 거실이고 그는 자신의 하인들을 얼마든지 방 밖으로 내보낼 수 있었던 것이다.

"누구나 짐작할 만하지요. 철없이 반항하는 북부 일족이 어찌 태자 전하의 힘을 이겨내겠습니까? 그분께 충성하는 유능한 기사들도 있는데 말입니다."

"재미있는 구경을 좀 하나 했더니 금세 끝나 버렸네요. 아이, 지루해라."

"당신의 오라버님이잖습니까? 지기를 바랐습니까?"

"물론 그렇지는 않지만요."

로세드는 드란힐트의 이 말이 진실인지 거짓인지 판별하는 데 잠시 시간을 들였다. 물론 그는 태자가 지건 이기건 상관이 없었으므로 드란힐트가 어떻게 생각하는지도 금방 아무래도 좋아졌다.

"재미있는 구경거리를 원합니까?"

로세드가 눈을 반짝이며 묻자 드란힐트는 이번에는 붉게 칠한 입술로 호를 그리며 웃었다.

"좋지요."

"하게 될 겁니다. 당신에게 약속한 대로요."

드란힐트는 조금 더 진하게 미소를 지었다. 로세드는 그녀의 입술에 자신의 입술을 가져갔다.

다르륵, 탁. 중간에 부채가 펼쳐지며 두 사람의 얼굴 사이를 가로막았다. 로세드는 쓴웃음을 지으며 물러났다.

"이런, 안 됩니까?"

"나는 결혼한 여자라는 것을 모르나요, 로세드? 이건 도덕적이지 못한 행동이에요."

로세드는 소리 내어 웃었다. 궁정에서 연애란 결혼한 후에 하는 것이다. 그렇지 않으면 부담스러우니까. 그리고, 만일 궁정의 다른 모든 사람이 정절을 지킨다 해도 그는 저 드란힐트가 그런 것에 신경을 쓴다고는 생각하지 않았다.

"재미있는 농담을 하시는군요. 더 재롱을 떨어보라는 의미로 알아듣겠습니다."

"그거 정말 좋지요."

드란힐트는 우아하게 일어섰다. 그녀의 밤색 치마가 아름다운 소리를 내며 자락끼리 서로 스쳤다.

로세드는 그 모습을 탐욕스럽게 보며 씩 미소 지었다.

"태자 전하께서 황도에 돌아오고 싶으시다면, 물론 돌아오셔도 되지요. 다만 제가 원하는 걸 마친 다음이어야 하겠지만 말입니다."

사랑하는 어머님.

드디어 조금 짬이 생겨 편지를 드립니다. 그간 어떻게 지내셨는지 요? 가족들 모두 건강하다면 좋겠습니다. 그간 어머님께서 제게 편 지를 부치셨는지도 모르나, 제가 계속 밖에 나와 있어 가족들의 소 식을 알 길이 없습니다. 이제 황도로 돌아가면 어머님께서 제게 편지 를 하셨는지 아닌지, 하셨다면 어찌 지내고 계신지 알게 되겠지요.

어머님께서 이미 소식을 들으셨는지 모르나, 저는 지금 태자 전 하를 호종해 전장에 나와 있습니다. 이전에도 말씀드렸던 게르하르 트 유플리드 공이 결국 전하의 소환에 응하지 않았습니다. 중간에 많은 일이 있었으나, 다행히 저는 무사하고 태자 전하께서도 신의 도우심으로 영광되게 승리하셨습니다. 이제는 황도로 돌아갈 채비 를 하고 있습니다.

어머님, 어머님도 아시다시피 저는 전장에 나오는 것이 처음이 아 닙니다. 그러나 제가 잘 안다고 생각했던 전장이 사실은 아버님과 여 러 가신 여러분의 보살핌 안에서 본 아주 작은 한구석뿐이었다는 사실을 알게 되었습니다. 저는 참으로 모르는 것이 많았고, 지금도 모르는 것이 많습니다. 실수를 많이 해서 반성하고 배우고 있습니 다.

노드바르덴 땅에 좋은 일로 온 것은 아니나, 이곳에서 맡은 바람 의 냄새는 참으로 새롭고 기분이 좋았습니다. 어머님과 알비가 생 각나더군요. 작곡을 좋아하는 똑똑한 알비라면 분명히 이 땅에 어 울리는 아름다운 음악을 만들어 우리 앞에서 연주해 주겠지요. 비 가 오는 저녁마다 어머님과 알비가 함께 쳐 주시던 연탄곡이 그립습 니다. 언젠가 가족들과 함께 다시 이곳을 방문해 보고 싶습니다.

이번 원정에서 과분하게도 태자 전하께서 제게 임무를 맡기셨던 것이 있는데, 제가 비록 그 임무를 완전히 수행하지는 못했으나 운이 좋아 일이 잘 끝났습니다. 전하께서 기뻐하시며 상을 내리겠다 하시니 어쩌면 좋을지 모르겠습니다. 감사하고 기쁜 마음은 한량없습니다만, 저 홀로 상을 받는다면 제가 염치없고 저와 함께 임무를 수행한 부하들에게 미안하지 않겠습니까? 해서 만약 전하께서 뭔가를 내리신다면 임무 수행 중에 죽은 자들과 함께 임무를 성공시킨 부하 몫을 나누어 함께 기뻐할까 하는 생각도 하고 있습니다. 어머님께선 어떻게 생각하시는지요?

이제 유플리드 공을 압송해 황도로 돌아가면 병사들도 겨울에는 휴가를 받아 집에 갈 수 있을 테고, 황도의 물류 사정도 풀릴 테지요. 기쁘고 안심되는 일입니다.

다만 한 가지 걸리는 소문이 진중에 돌고 있습니다. 태자 전하께서 원정 나와 계신 동안 황도에서 민란이 일어났었다고 합니다. 그것이 사실인지는 모르나, 그렇다면 황도를 이렇게 비워서는 안 되는 것이 아니었을까 하는 소곤거림이 오갑니다. 저는 태자 전하의 결정을 믿습니다. 전하께서는 하셔야 하는 일을 하셨고, 민란이 일어났다 해도 황도를 지키는 이들은 충분히 남아 있었으니까요. 그저 진중이 혼란스러워지는 것이 마음 쓰입니다.

그러고 보니 어머님께 말씀드릴 일이 있습니다. 노드바르덴 일족이 항복하고 나서 저에게 청혼한 분이 세 분 계셨습니다만, 태자 전하께서 결투를 허락하지 않으시어 모두 결투하기 전 거절했습니다. 참으로 죄송한 일입니다만 저의 입장이 이러니 하는 수 없겠지요. 또한 항복했다고는 하나 적진이니 함부로 사적인 결투 따위를 하는 것은 좋지 않다고 저도 생각합니다.

마침 위의 문장을 쓰는 동안에도 남부 출신의 기사 한 분이 청혼을 하시어, 태자 전하께서 아마 결투를 허락하지 않으실 것이라 말씀드렸는데도 여쭈어보기 전에는 모르는 법이라 하시니 옳은 말씀이라 주군께 다녀왔습니다.

　전하께선 제가 원하는 남자가 아니라면 일일이 결투 허가 여부를 물을 것 없이 제 선에서 거절하면 되지 않냐고 하시며, 앞으로 이 땅에서는 제 결투를 일절 허가하지 않을 것이라고 말씀하셨습니다. 그 말씀 또한 옳습니다. 전쟁의 배상 문제로 바쁘신 전하를 제 일신의 문제로 보챘으니 부끄러운 일입니다.

　어머님께선 이전, 제 마음에 들어오는 이가 생긴다면 그 어떤 제약도 신경 쓰지 말고 우선 최선을 다해 사랑해 보라고 하셨었지요. 저 또한 사랑하는 이가 생긴다면 그이를 한없이 사랑하고 싶습니다. 하지만 사랑에 빠지고 그 사랑을 키워 나가며, 서로 사랑하는 두 사람이 이 세상을 살아가는 것은 너무나 많은 조건이 맞아야 하는 일이 아닙니까? 그러니 제게도 기준이 있어야 한다고 생각합니다.

　제가 생각하기에도 저는 장래의 제 배우자에게 요구하는 것이 명확합니다. 그러니 그 조건만 맞는다면 어떤 사람이든 편견 없이 시작해 보고 싶습니다. 제게 청혼하는 분께서 주시는 결투 신청을 제가 가급적 반드시 받아들이는 것은 그래서입니다. 그렇게 말씀드렸더니 태자 전하께서는 별말씀을 않으셨고, 테다인 경이 한숨을 쉬었습니다.

　어머님, 실은 이 땅에 오기 전부터 어렴풋이 생각하던 것이 있습니다. 저는 항상 어머님이 하시는 것을 보며 자랐고 라이헤르타 땅을 경영할 때에도 어머님과 신전의 가르침을 생각하며 해왔습니다. 그런데 세상의 모든 땅이 그런 당연한 원칙에 따라 경영되지는 않는 모양입니다.

그런 사실을 몰랐냐고 하신다면 물론 그것은 아닙니다. 하지만 여러 땅을 지나며 직접 제 눈으로 보니, 생각 이상으로 영주의 보살핌을 받지 못하고 사는 사람이 많았습니다.

슬픈 일입니다. 어머님, 세상에는 늙고 병들어 일할 수 없는 자와, 사고를 당해 일할 수 없는 자, 그리고 태어날 때부터 어떤 이유로건 일할 수 없었던 자가 존재하지 않습니까. 농노는 태어날 때부터 영주의 것이니, 영주는 그들의 주인으로서 그들을 책임져야 하지 않습니까. 누군가가 일하지 못하는 것은 불행이나, 그 불행으로 인해 그이가 아주 기초적인 의식주를 누리지 못한다면 그 세상이 어떻게 신이 보살피시는 땅이라 하겠습니까? 그 영주가 어떻게 신을 믿는 자라고 하겠습니까?

황도에서 빈민가를 본 것만으로는 잘 몰랐습니다. 아아, 어머님. 이 땅에는 코필라족이라 하여 아주 가벼운 갑옷을 걸치고 무척 잽싼 말을 타는 자들이 있습니다. 그들은 싸울 수 있는 전사는 모두 용병이 되어 자신들을 고용하는 이를 위해 싸운다 합니다. 어찌 땅을 갈고 씨를 뿌려 소산을 얻어 평화롭게 살지 않는가 하였는데, 이 땅의 모습을 보니 알겠습니다.

이 땅에는 황야가 너무 많습니다. 바람이 억세고 날이 금세 추워지니 먹을 것이 충분히 자라지 않는 것도 납득됩니다. 적이 항복한 카올라하 성에 머물면서 일하는 자에게 물어보니 이 땅의 비옥한 곳은 모두 부유하고 세력 큰 일족이 가지고 있어, 작고 힘없는 장원은 장사나 용병 노릇으로 식량을 사 와야 한다고 합니다. 하지만 그래서야 부유한 부족들에게 속기 마련이고, 그러니 살기 힘들어 도망 농노가 생기는 것이겠지요.

이 노드바르덴 땅을 다스리고 이 근방의 부족들에게서 충성 맹세를 받은 노드바르덴 일족은 한 명의 노인 가주가 다스리고 있는데, 명목상의 영주는 다른 사람이나 이 땅 전체를 돌보는 사람이라 하면 그 가주라고 합니다. 그 가주는 그러면 가난한 부족들을 위해 어떤 일을 하는지 알아보았는데, 안타깝게도 특별히 어떤 조치를 취하는 것으로 보이지는 않았습니다.

이 땅의 사정에 대해 잘 알지 못하고, 노드바르덴 일족의 가주에 대해서도 잘 알지 못하는 제가 함부로 판단하고 선악을 논할 수는 없을 것입니다. 그러나 어머님, 당장 추수철인데 이렇듯 어리석은 이유로 전쟁을 하는 일족이 현명하고 자비롭다고 저는 생각할 수 없습니다. 죽어간 빈민들과 병사들의 얼굴이 떠올라 아직 감정이 정리되지 않았기 때문일까요.

슬픈 이야기는 이제 그만해야겠습니다. 멀리 있는 어머님께서 걱정하실 것을 생각하니 괜히 긴 글을 적었다는 생각이 드는군요. 다만 이번 원정에 전하께서 데려와 주셔서 저는 많은 것을 배웠습니다. 제 땅에 사는 이들의 삶에서 혹 제가 놓친 것은 없는지, 언젠가 돌아가면 더 주의해서 보아야겠습니다.

기분 좋은 소식을 전해야겠습니다. 실은 이번에, 다른 기사분들의 종자들과 친해졌습니다. 모두 각양각색의 가문에서 자란 훌륭한 사람들입니다. 아버님을 존경한다는 친구들이 많아 딸인 저도 어깨가 으쓱해졌습니다.

한창 더울 때 황도를 나섰는데 이제는 낮에도 쌀쌀한 바람이 불고 온 숲에는 단풍이 들었습니다. 게오르츠 땅은 지금 한창 아름답고 풍요로운 때이겠지요. 모쪼록 사랑하는 가족들도, 어머님과 아버님이 다스리시는 이들도 모두 배불리 먹고 좋은 시기를 즐길 수 있기를 바랍니다.

　이제 슬슬 쉴 수 있는 시간이 끝나갑니다. 전쟁의 피로를 풀기 위해 모두 오랜만에 긴 휴식 시간을 교대로 받고 있습니다만, 그렇다고 해서 완전히 마음을 놓을 수는 없습니다. 저도 행여나 뜻밖의 일이 일어나지 않도록 태자 전하의 말들과 무구를 잘 관리해야 합니다. 그리고 태자 전하께서 요즘 일을 돌보실 때 저를 부르셔서 곁에 두시는 일이 늘었습니다. 아마도 신뢰해 주시는 것이리라고 생각합니다.

　생각할 일도, 가슴 아파할 일도, 또 놀라운 일도 많은 요즈음이었습니다. 다음 편지에는 좋은 소식을 가득 채워 보내겠습니다.

　신의 축복이 어머님과, 또 사랑하는 모든 가족과 함께하기를.

사랑을 담아, 안네그레트.

〈2권으로 계속〉